SOUL REBEL..

REVIRAVOLTA

Este livro foi revisado segundo o Novo Acordo Ortográfico da Língua Portuguesa.

Edição de texto
Izabel Aleixo

Preparação
Mariana Bard e Nina Lopes

Revisão
Bárbara Anaissi

Capa e projeto gráfico
Leandro Dittz

Foto de capa
Studio10Artur/Shutterstock.com

Diagramação
Abreu's System

CIP-BRASIL. CATALOGAÇÃO NA PUBLICAÇÃO
SINDICATO NACIONAL DOS EDITORES DE LIVROS, RJ

M361s

Mascarenhas, Kimberly
Soul rebel : Reviravolta / Kimberly Mascarenhas. – 1. ed. – Rio de Janeiro : Leya, 2016.
400p. (Soul rebel ; 1)

ISBN 978-85-441-0383-8

1. Romance brasileiro. I. Título. II. Série

16-33782 CDD: 869.9
CDU: 821.134.3(81)-3

TODOS OS DIREITOS RESERVADOS À
LEYA EDITORA LTDA.
AV. ANGÉLICA, 2318 – 12º ANDAR
01228-200 – CONSOLAÇÃO – SÃO PAULO – SP
WWW.LEYA.COM.BR

KIMBERLY MASCARENHAS

SOUL REBEL

REVIRAVOLTA

LeYa

EPÍGRAFE

A todo momento, a vida nos prega peças. Há quem diga que o tempo passa tão rápido que nós nem sequer conseguimos perceber a ausência das pessoas... Mas há também quem acredite que é preciso apenas um segundo, um milésimo de tempo, em algum plano desconhecido, para tudo acontecer... Não sei exatamente como ou quando foi, mas, entre vícios e virtudes, ele se tornou minha única droga.

PARTE 1

CASSIDY

1

O som que ecoava nos alto-falantes se intensificava a cada batida. As pessoas dançavam, movimentando-se freneticamente, tornando impossível fazer o trajeto até a porta sem esbarrar em alguém. Meu coração estava descompassado. A adrenalina que corria em minhas veias acelerava cada vez mais os meus batimentos. A excitação contida deixava meu corpo em estado de alerta. Os olhares curiosos dos homens altos, largos e fortes estavam à minha procura. O *hit*, conhecido por todos, era remixado pelo DJ. Estava tocando "Diamonds", da Rihanna, e as garotas dançavam sensualmente enquanto os caras desejavam tudo o que viam. A boate estava lotada, o que facilitava minha fuga, já que eu podia me perder no meio da multidão. As luzes psicodélicas deixavam minha visão um pouco turva. Claire, minha melhor amiga, me puxava pela mão, tentando nos desvencilhar da confusão.

A noite só estava começando, e nós já estávamos de saída. Os seguranças do local notaram a pressa com que Claire e eu passamos pela porta giratória que dividia a pista da chapelaria. Torcemos para eles não nos chamarem, porque aquele não era um bom momento para perguntas. Se viessem até nós, teríamos que mostrar nossas identidades – falsas –, o que poderia nos trazer problemas. E definitivamente não seria nada legal, pois precisávamos sair de lá com urgência.

Engoli em seco, sentindo um frio na espinha. Claire ignorou qualquer olhar questionador e continuou me arrastando até a saída. Eu estava chocada com o que havia feito, sem conseguir acreditar que tinha sido capaz de tamanha audácia.

– Corra, Caissy, corra! – gritava Claire, desesperada, alguns passos à minha frente.

Eu forçava minhas pernas a correrem o mais rápido possível. Diversas vezes, olhávamos para trás querendo verificar se não estávamos sendo seguidas. A sensação de que aqueles homens grandalhões estavam atrás de nós era desesperadora. Viramos correndo no terceiro quarteirão e seguimos à esquerda na Peachtree Street. Depois de tanto tempo forçando nossas pernas, não dava mais, eu estava no limite, totalmente sem fôlego. Meus pulmões ardiam pedindo oxigênio e alguns segundos de descanso.

– Claire...

– Corra, Caissy! Quem mandou você jogar a bebida no rosto daquele cara? Você é louca!

Claire estava tão exausta quanto eu, então suas pernas passaram a correr mais devagar e, pouco a pouco, ela foi mostrando outros sinais de esgotamento. Não aguentávamos mais nossos corpos. Se alguém aparecesse ali, não reclamaríamos de sermos carregadas. O cansaço era tanto que minha amiga se jogou no chão, se deitando de costas no asfalto liso.

A lua estava maravilhosa, cheia. Se eu não estivesse tão cansada, passaria o resto da noite admirando-a, mas meus pulmões não suportavam mais respirar tão rápido e forte. Apoiei as mãos nos joelhos, para tomar fôlego, com o corpo curvado e cansado. Em seguida, fiz o mesmo que Claire: me joguei no chão, sem aguentar mais meu peso.

– Não acredito no que você fez – disse ela, recuperando o fôlego, mas ainda um pouco ofegante.

– Ele tentou me agarrar, Claire! – protestei.

– Tudo bem, mas você jogou seu copo na cara dele. Caissy, você viu o tamanho dos seguranças que estavam com ele?

Claire fez uma careta.

– O copo, não. Só o que tinha dentro. – Dei um sorrisinho, levemente debochada. – E eles eram grandes, mas apenas dois – acrescentei, me arrastando para o meio-fio. – Nem conseguiram nos alcançar.

Claire riu de novo.

– Achei que os seguranças da boate fossem pedir nossos documentos.

– Meu coração foi na boca quando eles nos encararam.

– Tudo culpa sua! – esbravejou ela.

– Foi mal.

– Foi péssimo! Tinha um carinha a fim de mim, e eu tive a impressão de que ele ia falar comigo. Aí, quando olhei para o lado, você estava se metendo numa confusão e a gente precisava ir embora.

– Não estava me metendo em confusão nenhuma, estava me defendendo. Quem aquele cara pensa que é para me tocar daquele jeito? Ele não foi nada gentil, ninguém me agarra à força!

– Cassidy! – Claire alterou o tom da voz, demonstrando certa irritação. – Quem ele pensa que é? Como assim? Ele é Drew Becker! Um dos caras mais conhecidos nas ruas de Atlanta. Um playboy com uma fama meio ruim, mas supercobiçado pelas mulheres.

Caí na gargalhada.

– Ah, Claire, não exagere.

– É verdade! – Ela ficou defensiva. – Bom, pelo menos é o que dizem por aí. E tem mais, você já deve estar marcada.

– Marcada?!

– É, com certeza você está na lista do Drew Becker, e dizem que ele é vingativo.

– Olhe, Claire, eu só estava me defendendo! Não fiz nada de errado. Nem que ele fosse o cara mais perigoso do mundo, não faria diferença. Não deixo ninguém me tratar daquela forma!

Ela revirou os olhos.

– Você poderia ter dito que não estava a fim, que não queria, sei lá. Ou podia ter dado uma desculpa qualquer. Mas você foi logo jogando a bebida na cara dele. Tem noção do que fez, Caissy?

– Ah, era só uma aguinha com gás... E ele mereceu! Foi um ogro! Você tinha que ver como falou comigo.

– Mas ele é bonito... – retrucou ela, animando-se e me fazendo rir.

– E daí? Bom, confesso que sua beleza também me chamou atenção inicialmente.

– Então você deu mole para ele?!

Ela me fitou. Senti minhas bochechas queimarem e meu sangue fervilhar.

– Não – respondi, rindo. – Não foi bem assim. Vi quando ele chegou, acompanhado de dois seguranças. Fiquei curiosa, imaginei que ele fosse alguém importante. Notei que ele era bonito, realmente... Mas eu não estava dançando *para* ele. Eu só estava dançando.

– Cassidy, não minta para mim!

– Ok, fiquei olhando para ele enquanto dançava, mas não achei que ele fosse agir daquela forma. Claire, eu me virei de costas para pegar meu copo e, em segundos, o cara estava colado em mim. Ele queria que eu saísse da boate com ele!

– E por que, em vez de jogar sua bebida na cara dele, você não disse simplesmente que preferia continuar na boate?

Claire estava tornando as coisas tão óbvias... Mas, naquele momento, tinha me sentido ofendida, então precisava fazer aquilo.

– Eu disse – contive o riso, não mais envergonhada –, mas ele alegou que qualquer outra mulher da boate toparia sair de lá acompanhando-o, porque qualquer pessoa sensata desejaria ficar com ele. Achei muito arrogante! E eu ainda me senti humilhada quando terminou de falar comigo e, do nada, começou a dar mole para a ruiva ao meu lado, como se nós dois não tivéssemos acabado de flertar. – Claire estava chocada, boquiaberta. – Então, não pensei duas vezes e elegantemente joguei minha bebida na cara dele.

– Caissy! – Claire gargalhou.

– Ele não precisava ser tão bruto! Tudo estava indo bem, nós poderíamos ter conversado mais um pouco... Ele até parecia legal.

– Não acredito que você estava procurando alguém para casar numa boate de Atlanta. E acredito menos ainda que você deu um pé na bunda de Drew Becker.

– Nossa, mas parece até que ele é um mito, um deus! Eu, hein... Nunca ouvi falar desse cara.

Ela deu de ombros.

– Mas você não é muito bem informada sobre as notícias das ruas e dos becos, né, amiga? Não se esqueça de que euzinha tenho muitos contatos. Já ouvi falar dele, e algumas coisas não muito boas. Ninguém sabe seu verdadeiro nome. Só ouço as pessoas dizerem Drew Becker. – Ela respirou fundo, me encarando mais uma vez. – Acho que ele é bem rico. E talvez meio arrogante também. Mas o principal é que as pessoas comentam que é bom manter distância dele. Muita gente o teme, já ouvi dizer que ele é meio perigoso, mas não sei bem o porquê. Só sei que ele é muito gato, sexy e gostoso!

– Menos, Claire – contestei, e ela se calou, observando a lua que começava a desaparecer no céu. – Mas ele tinha um olhar muito intenso, realmente. Um olhar que me deixou sem jeito. Talvez, se tivesse sido um pouco mais educado, até pudesse ter rolado algo. Ele tinha um sorriso encantador – falei, suspirando.

– Cassidy, já percebeu que você encaixa esse seu vocabulário de princesa em tudo? "Ele tinha um sorriso encantador." – Ela me imitou, revirando os olhos. – Garota, ele não é boa coisa! Não romantize. Definitivamente, você estuda no lugar certo – ironizou, levantando-se e batendo uma mão na outra, sacudindo um pouco da poeira do chão.

Sorri e resolvi desviar o foco da conversa:

– Mas a noite foi legal, não foi?

– Tirando o fato de que você acabou com o meu lance, deu um fora num deus grego e ainda por cima armou aquela confusão com ele, que era ninguém menos que Drew Becker... – ela sorriu – Foi divertido.

– Também achei.

As ruas estavam silenciosas, e fizemos todo o trajeto em silêncio. Com exceção do som dos latidos, do vento e do salto alto dos sapatos de Claire batendo no chão áspero, a noite era só calmaria e sossego.

Eu tinha a impressão de que jamais encontraria um sorriso tão belo quanto o de Drew Becker. Seus olhos frios e misteriosos continuavam em minha mente. Ao me lembrar da atitude que tivera, me sentia patética, mas não arrependida. Enquanto Claire caminhava um pouco distraída, sem notar meu sorriso bobo ao seu lado, eu pensava nas coisas que ela me dissera. Será que aquele cara tão lindo realmente era aquilo tudo o que diziam? Será que ele era tão perigoso quanto seu olhar demonstrava? Era ridículo, mas interessante e curioso pensar que um homem com tamanha reputação tivesse se interessado logo por mim, uma garota de 17 anos que vivia reclusa num colégio católico, comandado por freiras. Tudo bem que o final da história havia sido desastroso, mas seus olhos diziam por si só que ele encontrou algo em mim com que nunca se deparara até então, como se uma conexão imediata tivesse surgido no instante em que nossos olhares se cruzaram. Como um despertar das almas.

A luz do dia irradiaria no céu em instantes e, em algumas horas, voltaríamos para nossa rotina. Percorremos os corredores do colégio tentando fazer o mínimo de barulho possível. Não podíamos deixar as freiras nos flagrarem. Se elas nos encontrassem perambulando pela área dos dormitórios àquela hora da manhã e com aqueles trajes "mundanos", como elas diriam, com certeza estaríamos muito encrencadas.

O colégio católico abrigava meninas de todas as idades até os 18 anos, e era um verdadeiro lar para muitas de nós. Desde os 9, aquela era a única casa que eu conhecia. Meus pais se separaram quando eu tinha cerca de 4 anos. Mamãe sofria de uma doença mental, na época não muito séria. Ela era uma ótima mãe, mas aos poucos a doença e os remédios foram consumindo tudo o que tinha de bom. Vi mamãe definhar aos poucos e passar a ser diagnosticada como um perigo para sociedade. Eu nunca poderia imaginar que ela fosse psicótica ou que representasse alguma ameaça para mim, porém os médicos foram categóricos. A cada nova consulta, o quadro se agravava. Depois de algum tempo, só restou uma única coisa a ser feita: mamãe foi internada numa clínica psiquiátrica. Quer dizer, eu não pude fazer nada, na verdade. Meu pai a colocou lá e sumiu no mundo. Deixou apenas um fundo de investimentos para mim, que era controlado pela madre superiora do colégio, para a minha criação, mas não manteve contato conosco. Ele não aguentou a barra e nunca mais teve coragem de voltar. Apenas fazia contatos remotos com a madre para eventualidades.

No colégio, eu era a aluna mais antiga, depois de Claire Gates, minha melhor amiga. Claire sempre foi minha família naquele lugar, a única com quem eu podia contar quando precisava. Ela era daquelas que daria a própria vida por mim. Sabíamos como fugir do colégio para curtir as noites badaladas de Atlanta sem deixar vestígios. Esse era nosso único consolo, a maneira que Claire e eu encontrávamos para nos divertir, afinal de contas éramos adolescentes. No auge dos meus 17 anos, se me perguntassem qual era meu maior desejo na vida, provavelmente minha resposta seria ter 21 anos, para ser maior de idade e, enfim, poder fazer tudo o que quisesse. Estávamos sempre à procura do perigo, da sensação de estar no limite e de que a qualquer momento seríamos pegas. Esse era o melhor remédio para qualquer coisa que pudéssemos sentir. Adrenalina é uma substância que vicia. A partir do momento em que corre em suas veias, a cada instante que passa você deseja um pouco mais.

Observei o relógio na cabeceira da cama e deduzi que não conseguiria dormir nem duas horas até ter que estar oficialmente de pé. Preferi ficar acordada, então. Viraria um zumbi no meio do dia, mas com certeza era mais seguro do que perder a hora.

Eu precisava me livrar daquelas roupas e vestir o uniforme. Minhas pernas estavam doloridas como se eu tivesse passado o dia fazendo uma aula de ginástica. Faltavam algumas horas para as atividades regulares do colégio começarem e eu já estava com dor de cabeça só de pensar que não poderia dormir o resto do dia, com as aulas e os deveres a fazer. Sentei, cansada, e fui tomada de tristeza ao olhar para aquele quarto e para a cama – que parecia estar deliciosamente quentinha – e saber que não poderia me deitar nem um pouquinho. Claire já tinha ido para o quarto, e eu nem sequer havia colocado as meias. Depois de alguns instantes de uma inércia profunda, com as mãos apoiadas nas pernas, me levantei e fui me arrastando até o banheiro, totalmente sem forças. Era o máximo que eu conseguia fazer depois de ter corrido tanto. Lavei o rosto para me livrar de toda aquela maquiagem. Normalmente eu não costumava me maquiar muito, me sentia incomodada com o fato de estar com o rosto artificial demais, mas Claire sempre dizia que isso era preciso para que os seguranças das boates não suspeitassem de nós.

O relógio marcava quase sete horas, e comecei a acelerar para que nenhuma das freiras me surpreendesse e encontrasse alguma coisa no meu quarto. Assim que pensei nisso, quase tive um troço com uma leve batida na porta.

– Cassidy?

Estava quase tudo pronto, faltava apenas esconder as roupas em algum lugar. Minhas mãos tremiam incontrolavelmente, delatando que havia algo errado ali. Eu estava tensa demais, não sabia mentir muito bem e, sem Claire, ainda piorava um pouco. Não costumavam visitar meu quarto tão cedo, a não ser que desconfiassem de algo. Derrubei algumas coisas no chão e enfiei as roupas dentro do armário que ficava embaixo de uma pequena pia.

Minha respiração estava acelerada. Joguei mais um pouco de água no rosto e, ao ouvir a segunda batida, bem mais forte que a primeira, corri para a porta.

– Bom dia, irmã Teresa. A sua benção.

Tentei parecer o mais natural possível para uma moça que usava aquele uniforme impecável e tinha um crucifixo marrom de madeira no pescoço.

– Bom dia. Deus te abençoe, menina – disse a irmã, invadindo o quarto sem ao menos pedir licença.

Eu não sabia por que ela estava tão cedo no meu dormitório. Além disso, as vistorias costumavam ser aos sábados de manhã. Será que ela desconfiava de algo? Eu não conseguia decifrar seu olhar e sentia as palmas das mãos ficando úmidas. No entanto, não tinha por que desconfiarem, afinal, Claire e eu não tínhamos deixado pistas.

– Nossa… – Sorri de nervoso. – Aconteceu alguma coisa, irmã? Está um pouco cedo para a hora do café, e a senhora já começou a fazer a vistoria nos quartos… Aliás, a vistoria mudou de dia? Deixou de ser aos sábados?

– Não estou fazendo vistoria, Cassidy.

– Não? – Minha voz saiu um pouco exaltada.

– Não – disse ela, sorrindo sem mostrar os dentes. – Você dormiu com a janela e as cortinas abertas?

– Não. – Passei a mão no cabelo, num gesto de nervosismo. – Acabei de abri-las. Está uma manhã tão linda… Antes de começarmos nossas atividades, gosto de admirar um pouco o céu.

Ela sorriu outra vez.

– A madre superiora quer falar com você.

– Comigo? – Minha resposta soou como um grito desesperado.

– Sim.

– Tão cedo? Antes do café? – perguntei, me sentando na cama, já pensando no castigo que receberia. Ou, pior, que seria expulsa do colégio. – Tem certeza de que ela quer falar comigo? Não é com a outra Cassidy?

– Não, menina – respondeu, me colocando de pé. – Ande, se arrume, a madre quer você na sala dela, minha jovem. E é você mesma, Cassidy Anderson.

– Tudo bem – murmurei, decepcionada.

Foi fácil encontrar os sapatos no canto da porta. As meias até o joelho, encobertas pela saia azul-marinho que batia na altura da canela, combinavam com a gravata vermelha, e a camisa de algodão, tão branca quanto papel, me deixava pálida. Meu cabelo preto, comprido e solto contrastava com a palidez e as olheiras evidentes em meu rosto. Uma noite sem dormir e o resultado: uma cara péssima.

Enrolei o máximo que pude. Ter que falar com a madre superiora me pegou totalmente desprevenida, e algo me dizia que as coisas não acabariam bem. Irmã Teresa me encarava sem paciência, sentada na minha cama aconchegante. Era a terceira vez que eu penteava o cabelo, querendo adiar ao máximo o momento em que sairia daquele quarto para receber minha sentença.

– Deixe de ser vaidosa, menina. Já penteou demais esse cabelo. Está bonita o bastante. Parece até que não está querendo ir à sala da madre.

– Não é isso! Só estou me arrumando, desculpe pelo inconveniente, irmã. Podemos ir.

– Graças a Deus!

Ela se arrastou até a porta, abriu-a e saiu antes de mim. Respirei fundo, reunindo coragem, e depois também deixei o quarto. Percorri o caminho todo em passos curtos e pensando em que desculpas daria por ter fugido do colégio. Nenhuma seria aceita nem justificaria o que tínhamos feito, principalmente se soubessem onde estávamos. Mas, se disséssemos que estávamos muito arrependidas, talvez pudéssemos receber o perdão.

Claire não estava na sala de espera. Vasculhei todo aquele cômodo frio e silencioso com os olhos, à sua procura, mas não a encontrei. Minhas mãos tremiam só de pensar na madre superiora nervosa. E eu não queria decepcionar mamãe. Se eu fosse expulsa do colégio, ela com certeza ficaria sabendo.

– Vá logo, Cassidy, a madre está à sua espera – disse irmã Teresa, me tirando dos meus devaneios.

Aquela porta grande e marrom com maçaneta dourada me assustava. Parei e olhei para trás em busca de alguma alternativa, mas irmã Teresa me repreendeu com o olhar, me obrigando a entrar. Sentia minhas mãos ficarem ainda mais trêmulas. Bati de leve à porta e, logo em seguida, girei cautelosamente a maçaneta dourada.

– Com licença, madre.

Assim que entrei na sala, notei que Claire também não estava ali.

Era só o que me faltava: ser responsabilizada sozinha por tudo. Mas Claire não faria isso comigo, não me abandonaria numa hora dessas, não era do tipo que deixaria eu me prejudicar daquela forma. Era mais fácil ela assumir toda a culpa.

Deixei a porta entreaberta para o caso de precisar... escapar dali.

– Com licença, madre. A senhora quer falar comigo?

Eu estava muito aflita e não conseguia esconder isso. Meu tom de voz baixo denunciava que havia algo errado.

– Sente-se – ordenou a madre, apontando para a cadeira em frente à sua mesa. – Pedi para buscarem você em seu dormitório, pois tenho um assunto muito sério a tratar, mas prometo que serei o mais breve possível.

Engoli em seco, assentindo.

– Querida, quero deixar bem claro que todas nós aqui do colégio estaremos sempre ao seu lado. Pode contar conosco, você é como uma filha para nós, uma das nossas alunas mais antigas.

Exalei ruidosamente, demonstrando todo o meu nervosismo. Ela continuou:

– Algumas pessoas acham que, em determinadas circunstâncias, devemos falar as coisas por partes, que ir direto ao ponto pode ser doloroso demais. Mas prefiro dizer de uma só vez. Afinal de contas, a maneira de falar não vai alterar o que tem de ser dito.

Quanto mais a madre falava, mais angustiada eu ficava. Já estava esperando pelo pior. Se tinham nos descoberto e eu seria expulsa, preferia saber de uma vez. Afinal, se não fosse isso, o que mais seria? Eu podia ser péssima aluna em comportamento, mas minhas notas eram excelentes. Então será que eles relevariam?

– Madre, o que está acontecendo? Por favor, diga logo, porque está me deixando muito aflita.

– Fique calma. A paciência é uma virtude, menina.

Uma virtude que eu não tinha. Havia algo muito ruim no ar, mas eu não conseguia identificar o que era. Meu coração estava apertado. Eu senti um mau pressentimento. Percebi que a madre procurava as palavras certas para retomar o assunto e comecei a sentir uma dor forte no peito.

Ela fez uma pausa, depois recomeçou de um modo meio dramático:

– Primeiramente, como eu disse, quero que saiba que você não está sozinha. Conheço sua história e suas origens. Todas nós sentimos um grande carinho por você, Cassidy. Neste momento, tudo de que precisa é ter serenidade. E fé! Com o tempo, tudo vai se estabilizar e a vida entrará novamente nos eixos.

A situação estava ficando muito estranha. Tentei relaxar na cadeira e entender aonde aquela senhora de quase 80 anos pretendia chegar.

– Esta manhã, recebemos uma ligação da clínica onde sua mãe estava internada...

Gelei.

– Estava?! O que aconteceu com ela? – perguntei, dando um pulo da cadeira, já sentindo meus olhos marejados de lágrimas.

– Cassidy, olhe...

– Madre, por tudo o que há de mais sagrado, não me esconda nada, por favor! O que... aconteceu... com mamãe?

Ela respirou fundo e olhou para a mesa, como se procurasse as palavras certas para lidar com aquela situação. Neguei com a cabeça, porque de repente entendi o que ela estava querendo me dizer. Não poderia ser verdade.

– Sua mãe... Sua mãe faleceu hoje de manhã, Cassidy – disse, confirmando o que eu temia.

Fiquei paralisada. Sem nenhuma reação. Minha mente repassava bem devagar cada uma das palavras que a madre dissera, cada gesto e volta que havia feito para me dar a notícia. Eu tinha a impressão de que não havia mais chão debaixo dos meus pés, como se um abismo imenso tivesse sido aberto na minha frente. Senti uma necessidade enorme de negar o que ela me falara. Minha mente ficou em pane e tentava me convencer de que tudo não passava de um grande engano.

Não, mamãe não estava morta. Era impossível. Não podia ser.

– Cassidy, venha cá...

A madre se levantou da cadeira com certa dificuldade para tentar me confortar, mas me esquivei do seu toque, desprezando qualquer piedade.

– Quero falar com mamãe – disse, de forma rude. – Ligue para a clínica agora mesmo e diga que preciso falar com ela! Isso não é verdade, não pode ser verdade!

– Cassidy...

– Não, minha mãe, não. Por favor, diga que isso não está acontecendo, que estou ficando louca e isto não passa de um pesadelo. Será que estou ficando doente também? Igual a ela? Será que é hereditário? Quero acordar, me tirem daqui, quero acordar!

Meus gritos preenchiam a sala. Eu sentia como se meu peito estivesse sendo rasgado. Uma dor lancinante... Aquela pequena senhora, parada na minha frente, me encarava assustada. Ninguém era capaz de entender como doía. A dor era tanta que eu já não estava aguentando mais e não conseguia compreender nada direito. Mamãe não podia ter ido embora e deixado sua menina para trás. Eu havia prometido a ela... Prometi que, quando ela saísse daquele lugar, eu cuidaria dela para sempre, até os últimos dias de sua vida. E eu resgataria a felicidade em nossa vida. Ela não podia ter partido assim...

– Minha querida, procure manter a calma.

– Calma?! – perguntei, exaltada, o que fez a madre me olhar espantada. – A senhora está me pedindo para ter calma? Madre, minha mãe... Minha mãe morreu. A única pessoa que me amou de verdade, a única pessoa que me fazia lutar por alguma coisa foi embora. Não posso ficar calma, não tenho como ficar calma.

As lágrimas escorriam pelo meu rosto, não conseguia controlá-las. Eu me sentia mais do que sozinha. Agora era para valer: ela se fora para sempre.

– Não! Não, Cassidy, você não está sozinha.

– Estou sozinha, sim – afirmei, entre soluços. – Sempre estive sozinha, mas agora a situação é muito pior, porque sei que nunca mais vou vê-la. Sei que, quando eu sair daqui, não vou cuidar dela como prometi.

– Olhe, localizamos uma amiga da sua mãe. Para falar a verdade, ela entrou em contato conosco assim que recebemos a notícia do falecimento.

Como se quisesse acabar com meu desespero, ela despejou aquelas palavras em cima de mim.

– E ele? Onde é que o cafajeste do meu pai está? Fale, madre, o que foi que ele disse? Ele não se importa, não é? Nem ligou para saber como estou.

– Cassidy, a amiga da sua mãe conseguiu uma autorização para que você fique com ela, pelo menos por algum tempo. – A madre parecia se esquivar das perguntas diretas que eu fazia sobre meu pai. – Nós conseguimos entrar em contato com ele, que disse que a senhora Deborah Becker tem permissão para tirar você do colégio.

– Assim, tão fácil? Vocês estão me enxotando? Nunca ouvi falar dessa mulher. – Minha cabeça doía e eu a pressionava com as mãos. Parecia que tudo ia explodir dentro de mim. – Não faço ideia de quem seja!

– Cassidy, você precisa de um tempo para descansar, e passar esse tempo com pessoas que estão sentindo a mesma dor que você talvez lhe faça bem. Você tem minha autorização para deixar o colégio por algumas semanas. De qualquer jeito, a semana das férias de primavera está chegando... Encare isso como uma antecipação. Você é ótima aluna, suas notas estão muito boas, então não vai lhe custar o ano letivo perder as duas semanas de aulas que faltam até as férias. Terminado esse período, se você estiver melhor, pode voltar para cá. Nossas portas estarão sempre abertas.

– E eu deveria ficar feliz ouvindo isso?!

– Entendo que seja difícil lidar com a perda da sua mãe, mas procure ter fé, minha querida. Precisamos confiar nos planos de Deus. Sua mãe foi ao Seu encontro, e nós devemos rezar por ela para que encontre a vida eterna. Mantenha sua fé e suas orações, e o tempo há de transformar essa dor que você está sentindo numa saudade mais tranquila.

– Mas o tempo não vai trazê-la de volta... – comentei, com amargura.

– Mas você vai guardar para sempre no seu coração as melhores coisas que ela lhe deixou – disse, sorrindo gentilmente. – Suas lembranças agora são seu maior tesouro, Cassidy. Tenho certeza de que ninguém pode lhe tirar isso. Não seja muito severa consigo mesma, não deixe a mágoa tomar conta de você. Vamos lá. Arrume suas coisas. Conheça a senhora Deborah, faça coisas que deixariam sua mãe feliz. Tente, inclusive, aproveitar esse grande período de férias que vai ter. Use o tempo que terá para refletir e estabelecer quais serão suas prioridades daqui para a frente. Lembre que em pouco mais de dois meses estaremos em junho, e você vai se formar.

Mesmo com todas as palavras que a madre me dissera, a sensação de que, dali em diante, as coisas só dariam errado na minha vida me dominava. Tudo havia acabado e eu me sentia perdida. Mamãe não estava mais à minha espera, não iria à minha formatura no colégio, não presenciaria minhas conquistas profissionais nem me ajudaria a escolher um vestido de noiva um dia. Nossa história juntas havia acabado e eu não me sentia capaz de reconstruir minha vida sem ela. Os muros do colégio deixaram de ser os obstáculos dos quais eu tentava escapar. Na verdade, depois de ouvir aquela notícia, eles haviam se tornado meu único refúgio. Eu sentia um vazio no peito, e imagens dos momentos que vivemos juntas invadiam minha mente. Quando crianças, nosso maior medo é perder nossos pais. Só de pensar nisso, nos desesperamos. Mas nunca pensei concretamente que um dia isso aconteceria de fato; nunca imaginei que essa dor estivesse tão próxima e pudesse ser real.

Terminei de arrumar minhas malas, mas ainda não estava preparada para sair do quarto. Peguei o único retrato dela que eu tinha e me escondi no banheiro, chorando sem parar. Não ouvi a porta se abrir e levei um susto quando Claire se sentou ao meu lado.

– Ela se foi, Claire. Minha mãe morreu. Estou sozinha – disse, aos prantos, me jogando nos braços dela.

– Não, Caissy! – Ela me abraçou forte. – Você tem a mim, nós somos irmãs! Não somos irmãs de sangue, mas somos irmãs de alma. Você não está sozinha. Sua mãe se foi, mas sei que ela sempre estará ao seu lado, protegendo você, de onde quer que esteja.

Eu me desvencilhei dos braços dela e olhei para o chão.

– Não vou passar as férias de primavera aqui como todos os anos.

– É, eu sei. – Ela suspirou, relaxando. – Todas estão comentando pelos corredores que "Cassidy finalmente vai sair do internato".

– É... Sempre quis sair daqui, ter férias legais. Mas nunca imaginei que fosse conseguir sair por esse motivo. – Suspirei. – Vou passar férias na casa de uma tal de Deborah, velha amiga da minha mãe, mas não faço ideia de quem seja essa mulher.

Enxuguei as lágrimas, fungando.

– Aposto que ela é legal. Tenho certeza de que você vai conseguir dar perdido nela e me acompanhar nas festas.

– Não, Claire. Não vou fazer isso enquanto estiver lá.

Ela riu.

– Como não? Você me fez perder um gatinho especial! É mais do que sua obrigação sair comigo para ver se encontro aquela peça rara de novo.

Revirei os olhos, me levantando do chão.

– Pode me ajudar com as malas?

– Só porque você está emocionalmente debilitada.

Eu não conhecia nenhum parente. Tanto a família do meu pai quanto a da minha mãe não sabiam que eu existia. Meus pais nunca me contaram nada sobre suas famílias e seus amigos. Todo o tempo que passei trancada dentro do colégio foi porque eles queriam o meu bem, segundo diziam durante os primeiros anos que passei lá. Mamãe aceitava tudo o que meu pai impunha; ela não tinha saúde mental para dizer se o que ele fazia era certo ou errado. Os remédios que tomava a deixavam incapaz. Fui uma criança abandonada, sozinha, com a justificativa de que assim seria melhor para mim, pois minha mãe era doente e meu pai não conseguia enfrentar toda aquela dor, e preferia que as freiras cuidassem de mim. Que balela! Na época, eu não tinha idade para entender o que estava acontecendo. Era inocente demais, acreditava em cada palavra que os adultos diziam. Confiava que aquilo era só temporário, que um dia alguém iria me buscar, que eu teria minha família e minha casa de volta... Só que com o tempo fui percebendo que isso era apenas uma fantasia minha. Uma fantasia que eu havia criado para não sofrer tanto ao me dar conta de que estava só no mundo. Eu sentia ódio de Ethan, meu pai. Sentia uma raiva imensa daquele homem covarde que abandonou a mulher com problemas mentais num hospital psiquiátrico e a filha num colégio católico que funcionava como internato, sem nunca mais ter aparecido para nos visitar. Eu nunca iria perdoá-lo. E também passei a achar que ele era um dos grandes culpados pela morte da mamãe.

Quando segui de volta para a sala da madre superiora, todos estavam à minha espera. Claire me acompanhou até a porta e nos despedimos ali mesmo. Depois que ela se foi, encarei os fatos e entrei na sala, indo ao encontro do meu futuro.

– Esta é a nossa menina – disse a madre, comovida, exibindo um sorriso.

A mulher que estava sentada numa das poltronas ficou de pé. Ela tinha um cabelo comprido preto e sedoso; lindos olhos azuis; e sua pele era tão branca que poderia ser comparada a porcelana. Era pequena e parecia uma boneca. Usava um vestido casual e sandálias rasteiras e me encarava emocionada. A surpresa em seu olhar revelava o que algumas pessoas costumavam me dizer: ela também devia me achar muito parecida com minha mãe.

– Oi! – disse ela, esticando a mão para mim. – Sou Deborah Becker.

– Sou Cassidy – sussurrei, envergonhada.

– Você está pronta para passar algumas semanas na minha casa? Acho que vamos nos dar bem.

Ela parecia simpática.

– Já deixei bem claro para a senhora Deborah que, se acontecer alguma coisa, ela pode entrar em contato comigo, sem nenhum problema. Mas sei que você será uma boa menina e se comportará muito bem.

– Aposto que nada de mais vai acontecer. E você vai ter um monte de coisas para contar depois, quando voltar.

Baixei o olhar, assentindo. A ponta do meu nariz estava tão vermelha quanto a de um palhaço. Minhas pálpebras estavam pesadas e ardiam. Eu me sentia exausta.

– Vamos? – Deborah voltou a sorrir, esticando a mão para segurar a minha. – Estou muito ansiosa. Acho que você vai gostar de onde moro. – Ela passou a mão em torno dos meus ombros e deu um beijo em minha testa. – Prometo que vou cuidar bem de você, Cassidy.

Depois de oito anos, eu estava deixando o internato para passar um tempo fora pela primeira vez, para passar férias na casa de uma amiga da mamãe, da qual eu não fazia ideia da existência. Deborah aparentava ser uma pessoa muito agradável e tinha um sorriso angelical e confiante. Observei que ela sorria daquele jeito o tempo todo. Mesmo distraída, prestando atenção na estrada. Era hora de encarar um mundo novo.

2

O céu havia mudado completamente. Um cinza melancólico tomava a paisagem, dando um toque de tristeza ao clima. As nuvens que se formavam eram um prenúncio de que com certeza choveria. Deborah dirigia com maestria, mas meu silêncio a incomodava.

– E então, Cassidy, me fale um pouco sobre você. O que gosta de fazer? Que músicas costuma escutar?

Eu nem sequer me sentia à vontade para conversar com ela. Só queria ficar quieta, queria que aquilo acabasse logo. Deborah entendeu meu silêncio e assentiu, voltando a ficar calada. Percebi que, mesmo sem querer, tinha sido rude. Eu não queria causar má impressão, as pessoas não eram culpadas pelo que eu estava sentindo. Resolvi tocar no assunto que ninguém parecia disposto a conversar comigo.

– E então, como foi que ela morreu? No colégio não me contaram o que houve.

Deborah ficou em silêncio, depois pigarreou e falou:

– Ela já estava mal há algum tempo, Cassidy. A depressão estava num estágio avançado.

– Hum... Então minha mãe morreu de tristeza?

Deborah desviou os olhos da estrada e me encarou por alguns segundos.

– Por aí. Beatrice nunca aceitou depender de remédios e viver trancafiada naquele lugar. Tudo isso fez muito mal à sua mãe.

– Se eu pudesse, teria cuidado dela – falei, engolindo o choro, sentindo um nó se formar em minha garganta.

– Ethan me disse como vocês eram apegadas.

– A senhora mantém contato com ele?

Ela riu.

– Pode me chamar de você, por favor. Não sou tão velha assim.

– Desculpe – murmurei, achando aquilo um pouco engraçado. – Você mantém contato com ele? É uma amiga ou parente? A madre disse que você é amiga da mamãe, mas ela nunca me falou de você.

– Não sou amiga nem parente do Ethan. – Ela ficou séria. – Só estive em contato quando fui até a casa dele pegar a autorização para buscar você. Sua mãe e eu éramos feito irmãs, por isso pode-se dizer que sou um pouco sua tia, mas você não me conhece porque nós duas nos afastamos quando ela decidiu se casar com seu pai. Eu me arrependo muito de não ter ficado ao lado dela... Desperdicei tempo demais, um tempo impossível de recuperar.

Fechei os olhos com força, engolindo o choro.

– Eu não vou ao funeral?

– Uma das coisas que Beatrice pediu antes de morrer foi que não deixássemos que a última imagem que você tivesse dela fosse morta, dentro de um caixão.

Eu estava tão apática que, naquele momento, nem pensei em rebater. Achava um absurdo não poder me despedir da minha mãe. Era vontade dela que eu não fosse ao seu enterro, mas e a minha vontade? Eu sentia que duas coisas estavam sendo arrancadas de mim ao mesmo tempo: ela e a oportunidade de vê-la pela última vez. Mas eu me sentia fraca demais para brigar. Então, só aceitei o fato e mergulhei nas lembranças.

– Do que eu mais me lembro é do sorriso dela – murmurei tão baixo que achei que Deborah não ouviria.

– Seu sorriso é exatamente igual ao dela. Para falar a verdade, você é idêntica à sua mãe, com exceção da boca. – Ela riu. – Essa parte não posso negar que você herdou do seu pai, mas os olhos, o cabelo e até mesmo esse sorriso meio envergonhado são da sua mãe.

Eu não estava prestando muita atenção no caminho. Mas quando ela parou o carro, um portão grande me chamou atenção. Não sabia se havíamos chegado, porém pela naturalidade que ela passava, imaginei que sim.

Cruzamos o portão e Deborah estacionou num jardim lindo, que ficava na frente de uma casa imensa.

– Chegamos.

– Esta é sua casa?! – Eu estava impressionada com o tamanho.

– Sim. Espero que você goste.

Ela saiu do carro, colocando os óculos escuros, e eu a acompanhei.

A casa parecia o cenário de um filme. As flores eram mais bonitas do que todas as cultivadas no colégio. Percebi que dois homens de preto circulavam pelos arredores da casa, como se fossem seguranças.

– Quem são eles? – perguntei, apontando para um.

– Seguranças – respondeu ela, sorrindo e confirmando minha suspeita.

– Você é casada?

– Não. O único homem que mora comigo é o Mason.

– Ele é seu namorado?

– Mason é meu filho – explicou, sorrindo gentilmente.

– Você tem filhos?! – exclamei, empolgada. – Só o Mason?

– Sim. Ele é meu único tesouro.

– E só vocês dois moram aqui, nesta casa tão grande?

– Sim. E alguns funcionários, o que inclui os seguranças. Quanto ao meu filho, ele é muito ocupado, você não deve vê-lo com frequência em casa.

– E por que você precisa de seguranças? – Era uma pergunta que estava despertando minha curiosidade.

Deborah abriu o porta-malas onde estavam as minhas coisas.

– Sou diretora de uma ONG, lido com grandes quantias de dinheiro e acabo participando de transações e estando no meio de muita gente importante. Num determinado momento da vida, decidi que precisava zelar pela segurança da minha família. Por isso, temos alguns seguranças. Eles vigiam a casa e costumam me acompanhar. Mason não gosta muito de andar com eles, diz que não precisa disso. – Ela bufou de desdém. – Ah, um de nossos principais funcionários é o Philip, que é chefe dos seguranças, motorista e o braço direito do meu filho.

Fiquei imaginando com que tipo de pessoas aquela família estaria envolvida. Notei um tom emblemático e mais vago quando Deborah disse que tinha decidido num determinado momento da vida que teria seguranças, mas eu já tinha percebido que ela era reservada ao falar da vida pessoal. Por isso, não quis fazer outras perguntas, por mais que ela estivesse sendo muito delicada ao me responder, apesar de algumas reticências.

Eu me senti um pouco incomodada com o fato de que teria um homem morando conosco na casa. Durante a maior parte da minha vida, eu só tinha convivido com mulheres. Aquela seria uma experiência completamente nova para mim. Porém, Deborah me parecia uma pessoa legal, então Mason deveria ser como a mãe.

– Robert – chamou Deborah, se dirigindo a um dos seguranças. – Leve estas malas para o quarto que mandei arrumarem, por favor. – O homem pegou minhas malas depressa, acatando a ordem dela. – Obrigada! – E, voltando-se para mim, acrescentou: – Você quer conhecer a casa agora ou prefere descansar um pouco?

– Não sei – respondi, sem graça. – Você é quem sabe.

Eu continuava meio anestesiada, como se estivesse agindo no automático. Nada fazia sentido ou tinha importância. Nem tinha mais vontade de chorar.

– Bom, vamos fazer assim, então: eu lhe mostro a casa agora e depois você vai para seu novo quarto descansar um pouco. – Concordei com um sorriso.

Ela passou o braço em volta da minha cintura e me guiou para a entrada.

A casa era bem grande, eu nunca tinha visto nada parecido. Era realmente incrível. A sala era magnífica, muito espaçosa, com um assoalho que brilhava tanto que chegava a ofuscar os olhos. Havia um tapete claro, aveludado, que cobria boa parte do piso; uma mesinha de centro e uma na lateral da sala, cheia de porta-retratos e alguns vasos de flores frescas. Janelas amplas, com vista completa para o jardim, e uma cortina grossa, que cobria parte das vidraças e roçava no chão. Um sofá escuro de canto ocupava boa parte do cômodo. Ao fundo da sala dava para ver uma escada, que imediatamente despertou minha curiosidade para conhecer os cômodos do andar de cima.

Deborah tinha um ótimo gosto para decoração, dava para perceber isso em cada detalhe. Ela foi gentilmente me mostrando todos os cômodos. Demoramos algum tempo para percorrer todo o local. Eram muitos cômodos, e todos encantadores. Depois de me mostrar tudo, chegamos, então, a uma última porta. Já havíamos passado por ali antes, mas minha anfitriã preferiu não entrar e deixá-la para o fim.

– E aqui fica o mundo de Mason. Este escritório funciona como um anexo externo à casa. Tem esta porta aqui no corredor, mas também tem outra que dá diretamente no jardim. Quando digo que aqui é o mundo de Mason – ela sorriu –, não estou brincando. É aqui que ele cuida dos negócios quando não está me ajudando na ONG, e aqui também é onde se reúne com os amigos. Talvez traga até algumas namoradinhas para cá, não tenho certeza. Aposto que você não vai frequentar muito este cômodo, porque não é muito acolhedor. E Mason é muito reservado.

– Vocês se dão bem?

– Sim, quando não interfiro nas coisas dele, nos damos muito bem. Aliás, é bom frisar: este escritório é só dele. Sugiro que você evite ao máximo entrar aqui. E, como viu, temos uma biblioteca no segundo andar que você pode usar à vontade. Há também, como mostrei, o escritório que eu uso, que está totalmente liberado.

Assenti. Ela abriu a porta para que eu observasse o escritório, que pude perceber que era grande, e recomeçou a falar, mas foi bruscamente interrompida. Um homem saiu pela porta que Deborah acabara de abrir, esbarrando nela e fazendo-a se calar.

Eu o observei com curiosidade. Meu Deus! Os óculos escuros escondiam seus olhos, mas dava para ver que ele era extraordinariamente bonito. Usava um terno elegante, de bom corte, que deixava presumível que seu corpo era tão magnífico quanto o resto. Senti um calor diferente dominar meu corpo. Qualquer mulher se derreteria ao olhar para aquele homem. Qualquer mulher ficaria tão extasiada como eu estava.

Sentia minha garganta queimar. Então, ele tirou os óculos escuros, e me senti ainda mais desconfortável. O jeito com que ele me encarou era sugestivamente tentador. Parecia um predador pronto para o ataque. Seus olhos misteriosos, de uma cor de avelã inusitada, sensuais e instigantes, logo chamaram minha atenção e me fizeram encarar seu rosto. Que olhar era aquele! E que rosto! Ele tinha um maxilar largo, bem desenhado, e um meio sorriso sedutor se formava no canto dos lábios. Tinha linhas de expressões perfeitas. Seu nariz não era tão certinho, mas era a combinação ideal para aqueles lábios rosados e grossos. Cada detalhe do seu rosto era proporcional e perfeito, até mesmo a pintinha sexy perto do canto inferior direito da boca, que o deixava ainda mais atraente.

De repente, senti um arrepio e fui me dando conta... Aquele olhar não me era estranho, eu já tinha cruzado com ele antes. Sua fisionomia me era familiar. E então me lembrei de onde conhecia aquele cara. Todos esses pensamentos se atropelaram em minha mente em apenas uma fração de segundo.

– Não olha por onde anda, mãe?!

Ele e Deborah tinham se esbarrado feio. Mas, diferentemente dela, ele reagiu com extrema irritação.

– Filho! – Deborah estava um pouco sobressaltada.

– O que você está fazendo? Já disse que não gosto que entre aqui.

– Estou apenas mostrando a casa para Cassidy. Você chegou mais cedo hoje. Aconteceu alguma coisa?

Ela parecia bem desconcertada com a situação.

– Precisei passar na casa do Dylan – disse ele, dando um passo à frente, ainda prestando atenção apenas em Deborah.

Dei alguns passos para trás. Eu não estava enganada. Era ele, sim, eu tinha certeza. Era o mesmo cara que havia tentado me agarrar à força na boate na noite anterior.

– Ah, sim. Bom, vou aproveitar que você está aqui para apresentá-lo para Cassidy, então. Ela vai passar um tempo conosco e quero que você a trate muito bem! Cassidy, este é Mason. Mason, esta é Cassidy.

Ele me observou com atenção dos pés à cabeça e me reconheceu de imediato.

– VOCÊ?! – perguntou, incrédulo.

Fiquei muda, paralisada. Eu não conseguia pensar em nada concreto para dizer.

– Por que essa vadia está aqui na minha casa?! – gritou, com raiva, assustando Deborah.

– Mason! O que é isso? Isso não é modo de tratar minhas visitas. Esta é Cassidy, filha da minha amiga Beatrice, da qual lhe falei.

– Vou matar essa garota!!! Não consegui pegar você ontem, mas hoje eu acabo com a sua raça.

Deborah não sabia o que fazer, não estava compreendendo o que ocorria.

– Mason, o que está acontecendo?? Qual é o problema com ela? – gritou, zangada e completamente perdida.

– O problema?! Esta garota jogou alguma coisa na minha cara ontem, no meio da boate, que está fazendo meus olhos arderem até agora!

Ele aproximou um pouco o rosto da mãe, erguendo os óculos escuros para que ela visse. Percebi que estavam levemente avermelhados. Nada grave. Deve ter sido reação ao limão da água gaseificada que eu tomava. Na hora em que joguei todo o líquido do meu copo na cara dele, nem me lembrei desse detalhe. Mas não era o momento de pedir desculpa, ele não merecia.

– Ei! – protestei, conseguindo alguma reação. – Você não tem o direito de falar de mim dessa forma! Nem me conhece direito! – bradei, apontando o dedo para a cara dele, irritada.

– Abaixe o dedo ou você vai ficar sem ele.

Ele trincou os dentes, feito um cão feroz.

– Gente! Pelo amor de Deus, parem com isso! Mason, meu filho, esta é Cassidy, e você com certeza está confundindo-a com outra pessoa. Mas quanto aos seus olhos, parecem estar um pouco irritados mesmo. Coloque um colírio. Se não melhorar, chamarei um médico, mas não me parece que será necessário.

– Não, mãe! Eu sei bem quem é esta garota. Não quero ela aqui na minha casa! E pode deixar que sei me cuidar.

Deborah tentou contemporizar, mas ele não lhe deu tempo. Saiu todo nervoso, quebrando os bibelôs que encontrou pela frente. Senti meu sangue ferver. Meu rosto estava pegando fogo. Eu estava com vontade de me defender com minhas próprias mãos e dar um fim ao rostinho perfeito dele.

– Desculpe, Cassidy, prometo que vou conversar com Mason.

– Não, Deborah! Não precisa. Não precisa falar com ele, porque não quero ficar aqui nem mais um minuto.

Eu não fazia ideia de onde estava nem de para onde ir. Entretanto, eu daria um jeito de me virar. Eu não admitia que ninguém gritasse comigo daquela forma.

Fui correndo em direção ao que eu achava que era a saída da casa.

3

Eu estava completamente descontrolada. Toda aquela confusão passava em flashes na minha cabeça. Não conseguia deixar de me torturar por não ter respondido àquele imbecil à altura. Só porque ele estava todo engomadinho achava que tinha o direito de falar comigo daquela forma? De me chamar de vadia? Não mesmo! E como era possível que ele fosse filho da Deborah? Como uma pessoa como ela, que parecia tão gentil e educada, tinha um filho como aquele? Eu devia ter dito poucas e boas para ele, mas na hora não consegui, de tão chocada que fiquei. Não consegui falar quase nada em minha defesa. Fui uma idiota. Mas se eu era uma idiota, ele era um babaca!

Desde que saíra correndo do casarão de Deborah, eu andava sem rumo pelas ruas. Fazia tempo que vagava e não fazia ideia de onde estava. Sair sozinha foi a pior escolha que eu fizera. As lembranças do sorriso da mamãe insistiam em permanecer na minha mente. Eu xingava todas as pessoas que estavam felizes naquele momento e desejava tudo de ruim a elas. Eu não podia aceitar aquilo. Não aceitava o fato de ter vivido tanto tempo longe e não ter estado ao seu lado quando ela mais precisou de mim. A vida era muito injusta, e eu não aceitava o peso de ter perdido a pessoa mais importante do meu mundo. Tentando dar um fim a todo aquele sofrimento, me joguei na frente de uma picape que seguia na estrada, porém foi em vão. O motorista freou bruscamente, cantando os pneus no asfalto e fazendo um barulho estridente, e depois começou a xingar minha atitude insana.

– Garota estúpida!

Ele gritou ao passar por mim. Nem para isso eu servia. Nem para pôr um fim àquele sofrimento todo eu prestava.

A chuva não demorou a começar. Eu só não contava com um tremendo temporal. A ventania e os trovões eram de assustar qualquer um e, em minutos, as ruas ficaram completamente vazias. As lojas e as janelas das casas e apartamentos foram se fechando aos poucos. As pessoas corriam, fugindo da chuva, tentando se esconder onde dava. Os carros foram sumindo e tudo ficou deserto, restando apenas eu, uma garota de 17 anos vagando sozinha.

Cruzei os braços com força junto ao corpo, sentindo minhas roupas ensopadas, e continuei seguindo em frente. Havia uma confusão de sentimentos dentro de mim. Eu sentia ódio do filho de Deborah e sofrimento pela morte de minha mãe. Meu corpo não estava suportando tudo aquilo. Eu não era capaz de carregar todo aquele fardo sozinha.

– Ei, menina!

Olhei para trás e me deparei com um homem grisalho que tentava chamar minha atenção de dentro de um Mustang vermelho.

Aquilo me assustou. Meu sexto sentido me enviou um alerta de que eu deveria sair dali o mais rápido possível. Apressei o passo, ignorando o homem.

Eu pisava firme e andava depressa, quase correndo. O carro vermelho, no entanto, começou a me seguir. Meu coração acelerado mantinha todos os meus sentidos em alerta. De esguelha, vi o carro parar e o homem descer. Não esperei nem mais um minuto: saí correndo e gritando por ajuda, e reparei que o sujeito veio atrás de mim também. A adrenalina me dava forças para correr cada vez mais rápido, mas mesmo assim eu estava nitidamente em desvantagem. O homem parecia um leão prestes a capturar sua presa. Meus gritos de pavor e pedidos de ajuda ecoavam pela rua, mas não havia ninguém ali que pudesse me socorrer. Eu estava cansada. Em segundos, o homem conseguiu me alcançar e acabamos numa luta corporal, enquanto ele tentava me imobilizar, e eu, me desvencilhar de seus braços.

O pavor estava nítido em meus olhos. Eu tentava de todas as formas me livrar daquelas mãos ásperas, mas o homem tinha o dobro da minha força. Ele me segurou pelo cabelo com a mão esquerda e com a direita apertou meu pescoço, tentando me sufocar. Aquele movimento foi tão rápido que não tive tempo para pensar. Usei toda a minha força e dei uma joelhada no saco dele. No mesmo instante, ele me soltou e levou as mãos direto ao ponto onde eu o acertara, se curvando de dor. Mais uma vez, tentei correr. E foi em vão.

Uma risada estridente dominou o local. O homem se recuperou rapidamente do meu golpe e já estava me perseguindo de novo. Fechei os olhos e me forcei a correr o mais rápido que pude.

– Achou mesmo que tinha me machucado, sua cadela?

Eu estava tão desesperada que tropecei nas pernas.

– Sua vadia inútil! – disse ele, gargalhando.

Foi um erro tolo. O homem recuperou o tempo perdido e voltou à posição de caçador.

– Não me toque!!! – gritei, apavorada, tentando me livrar dele.

Reparei na fúria e na malícia com que ele me olhava. Era aterrorizante. Tentei me desvencilhar das suas mãos, mas recebi uma pancada forte na cabeça, que me fez cair no asfalto. Ele segurava um canivete, que até então eu não tinha visto. Quando percebi, meus gritos se multiplicaram, histéricos, e minha tensão e meu descontrole só aumentaram. Comecei a suplicar:

– Não, não faça isso, por favor!!!

Depois de algum tempo, ele conseguiu me imobilizar com o peso de seu corpo.

– Prometo que não vou machucar você. A bonitinha nem vai sentir.

– ME SOLTE! SOCORRO! – Os berros arranhavam minha garganta.

Ele pressionou o canivete na minha mandíbula e me intimidou completamente. Tentava me coagir de todas as formas: me segurava com força, me lançava um olhar nojento e me ameaçava com o canivete afiado. Não, aquilo não podia acontecer. Num ímpeto de coragem, empurrei-o com toda a força que ainda restava em mim. Ele perdeu o equilíbrio e, num lapso de desatenção, consegui escapar mais uma vez.

Ele só seria capaz de fazer algo comigo se me matasse, porque eu lutaria até meu último suspiro. Vi um galho grande no chão e o peguei, segurando-o com firmeza, usando aquilo como uma arma para me defender. Como se aquele simples objeto pudesse detê-lo...

– Vou te contar uma coisa – gritou ele, se levantando do chão. – Adoro quando as mulheres dificultam as coisas. Você não é a primeira. – Ele deu um sorriso debochado. – E quer saber? Todas tiveram o mesmo fim.

Com o canivete, ele rasgou a camisa molhada que estava usando. E continuou me intimidando:

– Tudo fica ainda mais atraente quando vocês resistem. A emoção é maior, e o estrago que eu faço, também.

– Não se aproxime! – exclamei, empunhando o galho na direção dele.

– Ah, como pude ser tão grosseiro? Eu me esqueci de me apresentar – disse ele, balançando a cabeça e rindo. – Sou...

– Não quero saber! – gritei em prantos, a voz fraca, percebendo a distância entre nós diminuir. – Não quero saber!

Joguei o galho na direção dele e acertei em cheio o seu supercílio, que começou a sangrar imediatamente.

– Vagabunda! – vociferou ele e partiu para cima de mim, me dando uma bofetada e voltando a me agarrar com força.

Senti a bochecha esquerda arder. A concentração de sangue na maçã do meu rosto a deixou quente, como se estivesse em chamas.

– Me solte!!! – gritei, relutante. – Me solte, seu monstro!

O homem começou a me arrastar em direção ao carro, enquanto eu usava minha energia restante para gritar e lutar. Mas, àquela altura, quase já estava sem forças. Tinha sido uma noite longa e um dia muito cansativo, em todos os sentidos. Eu reunia tudo o que restava para me concentrar e resistir. O nojo pulsava dentro de mim.

– Socorro! Socorro! Alguém me ajude, pelo amor de Deus!

Eu urrava desesperadamente, mas tinha a impressão que de nada adiantaria, ninguém iria me ouvir. Ele agarrou meu cabelo com força e aproximou o rosto do meu. Senti ainda mais repulsa.

– Olhe só a chuva. Você acha mesmo que alguém vai ouvir seus gritinhos? – Depois riu, de maneira sádica, me deixando mais apavorada. – Descanse essa sua voz para poder sussurrar no meu ouvido, meu bem.

– Eu não vou deixar... – Eu ainda tentava me soltar. – Você não vai colocar essas mãos imundas em mim...

Ele passou o canivete na linha que prendia os botões da minha blusa de uniforme do colégio. Pela primeira vez, senti que não tinha para onde fugir. Aquele homem nojento iria mesmo me violentar. Lágrimas começaram a escorrer.

– Pare!!! – implorei, em prantos, sentindo o canivete gelado roçar a parte superior dos meus seios.

– Prometo que não vai doer nada – disse ele, e tentou enfiar a língua na minha boca.

Naquele instante, dois disparos o fizeram parar.

– Tire as mãos da garota agora e se afaste dela devagar.

O homem fechou os olhos por alguns segundos. Abriu-os novamente e apertou minha cintura com força. Seu olhar era ameaçador e o canivete continuava encostado em mim.

– Quietinha – sussurrou ele, saindo da minha frente e me deixando ver quem mais estava ali.

Era Mason, o filho de Deborah. Ele estava parado não muito distante de nós, apontando um revólver na direção do tarado. Já não usava mais o paletó, apenas calça e camisa social, e estava todo ensopado por causa da chuva.

– Qual é, cara?! Está tudo bem. Ela é minha namorada, estamos resolvendo umas coisas. Não se intrometa, por favor.

Tentei me soltar, mas o homem segurava meu pulso com uma das mãos.

– Sua namorada?

Minha visão estava embaçada, mas eu era capaz de imaginar a expressão fechada e o olhar penetrante dele, como eu tinha visto na noite anterior na boate.

– É, minha namorada. Você está interrompendo nosso momento aqui, mas tudo bem... – respondeu o homem, agarrando meu braço com força e me puxando um pouco para a frente, mas foi o máximo que conseguiu fazer.

Mason apontou a arma em nossa direção e, por um momento, pensei que ele queria me acertar.

– Não brinque comigo! – gritou Mason, mostrando que estava falando sério. Mas, àquela altura, nenhum dos dois estava de brincadeira. Eu era a única vítima ali. – Vou repetir: solte a garota agora e jogue o canivete no chão.

– Rapaz, não perca seu tempo querendo salvar esta piranhazinha. Esta garota estava me dando mole sem nenhum pudor. Agora ela vai aprender a não ficar provocando um homem – rebateu o homem, pressionando a ponta do canivete na minha barriga.

– Ela deu mole para você, é? Eu entendo. Aconteceu algo parecido comigo ontem à noite.

Não, não era possível! Os dois iriam se unir contra mim?

– Se entende, me deixe terminar o serviço aqui.

– Mas sabe qual é o problema, vovô? – Mason mantinha os olhos fixos em mim, como se o homem não estivesse ali. – Essa vingança era minha antes de você aparecer. Ela realmente merece um castigo, mas quem vai dar sou eu!

Não esperei muito tempo. O homem parecia distraído comigo e atento a tudo o que Mason dizia. As mãos dele tremiam, como se estivesse com medo, e ele foi perdendo a força, argumentando cada vez mais. Os dois discutiam para saber quem me mataria. Meu Deus, eu estava me sentindo uma presa! Aproveitei o momento e joguei o peso do meu corpo contra ele, livrando meu pulso de seus dedos, e corri para trás de Mason, que foi a única proteção que encontrei naquele instante.

– Devolva a garota!

– Você tem medo de morrer? – questionou Mason, sereno, como se fosse uma pergunta comum.

Ele deu alguns passos, se afastando de mim e se aproximando mais do homem.

– Morrer? Por causa dela?! Minha vida vale muito mais do que isso, cara.

– Você tem medo de morrer? – repetiu Mason, só que desta vez com um tom muito mais agressivo e impaciente.

– Qual é, cara?! Vai me matar por causa dela? Essas mulheres não prestam, estão aí para isso mesmo. Eu não estava fazendo nada de mais. – A voz do homem vacilava, como se ele pedisse piedade, como se suas palavras fossem comover Mason.

– Se eu não tivesse chegado, aposto que você não estaria com essa cara de santinho. Seja homem e morra de cabeça erguida – disse Mason, irritado, mas, ao mesmo tempo, zombando do homem que já estava se mijando de medo.

– Só quero que você entenda que mulheres como ela não têm valor algum.

– Chega! Você está me tirando do sério.

Mason foi rápido e, quando me dei conta, ele já estava diante do homem, derrubando-o com uma rasteira. Mas o sujeito não ficou no chão por muito tempo. Mason o puxou pela gola da camisa, colocando-o de joelhos à sua frente.

– Reze!

Eu não acreditava no que estava vendo. Minha mente vagava pelas palavras de Claire: "Com certeza você está na lista do Drew Becker, e dizem que ele é vingativo." Droga! Eu estava ferrada! Depois de mandar aquele homem para o inferno, ele se vingaria de mim.

– Minha vida vale muito mais que a dela, cara. Vamos dividir. Deixo você usar um pouquinho também – insistia o homem de maneira insana, com um revólver apontado para sua cabeça.

– Quero ouvir você rezando alto, porra! – gritou Mason, batendo o revólver com força na cabeça do homem, que começou a sussurrar algo.

Minha mente era uma confusão só. Eu estava com medo. Tinha me livrado do homem, mas eu ainda tinha uma dívida com o filho de Deborah.

– Cassidy, entre no carro – ordenou Mason, apontando o revólver para o carro preto parado do outro lado da rua.

Se eu entrasse naquele veículo, minhas chances de sobreviver estariam reduzidas a zero. Minha mente gritava "Fuja, Cassidy. Fuja!"

– Caralho, garota! Entre na porra do carro! – Ele estava mesmo muito irritado.

Não hesitei mais e entrei no veículo.

Eu escutava os gemidos de dor e as súplicas do homem, que estava sendo surrado por Mason, mas me recusei a ver a cena. Fechei os olhos com força, tapando os ouvidos e desejando sumir daquele lugar. Aquilo não podia ser real, tinha que ser um pesadelo. Um daqueles do qual custamos a acordar.

Pulei de susto quando percebi que Mason se sentara no banco ao meu lado. Saí do meu estado de inércia, sentindo um mal-estar. Meus olhos ardiam como se estivessem com areia. Pelo visto, tinha chegado a hora: ele iria acabar comigo.

Eu não sabia o que dizer. Desde que entrara no carro, bufando com força, como se estivesse muito impaciente e nervoso, ele não me dirigiu nenhuma palavra, nem sequer olhou para mim. Meu corpo tremia por causa do frio, e o fato de estar completamente encharcada piorava um pouco a situação. Afastei-me de leve quando ele se enfiou entre os nossos bancos e pegou uma jaqueta lá atrás.

– Vista isso – ordenou, me entregando a jaqueta, e só então notei que eu estava apenas de sutiã.

Um celular começou a tocar, e rapidamente ele pegou o aparelho e atendeu com certa impaciência. Eu não estava me sentindo bem. Minha visão começou a ficar turva naquele momento. Vários pontinhos pretos surgiram diante de mim, e eu não conseguia ver nada com nitidez. Senti um calafrio percorrer minha espinha e a falta de ar me dominou instantaneamente.

– Brian, rastreie minha localização. Dei uma surra nele e o deixei avisado de que, se voltar a aparecer, vai ter um fim pior. Ele parece estar bem machucado. Acho, inclusive, que está desacordado agora. Mas não podemos deixar ele assim, aqui. Corra para cá, pegue esse merda e largue ele em algum lugar longe daqui. E volte a frisar que é para ele sumir! Não quero mais dor de cabeça, nem com ele nem com a polícia. Se o cara voltar a aparecer, eu finalizo o serviço. – Mason ficou em silêncio, provavelmente escutando algo que Brian dizia. – Quanto ao outro problema, ainda não sei o que fazer... – Ele estava se referindo a mim, com certeza.

Meus dedos fracos tocaram a maçaneta da porta. Eu estava perdida. Meu corpo estava estranho, mas eu precisava fugir dali. Coloquei as pernas para fora do carro e dei um impulso, me levantando. Eu me sentia fraca, mas tinha que fugir.

– Cassidy! – gritou Mason, e comecei a correr, mesmo sentindo que não aguentaria por muito tempo.

A chuva estava mais forte, e minhas pernas, fracas demais, mas eu exigia o máximo delas, tentando fugir do filho de Deborah, que partiria para a segunda parte do seu plano de ação agora.

– Aonde você vai, porra?

Mason puxou meu braço com força, me dando um tranco.

– Não! – As lágrimas me cegavam. Eu arfava, mesmo sem ar, meu peito descendo e subindo com força. – Não me mate, por favor!

Eu estava desesperada.

Ele me olhava impassível. Tinha chegado a hora. Meu fim se aproximava. Eu não entendia por que estava tão desesperada... Se morresse, iria me juntar à mamãe. Mason não dizia nada, só mantinha os olhos fixos nos meus, como se fosse capaz de enxergar minha alma rebelde.

– Mason... – sussurrei, com os lábios secos, tentando pedir ajuda. – Mason...

Mesmo se ele não me matasse, eu morreria. Essa era a minha sensação. Eu nunca tinha me sentido tão mal. Era como se eu estivesse fora da realidade. E estava em pânico. Eu não reconhecia meu corpo, e não fazia ideia do que estava acontecendo.

– Eu... Eu... – Mason não entendia nada. Minhas pernas ficaram bambas, mas seus braços sustentaram meu corpo frágil. – Merda! Você está pálida.

Ele me pegou no colo, colocando meus braços em volta do seu pescoço.

– Mason, me ajude... – supliquei, tentando inspirar, sem conseguir. Era uma sensação horrível: minhas pernas tremiam, minha boca estava seca e meu coração batia tão acelerado que parecia que ia sair do meu peito.

Eu estava perdendo os sentidos.

– Cassidy?! O que é isso? O que você tem? Olhe para mim, não feche os olhos, olhe para mim! – Ele me dava ordens como se eu fosse capaz de obedecê-las, mas meu corpo estava fazendo tudo ao contrário.

– Mason... – Mais uma vez tentei falar, mas foi em vão. Minha garganta se fechou completamente e, de uma hora para outra, tudo escureceu.

A última coisa de que me lembro é de Mason me sacudindo e me pedindo para não desmaiar.

Quando acordei, meu primeiro pensamento foi de que sim, eu ainda estava viva. Sentia os músculos das minhas pernas rígidos. Eu me mexi e fui tomada pela dor de uma câimbra terrível. Contive um grito, e mantive as pernas esticadas até toda a tensão passar.

Eu estava num quarto de hospital. Mas o que eu estava fazendo deitada num quarto de hospital?!

Dei uma olhada no local à procura de algo conhecido. Ao meu lado, havia uma mesinha com um pequeno vaso de flores, que dava um toque especial ao ambiente todo branco. Sentia um grande desconforto. Minha cabeça doía e eu continuava muito confusa, mas as lembranças começaram a fluir em minha cabeça. Onde estava Mason?

Me mexi com cuidado na cama e, segundos depois, vi a porta sendo aberta delicadamente, de onde surgiu Deborah, que fazia o mínimo de barulho possível. Ela não tinha notado que eu já estava acordada. Andou pelo local, aproximando seu corpinho da cama, e só então reparou que eu já havia acordado.

– Cassidy? – sussurrou, com seus lindos olhos azuis brilhando. – Querida, como você está se sentindo? Está bem?

Sorri, e uma sensação boa de acolhimento me invadiu quando percebi a preocupação no tom de voz dela. O pesadelo havia acabado e eu estava protegida, Deborah estava ali e nada mais iria acontecer comigo. A presença dela me inspirava amparo, e isso era o que eu mais precisava depois de tanta turbulência.

– Estou... – respondi e me esforcei para me sentar na cama. – Minha cabeça está doendo, mas acho que estou bem.

– Ah, Cassidy, você não sabe como fiquei preocupada, como me senti culpada por você ter vindo parar num hospital. Nunca mais vou tirar os olhos de você!

Ela parecia emocionada.

Senti vergonha por ter fugido da casa dela. Se eu não tivesse feito isso, não teria passado por aqueles momentos terríveis.

– Me perdoe – murmurei.

– O que é isso?! Nem mais uma palavra, mocinha. Não admito que me peça desculpas! Você não teve nenhuma culpa, querida. De nada. Pare com isso.

Baixei o olhar. Ela estava certa, eu não tinha culpa por ter sido quase violentada por um maníaco solto pelas ruas. Mas meu pedido se referia à minha atitude inconsequente de sair correndo da casa dela, sem ao menos tentar resolver as coisas. Agi como uma criança birrenta e por sorte as coisas não acabaram ainda pior.

Deborah tocou de leve nas minhas mãos, como se mais uma vez reforçasse suas palavras de que eu não era a culpada. Nesse momento, duas batidas na porta romperam o nosso silêncio. Ela me encarou, como se pedisse permissão, e eu assenti, autorizando a entrada de quem quer que fosse.

– Entre – falei, elevando o tom de voz para ser ouvida.

– Com licença.

Um homem loiro, não muito jovem, baixo e gordinho entrou no quarto. O distintivo pendurado em seu peito e sua jaqueta denunciavam sua profissão: um policial. Ele segurava uma caderneta na mão esquerda e uma caneta esferográfica na direita e sorria gentilmente para nós duas, que observávamos sua entrada meio indolente. Aproximou-se da cama com passos firmes. Que ótima hora para conversar com um agente da lei.

– Boa noite – disse ele, dando um sorriso amigável.

– Boa noite – respondeu Deborah, mas eu continuei em silêncio.

– Cassidy, sou o delegado Devlin e estou cuidando do seu caso. Sei que tudo ainda é muito recente e você não está totalmente recuperada, mas preciso de um pequeno depoimento seu sobre o que ocorreu hoje mais cedo.

O asco cresceu dentro de mim quando as lembranças ressurgiram em minha mente. Eu não queria me recordar do sofrimento pelo qual passara. Não queria lembrar as feições daquele doente, as suas atitudes.

– Tudo bem se não quiser...

– Com licença.

Meus olhos se voltaram imediatamente para a porta. Aquela voz me fez sentir arrepios. Mason entrou impetuosamente no quarto, e toda minha atenção já era dele, que me olhava de um jeito curioso. Talvez fosse coisa da minha cabeça, mas parecia que ele estava me investigando, como se quisesse ter certeza de que estava tudo bem. Eu também o encarava com curiosidade. Ele usava as mesmas roupas, agora já secas. Há quanto tempo eu estava naquele hospital?

A voz do delegado me tirou dos meus devaneios.

– Preciso de algumas informações, senhorita Cassidy. Enquanto você descansava, peguei um depoimento informal do jovem cavalheiro. – Apontou para Mason. – Ele disse que você estava sendo atacada por um homem de meia-idade. Isso procede?

Deborah comprimiu os lábios, e percebi que aquele assunto não a agradava. A mim também não! Respirei fundo antes de responder que sim.

O delegado continuou:

– Sei que é difícil falar sobre isso, mas preciso insistir neste assunto com você. O homem a agrediu para obrigá-la a ter uma relação sexual? Você poderia relatar brevemente como tudo ocorreu, senhorita?

– Sim. Ele estava dentro de um carro, e eu, a pé. Chovia muito e a rua estava deserta. Ele me chamou, de repente, mas eu o ignorei e tentei me afastar depressa, mas percebi que ele começou a me seguir. Logo depois, vi quando desceu do carro. Saí correndo e gritando, e ele foi atrás de mim. Quando me alcançou, começamos a lutar. Tentei me livrar das mãos dele... O cara dizia coisas nojentas e...

– Tudo bem. – O delegado respirou fundo. – Ele efetivamente conseguiu fazer alguma coisa com você?

A cena passou como um filme em minha mente.

Olhei para Mason, que me encarava fixamente também, absorvendo cada palavra que eu dizia. Dava para perceber que ele estava tenso do outro lado da sala, todo ereto e rígido, com as mãos nos bolsos da calça.

– Não. Mason chegou e conseguiu me salvar.

– E depois que o rapaz apareceu, o homem fugiu? O que aconteceu?

Mais uma vez, o olhar de Mason me fez parar e analisar a situação. Parecia que ele tentava se comunicar comigo, como se quisesse dizer algo. Com os olhos fixos em mim e muito sério, pude entender que ele não queria que a verdade fosse dita.

– Não me lembro de muita coisa... – menti. – Ele conseguiu me tirar dos braços do homem, mas depois só me recordo de estar no carro de Mason e, em seguida, tudo ficou escuro.

Sentia um nó na garganta. Por que em menos de 24 horas eu estava revivendo todo aquele pesadelo? Contive as lágrimas e continuei prestando atenção ao interrogatório.

– Lembra se o homem estava portando alguma arma? Ele, por acaso, efetuou algum disparo?

Arregalei os olhos sem saber o que dizer. Mason balançou a cabeça negativamente e senti meu coração na boca. Eu estava confusa e não conseguia perceber qual era o problema de que o delegado soubesse toda a verdade.

– Vou reformular – continuou o delegado Devlin. – Você, por acaso, chegou a ver alguma arma de fogo?

Mason continuava tenso, me fitando. Ele era intenso, misterioso, perigoso, e seu poder era maior do que eu imaginava. Seus olhos eram frios, mas queimavam minha pele, e eu me sentia perdida, tentada a obedecer àquele maldito olhar ameaçador.

– Cassidy? – chamou Deborah, acariciando minha mão.

– Eu não... Não me lembro de ter visto nenhuma arma de fogo, delegado. Mas ele me ameaçava com um canivete.

– Nem com o senhor Mason?

– Não...

– Engraçado – comentou, olhando com desconfiança para Mason. – Nós realmente encontramos um canivete, já mandamos para a perícia identificar as digitais. Só que, além da arma branca, encontramos também duas cápsulas de bala no local, e nenhum revólver. Se você está dizendo que não se lembra de ter visto uma arma de fogo, é porque com certeza aquele homem não fez esses dois disparos contra você. Então, há um pequeno mistério aqui...

– Realmente não houve disparos de revólver, delegado. Não sei informar que cápsulas eram essas no local – interrompi.

– Compreendo... – Ele deu um sorriso amarelo. – Bom, precisamos de um retrato falado do maníaco. Consegue descrevê-lo para mim, senhorita?

– Ele era de meia-idade, como Mason falou. Tinha cabelo grisalho e acho que um porte médio. A pele era clara e acho que tinha uns dentes meio tortos. Ah, o carro era um Mustang vermelho. – Suspirei, exausta. – Desculpe, não me lembro de mais nada.

Eu não aguentava mais repassar aquelas cenas na minha mente.

– Tudo bem, sem problemas. – O delegado respirou fundo, não muito satisfeito. – Acho que, por ora, já consegui tudo de que precisava. Vamos investigar esse homem e prometo que o encontraremos e o colocaremos atrás das grades. Talvez você precise ir à delegacia futuramente. Se for o caso, nós entraremos em contato – disse, e arrancou a folha do bloco de anotações em que estava escrevendo. – Poderia assinar aqui para mim, por favor? – concluiu, apontando para o papel.

– Aquele homem fugiu? – perguntei, corajosa o bastante para fazer isso, e tentando entender melhor as coisas.

Devlin deu um sorriso enigmático e olhou para Mason.

– Infelizmente, sim. O estranho é que havia muito sangue no local, e que pelo visto não é seu nem do senhor Mason, o que leva a crer que seja dele. Pela quantidade de sangue que encontramos, ele estaria muito ferido, o que torna difícil até imaginá-lo fugindo. – Ele observou as próprias anotações antes de continuar: – Você não se lembra de nada do que aconteceu após a chegada do nosso jovem cavalheiro, e ele disse que deu apenas alguns socos no homem para que ele a soltasse, e que, então, o criminoso se assustou e foi embora. – Senti meu coração acelerar. – Enfim, vamos continuar investigando. Por hoje, é só. Melhoras, senhorita. Boa sorte à família. Se precisarem de algo, é só nos procurarem. Caso se lembrem de algo mais, me informem.

O delegado me deu um cartão e já estava se retirando do quarto quando Deborah o chamou:

– Delegado Devlin, será que eu poderia falar rapidamente com o senhor? – pediu ela, gentilmente.

– Claro – assentiu ele, abrindo a porta e esperando por Deborah.

Os dois saíram do quarto. Ficamos apenas Mason e eu naquele local pequeno e sufocante, com o típico clima melancólico de um hospital.

Aos poucos, fui assimilando o que de fato tinha acontecido mais cedo. Não pude responder às perguntas do delegado com toda a franqueza, tanto pelos olhares intimidadores de Mason quanto pela minha incerteza, mas, agora que tinha acabado o interrogatório, meus batimentos foram se normalizando e as lembranças ficaram mais claras. Olhei fixamente para a porta branca do quarto, como se ela fosse mesmo interessante. Eu não sabia ainda o que pensar sobre o filho de Deborah. Ele havia salvado a minha vida, isso era incontestável. Entretanto, tinha se mostrado um cara bastante intimidador e perigoso também. A facilidade com a qual enfrentara meu agressor era impressionante. E ele tinha uma arma! Sem contar o telefonema misterioso dentro do carro. O que será que havia acontecido com aquele homem repugnante que tentara me violentar? Pelo que entendi da conversa de Mason, ele apenas tinha espancado e ameaçado o homem, e depois o tal do Brian apareceria para pegá-lo e tirá-lo da área. Mas será que tinha sido só isso mesmo?

Eu estava nervosa. Sentia o olhar de Mason fixo em mim. As palmas das minhas mãos estavam úmidas, e eu as escondia embaixo dos lençóis brancos. Afinal, quem era aquele cara na minha frente?

Tinha ficado claro nos olhares e nas perguntas que o delegado Devlin também estava desconfiado de algo. Enquanto esses pensamentos surgiam em minha mente, Mason quebrou o silêncio:

– Você mente muito mal. Podia ao menos ter sido mais convincente sobre como aquele merda simplesmente fugiu quando eu cheguei.

Absorvi suas palavras, sentindo uma repugnância crescente pela presença de Mason. Além da desconfiança que despertava em mim, ele era petulante.

– Realmente não lembro direito.

Ele riu.

– O delegado já foi embora. Não precisa mentir agora.

Senti uma indigesta curiosidade. Eu precisava saber, então perguntei, de forma direta:

– Você o matou?

Ele desmanchou o sorrisinho presunçoso e sua expressão ganhou um ar mais sério, misterioso.

– Você está preocupada? Com medo? Relaxe, aquele verme não vai mais aparecer.

Fiquei arrepiada ao ouvir suas palavras.

– Ouvi você falando ao telefone…

– Telefone? Acho que você ainda está delirando.

– Não! – protestei, um pouco exaltada. – Ouvi você falando ao telefone, sim! E quanto à arma? Por que me fez mentir?

– Quer uma dica? – Seu olhar era vazio. – Não se meta em encrencas e, se possível, fique longe de mim também. Esqueça essa história! E sobre a noite de ontem, na boate, é melhor que Deborah nem sonhe que ela existiu. Faça isso pelo seu bem. E não me cause mais dores de cabeça.

– Está me ameaçando?

– É só uma dica – disse ele, voltando a sorrir como se fosse inofensivo. – Ah, mas acho que seria de bom tom você me agradecer por ter salvado a sua vida.

– Agradecer? Você me salvou mais cedo, mas me botou em apuros também.

– Você é sempre tão orgulhosa assim? Querendo ou não, você tem uma dívida comigo, que não vai ser liquidada assim tão fácil.

Nunca fui do tipo que consegue ficar calada, sem fazer objeções. Abri a boca para retrucar, mas bem nessa hora Deborah voltou para o quarto acompanhada de uma enfermeira, o que me impediu de falar. Mason se levantou da poltrona ainda exibindo um sorriso suspeito, se dirigiu até mim e me deu um beijo falso na testa.

– Lembre bem – seus lábios estavam bem próximos do meu rosto, tão perto que eu sentia necessidade de afastá-lo –, o delegado não pode saber que tenho uma arma. Entendeu?

Eu sabia que ele não era confiável, mas não podia negar que me sentia hipnotizada. Mason era extremamente atraente e sedutor. Sua presença parecia me enfeitiçar. Minhas atitudes não correspondiam ao que eu pensava. Ele havia encontrado uma forma de me manipular, e eu não conseguia compreender como. Apenas consentia com tudo o que ele me mandava fazer.

Finalmente o empurrei, incomodada com toda aquela proximidade. Fiquei sem ar por alguns segundos. O perfume dele era inebriante... Aquele seu sorriso era capaz de me controlar. Deborah se despediu do filho e o infeliz sumiu, nos deixando sozinhas.

4

Quando saí do hospital, voltei para a casa de Deborah. Não tive escolha diante de seu jeito insistente e cuidadoso comigo.

Já era noite, e eu me sentia cada vez mais cansada. Meu quarto ficava no segundo andar e era bem espaçoso, aconchegante e muito bem decorado, como todo o resto da casa. O tom claro das paredes transparecia a calma de Deborah, e uma grande janela ajudava a me distrair. A cama, duas vezes maior do que a que eu tinha no colégio, era alta, e lá ainda havia uma varanda que dava para o jardim. As cortinas compridas iam até o chão e se misturavam com o tapete felpudo que cobria o assoalho gelado. Os armários de portas espelhadas guardavam as poucas roupas que eu tinha. Era tudo confortável, não havia como não agradecer à Deborah por tudo o que ela estava fazendo por mim. Ainda assim, eu preferia ter voltado para o colégio.

Eu continuava apreensiva com toda aquela situação. A única coisa em que pensava desesperadamente era em fazer algo que a obrigasse a me levar de volta. Eu não estava me sentindo bem, e ainda pioraria naquela casa. Demorei no banho, fiquei bastante tempo pensando, perdida em meu próprio mundo. Assim como no colégio, eu tinha um banheiro só para mim.

Duas batidas na porta me fizeram largar a escova de cabelo em cima da pia do banheiro e correr para a cama. Escondi as pernas nuas embaixo do lençol e respondi:

– Entre.

Deborah entrou no quarto com cuidado, segurando uma bandeja.

– Trouxe uma sopa bem quentinha para você. Não sei se gosta, mas precisa se alimentar um pouco.

– Sopa? Acho que eu preferia um cheeseburger duplo – brinquei, fazendo Deborah rir.

– Concordo. Também não sou fã de sopa de legumes.

– Estou brincando – disse, pegando a bandeja nas mãos. – Está com um cheiro maravilhoso.

– É a especialidade da casa. Amanhã vou lhe apresentar a melhor cozinheira do mundo. Guadalupe é nossa governanta desde que Mason era bebê.

Não consegui me controlar e uma lágrima escorreu bem no momento em que Deborah me encarava.

– Querida... O que houve?

– Eu... Eu... – gaguejei.

Estava na hora. Eu tinha que dizer a ela que não queria, que não podia mais ficar naquela casa. Eu me sentia culpada por recusar tudo o que Deborah tinha planejado com tanto carinho para mim, porém eu não aguentava mais ficar ali.

– Nada, acho que ainda estou meio abalada.

Ela se aproximou e secou as lágrimas do meu rosto.

– Agendei uma consulta com uma psicóloga para você. Quero que se recupere, que supere esses traumas. Eu me sinto tão sufocada por você, querida. Chore, Cassidy. Grite, mostre para mim como está sofrendo. Estou aqui para isso.

Ela tinha razão. Eu estava guardando tudo dentro de mim. Não conseguia mais soltar o choro, não conseguia extravasar meus sentimentos.

– Obrigada – murmurei, um pouco desanimada. – Obrigada por tudo, nunca vou poder retribuir tudo o que está fazendo por mim.

– Sei que é difícil, mas vou fazer de tudo para diminuir seu sofrimento, Cassidy. Prometi para sua mãe que estaria ao seu lado sempre que você precisasse.

– Vou ficar bem. Não há remédio melhor do que o tempo.

– Eu estava pensando em irmos às compras amanhã, o que acha?

– Deborah, não quero que me leve a mal nem que me ache mal-agradecida, mas perdi minha mãe há pouco menos de 24 horas. Você foi maravilhosa comigo, mas preciso que me leve de volta para o colégio. Agradeço por tudo, mas quero voltar, por favor – disparei, muito séria, fazendo ela me olhar um pouco inconformada.

– Por que, Cassidy? Você não gostou da casa? Sei que aconteceu muita coisa hoje e que houve um desentendimento inicial com meu filho, mas prometo que tudo vai melhorar.

– Mason e eu não nos demos bem. Não vou me sentir confortável ficando aqui porque sei que não sou bem-vinda. Entendo que você está fazendo de tudo para que eu fique bem, mas não consigo, Deborah. Muito obrigada por tudo. Acho que, além da minha mãe, ninguém no mundo se preocupou tanto comigo. Mas não quero ficar.

– Cassidy. – Ela estava decidida a me convencer do contrário. – Isso é assunto resolvido. Já tive uma conversa séria com Mason. Ele não vai causar problemas para você. Sei que vocês se estranharam por causa de algum mal-entendido, mas, por favor, não tome decisões precipitadas. Ele tem uma personalidade forte, sei disso melhor que ninguém, mas sei também que ele não vai mais atormentar você. Ele parece difícil à primeira vista, mas é um bom menino.

– Ainda acho que o melhor para mim seria voltar para o colégio – falei, com as pálpebras pesadas. – Sinto muita falta de lá, Deborah. Se eu voltasse, talvez todo este pesadelo acabasse mais rápido. Parece que tem um buraco negro crescendo em mim...

– Querida, ela não vai mais voltar, infelizmente. Sei que a sua dor é insuportável, eu compreendo. Entendo também que você queira parecer durona, mas não precisa ser forte o tempo todo. Beatrice se foi, e é terrível lidar com essa realidade nua e crua. Mas estou aqui para lhe ajudar a superar essa perda. Aqui você tem a mim, e eu lhe considero como uma sobrinha.

Eu me senti impotente. Deborah rejeitaria qualquer argumento que eu usasse, e eu também não queria que ela saísse magoada de toda essa história.

– Vamos fazer um teste, Cassidy? Fazemos uma experiência e eu prometo que, se não der certo, levo você de volta para o colégio sem dizer mais nada.

– Mas...

– Vamos lá, vamos tentar... – insistiu Deborah, sorrindo. – Por favor, meu anjo, vamos tentar.

– Tudo bem.

Ela comemorou, batendo palmas, empolgada. Bufei, me sentindo um pouco perdida.

Talvez eu não estivesse fazendo a coisa certa. Mas iria enrolá-la por alguns dias.

– A sopa... – disse ela, rindo. – A sopa está esfriando, querida.

– Estou deixando ganhar um sabor mais especial.

– Claro, vou adorar ver suas caretas ao tomar sopa fria.

Depois de acordos e promessas, Deborah me deixou sozinha no quarto. A sopa não estava das piores. Tomei-a e relaxei um pouco, repassando todos os últimos acontecimentos.

Devo ter cochilado durante alguns minutos. Quando acordei, senti vontade de olhar os álbuns de fotografias que eu colocara na minha mala. Espalhei tudo pelo chão do quarto e comecei a observar os retratos. Em vários, Ethan estava presente. Só que ele não era bem-vindo ali. Aquilo me deixou nauseada. Peguei uma tesoura e resolvi recortá-lo das fotos. Deixei as minhas imagens e as da mamãe intactas, e descontei meu ódio e minhas frustrações naquele homem que um dia chamei de pai. Naquele momento, não fazia ideia de onde ele estava.

A tesoura subia e descia, traçando uma curva, contornando o corpo do homem que eu queria apagar da minha vida. Mas, na verdade, eu já não tinha tanta certeza se queria que Ethan desaparecesse para sempre. As lágrimas embaçaram meus olhos e, por um descuido, a tesoura escapou do papel. Tentei ser ágil, mas a lâmina pontiaguda atingiu a ponta do meu dedo indicador da mão esquerda, deixando um filete de sangue. O grito foi inevitável. Levei o dedo machucado à boca, sentindo um gosto desagradável de sangue.

– Droga! – exclamei, irritada, ao notar gotas de sangue pingando nos meus retratos.

– Aconteceu alguma coisa, mãe? – Mason abriu a porta com agilidade, se deparando com aquela cena patética. – Ah, é você... – acalmou-se.

E, pela primeira vez, notei que ele parecia desarmado. Meus olhos procuraram sua postura arrogante, mas não a encontraram. Ali estava presente um Mason diferente: bonito e preocupado. Sempre atraente e bem-vestido, claro. Era impossível deixar de observar como ele era gato, mas desta vez a frieza de seus olhos sumira.

– Eu estava recortando algumas fotos e me descuidei – disse, mostrando o dedo melado de sangue e saliva.

– Foi um corte fundo? – perguntou ele, invadindo o quarto sem ser convidado.

– Não, foi só um cortezinho...

Mason puxou minha mão tão rápido quanto a tesoura a havia cortado.

– Ei!

Tentei puxar a mão de volta, ficando nervosa com aquele contato.

– Não vai precisar de pontos.

Ele era médico agora? Aquele intrometido apertava minha mão com força para que eu não a puxasse e me arrastou para o banheiro.

– Posso fazer isso sozinha – afirmei, nervosa, sendo obrigada a enfiar a mão embaixo do jato de água da torneira.

– Gosto quando as pessoas ficam caladas sem que eu precise obrigá-las.

– Você deve estar acostumado a fazer esse tipo de coisa, né? Obrigar as pessoas a ficarem em silêncio. Algo parecido com o que fez com aquele homem nojento hoje mais cedo.

Seus olhos frios me encararam. Por que eu não conseguia fechar a droga da minha boca?

– Você quer pagar para ver?

Estremeci, assustada. Ok, eu tinha alfinetado Mason primeiro. O assunto acabou por ali e eu estava inquieta, enquanto ele usava a maleta de primeiros socorros que pegou no armário embaixo da pia. Depois de um tempo, parei de observá-lo. Eu estava odiando o fato de que, a cada segundo que passava, eu o achava mais lindo. Meu corpo estava quente e eu me sentia atraída por ele.

Sua camisa social estava dobrada até a altura dos cotovelos, deixando à mostra parte da sua tatuagem no braço esquerdo. Comecei a tentar adivinhar quais desenhos Mason teria pelo corpo, mas nada parecia combinar muito com ele. Eu estava tão concentrada, tão vidrada naquele desenho e no seu corpo inteiro, que nem notei quando ele disse que tinha acabado.

– Por enquanto, não vai incomodar – comentou, orgulhoso, com um olhar vívido, que trouxe de volta meus demônios. – Você vai sentir falta dele em algum momento.

– Do que você está falando?

Ele estava sério.

– Do cara que teve a cabeça decapitada em todas as fotos.

De repente, me lembrei de por que estávamos ali.

– Não, não vou. – Dei as costas para ele e senti seus olhos me encarando pelo espelho. – Obrigada por ter salvado a minha vida e por aceitar que eu fique aqui por um tempo...

– Tanto faz – disse ele, seco, dando de ombros.

O Mason prepotente e arrogante já estava de volta. Eu me virei, chocada com sua resposta. Ele continuou lá, parado, a poucos passos de mim. Pensei que sairia do quarto, contente por ter me deixado constrangida com aquele comentário, mas não foi o que aconteceu. Permaneceu ali, na mesma posição, parado na porta com uma das mãos no bolso da calça e os olhos fixos em meu corpo. Eu não entendia o motivo de ele ficar parado me encarando daquela forma tão inexpressiva.

– O que foi? – perguntei, tirando-o do transe.

– Nada.

Ele deu um sorriso safado.

– Qual é o seu problema?! – perguntei, irritada, com a plena certeza de que tudo aquilo já era mais do que uma questão pessoal.

– Meu problema? – Ele sorriu. – Agora? Nenhum.

– Tudo isso é orgulho ferido? Só porque dei um fora em você na noite passada na boate? Está me tratando dessa forma por isso ou é porque você não tem educação mesmo? Se bem que Deborah é muito educada, com certeza criou você muito bem.

Seu olhar ameaçador estava de volta. Era incrível como ele conseguia em segundos mudar de atitude e de semblante. Com a mandíbula cerrada, ele deu dois passos e acabou com a pequena distância que nos separava. Dei um passo para trás, mas mesmo assim fiquei presa entre a pia e Mason.

– Sempre tenho quem eu quero. – Seus dedos percorreram o contorno do meu rosto. – Na hora em que eu quero. Não fique se achando à toa.

Senti minhas pernas vacilarem, mas minhas mãos estavam firmes, agarrando o granito da pia atrás de mim.

– Sinto lhe informar, mas isso não aconteceu comigo. Aceite os fatos, você levou um pé na bunda – confrontei-o, sem fraquejar.

– Você não deveria dormir quase nua na casa de estranhos... – Ele abaixou um pouco o tom de voz enquanto, mais uma vez, observava meu corpo.

Senti o rosto corar. Um sorriso provocador surgiu em seu rosto, consciente do meu constrangimento. Quis que ele saísse dali imediatamente.

– Saia daqui! – gritei, irritada, apontando para a porta do quarto.

Ele balançou a cabeça e saiu, rindo. Idiota!

Fiquei completamente embaraçada ao notar que o que havia atraído a atenção dele foram minhas pernas de fora. Eu o xinguei diversas vezes em minha mente. Estava sendo educada, o agradecendo por ter salvado minha vida, e ele estava debochando de mim? Não se importava com o que eu dizia? Aquilo me tirou do sério e fez com que eu me arrependesse de ter aceitado fazer o teste que Deborah propusera.

Fui me deitar, mas o sono não era meu aliado naquela noite. Não conseguia dormir, e isso me deixava ainda mais irritada. Fiquei me revirando na cama de um lado para outro, cheguei até a deitar na posição invertida, colocando a cabeça onde normalmente ficam os pés, mas o sono não vinha de jeito nenhum.

Já era madrugada, a casa estava em silêncio absoluto. Já fazia muito tempo que Deborah tinha ido se deitar, e eu tinha receio de andar pelos corredores, como forma de distração, para não fazer barulhos e acordá-la. Então, resolvi continuar no quarto.

Até o som do relógio estava me incomodando. A insônia me consumia. Minha mãe sempre falou: mente vazia, oficina do Diabo. E foi então que o inferno começou a atentar contra mim.

Passos fortes no corredor chamaram minha atenção. Pelo visto, havia mais alguém acordado, além de mim. Isso despertou minha curiosidade e não resisti em seguir meus instintos.

Pulei da cama, sem fazer barulho. Segurei firme a maçaneta e, com muito cuidado, abri a porta do quarto. Não queria ser notada, mas foi em vão. As dobradiças da porta rangeram, fazendo um ruído insuportável e denunciando minha presença.

Mason parou e me encarou, confuso, me deixando sem reação. Os passos eram dele. Eu não esperava ser flagrada assim, tão fácil.

– Oi – falei, nervosa, saindo do quarto.

Ele me encarou completamente entediado, deu um sorriso falso e me virou as costas, seguindo seu caminho em direção à última porta do corredor.

– Mason – chamei-o, e depois de um tempo ele se virou.

O que eu estava fazendo? O que eu estava pensando? Droga. Minha mente me condenava durante cada segundo que eu o encarava, sabendo que ele esperava por um esclarecimento para eu ter saído do quarto, àquela hora da madrugada, e o chamado.

– É... – disse, procurando as palavras certas. – Você está chegando agora?

Quis sair correndo de volta para o quarto. Poderia me trancar lá e não sair nunca mais depois daquela pergunta idiota.

– Espere aí... É isso mesmo?! – Ele deu um sorriso sarcástico. – Você está me cobrando satisfação?

– Não, claro que não – esquivei-me, sentindo minhas pernas fraquejarem e meu estômago se revirar. Que vergonha! – Só perguntei se você está chegando agora porque pensei que eu era a única acordada a esta hora. Estou com insônia.

E ele fez novamente: o filho mal-educado de Deborah estava olhando para minhas pernas com aquele sorriso absurdamente tentador, me deixando sem jeito.

– Só isso? – perguntou, ao mesmo tempo indiferente e desafiador.

– Só.

Por que diabo eu estava tremendo? O que eu devia dizer? Como devia agir? Não tinha mais controle sobre minhas ações, e surgiam reações impulsivas a todo momento. Ele deu outro sorriso forçado e entrou na última porta no final do corredor. Xinguei a mim mesma várias vezes. Vergonha era pouco para o que eu estava sentindo... Voltei correndo para o meu quarto e tranquei a porta, me achando idiota.

Eu estava agitada, sentindo calor. Minhas bochechas estavam vermelhas, e sentia minha temperatura aumentando de um jeito alucinante. Ele havia olhado para as minhas pernas! O incrível Drew Becker encarou minhas pernas como se estivesse pronto para me atacar. Minha imaginação fazia surgir cenas picantes na minha cabeça, e por mais incrível que fosse eu não me sentia tão constrangida. O que estava acontecendo comigo?

Depois dessa cena no corredor, eu queria ter outra chance de sentir aqueles olhos concentrados em mim e de ver aquele sorriso sacana de novo. Minha afobação era grande, eu não conseguia conter os impulsos do meu corpo, e não entendia por que eu estava tão agitada. Prendi o cabelo num rabo de cavalo e fui até o banheiro lavar o rosto. "Acorde!", disse para mim mesma. Eu só precisava acordar. Ele nem era tão atraente assim, na verdade. Eu só estava meio hipnotizada, como qualquer menina ficaria na presença de um cara bonito. Mentira, no fundo eu sabia que não era só isso. Mason era egocêntrico, misterioso e aparentemente perigoso. Seus olhos me diziam para não ultrapassar a área de segurança, mas já era tarde demais. Eu já havia furado o cordão de isolamento.

A jaqueta dele ainda estava no meu quarto. Era tudo de que eu precisava. Aquela era a minha deixa. Peguei-a e não pensei duas vezes: abri a porta do quarto e fui direto para a toca do leão. Nem pensei em bater antes de entrar. Mason não era nem um pouco educado, então fiz com que ele provasse do próprio veneno.

– Valeu pela jaqueta – falei, e joguei a jaqueta com um pouco de força em cima dele.

Ele estava estirado na cama, com os braços abertos, depois os colocou atrás da cabeça e ficou me encarando, parada ali na porta de seu quarto. Depois de alguns instantes, ele me deu algo de que eu gostava, algo em que eu estava ficando viciada: abriu um sorriso lindo, convidativo, e se sentou na beirada da cama, apoiando os braços nos joelhos. Então consegui ver as tatuagens dele por outro ângulo.

– Você veio até aqui só para trazer minha jaqueta?

– Qual é o problema? – questionei, e minha irritação era visível. Ele, ao contrário, estava calmíssimo, e dava até para dizer que o infeliz se divertia com a situação. – Não costumo ficar com as coisas dos outros.

Algo me dizia para que eu voltasse para o meu quarto e deixasse aquele cara de lado. Nosso primeiro contato tinha sido na boate, e a impressão não fora boa. Nada do que eu fizesse mudaria isso. Eu até tinha tentado ter uma conversa decente com ele, mas não deu certo. Ele sempre me tratava com quatro pedras na mão e não abaixava a guarda em momento algum. Mason era complicado demais. Eu tinha que aceitar isso e pronto.

– Bom, boa noite – disse, já lhe dando as costas.

– Ei, está cedo para dormir. Não acha?

Senti meu corpo paralisar.

Boa parte de mim concordava com sua pergunta. Eu estava louca, sedenta pelo mistério. Eu queria decifrar o segredo daqueles olhos cor de avelã, queria entender o que havia por trás daquele sorriso sacana. Neste momento, ele foi mais rápido do que eu imaginei. Pulou da cama, passou por mim e trancou a porta. Engoli em seco e tentei agir com naturalidade.

– Costumávamos dormir cedo no colégio. Já passou muito da minha hora de ir para a cama, estou morrendo de sono – menti descaradamente, tentando me esquivar da situação.

Ele me encarou, duvidando do que eu havia dito e esbanjando aquele sorriso desconfiado, com os olhos completamente dominados por uma amargura inexplicável.

– Achei que tinha ouvido você se queixar de que estava com insônia.

Touché!

Pisquei várias vezes sem saber o que dizer. Seus olhos falavam mais que sua boca. Talvez fosse coisa da minha cabeça, mas parecia que ele tinha encontrado meu ponto fraco e estava me manipulando. Seus olhos exerciam um poder desconhecido sobre mim, como se me coagissem. Era isso! Ele queria me ver com medo, queria provar como eu era indefesa perto de seus olhos misteriosos e de seu sorriso sedutor. Minha respiração estava acelerada, minhas mãos suavam frio e meu coração batia forte.

Deborah estava dormindo, não havia ninguém acordado naquela casa além de nós dois, e imediatamente comecei a imaginar o pior. O fato de Mason ter salvado minha vida não significava nada. Não estávamos nos dando bem e me descartar não seria uma má ideia. Mas será que ele era capaz de me matar? E só porque tinha sido rejeitado por mim? Ou será que eu estava viajando? O que ocorrera naquela tarde, com aquele homem, tinha me deixado muito confusa sobre o que pensar dele. A única coisa que sabia era que, ao mesmo tempo que ele me atraía tanto, algo nele também me repelia.

Afastei esses pensamentos e respondi:

– Eu recupero o sono rápido. A chave, por favor.

Estiquei a mão, mas ele me ignorou, voltando a se esparramar na cama, apoiando as mãos atrás da cabeça, ainda segurando a chave da maldita porta.

Respirei fundo e tentei me controlar, manter a racionalidade. Não estava na hora de surtar. Eu tinha me colocado naquela situação e conseguiria sair da mesma forma que tinha entrado.

– Quer beber alguma coisa? – perguntou ele, apontando sugestivamente para o frigobar no canto do quarto.

Eu conhecia aquela história. Ele com certeza queria me embebedar, me deixar mais fraca que o normal para se livrar de mim... ou para fazer outras coisas. Se aquilo era um jogo, eu tinha acabado de assumir o papel de jogadora também. Sorri, assentindo. Fui até o frigobar no canto do quarto e peguei uma garrafinha de água, fazendo-o cair na gargalhada.

– Água? – perguntou ele, me encarando incrédulo e se levantando da cama.

O espaço no quarto ficou pequeno demais para nós dois. Mason parou ao meu lado, abriu o frigobar e tirou de lá um energético, abrindo-o com habilidade. Passei de fininho por ele e voltei para perto da porta.

– Tsc, tsc, tsc. Não acredito... Você está fugindo de mim? É isso mesmo?

– Não. – Minha voz tremeu mais do que minhas pernas. – Mas deveria, não? Você mesmo já me aconselhou a não me aproximar de você.

Ele sorriu, chegando mais perto de mim.

– É verdade... Mas já que você está aqui, parece que não levou muito a sério o que falei. Cassidy, vamos ser amigos? Você não veio aqui apenas para trazer minha jaqueta? Então, não vejo problema nenhum em nos aproximarmos. – Ele mantinha um tom de ironia, dava para perceber, eu não era idiota.

– Não somos amigos. Nós nos estranhamos na boate, você tentou me agarrar, eu joguei bebida na sua cara, você fez seus seguranças irem atrás de mim, então tive que sair correndo. Depois, você foi totalmente grosseiro quando me viu aqui na sua casa pela primeira vez. Ou seja, deixou bem claro que não somos amigos.

Ele continuava exibindo o mesmo sorrisinho, erguendo os cantos da boca, como se minhas palavras o fizessem se lembrar de algo. Tentei mais uma vez:

– Mason, por favor, me dê a chave.

– A chave?

Ele olhou para o chão, com uma expressão indecifrável. Havia um brilho diferente em seus olhos. Era difícil imaginar o que ele estava pensando ou o que pretendia.

– Sim, quero abrir a porta – falei, me controlando para não parecer nervosa.

Aquela situação estava começando a me assustar. Ele disse que não me entregaria a chave, depois balançou a cabeça e andou na minha direção. Dei dois passos para trás, tentando recuar, mas esbarrei na porta e inevitavelmente o corpo dele me imprensou.

– Drew Becker... – sussurrou, tão perto que pude sentir seu hálito quente em meus lábios. Quando estava bem próximo a mim, sua mão direita segurou com firmeza a minha cintura, me puxando para junto do seu corpo e aniquilando qualquer espaço que houvesse entre nós. Senti meu corpo ficar mais preso entre o dele e a porta. – É assim que meus desafetos me chamam, Cassidy.

Senti uma tensão desconhecida me invadir. Estava bem evidente a atração magnética que ele exercia sobre mim, mas existia um conflito interior, um receio, um medo do que ele representava. E aquela era uma situação completamente nova na minha vida.

Seus olhos faiscavam a malícia por trás de seus atos. Um sorriso falso e encantador surgiu no canto de seus lábios. Um Mason calmo e inabalável estava diante de mim, como se tivesse planejado aquele momento nos mínimos detalhes. Seu corpo estava colado ao meu e me inebriava.

– Mason...

Então, uma sensação de sufocamento começou a tomar conta de mim. Ali, presa por ele, intimidada, ainda que de uma forma excitante, me vi novamente naquela rua, quando aquele homem me atacava. Mason me considerava uma presa fácil e indefesa.

– Me solte, me solte, por favor! – De repente, lágrimas escorreram pelo meu rosto.

Mason me olhou como se eu fosse uma aberração. Deu dois passos para trás e se afastou de mim. Ele me observava com curiosidade, enquanto eu tentava me livrar daquela situação constrangedora. Eu gostava de como ele me tocava, de como respirava com força perto de mim, gostava da sua atitude. Ele tinha uma postura decidida e sedutora, uma pegada firme, mas não agressiva. No fundo, eu sabia que ele era bem diferente daquele homem nojento com o qual eu me deparara na rua, mas toda aquela situação me pareceu perturbadora... Se Mason me tocasse mais uma vez, eu teria outra crise de pânico.

– Eu... Eu... Desculpe – murmurei.

Tentei sair do quarto às pressas, mas a porta ainda estava trancada.

– Eu não faria nada que você não quisesse – argumentou, parecendo amargurado, enquanto eu encostava a testa na porta, desejando fugir daquele assunto. – Não era minha intenção...

– Estou muito confusa – comentei baixinho. – E quando você me puxou, imprensando meu corpo, me lembrei de tudo que passei hoje. Aquele homem também me segurou e foi invasivo... Não quero comparar você a ele, mas eu... Acho que nunca mais vou conseguir chegar perto de outro homem sem ficar aterrorizada.

– Minha mãe falou algo sobre uma psicóloga. Acho que vai ser bom para você.

– Por que acha isso?

Mason já estava distante de mim, com a lata de energético na mão, olhando pela janela.

– Ela vai ajudar você com isso. É chato ficar sem sexo.

Engoli em seco bem na hora e Mason percebeu que desviei o olhar. Minhas bochechas coraram rapidamente.

– Entendi. – Ele deu um sorriso discreto, ruborizado, e aquilo foi tão natural que eu não me senti tão frustrada.

– O que você entendeu?

– Seu olhar. Tome a chave da porta.

E a jogou na minha direção.

– Como assim? Você fica interpretando o olhar das pessoas? Isso é muito estranho.

– Não, não é estranho. É observação.

– Continuo achando estranho.

Ele ergueu as sobrancelhas, sorrindo, e eu o analisei, confusa.

– Estranho é a filha da amiga louca da minha mãe estar no meu quarto, vestida desse jeito, e eu deixar que ela saia daqui sem encostar um dedo nela.

– Você é mesmo um babaca!

– Você também é linda e interessante – debochou ele, trazendo de volta aquele calor que eu senti antes.

Cafajeste. Aonde ele estava querendo chegar? Eu me perguntei por que simplesmente não conseguia dar o fora daquele quarto de uma vez. Dei uma risada nasalada, esquisita, e olhei para as cortinas. Aquilo era ridículo e eu deveria sair logo.

– Boa noite, Cassidy.

Enfiei a chave na fechadura com certa brutalidade e ouvi o clique da porta sendo destrancada. Mason era um egocêntrico idiota. Abri a porta com força e, quando estava prestes a sair correndo, parei bruscamente. Mason estava segurando meu braço com firmeza. Meu Deus, como ele era rápido! Só que desta vez eu não sentia medo. Pelo contrário, sentia algo latejando sob minhas roupas.

– Obrigado pela jaqueta.

Aquele sorriso... Lembrei-me do motivo pelo qual eu tinha entrado naquele quarto.

Percebi que ele também estava confuso, com receio de me tocar. Não abandonava seu jeito impetuoso por nada no mundo, mas estava sendo cauteloso. Ficamos nos encarando por algum tempo. Balancei a cabeça para tentar afastar meus pensamentos ambíguos. Ele não ia avançar de novo, não sem meu consentimento. Mas eu oscilava entre o que eu queria e o que sabia que não devia fazer.

– Eu que agradeço – respondi, um pouco desconcertada.

Sua ousadia era nítida e confrontava minhas objeções. No entanto, seu receio de se aproximar de mim também era perceptível. A impressão era de que nós dois estávamos divididos entre sermos fiéis à razão ou aos nossos desejos. Naquele momento, as lembranças do meu quase estupro tinham sumido, tamanha era a atração que crescia em mim. Eu queria que ele compartilhasse comigo a vontade expressa em seu olhar. Os protestos dentro de mim desapareceram. De repente, tudo o que eu sentia era vontade de beijá-lo.

Tinha certeza de que, no dia seguinte, eu teria uma ressaca moral daquelas. Iria me arrepender amargamente, mas naquele instante só queria saber como era o gosto de seus lábios. Senti que aquela seria a oportunidade que eu teria para me entregar àquele desejo e prová-lo. Depois, talvez nada mais rolasse entre nós. Ultrapassei, então, a última barreira e o puxei na minha direção, fazendo meu corpo inteiro ferver. Fiquei na ponta dos pés para beijá-lo, e ele apertou minha cintura com força, encostando cada milímetro do seu corpo sarado no meu. Envolvi seu pescoço. Nosso beijo ficou mais quente e intenso.

Meu corpo tinha sede do dele, mas minha razão recomeçou a gritar, condenando meu ato. Entretanto, a vivacidade daquele momento acabou com toda a minha lucidez. Eu o queria. Toda vez que Mason se aproximava de mim, eu o queria. E agora sentia minha pele queimar com seu toque. Seus lábios roçavam meu pescoço com vontade, e eu suspirava alto. Suas mãos passaram para o meu quadril e deslizaram sutilmente para a minha bunda. Seus dedos fortes, fincados em minha pele, me causavam um tremor interno. Mason continuava impassível, certo do que iríamos fazer.

5

Fomos para a cama dele. Suas mãos começaram a brincar com a barra da minha camiseta, e seu atrevimento me fez parar. Afastei-o com as mãos de forma decidida e ele me encarou, confuso. Seu intuito era me seduzir, e ele havia conseguido: eu estava completamente entregue.

– Está tarde – disse, nervosa, tomando fôlego. – Preciso ir para a minha cama. – Minha voz vacilava, e o cretino estava gostando de me ver assim, tão vulnerável.

– E a insônia? – provocou ele, passando a mão na minha barriga, me arrepiando toda.

– Preciso ir – supliquei, quase em desespero, meu corpo todo em estado de alerta.

– Deixo você dormir na minha cama esta noite.

Como se não bastasse o efeito que sua voz causava no meu corpo, naquele mesmo instante eu sentia o toque suave dos lençóis da cama dele com as minhas mãos. Era uma sensação gostosa e excitante.

Mason era muito mais forte do que eu e era ágil. Num piscar de olhos, já estava em cima de mim. Era bom no que fazia. E eu não estava respondendo por mim mesma. Ele tinha a capacidade de me fazer parar de pensar por alguns minutos e perder completamente o fôlego. Cada vez que seus lábios sugavam os meus, eu sentia que tudo estremecia. Meu Deus, o que era aquilo? Ele ergueu as mãos e tirou minha camiseta. Senti meu rosto arder e tentei cobrir os seios escondidos apenas pelo sutiã.

Ele riu e fechou os olhos, como se insinuasse que não estava vendo nada. Imediatamente eu me apaixonei pelo som de sua risada. O que estava acontecendo comigo? Eu queria parar? Eu devia parar?

– Ma... Mason. – Minha voz saiu engasgada.

Ele era tão bom que seus beijos me tiravam o ar. Senti o volume por baixo de sua calça pressionar minhas pernas.

O calor que subia pelo meu corpo era simplesmente maravilhoso.

– Shiu...

Ele colocou o dedo na minha boca, me pedindo para parar de falar.

Aquela situação já estava totalmente fora do meu controle. Mason rolou na cama e me colocou em cima dele. Eu estava entregue. Meu corpo clamava pelo dele. Minha razão ainda não tinha desistido de gritar, mas eu o queria tanto quanto seus olhos me desejavam. Mas havia algo que eu precisava falar, por mais patético que fosse.

– Eu... – Respirei fundo, buscando um ponto neutro para olhar. – Eu sou virgem – sussurrei, bem perto do ouvido dele.

Minha frase fez com que ele parasse imediatamente.

Eu não conseguia encará-los nos olhos. Mason devia estar me achando uma idiota. Fechei os olhos com força, como se isso pudesse me fazer desaparecer daquele quarto, mas acho que ele quis me mostrar que nem tudo estava perdido.

– Cassidy, isso não é um problema. Posso continuar, caso seja a sua vontade. Mas posso me levantar e ir tomar um banho frio ou me virar sozinho, se você disser que não quer.

– Estou gostando... – confessei, envergonhada.

– Não sei que tipo de expectativas você tem em relação a isso. Não sei que porra você está fazendo aqui no meu quarto. Também não sei por que ainda não finalizei você. Se a gente transar, talvez você me odeie amanhã, provavelmente vai se arrepender, mas não estou nem aí. Se me disser que quer, eu vou fazer.

Escutei suas palavras e refleti sobre elas por um instante. Sem dar margem para novos pensamentos, me entreguei aos meus instintos.

– Eu quero mesmo assim – respondi.

Nossos olhares permaneceram fixos um no outro, até que nossos lábios se encontraram novamente num beijo de pura cobiça. Nossos corpos se encaixaram numa sintonia perfeita. Mason estava por cima de mim e eu gostava da sensação de que ele comandava meus gestos. Suas mãos foram rápidas e encontraram facilmente o fecho do meu sutiã. Senti um enorme frio na barriga quando ele tocou em meus seios, e cravei as unhas em seus braços. Ele me devorou com os olhos e se livrou da minha calcinha, me deixando completamente nua.

Eu queria despi-lo também. Sentia vontade de percorrer seu corpo com as minhas mãos, assim como ele fazia comigo. Ergui sua camisa com as mãos trêmulas, revelando algo que queria ver. A tatuagem que ele tinha no braço esquerdo surgiu, com contornos coloridos. Como o corpo de Mason era maravilhoso, esguio e absurdamente definido... Ele me encarava com desejo. Seu sorriso sexy e sacana, no canto da boca, não existia mais.

Sempre escutei que não devia experimentar nenhum tipo de droga, pois o vício pode surgir na primeira vez em que temos contato. Entretanto, eu estava ignorando isso e experimentando Mason. Aquele cara era um tipo de droga desconhecida e estava me enlouquecendo. Tive todas as chances de ir embora. Eu queria ter sido forte o bastante para desistir de tudo. Queria ter feito a escolha certa, mas algo em mim insistia e me desafiava.

– Você tem um corpo lindo – sussurrou ele no meu ouvido. – Em toda a minha vida, nunca vi uma garota tão bonita quanto você.

As palavras dele me fizeram arrepiar da cabeça aos pés. Ele estava deixando minha alma numa desordem absoluta. Mexia comigo em todos os sentidos.

– Abra a boca – pediu, e eu obedeci de maneira dócil. Ele colocou os dedos dentro da minha boca e eu os envolvi com meus lábios grossos, chupando-os. – O que você quer que eu faça, Cassidy?

Eu estava confusa. Não fazia ideia do que responder.

– De novo... – repetiu. – O que você quer que eu faça, Cassidy?

– Quero que me toque...

Dei um gemido e ele não esperou um segundo sequer. Mason assumiu o controle, disposto a atender aos meus desejos.

* * *

Assim que ele saiu de cima de mim, puxei preguiçosamente o lençol da cama para cobrir meu corpo. Meu coração batia freneticamente, meus lábios ardiam como se todo o meu sangue estivesse concentrado apenas naquela região. Eu me sentia saciada, exausta e, ao mesmo tempo, completa. Eu havia beijado o famoso Drew Becker. Mason. Eu tinha me entregado para o filho de Deborah, perdido minha virgindade com ele. E estava em sua cama.

Era como se meus movimentos estivessem sendo controlados. No céu, havia indícios de que uma tempestade estava vindo. Eu corria de algo que me assombrava, mas não sabia exatamente o que era. Apenas ouvia uma voz em minha mente que me dizia que eu não devia parar, apenas correr e correr e correr.

Ela estava linda. Beatrice estava à minha espera, usando um vestido branco longo. Tão perto e, ao mesmo tempo, tão longe. Mamãe estava maravilhosa, divina. Seus olhos verdes observavam meus movimentos e ela sorria, exibia um sorriso largo, demonstrando como estava orgulhosa de sua menina.

Ah, mamãe... Pisei firme no chão e corri feito uma criança amedrontada que no meio da tempestade sai em busca dos braços da mãe. Ela estava ali por minha causa e, ao me aproximar, vi suas lágrimas. Seu choro me dilacerava. Não, eu não podia vê-la assim, chorando. Finalmente estávamos juntas. Pelo amor de Deus, sua menina está com você, Beatrice. Não chore.

– Não se apaixone, Cassidy, não ame em vão.

Eu queria chegar mais perto, poder tocá-la, mas sua imagem, assim como todo o cenário, foi se esvaecendo, e quando me dei conta estava num quarto escuro. Havia retratos do homem que me atacara por toda parte. Mason estava na minha frente com uma arma na mão e um sorriso diabólico.

– Agora é a sua vez. – Ele sorriu, apontando a arma para mim. – Ajoelhe-se, que quero ouvir você rezar – ameaçou com a voz firme.

– Mason, não! – O grito rasgou minha garganta, me fazendo pular debaixo do lençol.

Meu corpo tremia e eu estava encharcada de suor. Aos poucos fui reconhecendo o ambiente e notei que tudo não passara de um pesadelo. Sequei a testa com as costas das mãos e me levantei, cambaleando um pouco.

De relance, me lembrei de que, após transar com Mason no meio da madrugada, fui para o meu quarto, tropeçando nas minhas pernas, enrolada no lençol dele. Eu ainda estava nua e parecia ter feito exercícios físicos por horas; meu corpo todo parecia cansado e dolorido.

O estranho silêncio que tomava conta da casa àquela hora da manhã me incomodava. Eu ainda estava assustada com o sonho que tivera e aquela ausência de sons era algo com o qual eu não estava acostumada. No colégio, costumávamos acordar muito cedo, e os corredores logo ficavam cheios e barulhentos. Mas na casa de Deborah não havia nada disso. Eu não era muito disciplinada quanto às regras, mas havia coisas que me comprometi a fazer sempre. Ao me levantar, toda vez eu agradecia por mais um dia e pedia para passar mais tempo ao lado da mamãe. Naquela manhã, no entanto, tudo foi completamente diferente. Pedi apenas para que meus dias naquela casa fossem breves e que eu voltasse para o lugar de onde nunca devia ter saído.

Tomei banho e me troquei, mas continuei no quarto. Eu não tinha coragem de sair. Não queria enfrentar aquele cara, não queria vê-lo e me lembrar da noite que passei no quarto dele. Também não queria encarar Deborah e me sentir mal por ter desrespeitado a casa dela. Tudo aquilo era culpa minha. Eu é que tinha ido à toca do leão, por conta própria.

Fechei os olhos, tentando apagar aquilo da minha mente. Senti um calafrio percorrer meu corpo, como se novamente aqueles lábios macios estivessem roçando com força nos meus. Não havia sido ruim. Mason era muito bom de cama e conseguiu me deixar nas nuvens. Só de lembrar aquele beijo, meu corpo todo estremecia e eu ficava meio anestesiada, meio fora de mim. O problema não era ter transado. O problema era com quem eu tinha transado. Mason tinha demonstrado ser um babaca, além de ser presunçoso e despertar certo medo em mim sobre quem ele era de verdade. Mesmo assim, eu tinha me entregado a ele. Fui fraca. Nunca imaginei que transaria com alguém desse tipo.

Depois de muito pensar, ensaiar falas e desculpas para o caso de Deborah desconfiar de algo, decidi sair do quarto. Levei o lençol às escondidas para a lavanderia da casa e o misturei no meio de outras roupas de cama que encontrei. Depois, resolvi enfrentar o medo e ir tomar o café da manhã. Não me sentiria bem se esbarrasse com Mason no corredor, mas encontrá-lo era inevitável, afinal estávamos morando debaixo do mesmo teto. Uma hora ou outra, nossos caminhos se cruzariam.

Atravessei a casa toda e por sorte cheguei à cozinha sem esbarrar com ele. Senti certo alívio e quase rezei para que todos os dias fossem como aquela manhã. Eu não saberia o que fazer e nem como agir quando ele estivesse por perto. Preferia ter a certeza de que nunca mais o veria em toda a minha vida a ter a incerteza de quantas vezes ao dia teria que encarar aqueles olhos cor de avelã e aquele sorrisinho irritante que ele exibia sempre que podia.

– Olhe só quem veio nos dar o ar da graça – disse Deborah, animada, me recebendo na cozinha.

Ela estava sentada com uma mesa magnífica de café da manhã à minha espera, mas ficou de pé assim que me aproximei. Vestia uma roupa social branca que destacava seu cabelo preto e seus olhos claros.

– Bom dia – falei, sorrindo aliviada ao notar que Mason não estava por ali.

– Achei que não fosse vê-la antes de ir para a ONG. – Minha anfitriã puxou uma cadeira para que eu me sentasse. – Está tudo bem, querida? Como foi a noite?

– Boa – murmurei envergonhada.

– Não consegui desmarcar meus compromissos hoje, mas... – Ela não terminou a frase. Ergui o olhar, procurando o motivo de sua distração, e me deparei com ele. Mason passou pela porta da cozinha, exibindo um sorriso largo, fazendo uma dancinha estranha e dando um beijo estalado na bochecha de Deborah. O sorriso ganhou também um ar sacana quando ele olhou para mim.

– Bom dia, garotas.

– Bom dia – respondi tão baixinho que quase não consegui ouvir o som da minha voz.

– Nossa! Posso saber o motivo de tanta felicidade? O que aconteceu que o deixou com esse bom humor matinal?

– Mulheres. – Mason sorriu. – Elas são a oitava maravilha do mundo, e nenhuma resiste ao meu charme.

Depois piscou e me lançou um olhar de deboche que custei a ignorar.

– A que horas você chegou essa noite? – perguntou Deborah.

Mason puxou uma cadeira e se sentou bem na minha frente. Eu estava prestes a explodir. Deborah continuou encarando o filho, esperando por respostas, e ele bufou injuriado com o olhar dela.

– Não sei – respondeu ele, dando de ombros. – Não lembro.

– Espero que você não tenha levado mulher nenhuma para o seu quarto.

Naquele momento, senti a torrada que estava comendo entalar na minha garganta.

– Não. – Ele sorriu com deboche, sem desviar os olhos de mim. – As mulheres é que costumam ir até o meu quarto. Não sou eu que levo ninguém.

Tomei um gole de suco que desceu meio atravessado, levando tudo o que estava preso em minha garganta.

– Quero que você respeite a Cassidy. Então, por favor, se estiver se divertindo com alguém, não a traga aqui para casa.

– Você está querendo que eu mude meu jeito de ser só porque a Cassidy está se abrigando aqui em casa?

Eu me senti ofendida, mas continuei calada.

– Não é de hoje que peço para você não trazer mulheres para cá. Sei que nenhuma delas é sua namorada. Ou seja, você me desrespeita também quando faz isso.

Mason riu com frieza.

– Você não manda na minha vida! E esta casa é tão minha quanto sua.

– Não estou lhe dando ordens. Estou apenas pedindo para que nos respeite – respondeu Deborah, um pouco constrangida com a situação.

Ele riu de novo.

– Verei o que posso fazer por vocês. Mas tenho um conselho melhor para as duas, e vocês sabem qual é: os incomodados que se mudem.

Deborah se calou imediatamente.

Ficou um silêncio angustiante à mesa. Deborah mantinha a cabeça baixa e os olhos fixos no prato à sua frente. Tomei suas dores, acrescentando mais um motivo na minha lista de "por que odeio o Mason". Como ele podia ser tão estúpido com uma pessoa tão gentil como Deborah? Que, além de tudo, era sua mãe? Também não compreendi a falta de atitude dela. Esse garoto precisava de limites!

Mason quebrou o silêncio e, ao ouvir sua voz, trinquei os dentes e desejei com todas as minhas forças que ele fosse mudo.

– E então, Cassidy? – Assim que escutei meu nome saindo de sua boca, revirei os olhos, respirando fundo, sentindo que tinha me tornado o alvo daquele cara mimado. – Quando é que você volta para o manicômio?

– Mason! Cassidy estuda num colégio interno, não estava num manicômio – intrometeu-se Deborah.

– Ah, é, me confundi. A doida era a mãe dela – disse ele com maldade.

Falar da minha mãe era de mais! Ele não tinha um pingo de respeito. E pensar que havia ficado comigo há poucas horas... Mas eu não era de demonstrar minhas fragilidades tão facilmente assim, então respondi à altura:

– Não me subestime. Posso ser tão louca quanto minha mãe e partir sua cabeça ao meio!

Deborah, que não esperava aquela atitude, me encarou abismada.

– Hummm... Agressiva... Do jeito que eu gosto. Mas não precisa partir minha cabeça ao meio. Podemos passar todas as noites no meu quarto... Se quiser, empresto mais jaquetas para você me devolver depois, daquele jeitinho especial que tenho certeza de que só você sabe fazer.

Senti meu rosto fervendo.

– Com licença – pedi, me levantando bruscamente da mesa.

Deborah com certeza não estava entendendo nada. Mason agiu feito um babaca, mas como ele fazia isso com certa frequência ela provavelmente já estava acostumada. Devia se sentir envergonhada de ser mãe de um cafajeste como aquele. Aliás, acho que qualquer mulher no mundo se sentiria assim.

Eu não ia conseguir suportar a convivência naquela casa. Eu me sentia uma estranha no ninho, e, depois daquele café da manhã desastroso, meu desejo era de fato ir embora dali. Faltava muito pouco para chegar ao meu limite, mas eu não queria magoar Deborah, que estava sendo superatenciosa comigo. E também não podia negar que minhas emoções estavam à flor da pele. Eu havia conhecido Mason na boate, poucas horas depois descobri que minha mãe estava morta, chorei horrores, saí do colégio após oito anos, fui parar justamente na casa de Mason, quase fui violentada e tinha descoberto várias sensações físicas poderosas e deliciosas. Eram tantas coisas ao mesmo tempo que eu não conseguia acompanhar o processo emocional pelo qual passava. Eu era uma verdadeira metamorfose ambulante, não tinha opinião formada sobre nada e estava metida numa tremenda confusão, sem nenhuma saída à vista. E, para piorar, sem ninguém com quem me abrir no momento.

Eu me sentei numa das cadeiras daquele jardim imenso, bem-cuidado e colorido que tinha tudo a ver com a delicadeza de Deborah. O jardineiro da casa estava fazendo um ótimo trabalho, e as cores das flores e das plantas foram me acalmando aos poucos. O problema era que, no fundo, eu ainda estava irritada com as provocações de Mason na mesa do café. Com certeza, eu teria chance de dizer algumas verdades para aquele ser desprezível, mas naquele momento a atitude mais sensata foi mesmo me calar.

De repente, um homem caminhando sem compromisso pelo jardim chamou minha atenção. Com certeza ele não era um segurança, pois não usava o terno preto característico. O jeito descompromissado de andar enquanto mexia no celular, com fones de ouvido, também apontava isso. Continuei observando o sujeito, curiosa para saber quem ele era e o que estava fazendo ali.

– Oi – falei, me aproximando dele.

Seu olhar não era nada intimidador; pelo contrário, era até muito simpático. Seus olhos azuis eram acolhedores, seu cabelo loiro, lindo, e sua expressão séria o deixava mais atraente. Que gato! Ele me encarou fixamente por um tempo, me analisando da cabeça aos pés. Talvez estivesse tentando descobrir se me conhecia e não se lembrava de mim. Mas não. Nunca tínhamos nos visto, não que eu me lembrasse. E acho que eu me recordaria daquele rosto.

– Oi – respondeu ele, por fim.

Estava na hora de conhecer pessoas novas. Além de Deborah, aquele lugar devia ter mais gente legal. Não era possível que todo mundo fosse nojento e idiota como Mason.

– Sou Cassidy. – Estendi a mão para ele, sendo simpática.

– Brian – disse ele, apertando minha mão estendida. – Você dormiu com Drew essa noite?

– O quê?!

– Dormiu com ele esta noite, não é? Acho melhor você não ficar aqui. Ele sempre coloca o dinheiro na bolsa de vocês. Pode procurar que vai encontrar. Confie em mim. Se ele souber que você ainda está aqui, não vai gostar nem um pouco.

De que dinheiro ele estava falando? Por que ele achava que Mason ficaria zangado em me ver ali? E o que o levava a crer que eu havia dormido com Mason? Meu coração disparou. O que tinha acontecido naquele quarto na noite passada não podia ter saído de lá! O que Brian sabia sobre mim que nem eu mesma tinha ideia? Não era certo Mason ficar se gabando por aí. Como ele podia ser tão baixo?

– Faça o seguinte: vá lá e pegue suas coisas. Eu chamo um táxi para você. Em qual boate você trabalha?

Foi então que a minha ficha caiu.

– Não, não – falei, mal conseguindo segurar o riso. – Não sou uma prostituta – continuei, tentando me explicar. – Sou filha de uma amiga da Deborah, estou passando uns dias aqui. Sou como se fosse uma sobrinha para ela.

– Deixe ver se eu entendi... – disse ele, passando uma das mãos no cabelo, deixando-o meio despenteado, e suspirei internamente, implorando para que ele fizesse aquilo outra vez. – Você, então, é a garota que fugiu daqui, foi atacada e depois parou num hospital?

Fiquei levemente constrangida com aquela descrição.

– Sou eu, sim. Como você sabe?

– Eu estava resolvendo alguns negócios quando liguei para o Drew e ele me disse que tinha uma emergência. Você está melhor? Sei parte da história e...

Bingo! Recordei-me de repente. Brian fora o nome que eu ouvira Mason dizer ao telefone no carro, após surrar o homem para me defender.

Provavelmente, foi ele quem chegou lá depois para pegá-lo e o levou para longe, a fim de limpar a área. No entanto, preferi não tocar no assunto e deixar essa história de lado.

– Estou bem, sim. Obrigada por se preocupar. – Mudei o rumo da conversa: – Você trabalha aqui? É um dos seguranças de Deborah? – perguntei, para tirar a dúvida.

– Não. E, só para você saber, os seguranças não são de Deborah na verdade. Quer dizer, o chefe aqui é o Mason.

Chefe?! Aquele cara não parecia ser chefe de coisa alguma. Mason tinha cara de quem era sustentado pela mãe. Com certeza devia ser um daqueles garotos mimados e arrogantes que se sente todo-poderoso por causa da fortuna dos pais e adora mandar em tudo. Por isso o chamavam de chefe, com certeza.

– Mas você trabalha para ele? – continuei o interrogatório.

Sem dúvida alguma, eu gostaria de falar de coisas mais agradáveis, que não envolvessem o nome "Mason". Mas como Brian era muito simpático, qualquer assunto se tornava aprazível. E eu não podia negar que Mason despertava minha curiosidade.

– Não trabalho para ele. Trabalho com ele. – Enquanto eu refletia sobre sua resposta, Brian desconversou: – Você veio de onde?

– De um colégio interno católico – respondi. – Comandado por freiras – acrescentei, esperando pela sua reação. As pessoas quase sempre reagiam com certo espanto.

– Nossa! – exclamou ele.

– O que foi? – perguntei.

– Você não tem cara de quem quer ser freira – falou ele com sinceridade, me fazendo rir.

– Mas não vou ser freira! Nem todas as meninas que estudam lá pretendem se tornar freiras. Na verdade, a maioria não tem essa vontade. É um colégio normal.

– Ah... – Pelo tom de sua voz, ele pareceu mais aliviado.

– Se não tenho cara de freira, com certeza devo ter cara de prostituta, né? Você me confundiu com uma.

Ele riu, balançando a cabeça.

– Não, claro que não. É que normalmente não há outras mulheres além de Deborah nesta casa. E, quando há, são as amigas do Drew, que são pagas para... Você sabe.

Aquilo me lembrou da pequena briga de Deborah e Mason na mesa do café. Então ele tinha mesmo o costume de levar mulheres para casa.

– Entendi. Mas e você? De onde você é?

Brian respirou fundo e estava prestes a dizer algo quando foi interrompido. Ouvimos um assovio e, de repente, uma voz que eu não queria nem um pouco escutar preencheu o ar.

– Ei, Brian!

Revirei os olhos, antes de olhar na direção da voz, e Brian riu.

– Parece que estamos no mesmo time – brincou ele, ao me ver reprovar a presença de Mason.

Fiz questão de não ficar olhando para aquela criatura. Eu me virei de costas para a porta da casa e para Mason, e de frente para Brian, que acenou para ele, pedindo que esperasse.

– Vou ter que ir, Cassidy – disse ele, retorcendo os lábios. – A gente se vê por aí.

E seus lábios retorcidos em decepção tocaram delicadamente minha bochecha.

Suspirei, encantada. Como ele era fofo! Brian era o tipo de homem que arrancaria suspiros de qualquer garota, e isso estava acontecendo comigo. Ele já estava andando na direção de Mason, mas não me importei. Queria fazer aquilo porque... Tínhamos plateia.

– Brian! – Sorri quando ele se virou. – Pode me chamar de Caissy.

Ele assentiu, erguendo os polegares e fazendo sinal de positivo. Depois continuou indo ao encontro de Mason. Logo depois, os dois entraram por uma porta no canto da varanda, que levava ao anexo de Mason. Deborah me dissera que eu nunca precisaria usar aquele cômodo, o "mundo de Mason", mas fiquei curiosa para saber o que Brian e ele aprontavam ali dentro.

– Viu um passarinho verde? – perguntou uma voz feminina e familiar, me tirando do transe e me fazendo sorrir.

– Desculpe ter deixado a mesa do café daquele jeito, Deborah. Preferi ignorá-lo a começar uma discussão.

Ela assentiu.

– Só não entendo de onde vem tanta implicância. No dia em que trouxe você aqui para casa, depois ele chegou a me contar uma história louca, que já tinha te visto numa boate e que você jogou bebida na cara dele, mas isso é impossível. Você vivia trancada naquele colégio. Eu disse que ele estava confundindo você com outra menina.

Aquilo foi como um soco no estômago. Engoli em seco e fiquei quieta. Era horrível mentir e eu não me sentia bem com isso, principalmente por ser Deborah, que estava fazendo de tudo para me ver bem.

– Ele te confundiu... Mas e você?

– Ah... – murmurei, ganhando tempo para pensar numa desculpa. – Ele me trata muito mal, e eu não gosto disso. Acho que é só uma forma de me defender. Mason e eu mal nos conhecemos, eu sei, mas só estou me protegendo das grosserias dele.

– Tem hora que sobra até para mim...

Ela passou um instante olhando para a grama.

– Não sei como é possível que uma pessoa tão legal como você tenha um filho como ele. – Eu sentia náuseas só de pensar. – Me diga que ele é adotado, por favor...

Ela caiu na gargalhada.

– Não, Cassidy. Mason tem o meu sangue, mesmo. Quando fecho os olhos, ainda me lembro daquele bebezinho enrolado numa mantinha azul, chorando nos braços da enfermeira.

– Desculpe, mas seu bebezinho cresceu e não é lá um dos melhores seres humanos que já conheci.

Ela sorriu, um pouco constrangida.

– Ele é um bom homem, Cassidy. Muitas vezes é incompreendido, e sei que parece um pouco estúpido, mas é uma boa pessoa.

Ficamos em silêncio, olhando para o nada.

– Deborah – aquele assunto ainda estava me deixando confusa e não vi problemas em perguntar –, por que deixa ele tratar você de maneira tão grosseira como fez naquele hora?

Ela ficou muda. Ou talvez aquele silêncio fosse um sinal de que não queria conversar sobre aquilo. Como eu tinha imaginado, depois de um tempo, ela se esquivou.

– Isso é um assunto muito complicado. Falamos sobre isso outra hora, porque – ela olhou para o relógio de pulso – já estou muito atrasada e ainda nem apresentei você à Guadalupe. Ela é a cozinheira e governanta da casa, quase um membro da família. Assim como Philip, ela também é fundamental aqui. As coisas não funcionam se os dois não estiverem presentes.

Deborah começou a me puxar pela mão de volta para dentro de casa. A cozinha já estava completamente impecável. A mesa do café, que antes estava coberta de coisas deliciosas, já havia sido retirada e tudo estava em seu devido lugar.

– Lupe, esta é Cassidy.

Uma senhora gordinha, com pouco mais de um metro e meio, me recebeu com um sorriso.

– Oi – cumprimentei, um pouco envergonhada, e ela apenas balançou a cabeça e continuou sorrindo.

– Caissy, qualquer coisa que você precisar quando eu não estiver, é só recorrer à Guadalupe. Ela é maravilhosa e está conosco há muitos anos. Você vai perceber que Lupe é de poucas palavras e muito discreta. Ela é das Filipinas. Mas se precisar de qualquer coisa, ela vai ajudar você. Inclusive a se defender do Mason.

– Obrigada, espero não precisar incomodar.

Mais uma vez, Guadalupe apenas sorriu.

– Quanto ao Philip, ele não está aqui agora, então deixamos a apresentação para depois. Mas já falei com ele sobre você. Se precisar ir a qualquer lugar, ele a levará. Você vai vê-lo por aqui com frequência, mas vai notar que ele passa muito tempo sumido também. Como falei, Mason toma muito tempo dele. – Ela riu. – De qualquer forma, por enquanto acho que você não deveria sair sozinha. Então não vai precisar dos serviços dele, só se for algo muito urgente.

– Estou proibida de sair?! Como no colégio?!

– Não é bem isso, meu anjo. É que ainda estou assustada com tudo o que aconteceu. Não consigo ficar em paz imaginando você sozinha pelas ruas – explicou ela e eu assenti, mostrando que compreendia sua preocupação. – Bem, agora preciso ir. Volto às sete horas. Qualquer coisa que quiser fazer, sinta-se à vontade. Aposto que Mason vai ficar o dia todo trancado com Brian. Ele não vai ter tempo para atormentar você.

Mas, se isso acontecer, pode me ligar – disse Deborah, e anotou o número num papel para me entregar.

– Brian e Mason são amigos? – perguntei, mudando completamente de assunto.

– Não – negou ela, imediatamente. – Antes eu poderia até dizer que eles eram amigos, mas hoje em dia os dois apenas se suportam.

– Entendi.

Brian me dissera que trabalhava com Mason, mas como os dois conseguiam fazer isso se apenas se suportavam? Tinha muita coisa estranha naquela casa, que eu não compreendia.

– Mas por que a pergunta? – perguntou Deborah.

– Nada de mais. É que conheci Brian hoje cedo quando estava no jardim.

– Ele é um bom garoto. – Ela sorriu. – Aliás, todos são. Nate, Dylan e Chris também. São como se fossem meus filhos.

– Esses eu ainda não conheci. Estão por aqui?

– Eles estão viajando, mas você terá a oportunidade de conhecê-los em breve, pode ter certeza.

Ela pegou a bolsa em cima do balcão, e que até então eu não tinha notado, e colocou a alça preta de couro no antebraço.

– Querida, preciso ir, os negócios me esperam e tempo é dinheiro. – Ela se despediu dando um beijo na minha testa. – Não se esqueça: se precisar de qualquer coisa, peça à Guadalupe ou me ligue.

– Obrigada, Deborah. Obrigada por tudo.

– Não me agradeça. Isso é o mínimo que posso fazer... Pela minha amizade com sua mãe. E por você também.

Ela afagou meu cabelo e depois saiu, se despedindo de Guadalupe.

Continuei sentada na cozinha enquanto Guadalupe mexia em algumas panelas, preparando o almoço. Ela realmente ficava na dela, não dizia sequer uma palavra, e minhas perguntas eram respondidas com acenos de cabeça. Eu tinha tantos questionamentos para fazer que nem sabia por onde começar.

Eu havia me enganado. Para mim, Mason era apenas um garoto mimado e rebelde que nunca soube respeitar ninguém. Mas, pelo visto, não era bem assim; parecia que ele era muito mais do que isso. Por que

Brian enfatizara que era Mason, e não Deborah, o chefe dos seguranças da casa? Será que era apenas por uma questão de mais habilidade para lidar com aqueles homens? Podia ser. Mas por que tinha ficado um clima tão constrangedor à mesa do café quando Mason afirmou que a casa era tão dele quanto de Deborah? Parecia até que havia algo misterioso por trás de sua frase... E, principalmente, por que ela se comportava de maneira tão submissa a ele? Não sei, para mim havia algo estranho. Atrás daquela figura de boa mãe e de pessoa superlegal que Deborah exibia, havia segredos, e um deles era sobre quem Mason era de verdade, eu podia apostar. Que ele tinha uma má fama nas ruas, eu já sabia, Claire tinha me dito. E que era realmente intimidador, também. A situação com o homem na rua tinha me mostrado. Mas qual seria a extensão daquela fama? Quão perigoso ele era? Por quê?

Brian era o único que tinha me dado alguma resposta mais precisa, mas as peças daquele quebra-cabeça não se encaixavam. Além disso, se Mason e ele não eram amigos, como Deborah me dissera, por que estavam trancados naquele escritório há horas? O que faziam? Com que exatamente eles trabalhavam?

Eram muitas perguntas e poucas respostas. Eu não fazia ideia de onde havia me metido. Minha curiosidade despontava, e eu precisava descobrir a real identidade de Mason. Meu sexto sentido estava em alerta.

6

Eu me sentia entorpecida com todo aquele mistério. Passei a tarde tentando entender quem de fato eram os Beckers. Eu me imaginei como a Isabella Swan querendo saber o que Edward Cullen era. A grande diferença era que o homem que morava embaixo do mesmo teto que eu não era um vampiro. Uma das poucas coisas que eu descobrira perguntando para Guadalupe era que o pai dele já tinha morrido havia muitos anos. Pelo que me parecia, os Beckers não tinham laços familiares estreitos. Eram só uma família cheia de segredos, de coisas que nunca são ditas, como tantas outras.

O resto da tarde transcorreu sem grandes acontecimentos. Passei a maior parte do tempo sozinha, sem ter nada para fazer. Depois do jantar, Guadalupe ficou na cozinha lavando a louça, e eu fui passear pela casa. Talvez fosse apenas coisa da minha cabeça e não houvesse segredo algum. Brian e Mason provavelmente estavam trancados naquele escritório jogando sinuca, e eu ali, imaginando coisas. Mas mesmo tentando me convencer de que minhas suspeitas estavam erradas, eu ainda não conseguia entender o porquê de tanto mistério naquela casa. Afinal, Deborah era escorregadia. Meu sexto sentido não costumava errar.

Fiquei observando o jardim pela janela, mas não achava nada de interessante ali. Até a beleza das flores bem cultivadas já me deixava entediada. Aquela casa era magnífica, mas eu não tinha absolutamente nada para fazer ali. Envolvi meu corpo com os braços, para me aconchegar e me consolar daquele tédio. Então, vi um homem descer a rampa de acesso ao portão e isso despertou minha curiosidade. Era um segurança indo identificar quem estava atrás do volante do carro parado na entrada. Fiquei animada. Depois de passar quase o dia inteiro em silêncio, quem sabe não estava chegando alguém com quem eu pudesse conversar além de Guadalupe. Será que era Deborah voltando do trabalho? O ronco alto do motor me deixou em alerta máximo. Se Claire estivesse ali, estaria dando pulos de alegria. Ela adorava carros esportivos e aquele modelo era um de seus preferidos. Ela me ensinou toda a magia que quatro rodas podem produzir. E aquele carro era literalmente de tirar o fôlego. Vi de longe que havia um rapaz moreno ao volante. Ele subiu a rampa de acesso dirigindo um BMW i8.

Estremeci assim que meus olhos encontraram Mason, que havia saído do cômodo onde estivera trancado desde a manhã e andava na direção do carro. Assim que ele se aproximou, o rapaz moreno saiu do automóvel e foi para o lado oposto ao de Mason. Senti um frio na barriga, ansiosa para que ele olhasse para mim. Mason falava ao telefone com alguém e tinha o semblante sério, mas um sorriso seco brincava em seus lábios. Ele estava usando uma roupa diferente, mas continuava lindo como sempre. Vestia uma camisa social azul-celeste e uma calça clara, de um tom quase mostarda. Os tênis brancos combinavam com seus óculos escuros. Minha nossa! Seu cabelo estava penteado de um jeito tão sexy... Eu me surpreendi ao perceber que ele conseguira o impossível: ficar ainda mais sensual! Fiquei com vontade de poder admirar tudo aquilo bem de perto. Mas, então, vi a garota. E imediatamente comecei a me xingar por estar deslumbrada por aquele cara.

Brian também estava lá. Traíra! O que é que ele estava fazendo ao lado daqueles dois?! Eu não sabia quem era aquela garota loira, mas o minivestido que ela usava me intimidou. Ela se encostou no carro de um jeito provocante e eu quis morrer naquele mesmo instante. Senti meu rosto ficar muito quente, talvez eu tivesse entrando em combustão. O que era aquilo? Ciúme?! Talvez fosse só insegurança porque... Aquela loira me deixava no chinelo.

– Menina? – A voz de Guadalupe me fez pular de susto. – Precisa de alguma coisa?

– Uma vaca... – falei sem pensar, e ela me encarou com os olhos arregalados. – Quer dizer... Não, não preciso de nada.

Ela deu dois passos e se aproximou de mim, junto à janela. Perguntei quem era o rapaz moreno, e ela respondeu que era Philip, confirmando meu palpite. Depois, olhando com carinho para Mason, ela comentou:

– O meu... – Ela sorriu como se tentasse formular a frase corretamente. Devia ser difícil morar num país estrangeiro e ter de aprender um novo idioma. – O meu menino *usa* carros bonitos.

– É, eu sei – respondi, sorrindo com amargura.

– Menina – continuou ela, respirando fundo –, Guadalupe vê muitas "vacas" como essa. – E o jeito que ela me imitou falando "vaca" me fez rir. – Mas nunca passam mais do que uma noite.

Sem querer, foi como se Guadalupe cravasse uma estaca em mim. Ah, que grande besteira você foi fazer, Cassidy Anderson! As palavras de Mason corroíam minha mente. "Se a gente transar, talvez você me odeie amanhã, provavelmente vai se arrepender, mas não estou nem aí." E, de fato, o desgraçado não estava nem aí! Já estava até com uma loiraça. Mas o que você queria, Cassidy? Que ele lhe pedisse em casamento? Para você, foi a primeira vez; para ele, só mais um sexo casual.

Ele entrou com a loira no carro e aquilo foi o fim da picada. Quis fugir dali, sair gritando, mas Guadalupe e seu olhar questionador me impediram.

– Acho que vou ficar lá em cima. Você me avisa se Deborah chegar?

– Sim – disse ela, sorrindo com gentileza.

Subi a escada correndo. Eu só queria fugir daquela ceninha patética. Aquilo não tinha nada a ver comigo. Minha respiração estava acelerada. Bati a porta do quarto e me senti protegida. O que era aquilo que eu estava sentindo? E daí que ele estava com aquela loira? Quer saber, aquilo não era da minha conta. Afinal, ele não passava de um babaca gostoso.

Por volta das oito da noite, Deborah ainda não havia chegado. Sentada no tapete macio e confortável do meu quarto, eu estava num estado lastimável, morrendo de tédio. Proibi a mim mesma de pensar em qualquer coisa relacionada ao Mason. Não me importaria mais com a existência dele. Ia suportar apenas uma semana naquela casa e depois daria o fora. Meus dias não costumavam ser tão parados daquela forma. As atividades no colégio eram constantes. Eram raras as vezes em que ficávamos sem nada para fazer. Até o silêncio daquela casa me irritava. Eu me sentia enclausurada. Precisava conversar com alguém, precisava de Claire para dar boas risadas e me distrair. Se ela estivesse ali, provavelmente estaríamos armando algo contra Mason. Talvez um pouco dos meus sentimentos confusos fossem causados pela distância entre mim e Claire. Nunca havíamos passado tanto tempo longe uma da outra. Eu estava um pouco abalada, não sabia bem como me controlar e me defender de certas coisas, de certos sentimentos. Era demais para uma pessoa só... e em muito pouco tempo. Mas eu era forte, lutava para superar tudo aquilo. Eu tinha de superar, por mim e pela mamãe. Não ia me entregar. A vida estava me dando terríveis rasteiras, mas eu não podia me desesperar.

Aquele colégio poderia ser considerado uma prisão, e eu sabia muito bem disso. As alunas não eram autorizadas a usar telefone. Até para ligarem para os pais e parentes precisavam de autorização prévia, e só com data e hora marcadas. As freiras não permitiam que tivéssemos contato com o mundo lá fora, e não era à toa que Claire e eu sempre dávamos um jeito de escapar daquele lugar. Mas ali dentro tínhamos aulas, um monte de atividades, conversas e brincadeiras que fazíamos umas com as outras. Aquela era a minha família.

Eu precisava falar com Claire. Tinha que dar um jeito na minha agonia, agravada por aquele tédio infinito. E isso só se resolveria quando eu conversasse com a minha melhor amiga. Decidi ligar para o colégio, mas não seria nada fácil conseguir contato com ela. Teria que me passar por Deborah, fingindo que precisava falar urgentemente com Claire. Talvez aquela tática não desse certo, porém eu precisava correr o risco para trocar pelo menos algumas palavras com ela. Desci para o escritório, treinando como imitar a voz e o jeito de Deborah. Tinha um tom angelical, era sempre muito calma, e eu acreditava que a mãe de Mason não havia ligado muitas vezes para o colégio. Foram só algumas conversas cordiais para tratar da minha saída. A madre superiora não seria capaz de reconhecer a voz de Deborah, como talvez reconhecesse a da mãe de Claire, por exemplo, com quem já havia conversado diversas vezes. Pensando por essa lógica, talvez eu tivesse alguma chance. Tudo que precisava fazer era controlar minha voz e meu nervosismo. Daria certo. Eu estava confiante.

As luzes do escritório estavam apagadas. A sala era um pouco escura, com uma decoração *vintage*. Quadros exuberantes contrastavam com sofás pretos de couro. Os livros enfileirados numa estante muito alta chamavam atenção pela organização. A enorme mesa de vidro fumê com uma cadeira sobre um tapete completava a decoração do escritório de Deborah.

Antes de mais nada, fui logo fechar a janela e as cortinas. Minha anfitriã tinha me dado total liberdade para fazer o que eu bem entendesse, então não seria um problema ligar para Claire. Coloquei o telefone no meio da mesa e fiquei de costas para a porta. Disquei rapidamente o número que eu sabia de cor.

Olhei para o relógio no alto da parede. Ainda não era tão tarde para ligar para o colégio. Provavelmente a chamada cairia direto na sala da madre superiora, mas ela ainda devia estar ali, trabalhando. Chamou seis vezes até que alguém atendeu.

– Colégio Católico para Meninas Imaculada Conceição, boa noite – respondeu uma voz cansada.

Respirei fundo, criando coragem para começar minha farsa.

– Boa noite, aqui quem fala é Deborah Becker, amiga da falecida mãe da aluna Cassidy Anderson.

– Ah, senhora Deborah, como vai? Quem fala é a madre superiora. Aconteceu algum problema com Cassidy?

– Não, problema algum. Ela está se adaptando muito bem em minha casa. É uma ótima menina. Está tudo sob controle, madre.

– Fico feliz. Mas então, o que houve? Cassidy já está querendo voltar para o seu quarto no colégio?

– Não, claro que não, madre. – E dei uma risadinha nasalada que soou um pouco nervosa. – Estou entrando em contato para falar com uma de suas alunas, Claire Gates, a melhor amiga de Cassidy.

– Senhora Deborah, queira me perdoar, mas isso não é permitido pelo regulamento do colégio. Nossas alunas só podem atender a telefonemas da família, mesmo assim em horários estabelecidos.

– Compreendo perfeitamente, madre. Cassidy havia me informado sobre esta regra, mas é que estou pretendendo fazer uma festinha para ela, e a presença de Claire seria indispensável. A senhora não pode abrir essa exceção?

– Desculpe, mas isso não é problema nosso. Veja bem, minha querida, a primeira providência que você deve tomar é entrar em contato com os responsáveis da aluna Gates. A autorização deles é imprescindível para que a menina possa comparecer à festa.

– Claro, madre. Sei que precisaria da autorização dos responsáveis de Claire para que ela pudesse vir a minha casa, mas antes de tudo gostaria de saber a opinião dela sobre a festa. Ainda não conheço Cassidy muito bem, mas a senhora há de concordar comigo que ela está passando por um momento extremamente difícil e delicado, e acredito que qualquer coisa que a gente possa fazer para animá-la um pouco seja bem-vinda. Por isso, gostaria de conversar rapidinho com alguém que a conheça muito bem para pedir algumas opiniões e podermos, juntas, planejar algo bem bacana para nossa menina.

A mulher do outro lado da linha respirava com força. Ela ficou em silêncio por um minuto que me pareceu uma eternidade. Depois, com uma voz fraca e um pouco desconfiada, proferiu:

– Tudo bem, senhora Deborah. Vou mandar chamar Claire, mas peço que seja o mais breve possível. Estou violando uma de nossas normas internas.

– Sim, senhora. Muito obrigada – falei, quase gritando de alegria.

Não fiquei muito tempo pendurada no telefone, como havia imaginado. Depois de cinco minutos, Claire atendeu à ligação com aquela voz delicada que ela usava no colégio ou quando não sabia o que estava acontecendo.

– Alô?

– Isso foi mais fácil do que eu imaginava! – exclamei.

– Hã? Quem está falando?

– Sou eu, sua tola! Caissy.

– Caissy?! Mas… Disseram que a amiga da sua mãe estava querendo falar comigo.

Ela estava completamente confusa e achei aquilo muito divertido.

– Ai, Claire... A madre não me deixaria falar com você se soubesse que era eu. Então me passei por Deborah, com a desculpa de que precisava conversar com você sobre uma festa surpresa para mim, quer dizer, para a Cassidy – expliquei, rindo.

– Ah, tá... – Ela começou a rir também. – Não conseguiu aguentar de saudade! É impossível ficar longe de mim, não é?

– Na verdade, não foi bem isso... Aconteceram tantas coisas que ainda nem tive tempo para sentir muita saudade.

– Então é assim?! Aconteceram tantas coisas que você não pôde nem se lembrar da sua melhor amiga?

Revirei os olhos.

– Não é nada disso, Claire! Você não tem noção das coisas pelas quais passei. Sério mesmo! Fui atacada por um homem na rua que tentou me estuprar, fui parar num hospital e estou morando com um babaca.

– O quê?! Quase foi estuprada? Pelo amor de Deus, Caissy, e você me diz isso assim? O que houve? Como você está??

– Fique calma, foi apenas "quase". Um cara chegou no momento exato e me ajudou a escapar. Tudo acabou bem, felizmente, mas não dá para explicar agora. E parece que já aconteceu tanta coisa depois disso... Para ser sincera, morar aqui nesta casa me deixa tão irritada que nem tenho tempo para pensar em como estou abalada emocionalmente.

– Cassidy, isso é muito sério! Não consigo nem pensar pelo que você passou. Mas, bom... Fico feliz em ouvir que nada mais grave aconteceu. Por que você está irritada? Estão explorando você, fazendo-a trabalhar dia e noite? Eu sabia que uma tia postiça boazinha não ia surgir assim, do nada.

Percebi que Claire, após o susto, tentava descontrair a conversa.

– Não! Não estão me explorando nem me obrigando a trabalhar. Deborah está fazendo o possível e o impossível para me ver feliz.

– Então o que houve?

– Fiquei com um cara.

Talvez aquele fosse um bom jeito de começar.

– Ah, sua danada! Ai, meu Deus! Já sei o que está te fazendo mal. Ele não beija bem? Você descobriu que ele é gay? Ai, não, não me diga que ele é o marido da sua tia postiça?

– Claire! – Eu ainda ficava espantada com a imaginação fértil e o jeito espevitado da minha melhor amiga – Claro que não! Ele não é gay, também não beijava mal e muito menos é o marido de Deborah. Aliás, nem marido ela tem; é viúva.

– Então o que foi?

Precisei de mais alguns instantes antes de revelar a bomba. Ela não iria acreditar no inferno que eu estava vivendo e com certeza mais perguntas viriam, muitas mais.

– Lembra o carinha da boate? Em quem joguei a bebida?

Ela riu.

– Drew Becker? Claro que lembro.

– Então, ele...

– Ai, meu Deus, ele foi atrás de você? Tentou fazer algo com você?! Eu disse que o cara era sinistro, que não ia aceitar aquilo que você fez na boate. Caissy, você devia engolir esse seu orgulho todo e pedir desculpas. Não se deve mexer com esse tipo de gente...

– Claire, calma, me deixe falar! – gritei, irritada, e ela se calou. – Ele não veio atrás de mim. Acontece que ele é filho da Deborah. Eu... Eu estou morando na mesma casa que ele.

– O quê?! O cara da boate é filho da Deborah? Não-a-cre-di-to! Estou chocadíssima. E aí?

– Também não acreditei quando o vi aqui, bem na minha frente. Aliás, o nome dele é Mason. Mas o pior não é isso. É que... Eu o beijei.

– NÃO ACREDITO!

– Claire, ainda não terminei de contar tudo. Vou falar de uma vez porque não temos tempo e você me interrompe toda hora: nós transamos!

Ela ficou muda do outro lado da linha. Imediatamente também comecei a me recriminar em silêncio. Até Claire devia achar um absurdo o que eu fizera, por mais que ela fosse tão liberal. Quando ouvi sua voz ressurgir, fui tomada por uma mistura de alívio e ansiedade.

– Calma aí que é muita informação de uma só vez! Você beijou Drew Becker! Quer dizer, Mason... E ainda transou com ele! Cara, agora virei sua fã! Essa carinha e esse jeitinho de puritana são só fachada, sempre soube. Você é uma safada!

– Claire... Você não está entendendo como isso é constrangedor...

– Para que toda aquela frescura na boate se depois você iria liberar geral para o cara? Nossa, que de mais essa história! Estou orgulhosa! Conta mais! Como foi? Quero detalhes.

Ela ria, como se fosse algo maravilhoso.

– Foi... Foi bom na hora, mas ele é um babaca! Você não tem noção de como ele está me tratando. É como se eu fosse um lixo, só mais uma que ele pegou. Ele me odeia, me odeia tanto por causa daquele dia na boate que está fazendo da minha vida um inferno. E eu me odeio mais ainda por ter me entregado para um cara como ele, por não ter resistido. Estou me sentindo um lixo, amiga.

Eu queria ter argumentos para me defender, mas não tinha. Fiz aquilo porque quis, ele não me obrigou a nada. Pelo contrário, me deu várias chances de desistir.

– Caissy, você só transou com um cara, não fez nada de mais. E que cara!

– Fala sério, Claire! Será que você não consegue me entender? Estou me sentindo mal com essa situação, culpada por ter transado com Mason, confusa com tudo o que tem acontecido.

– Calma, gata. Você está se sentindo culpada por ter ido para cama com um cara? Se for assim, eu que já fui com vários sou uma depravada. Agora, falando sério – ouvi quando ela respirou fundo –, conheço você muito bem. Imagino como esteja se sentindo. Foi sua primeira vez, e você esperava que fosse com um cara especial, algo legal. Mas acabou sendo com esse babaca. Só que ele está morando com você e essa é uma tremenda tentação! Aconteceu, e o que importa é que foi bom na hora, como você disse. Relaxe, amiga. Se ele odeia você ou não, isso já não é problema seu. Deixe para lá! Vida que segue. Agora já pode pensar nos próximos caras que virão...

Revirei os olhos.

– Estou pouco me lixando para ele – menti. Talvez eu estivesse mentindo para mim mesma, também. – Só não acho legal ser odiada por alguém. E apesar de achar que foi errado ter ficado com ele, não sei se estou arrependida. Ah, me esqueci de comentar: depois do que rolou entre nós, já o vi saindo com uma loira... – Interrompi a frase porque Claire começou a rir sem parar. – Ei, qual é a graça agora?!

– Aaaah, então está aí o grande motivo da sua irritação. Cassidy, minha flor, você está é com ciúme! Sim, você está se mordendo de ciúme da loira.

– Ciúme? Dele?! Mas é claro que não. Não viaja! Você fala como se eu quisesse alguma coisa com ele – respondi, emburrada.

– Ok, ok, você não está querendo admitir, mas sei como você é romântica e se ilude fácil. Mas, saca só, acabou, está bem? Você ficou com ele, foi bom, mas ele não é do tipo que vai lhe mandar flores e pedir em namoro. Pés no chão, amiga. Ele faz o tipo que seduz as mulheres, manda bem na cama, consegue o que quer e depois tchau. E você se lembra do que comentei sobre ter ouvido falar que ele não é boa coisa? Não é um cara maneiro. Tenho a sensação de que ele é realmente perigoso... Então é melhor mesmo você manter distância! Isso só serviu para você perder a virgindade, até que enfim! E nada mais do que isso, está me entendendo?

– Estou, mas acho que ele me trata assim, com tanto desprezo, por causa daquele dia na boate. Tenho certeza de que, se tivéssemos nos conhecido de outro jeito, tudo seria diferente.

– Caissy, isso é uma ilusão. Ele é o que é e pronto. Mas, de qualquer maneira, o fato é que vocês se conheceram daquela forma desastrosa e ele ficou com o orgulho ferido. Você deu um pé na bunda do cara na frente de todo mundo, e, para completar, jogou sua bebida na cara dele. É claro que ele vai tratar você desse jeito.

– Você continua justificando as atitudes dele. Eu fiz aquilo porque o cara mereceu!

– Amiga, aprenda uma coisa: ele não é homem por quem você deva se apaixonar. Se achou que ia transar e ele cairia de amores, está muito enganada. Desculpe, mas acorda! Isso só acontece nos filmes. Ele não é o tipo de cara que vai lhe dar o devido valor. Não é do tipo que vai se encantar pelo seu sorriso ou fazer coisas impressionantes para estar ao seu lado. Caia fora enquanto é tempo. Não entre nessa enrascada porque você vai se magoar, vá por mim.

Claire era sempre sincera, muitas vezes até demais, mas o que ela estava me dizendo fazia sentido. Eu não estava apaixonada. Não era assim que eu imaginava ficar quando me apaixonasse. E, na minha imaginação, eu sempre me apaixonava por um cara legal.

– Não estou apaixonada por Mason! Não estou querendo viver um romance com o filho da Deborah. Só estou um pouco decepcionada com a forma como ele me trata... E o fato de termos transado só piora tudo. Ele não tem nenhuma consideração por mim.

– Caissy, estou de fora da situação e tenho uma visão melhor. Não dê bola para ele, ignore-o. Seja a Cassidy que eu sempre conheci. E desencane, foi apenas uma noite. Mas, vou lhe dizer, você começou com o pé direito, hein, amiga? – Ela riu. – Ah, não vejo a hora de você voltar para cá e pularmos o muro para sairmos novamente... – emendou, rindo.

– Também não vejo a hora...

– Ah... Dona Deborah... – Claire tossiu, mudando de assunto. – Vou ter que desligar porque já está na hora de nos recolhermos, mas está tudo combinado. Entendi perfeitamente.

– A madre está aí, certo?

– Claro.

– Então vou desligar. Estou morrendo de saudade! Beijos, se cuida.

– Ok, ficarei aguardando. Beijos, tchau.

Do outro lado da linha, Claire desligou. Ainda fiquei ouvindo aquele barulhinho *tu, tu, tu*, com o telefone na orelha. Eu estava mais calma. Claire tinha esse dom: quando tudo parecia estar desmoronando, ela, com seu senso de humor incrível, conseguia me colocar de volta nos eixos. Depois de conversar um pouco com ela, tudo parecia mais fácil. Eu não estava mais tão aterrorizada com Mason. Claire tinha razão: eu ia ignorá-lo.

Aquele cara não seria mais uma pedra no meu caminho. Era carta fora do baralho. O que ele sentia por mim, quanto me odiava, já não importava mais. Eu iria seguir o conselho da minha amiga e desencanar, tocar minha vida. Nada de ligar para aquele idiota.

Coloquei o telefone no gancho e, de repente, senti algo como um choque percorrer meu corpo todo. Um perfume masculino, forte e amadeirado preencheu o ar. Aquela fragrância familiar não me deixou dúvidas: Mason estava atrás de mim. Então, senti sua respiração no meu ombro. Minhas pernas fraquejaram.

– Estava no telefone com quem?

– Não interessa – respondi, e trinquei os dentes para me controlar. Ele estava muito perto.

Eu iria ignorá-lo. Não me importava mais qual era a dele. Contudo, se continuasse assim tão próximo, seria difícil ser racional e pensar com clareza. "Mantenha o controle, mantenha o controle", repetia para mim mesma.

– A conversa parecia interessante. Ouvi você rindo lá da sala – disse ele, e rapidamente seus braços me envolveram.

Ele apoiou as mãos no vidro fumê da mesa à minha frente, me encurralando. Seu corpo pressionava o meu. Comecei a ficar nervosa. A pele dele roçando na minha me deixava atordoada. Aquele idiota precisava sair de perto de mim.

Ele soprou de leve no meu ouvido e me arrepiei toda. Fechei os olhos e respirei fundo. Eu tinha de me controlar para não cair em tentação. Minha mente gritava, tentando me ajudar, mas meus instintos a atrapalhavam. Inspirei fundo mais uma vez e tentei manter o equilíbrio.

Minha voz ainda estava firme quando falei:

– Não interessa com quem eu estive falando.

Mason, então, pressionou o corpo com força no meu. Parecia que ele realmente estava empenhado em começar uma nova disputa comigo. Seus lábios percorreram meu ombro, deixando um rastro impiedoso de tensão na minha pele. Fechei os olhos, sentindo que um tremor intenso queria me dominar por completo. Mas uma parte de mim que ainda raciocinava ordenou: "Mantenha o controle, sua boba!"

– Com quem você estava ao telefone? – repetiu ele, desta vez de forma mais autoritária. Continuei calada.

Ele mordeu meu ombro com vontade, e senti uma ardência na pele, que abafava sua risada maldosa. Àquela altura, minha mente já estava novamente perturbada. Eu havia quebrado as promessas que fizera a mim mesma. Meu corpo estava controlando minha mente e queria entrar no jogo dele. Mason era louco, dava para ver isso em seus olhos perversos.

– Odeio você! Odeio você! – comecei a berrar, ensandecida, e ele ria mais alto. – Não me toque.

Eu me desvencilhei dos seus braços quando ele tentou se aproximar e gritei:

– Não coloque suas mãos em mim. Você não tem intimidade comigo e não lhe dou o direito de me tocar desta forma!

– Jura? – desdenhou ele, com um sorriso cínico. – Não era isso que parecia ontem à noite, quando você foi levar minha jaqueta e depois fechou os olhos, gemendo meu nome. Ah, Cassidy, você não tem noção de como aquilo foi bom, eu poderia...

Ele voltou a exibir aquele sorriso sacana, e seus olhos estavam como na noite passada: ardendo de desejo.

– Cale a boca!!! – Parti sem pudor para cima dele. – Aquilo foi um deslize, um maldito deslize, que nunca mais vai se repetir. Me deixe em paz, Mason! Apague o que aconteceu da sua memória, porque eu já deletei tudo da minha! – gritei e esbarrei com toda a força no braço dele antes de sair correndo do escritório.

7

Se nosso "relacionamento" fosse um placar, ele estaria ganhando disparado de mim, tanto nas coisas boas quanto nas ruins. Mason tinha salvado minha vida e quase sempre me desestabilizava emocionalmente. Ainda por cima, ficava jogando comigo o tempo todo, o que piorava tudo. Já tinha me humilhado, transado comigo e me humilhado de novo. E eu? O que eu fizera a respeito? Tinha o dispensado na boate, motivo pelo qual esse cara me perturbava tanto, e acabara de lhe dar um belo fora no escritório. Mas aquilo ainda não era o suficiente. Eu precisava empatar ou até virar o jogo. E não desperdiçaria aquela bendita noite.

Mason não sairia vencedor em tudo. Ele não continuaria me acuando daquela forma. Tinha chegado a hora de agir contra ele, de desestabilizá-lo da mesma maneira que ele fazia comigo desde que eu pisara naquela casa.

No meu quarto, com a porta e a janela trancadas, eu andava de um lado para o outro, tentando pensar em algo que me fizesse sair da zona de rebaixamento e me colocasse na liderança do campeonato, com muitos pontos à frente daquele idiota. Mason não era tão inteligente assim... Ele se impunha pelo terror (e pela sedução, mas eu ia ignorar essa parte), e o terror pode levar ao medo e facilitar a dominação, mas também pode despertar o ódio. E, naquele momento, era assim que eu me sentia: decidida a enfrentar aquele cara arrogante e prepotente.

Não sei por quê, mas, depois de pensar muito, a única ideia que tive foi relacionada à maldita caixa de som. O quarto de Mason era magnífico, porém o que mais chamava atenção era o aparelho de som que ele tinha. Aquilo ligado com certeza poderia causar um enorme estrago naquela casa silenciosa. Desde que eu tinha saído do escritório de Deborah, trombando propositalmente nele, e seguido direto para o meu quarto, no segundo andar da casa, tinha ficado atenta a qualquer barulho no corredor. Por isso, sabia que Mason não podia estar no quarto dele, pois eu não tinha escutado o som de passos ali.

Estabeleci, então, meu plano: invadir o quarto dele e provocá-lo. Saí do meu e segui para a última porta no fim do corredor. Claire não estava ali, mas eu tinha certeza de que ela me apoiaria. O quarto estava vazio, como eu havia imaginado. Escancarei a porta e as janelas, para que qualquer um se sentisse convidado a participar da festinha. É, era uma festa em que o dono do quarto e da casa não era o anfitrião; eu desempenhava esse papel. Se era guerra que ele queria, era guerra que teria.

Apaguei as luzes, e imediatamente uma iluminação indireta se acendeu. Eu não sabia daquele detalhe. Era mesmo um quarto extraordinário. Uma luz azul-néon iluminou o ambiente. As sombras dos móveis se projetavam nas paredes. O cômodo estava na penumbra, e isso era tudo de que eu precisava.

Meu diabinho interior instigava cada vez mais minha coragem. Então me aproximei do imponente aparelho de som. Eu não sabia muito bem como ligar aquilo. Para minha sorte, não foi muito difícil descobrir. Havia um Ipod sintonizado. Comecei a mexer no aparelho, e logo notei que Mason tinha um gosto musical parecido com o de Claire. O Ipod exibia uma lista bem variada, e fiquei na dúvida de qual escolher.

Tinha Lil Wayne. Eu gostava de Lil Wayne. Quem não gostava? Escolhi uma música um pouco velha, bem conhecida, lendária. Mesmo depois de anos, bastava o DJ colocá-la para todo mundo ir para a pista. Assim que a música estrondou nos alto-falantes, dei uma gargalhada, me lembrando de Claire. Ela adorava aquela música. As batidas de "Lollipop" faziam as paredes tremer. Adorei aquilo.

Eu não estava usando nada sexy, apenas roupas comuns, de ficar em casa: um short jeans curto e uma camiseta larga. Mas, pelo modo como ele já tinha me olhado outras vezes, como se quisesse me devorar, eu sabia que mesmo vestida assim eu podia mexer com ele. Além disso, o principal naquele momento não era seduzir, mas irritar o inimigo, e era isso o que eu iria fazer.

Subi na cama. Estava disposta a colocar tudo em prática. Eu ia empatar – ou virar de uma vez – aquele maldito joguinho.

Nem me importava como estava dançando. Só queria me divertir. Soltei o cabelo, que estava preso num rabo de cavalo. Mason demorou a aparecer, mas mesmo assim continuei. Era legal desfrutar daquela cama de outro jeito. O cheiro dele, por toda parte, me atiçava. Aquele quarto me trazia boas lembranças de como nossos corpos se encaixaram bem. Isso me fez sentir um calor diferente. Passei as mãos no cabelo e o joguei para trás, rebolando conforme a batida da música.

Mesmo com os olhos fechados, percebi quando a luz foi acesa. Meu convidado de ouro havia chegado, enfim. Fingi não notar, afinal minha missão era marcar pontos, e eu estava disposta a tudo. A mão dele agarrou meu cotovelo com força, me obrigando a descer da cama. Abri os olhos e encarei a ira estampada no rosto de Mason. Finalmente a maré estava a meu favor.

– O que está fazendo no meu quarto? – As palavras saíram de sua boca como um rosnado. Seu maxilar contraído denunciava que ele estava bem irritado com a minha festinha fabulosa. Soltei meu cotovelo da mão dele.

– O quê? – gritei, fingindo não escutá-lo por causa da música. – Fale mais alto, não consigo ouvir – falei, rindo.

Ele não repetiu a pergunta. Seus olhos transbordavam de fúria. Era tudo de que eu precisava. Ignorei completamente a tensão no ar e continuei dançando. Eu me virei de costas para ele, colando nossos corpos. No início, ele não reagiu. Ficou ali, parado, me olhando com raiva.

Mason permaneceu imóvel, altivo, enquanto eu esfregava meu corpo no dele, sem escrúpulos. Desci devagar até o chão e depois subi rapidamente, tentando seduzi-lo. Ele tinha que cair no meu joguinho de qualquer maneira. Então Mason saiu daquela falsa apatia e segurou minha cintura. Percebi, naquele momento, que eu estava mandando na situação. Coloquei uma das mãos para trás e segurei sua nuca com suavidade. Senti ele arfar no meu pescoço e fiquei toda arrepiada. Eu estava me deixando envolver, mas isso não podia acontecer. Excitado, ele me virou com habilidade, me colocando de frente para ele. Passei a língua nos lábios involuntariamente, e de repente notei que estava cansada, com a respiração acelerada, completamente enfeitiçada pelo seu perfume. Que poder era aquele que ele exercia sobre mim?

O carrancudo filho de Deborah repuxou os lábios e exibiu seu sorriso cafajeste que eu conhecia bem. Não me dei por satisfeita, minha vingança ainda não havia acabado. Eu me recuperei da rápida embriaguez e o empurrei com força na cama. Ele caiu deitado, de frente e de braços abertos, à mercê das minhas vontades, exatamente como eu queria.

Tinha chegado o principal momento da noite. Reuni toda a minha coragem e uma desenvoltura que era nova para mim. Sorri com malícia e montei sobre o corpo indefeso do pobre rebelde, sem desviar o olhar um minuto sequer do dele. Mason segurava meu quadril e me encarava completamente confuso. Quase com agressividade, arrebentei os botões de sua camisa e tive uma surpresa. Arregalei os olhos para ter certeza do que estava vendo. Eu me lembrava de cada detalhe daquele corpo e, quando estivemos juntos, na noite anterior, aquilo não estava ali. Mason tinha feito uma tatuagem de cruz no peito. Percorri com a ponta dos dedos os contornos do desenho, ainda avermelhados. Devia ter doído.

Ele apertou minhas coxas com força, me tirando dos meus devaneios, como se quisesse chamar minha atenção para o que era realmente importante naquele momento. Seu peito pulsava embaixo de mim. De repente me senti desconfortável com toda aquela intimidade. Nossos sexos se tocavam, mas as roupas nos impediam de usufruir o contato. Tomado pelo desejo, ele me encarava com indecisão. Afundei o rosto em seu pescoço, sentindo mais uma vez o cheiro forte daquele perfume que me entorpecia. Ele entrelaçou os dedos no meu cabelo e ergueu meu rosto à altura do seu, me obrigando a encarar seus perigosos olhos cor de avelã. Seus lábios rosados, tão convidativos e, ao mesmo tempo, proibidos, me deixaram aflita. Talvez estivesse na hora de recuar.

Apaguei qualquer vestígio de desejo dentro de mim e me concentrei em minha vingança. E tudo aconteceu mais rápido do que eu tinha imaginado. Ele roçou os lábios nos meus, me provocando uma nova excitação. Não consegui segurar a vontade de rebolar em cima dele. Suspirei baixinho diante dos lábios dele.

Não! Minha mente falou mais alto. Já estava na hora de parar com aquela brincadeira. Cravei os dentes com força nos lábios dele, interrompendo o beijo que estava apenas começando. Mason afastou instantaneamente a boca e tocou os próprios lábios, sem acreditar no que eu tinha feito. Aproveitei a deixa e saí de cima dele.

– Fim de festa, Mason.

Já de pé, com uma expressão impávida, me aproximei do aparelho de som e desliguei a música. Ele se sentou na cama.

– Sua louca!

– Boa noite – concluí, me virando de costas para ele.

– Ei! Você não está falando sério, está? Vai me deixar neste estado?! – exclamou, apontando para o próprio corpo.

– Se vire sozinho, ou então contrate uma de suas amiguinhas.

Em seguida, imitei a loira andando naquele minivestido.

Ele me olhou possesso. Acho que nenhuma pessoa nunca tinha me olhado daquela forma, com tanto ódio. Nem mesmo ele.

– Está se achando muito esperta, né? Só que eu vi que você também estava gostando, eu senti.

– Gostando do quê? Eu só estava tirando uma com a sua cara! E você caiu.

Dei um risinho vitorioso.

– Cassidy! – rosnou ele, trincando os dentes. – Volte aqui, agora!

– Desculpe, hoje não estou a fim. E... Você não faz o meu tipo – acrescentei, desdenhando, e ele continuou me encarando incrédulo. – Veja se dá um jeito nessa situação aí... Posso imaginar como isso deve ser humilhante para você.

Saí do quarto me sentindo realizada e vitoriosa. Dessa vez, quem exibia um sorriso sacana era eu. Fui para a cozinha tomar um copo de água e me recompor. Guadalupe não estava ali, e aproveitei para rir daquela cena. Cada vez que me lembrava dos olhinhos dele, completamente confusos, sem entender nada do que eu estava fazendo, eu caía na gargalhada. Um dia da caça, o outro, do caçador. Eu me sentia incrivelmente bem, como uma loba que saciou sua fome. Até que um grito ecoou pela casa, me fazendo estremecer.

– CASSIDY! – vociferou Mason.

Pensei em me esconder embaixo da mesa, ou até mesmo correr para o jardim, mas já era tarde demais. Quando pensei em fugir, ele passou pela porta da cozinha, sem camisa, me encarando totalmente transtornado. Seus olhos sugestivamente me mostravam como eu estava encrencada.

Mais uma vez, a cruz chamou minha atenção. As veias dos seus braços estavam saltadas. Mason me encarava com ódio. O sorriso sexy e sacana no canto da boca não estava mais presente. Seus olhos pareciam escuros de ódio, e seu topete desgrenhado denunciava seu descontrole.

– Chamou? – perguntei, cínica, mas me encolhendo.

Seu olhar seguiu o meu e ele negou com a cabeça.

– Você não vai me deixar na mão neste estado. Ah, mas não vai mesmo!

Procurei uma saída rápida. Dei dois passos na direção da porta, mas não ia adiantar correr. Eu estava perdida.

– Mason, já disse, se vire ou chame suas amigas. São duas opções para resolver o seu problema.

– Não! Você vai resolver o meu problema!

Ele estava numa ponta da bancada da cozinha, e eu, na outra.

– Já disse que não estou a fim.

Ele ameaçou partir para cima de mim.

– Não perguntei se você está a fim. Eu disse que você vai fazer isso!

– Olhe que vou gritar!

– E ninguém vai ouvir.

Mason subiu na bancada e percorreu-a tão rápido que não tive tempo de fugir. Estava encurralada.

Ele me agarrou e senti nossos corpos colarem um no outro, e o fato de ele estar sem camisa me fez tremer. Toquei em seu peito, e senti o calor de sua pele. Um arrepio intenso percorreu minha espinha. Não, eu não sentia desejo algum por aquele cara! Era tudo coisa da minha cabeça. Não havia nenhum motivo para que eu ficasse toda atordoada daquele jeito. Esperneei, tentando me livrar de seus braços, mas ele sabia como me imobilizar e tinha força para isso.

– Solte meus braços, Mason! – exigi.

– Soltar seus braços? Você não está a fim ou está tentando se controlar? – Ele sorriu, mantendo aquele ar de dono do mundo que eu tanto odiava. – Você está com medo, Cassidy, posso ver isso nos seus olhos.

– Medo de quê?

Ergui o olhar de forma desafiadora.

– Medo do que sente. De ser só mais uma entre todas as mulheres que me querem.

Os lábios dele cada vez se aproximavam mais e eu estava em alerta máximo.

– Você só pode estar brincando.

Quando ele acariciou a parte interna das minhas coxas, eu me arrepiei toda, mais do que já estava.

– Pa-Para! – Eu sabia muito bem o que queria, mas minha voz não cooperava muito.

– Tem certeza de que você quer que eu pare?

– Isso não é um jogo, Mason. Não sou um dos seus seguranças, em quem você manda e desmanda. Eu faço o que quiser, quando quiser!

– E, neste exato momento, você quer ficar comigo de novo, tanto quanto eu quero.

Por mais que eu tentasse, ele sempre encontrava um jeito de me desarmar. Uma pontada de ódio percorreu meu corpo. Mason estava quase conquistando seus objetivos. Já exibia aquele ar de vitória. Estava quase chegando lá, quase levando o troféu de campeão, quando senti um objeto frio bem embaixo de meus dedos. Com o canto dos olhos, vi a lâmina de uma faca bem na minha mão. Tentei pegá-la sem que ele percebesse, e com um gesto muito rápido acertei sua mão direita.

– AAAI! PORRA! – gritou ele, se afastando imediatamente de mim.

– Eu disse para me soltar!

O sangue escorria pela mão dele.

– Você me cortou!

– Só estava me defendendo. Falei para você parar.

– Saia… daqui… agora – sibilou, entredentes, abrindo uma gaveta e pegando um pano qualquer para estancar o sangue.

Minha vontade era realmente sair daquela casa e nunca mais voltar. Mas ainda não. Eu não daria o braço a torcer. Vi que ele estava com dificuldade de estancar o sangue da própria mão. Eu o havia machucado para valer e estava arrependida de ter feito isso.

– Saia daqui!!! – gritou ele, me empurrando quando tentei me aproximar.

– Você está sangrando muito.

– Jura? Nem tinha percebido!

Ele abria todas as portas e gavetas da cozinha, largando tudo aberto. Pegou mais um pano, que rapidamente também se encharcou de sangue. Comecei a ficar preocupada.

– Vou ligar para a sua mãe.

– Não! Não quero a sua ajuda. Só me faça um favor: desapareça da minha frente, para que eu não me arrependa dos meus atos.

Fiquei com medo da ameaça, mas não ia deixar o cara sangrando daquela forma. Por mais que Mason fosse um ser humano desprezível e merecesse aquilo, eu nunca largaria ninguém no estado em que ele estava sem ao menos dar assistência, mesmo tendo diversas razões para agir assim. Subi correndo a escada e fui até o banheiro do meu quarto, peguei a maleta de primeiros socorros que ficava no armário embaixo da pia e voltei depressa para a cozinha. Quando o encontrei, ele continuava com a mão direita ensanguentada, e sua expressão demonstrava uma mistura de dor e ódio.

– Já mandei você sair de perto de mim.

– Cale a boca e me deixe cuidar disso. Você me ajudou ontem com meu ferimento, hoje vai ser minha vez.

Lavei as mãos e me aproximei. Puxei a mão dele para perto de mim e ele a retirou. Bufei com impaciência e, mais uma vez, a puxei. Ele sentiu dor e contorceu os lábios. Com algodão e água, limpei todo o sangue ao redor do ferimento. O corte não parecia muito fundo, mas era o bastante para causar algum sofrimento. Limpei tudo com cuidado e retirei os panos que ele tinha jogado de qualquer jeito na ferida. Mason virou o rosto, evitando olhar para a própria mão. Eu estava sendo o mais cuidadosa possível. Ele mordia o lábio com tanta força, que parecia que eles iam sangrar também. Pensei até em fazê-lo sofrer mais, jogando um pouco de álcool no corte, com a desculpa de que só estava desinfetando, mas já bastava por aquela noite. Havíamos passado dos limites. Peguei gazes na maleta e as coloquei sobre o ferimento, pressionando delicadamente para estancar o sangue. Fiz isso por alguns minutos, até ter a impressão de que o sangue realmente diminuíra. Coloquei gases limpas no local, depois enrolei a mão dele com uma atadura. Não era preciso, pois não estava tão grave assim, mas usei a atadura mais por estética do que necessidade.

– Pronto, acho que ficou bom – falei, sorrindo e soltando a mão dele.

Mason nem foi capaz de me agradecer. Continuou com a expressão fechada e os olhos faiscando de ódio contra mim. Pelo menos ele não estava mais com os punhos cerrados como se fosse me partir ao meio.

– Não vai me agradecer? – perguntei, provocando.

– Vá à merda – rosnou ele, abrindo a geladeira e pegando uma garrafinha de água.

– E aí? – A voz de Brian me fez estremecer de susto.

Ergui o olhar para encará-lo, pois ele era bem alto. Brian deu um sorriso largo, mas o desfez em segundos, assim que percebeu o clima na cozinha.

– Brian! – exclamei, toda animada, e senti os olhos de Mason me fuzilarem.

É, realmente parecia que eles não se davam muito bem.

– Passou um furacão por aqui, foi?

Olhei ao redor e só então notei que havia sangue no balcão. Abri a boca para responder, mas Mason foi bem mais rápido:

– Eu me cortei.

Achei interessante ele não ter contado a verdade, como se assumisse toda a culpa. Ou como se não quisesse admitir que acabou ferido por mim, uma garota.

– O que você veio fazer aqui a esta hora? – perguntei, interessada.

Não fazia nem um dia sequer que eu conhecia Brian, mas queria mostrar a Mason que nós tínhamos certa intimidade. Eu sabia que isso não era verdade, porém não custava nada fingir um pouquinho.

– Trabalho – respondeu ele, sorrindo gentilmente para mim. – Ei, Drew. – Mason já estava deixando a cozinha com uma garrafa de água na mão quando Brian o chamou. – A loira lá fora pode ir para casa?

– Não, com certeza vou precisar dela. – Ele foi direto, e desejei ter uma faca na mão para cortar o pescoço dele desta vez.

– Os rapazes chegam amanhã. Deu tudo certo. Eles conseguiram os carros equipados por um valor bem mais baixo – acrescentou Brian.

– Não fizeram mais do que suas obrigações – respondeu Mason.

Era normal Mason ser estúpido comigo ou com qualquer pessoa que se metesse em seu caminho. No entanto, ele falava com Brian de um jeito diferente. Havia uma frieza inexplicável, como se ele fosse obrigado a fazer aquilo. Dava para perceber.

– Já cruzaram a fronteira e me garantiram que amanhã estarão aí – continuou Brian.

Não entendi nada do que eles falavam. Eu estava distraída, a loira lá fora me perturbava. Ele ia ficar com ela graças a mim. Se eu pudesse fazer algo para impedir isso... Mason encerrou a conversa com um aceno de cabeça e se retirou da cozinha. De soslaio, vi Brian bufar e passar os dedos pelo cabelo, parecendo um pouco preocupado.

Guardei tudo o que usei para fazer o curativo de volta na maleta de primeiros socorros e estremeci quando Brian se empoleirou num dos bancos da cozinha.

– Vai rezar antes de dormir, irmã? – perguntou ele, pegando uma maçã numa fruteira em cima da bancada e dando uma mordida.

– O quê?

– Não aprendeu a rezar antes de dormir no convento, não, Caissy? – me chamou pelo apelido, como eu tinha sugerido mais cedo.

Sorri com o canto da boca.

– Eu não estava num convento, já expliquei. E não costumo rezar antes de dormir, só quando acordo.

– Que coisa feia! E sinto muito que você não vá ser freira. Achei que poderia me livrar de meus pecados.

– Dizem que o único que pode nos salvar é Deus – falei, e a cara de decepção dele me fez gargalhar. – Desculpe desapontá-lo.

Brian olhou para seu relógio de pulso.

– Preciso ir.

– Você mora muito longe daqui?

– Não muito, mas ainda vou encontrar uma amiga.

Ele piscou.

– Ah, tá! – falei, dando um sorriso meio sem graça, entendendo o sentido de "amiga".

E Brian saiu, levando aquele sorriso lindo com ele e me deixando ali sozinha, no meio daquela bagunça.

8

Toda aquela confusão com Mason me deu uma ótima sensação de crueldade. E agora? A raiva que ele sentia de mim tinha aumentado em progressão geométrica. Se antes já me odiava, imagine depois daquilo? Mas eu não estava nem aí. Se ele me odiava ou não, era problema dele, como Claire bem tinha me dito. Eu tinha certeza de que aquela guerra particular ainda não havia chegado ao fim, mas naquela noite a vitória tinha sido minha.

Entretanto, um lado meu sentia culpa. Minha consciência estava pesada, e antes que Deborah pusesse os pés em casa tratei de limpar o sangue da bancada da cozinha, jogar os panos ensanguentados no lixo e devolver a maleta de primeiros socorros para o meu banheiro. De volta ao quarto, tomei uma ducha e me deitei. Queria me livrar de todos os pensamentos inoportunos. Eu era o centro das atenções, mas, ao mesmo tempo, me sentia isolada de tudo e de todos.

Já deitada, fiquei encarando o teto branco. Um silêncio nebuloso preenchia o quarto e aquela casa enorme. Completamente absorta em meus pensamentos, analisei todas as reviravoltas da minha vida nos últimos dias. Era como se eu estivesse numa roda-gigante. Em alguns momentos, estava no alto; em outros, lá embaixo. Várias coisas me atormentavam. Contudo, aparentemente eu não tinha com o que me preocupar.

Eu estava no meio desse paradoxo, tentando pegar no sono, quando duas batidas à porta quebraram o silêncio.

– Pode entrar.

– Caissy? – Era a voz de Deborah.

Ela enfiou a cabeça e o tronco pela porta entreaberta. Senti meu corpo enrijecer. Pelo sorriso que me deu, não fazia ideia do que havia acontecido na casa, mas mesmo assim eu estava apreensiva.

– Oi. – Sorri, me virando de lado com a cabeça ainda apoiada no travesseiro. – Entre.

– Achei que já estivesse dormindo.

– Eu me deitei há pouco. Estava pensando, tentando pegar no sono.

– Desculpe por chegar tão tarde. Tivemos alguns probleminhas na ONG e precisei ficar lá até tudo se resolver.

– Tudo bem.

– Comprei algumas coisinhas para você, mas acho melhor deixar para amanhã, porque seus olhos estão implorando por descanso.

– Sou a pessoa mais curiosa do mundo, não faça isso comigo.

Ela riu.

– Amanhã eu dou. Tenho certeza de que vai gostar.

– Você é maravilhosa.

– Já falei que é o mínimo que posso fazer.

Carinhosamente, Deborah beijou minha testa e me cobriu direito.

– Muito obrigada, de verdade. Não sei como agradecer por tudo.

Ela balançou a cabeça.

– Não me agradeça. – E mais uma vez ajeitou o edredom em volta do meu corpo. – Boa noite.

Eu sentia um nó na garganta. Aquela mulher estava fazendo tanto por mim e eu estava desrespeitando a sua casa. Não só eu, claro, o filho dela também. Era como se eu estivesse traindo toda a confiança que ela depositava em mim.

– Boa noite – respondi, amargurada.

Relaxei na cama e fiz um esforço enorme para não pensar em mais nada. Eu precisava descansar um pouco. Peguei no sono incrivelmente rápido, e isso me fez bem.

* * *

Gritos me acordaram, invadindo meu sono. Era como se estivessem dando uma festa dentro do quarto. Abri os olhos, achando que estava no colégio, mas me lembrei de onde tinha ido parar quando vi as enormes cortinas e os móveis do quarto. Eu ainda estava na casa de Deborah, mas não consegui reconhecer as vozes. Obriguei meu corpo a se levantar e fui ao banheiro para dar um jeito na minha aparência. Fiz uma trança meio de lado. Foi o melhor que consegui. Eu estava sonolenta, não costumava funcionar muito bem pela manhã e, naquele dia, as coisas pareciam um pouco piores. Tirei a camiseta do pijama e vesti um casaco de moletom quentinho, com as iniciais do colégio, mas continuei com o short que havia usado para dormir. Resolvi descer.

Pensei em voltar para o quarto quando percebi que Deborah tinha visitas. Ficaria lá até que todos fossem embora. Eu estava com vergonha, não fazia ideia de quem eram aquelas pessoas na sala. As vozes não me eram familiares, e a conversa estava animada. Fui me virando para voltar, sem fazer barulho, quando Brian me viu no topo da escada. Ele me chamou, sorridente, e fiquei sem jeito. Depois o vi dizer "desce logo" sem emitir nenhum som.

Balancei a cabeça e respirei fundo, criando coragem para enfrentar as visitas de Deborah. Comecei a descer a escada. Sentia que minhas bochechas estavam mais vermelhas que o normal. Havia três rapazes na sala, além de Brian e Mason, os únicos rostos conhecidos. Todos falavam alto e riam, se divertindo, e eu não sabia com o quê. Não tinha ninguém com quem eu pudesse me solidarizar, nenhuma voz conhecida que me fizesse sentir menos deslocada. Tampouco havia mulheres no recinto. Os rapazes dominavam a sala, e fiquei com vontade de sair correndo dali e me enterrar num buraco no jardim.

Os olhos de Mason pairaram sobre mim, e eu notei toda a frieza deles. Só havia uma palavra para descrever aquele olhar: assustador. Fiquei muito incomodada com aquilo e olhei para Brian, que assistia a tudo de camarote. Eu tinha certeza de que estava sobrando naquela sala. Depois de me olhar daquela forma desprezível, Mason voltou a me ignorar, agindo como se não tivesse percebido minha presença. Ele se esforçava para que eu me sentisse um nada naquela casa, e talvez isso estivesse começando a fazer efeito. Então algo chamou minha atenção. Eu não o conhecia direito ainda, mas desde que chegara, nunca o tinha visto sorrir de forma espontânea, de um jeito realmente divertido, como estava fazendo. Mason conversava e ria com os rapazes na sala, até parecia outra pessoa. Era evidente que ele gostava daqueles caras, ou pelo menos daqueles três rapazes, pois com Brian parecia que sua relação era um pouco diferente. Notei que sua mão ainda estava com a atadura, porém estava mais desleixada.

– Bom dia, Caissy – cumprimentou Brian depois de algum tempo, se aproximando de mim e me abraçando.

Ele era bem mais alto do que eu. Seus braços envolveram meus ombros e o máximo que consegui foi abraçar sua barriga. Imediatamente, fez-se silêncio na sala. Não havia mais risadas nem vozes falando alto. Senti todos os olhares voltados para nós, e um desespero incontrolável me dominou. Fiquei morrendo de vergonha e não conseguia mais largar Brian. Queria ficar ali, escondida.

Minhas bochechas formigavam. Brian riu, com o queixo encostado na minha cabeça, e me empurrou de leve, se soltando.

– Meu Deus! – exclamou um cara moreno e forte, completamente largado no sofá, que em seguida se empertigou.

– Quem é a garota? – perguntou outra voz desconhecida.

– Não vai apresentar sua amiga para os parceiros, Brian?

Minhas bochechas ferviam e espalhavam calor pelo meu corpo inteiro.

– Ei! Ei! Ei! – Deborah entrou na sala acompanhada de Guadalupe. – Esta garota não é para o bico de vocês, não – disse ela, passando o braço pelos meus ombros. – Meninos, esta é Cassidy, filha de uma grande amiga minha. Eu e a mãe dela éramos feito irmãs. Então, ela é praticamente minha sobrinha.

Eles sorriram, prestando atenção a cada palavra que Deborah dizia. Parecia até que estavam hipnotizados. Deborah continuou com as apresentações:

– Caissy, estes são Dylan, Nate e Chris.

Ela apontou um a um, mas nunca consegui guardar muitos nomes de uma vez, e sob pressão as coisas pioravam um pouco.

– Que isso, hein, Drew! Está bem de prima, hein, cara?! – provocou o moreno, que tinha voltado a se esparramar no sofá.

Mason me lançou aquele olhar frio e insensível de quem não dá a mínima.

– Ela não é minha prima – rebateu de um jeito rancoroso e arrogante, fuzilando o cara que fizera a brincadeira.

– Cassidy, querida – disse Deborah, tentando descontrair o clima –, aposto que você está morrendo de fome. Já preparei seu café da manhã.

– Obrigada – murmurei, sem graça.

Mason não conseguiu disfarçar como minha presença não era bem-vinda. A reação dele foi muito estranha. De repente, sua postura mudou. Voltou a ficar sério, não ria nem brincava mais com os outros rapazes. Provavelmente, estava tomado pelo ódio que sentia de mim.

– Vamos para o escritório – ordenou ele.

– Ah, qual é?! Por quê?

– Porque quero mostrar a planta do prédio para vocês – respondeu ele, me encarando, e depois desviou o olhar. – Vão ficar aqui babando ou vão trabalhar?

Os rapazes caíram na gargalhada.

– Como é mesmo o nome disso, Chris? – provocou novamente o moreno, que eu achava que era o Nate.

– Se não me engano, é ciúme.

– Ciúme?! Será que Drew Becker está com ciúme da priminha? – zombaram.

Baixei o olhar, querendo me enfiar em algum buraco no chão. Deborah e Brian riram da brincadeira. Eles falavam de mim como se eu não estivesse presente, e isso me incomodava.

– Podemos ir logo? Ou vamos ficar perdendo tempo aqui?

Mason estava visivelmente irritado. Pela primeira vez, o vi usando trajes mais despojados, como um jovem mesmo, e não um elegante e poderoso executivo. Estava com um boné de aba virada para trás que deixava seu lindo rosto completamente visível.

– Calma aí, chefe, nós já vamos. Mas antes me responda: você está ou não com ciúme da priminha? – perguntou Nate, rindo, e foi a gota d'água.

Mason atravessou a sala a passos largos e firmes e puxou o rapaz pela gola da jaqueta, dando um fim às brincadeiras.

– Já falei que ela não é minha prima! – rosnou, amassando a jaqueta de Nate.

Dylan se enfiou entre os dois, afastando Mason do amigo. Nate olhava assustado para o "chefe".

– Calma aí, cara. Ele só estava brincando, não precisa ficar assim.

– Acho que os ânimos estão muito exaltados, meninos – comentou Deborah, chocada.

– Quando estiverem a fim de fazer alguma coisa que preste, me encontrem no meu escritório – encerrou Mason e saiu da sala, deixando um clima pesado no ar.

Fiquei completamente sem jeito, afinal era como se a culpa fosse minha. Eu tinha sido o motivo da brincadeira.

– Comprovado, é ciúme! – afirmou Nate, arrancando risadas dos outros, e desta vez acabei rindo também.

Que cara sem-noção! Se não fosse por Dylan, Mason poderia tê-lo surrado ali mesmo, e ainda assim ele tinha a audácia de repetir a piadinha.

– Vamos lá. Vamos ver o que ele quer. Do contrário, é bem capaz de ele explodir aquele escritório – disse Dylan, que parecia o mais sensato.

– Foi um prazer conhecer você, princesa – galanteou Nate, beijando minha mão e me fazendo sorrir. – Prometo que, depois do dever, volto para trocarmos uma ideia.

– Ok – respondi, tímida.

– Eu devia ter deixado Drew arrebentar a sua cara – disse Dylan, já impaciente, e arrastou Nate para o escritório anexo à casa.

Chris, o menos agitado, acenou para mim e depois acompanhou os amigos, restando apenas Brian, Deborah e eu na sala.

– Não vai se juntar a eles? – perguntei, curiosa, vendo Brian se jogar no sofá.

– É melhor esperar Dylan amansar a fera – respondeu ele, com desdém.

– Nate é bem divertido, né? – comentei. – Maluquinho...

– Dylan ainda está tímido, vá por mim – Brian sorriu. – Ele é o pior, totalmente sem limites.

– Nossa! – exclamei.

– Cassidy, venha comigo, por favor. Temos muito o que conversar – interrompeu Deborah, pegando minha mão e me levando para a cozinha.

Passamos a manhã e a tarde juntas, enquanto Mason, Brian, Dylan, Nate e Chris ficaram o dia inteiro trancados no escritório. Deborah parecia um pouco triste, dava para perceber isso em seu olhar, mas mesmo assim tentava o tempo todo me agradar. Ela abordou muitos assuntos comigo, mas não prestei atenção direito em nenhum.

Um dos temas era o psicólogo, que ela considerava fundamental para mim após tanta turbulência. Consegui convencê-la de que eu não precisava de terapia, no entanto. Eu achava que não era necessário, mas a verdade é que um psicólogo provavelmente seria mesmo bom. A realidade era que eu não queria dar mais trabalho para Deborah, além de tudo o que ela já estava fazendo por mim. Nunca conseguiria lhe retribuir à altura. Apesar de um pouco contrariada, ela concordou com meu posicionamento de não querer uma terapia.

Deborah também me mostrou o que tinha comprado para mim: tudo o que eu nem imaginava ter. Fez uma reforma completa no meu guarda-roupa. Comprou tudo novo. Gostei de todas as coisas, mas ela era um pouco exagerada, e eu não estava acostumada a ganhar tantos presentes de uma só vez.

Minha mente, entretanto, estava vagando pelo escritório anexo. Mais uma vez, a curiosidade me consumia. Não eram apenas Brian e Mason trancados no escritório agora, mas, sim, cinco rapazes reunidos lá. Um mistério total! E eu não conseguia me convencer de que eles estavam falando de coisas sem importância. Estavam trabalhando, foi o que Mason dissera, e Nate também, como se estivessem fazendo algo muito importante. De repente me lembrei de um pequeno detalhe muito significativo: Mason disse que precisava mostrar a planta de um prédio aos rapazes. Eu não fazia ideia do que se tratava, mas aquilo me chamou atenção. Será que eles trabalhavam negociando imóveis?

No meio da tarde, Deborah revisava uma papelada da ONG enquanto eu estava encolhida no sofá, lendo um livro. Eu não queria ficar pensando nos rapazes, então tentava me distrair, e desde pequena sempre fui fã de ler. O telefone começou a tocar e Deborah fingiu não se importar. Guadalupe veio da cozinha e atendeu. Quase não consegui escutar sua voz, de tão baixo que ela falava, mas, ao passar o telefone para Deborah, ela elevou um pouco o tom:

– Dona Deborah, é da casa de seus pais.

Minha gentil anfitriã imediatamente largou os papéis e correu para pegar o aparelho. Ela respondia diversas vezes com "sim" e "não" para a pessoa do outro lado da linha. Muitas vezes, balbuciava um "tudo bem, eu entendo". A ligação parecia importante. A expressão dela havia mudado completamente. Sua voz soava preocupada e seus olhos vagavam pela sala, numa grande tristeza. Quando ela desligou, me atrevi a perguntar:

– Está tudo bem?

A mulher que eu conhecia e parecia um anjo, de tão calma e ponderada, com uma voz sempre suave, desaparecera de repente. Ela estava transtornada, com o olhar angustiado, visivelmente triste, desesperada. Ela respirou fundo, devolvendo o telefone à base.

– Preciso viajar com urgência!

– O que aconteceu?

– Minha mãe tem Mal de Alzheimer e teve uma piora acentuada nas últimas semanas.

Os olhos claros dela brilhavam, marejados, mas ela parecia estar se contendo para não chorar. Naquele momento, senti um golpe, da mesma forma quando recebi a notícia de que minha mãe havia morrido. Eu entendia um pouco a dor de Deborah. Conseguia imaginar o que ela estava sentindo. Mas não era capaz de dizer nada que a confortasse naquele instante. Então, simplesmente me levantei do sofá e a abracei, fazendo-a desmoronar.

– Sei que eles estão precisando de mim, Cassidy. Ela precisa de mim. E me culpo muito por não estar lá o tempo todo. Mas as coisas são muito complicadas… Cuido de muitas questões, preciso estar aqui também, não posso deixar minha vida para trás. Agora ainda estou tentando conseguir a sua guarda, não posso deixá-la aqui sozinha.

Aquilo foi uma surpresa e tanto. Então ela estava lutando para ter minha guarda?!

– Deborah, agradeço muito por toda a sua dedicação, mas neste momento sua mãe precisa mais de você do que eu – falei, e ela sorriu, secando as lágrimas. – Já tenho 17 anos. Sei me virar. Vá e não se preocupe comigo.

– Bom, você está de licença no colégio, de férias, e posso imaginar que ficar na escola não seja muito divertido. Acho que ficar aqui em casa será legal, mesmo na minha ausência.

– A convivência com Mason não está sendo nada fácil, na verdade, mas não posso ser egoísta e pedir para que você fique. Tudo bem ficar aqui sozinha.

– Sei que vocês estão se estranhando, mas eu queria muito que você ficasse e tivesse férias inesquecíveis. Sei de tudo pelo que você passou, e de todos os anos que ficou presa naquele colégio. Queria que estes meses fossem completamente diferentes.

– Bom, realmente estou tendo férias bem diferentes... Mas você tem me proporcionado coisas muito bacanas, Deborah. Seu cuidado e seu carinho estão me ajudando muito, e esta casa é bem confortável. Não se preocupe comigo. Prometo que vou me adaptar ao que for melhor para você.

Ela ficou um pouco pensativa. Claire também costumava passar as férias de primavera no colégio. Os pais dela só voltavam para o país no fim do ano, então eu não ficaria sozinha se estivesse lá. Mas não queria preocupar mais Deborah no momento. Procurei passar serenidade para ela e aceitei permanecer naquela casa.

– Vou lá em cima reservar minhas passagens e pedir para Guadalupe chamar Mason.

– Quer ajuda com alguma coisa?

– Não, minha querida – respondeu ela, sorrindo. – Muito obrigada.

Continuei sentada ali na sala e, depois de alguns minutos, Mason e Deborah passaram por mim e se trancaram no escritório dela. Não consegui escutar o que eles diziam, mas deu para perceber que os ânimos estavam exaltados. Procurei ficar na minha, mas ouvia os gritos. Pensei, então, em subir e arrumar minhas coisas para voltar para o colégio, porque não queria ser motivo de mais confusão. Mas quando estava prestes a subir a escada, Guadalupe veio me avisar que Deborah estava à minha espera no escritório. Não enrolei e fui direito para lá.

Abri a porta do escritório e vi Deborah encostada na mesa de vidro com os braços cruzados. Mason estava sentado numa das poltronas do lado esquerdo. Os dois estavam sérios e calados.

– Guadalupe me disse que você estava me chamando.

– Feche a porta, querida.

Obedeci.

– Vocês dois – disse ela, olhando para mim e depois para Mason. – Vou falar com os dois juntos e quero que me escutem com atenção.

Pisquei, ansiosa.

– Cassidy, decidi que realmente não vou mandá-la de volta para o colégio. Prometi para sua mãe que cuidaria de você, mas não contava com a piora da minha logo agora. Sei que você ainda está muito abalada com tudo o que aconteceu e acho que ficar naquele lugar não vai lhe ajudar – continuou ela, passando as mãos no cabelo, um pouco nervosa. – Não quero vê-la sofrendo mais. Vou para o Canadá, onde meus pais moram, e você vai ficar aqui. Confio plenamente em seu comportamento e sei que não vai me decepcionar.

Senti meu coração disparar e engoli em seco.

– Mason.

Ela o chamou, mas ele não olhou para a mãe. Deborah não desistiu, andou até ele e parou bem na sua frente. Mason continuou relutante, com a mesma postura rígida.

– Prometa para mim que vai cuidar dela enquanto eu estiver fora.

– O quê?!

– Prometa! – exigiu ela, com os dentes cerrados.

– Essa garota não precisa de proteção. Só você não consegue enxergar como ela é toda poderosinha e arrogante.

– Mason Becker, chega! Prometa que vai cuidar dela.

Ele riu, mas seu olhar estava sem vida.

– Não vou prometer o que não posso cumprir.

Deborah era a única ali que não conseguia perceber que aquilo não daria certo. O meu santo não tinha batido com o dele, e não havia nada no mundo capaz de mudar isso.

– Você sabe que ela precisa de mim, de nós. Passou por muitos momentos difíceis recentemente. Alguns que poderiam inclusive ter sido evitados, Mason. – Notei que ela lançou um olhar mais intenso para o filho, franzindo as sobrancelhas. – Vamos, prometa que não vai agir novamente de forma ríspida com Cassidy e vai cuidar do bem-estar dela nesta casa enquanto eu estiver fora!

– Ei, não me olhe assim, como se a culpa daquele incidente no primeiro dia tivesse sido minha. Já conversamos sobre isso. Ninguém mandou ela sair correndo daqui de casa feito uma louca! – respondeu Mason, irritado, levantando-se da poltrona.

Cruzei os braços e usei as mãos para apertá-los com força, contendo minha vontade de chorar. Aquela situação estava sendo humilhante.

– Mason! – interpelou Deborah, mas não teve tempo de dizer mais nada, pois ele saiu irritado do escritório, mas não sem antes esbarrar no meu ombro.

Deborah não conseguiu mais conter as lágrimas e começou a chorar incontrolavelmente. O melhor mesmo era voltar para o colégio. Eu não precisava de nada daquilo. Sabia que Mason e eu não podíamos morar sob o mesmo teto. Tentávamos nos suportar por causa de Deborah, mas eu sabia que, quando ela não estivesse por perto, tentaríamos acabar um com o outro.

Até o último minuto, pedi para voltar para o colégio, mas Deborah não me deixava ir embora, por mais que eu implorasse. Ela já havia tomado sua decisão e não mudaria de ideia. Mason sumiu e não se despediu da mãe. Apenas eu a acompanhei até o táxi que a levaria ao aeroporto. Por mais que ela tentasse esconder, a tristeza era visível em seu olhar. Não pude prometer muitas coisas, mas iria tentar cooperar para manter um relacionamento minimamente razoável com o filho mal-educado dela enquanto ela estivesse viajando.

Horas depois, eu estava na cozinha quando escutei um barulho na sala e imaginei que seria Mason. Eu não queria cruzar com ele. Prometi a mim mesma que quando o visse entrar por uma porta, sairia por outra. Peguei uma garrafa de água e já estava perto da escada quando Brian me surpreendeu.

– Nossa, você me assustou! – disse para ele, que sorriu.

– Não fiz por mal.

– Está fazendo o que aqui a esta hora? – perguntei.

Ele ergueu o celular.

– Recebi ordens expressas da Deborah para ajudar você e lhe fazer companhia.

– Sério?

Ele assentiu.

– Agora sou eu quem manda aqui – afirmou ele, pomposo.

Dei uma gargalhada.

– E manda em mim?!

– Deborah deixou você sob minha responsabilidade.

– Pirou, é? Ela pode ter dito para você me ajudar e me fazer companhia, sim. Mas não exagere!

– Não adianta tentar me enrolar, não. Vai me dar satisfações de tudo o que fizer, sim. Sou o "tio" Brian! E não se esqueça de me pedir autorização quando quiser fazer qualquer coisa.

– Hã?! Isso parece meio bizarro – falei, fazendo uma careta, e Brian riu.

– Ele está em casa? – perguntou, se referindo a Mason.

– Não sei. Prefiro me manter o mais distante possível desse perturbado.

Brian riu outra vez.

– Relaxe, é assim no começo. Você vai se acostumar com o tempo.

– Você se acostumou ou só suporta ele?

A conversa chegou a um ponto interessante. Depois de um tempo, consegui voltar àquele assunto que tanto me instigava.

– Por que a pergunta?

– É só curiosidade minha – respondi, dando de ombros. – Mason não é um sujeito muito agradável, mas vocês parecem muito diferentes.

Ele desviou o olhar, procurando algum ponto interessante em que se fixar. Aquele assunto não lhe agradava, aparentemente, e cheguei a pensar que Brian interromperia a conversa naquele momento. Mas então ele quebrou o silêncio:

– Ele era o cara em quem eu mais confiava, mas hoje é quem eu mais odeio. – Meu olhar era compreensivo enquanto Brian desabafava. – Meu pai abandonou a família quando eu tinha 8 anos. Isso é tão comum de onde venho, que sou apenas mais um cara revoltado que cresceu sem pai.

– E onde Mason se encaixa nisso tudo? Não entendi por que tanto ódio – interrompi, e seus olhos brilharam de amargura.

– No colégio, éramos melhores amigos. Fazíamos tudo juntos. Eu me identificava com ele, éramos muito parecidos. Nós dois crescemos sem pai, com uma responsabilidade nas costas. Eu o considerava um irmão. Jared, pai de Mason, era um empresário bem-sucedido. A família dele sempre teve muito dinheiro, então ele fundou uma ONG com alguns amigos, com o objetivo de ajudar pessoas carentes. Deborah também trabalhava com isso. Só que, quando Jared morreu, todos os seus bens foram bloqueados pela Justiça por um tempo, porque a ONG foi investigada. Foi tudo um baque muito grande para Mason e a mãe. E foi nessa época que nos conhecemos, porque eles se mudaram para o meu bairro. Ele era um playboy mimado e muito revoltado, mas eu era a única pessoa que o entendia. Sabia que sua dor era grande, sabia o que era não ter um pai. A diferença entre nós dois é que meu pai foi embora, e o de Mason foi assassinado.

Senti meu coração acelerar, imaginando Mason mais novo perdendo o pai, assassinado. Senti um gosto amargo na boca. Brian continuou:

– Minha família o acolheu, eu o acolhi. Ele chegou ao bairro com 11 anos. Crescemos juntos. Quando minha irmã, Alexia, tinha 19 anos, descobri que ela estava namorando. Morria de ciúme dela! Ela era minha única irmã e eu era o homem da casa. Desde que nosso pai nos abandonou, senti uma necessidade enorme de protegê-la e cuidar dela, e a ideia de ter um cara com ela me enlouquecia. – Ele sorriu enquanto contava isso. – Eu não sabia quem era o namorado, mas estava tentando descobrir. Mas minha cegueira não durou muito. Um dia, discuti com meu chefe e fui demitido do meu primeiro e único emprego. Voltei para casa mais cedo, e foi então que flagrei Alexia com Mason, os dois saindo do chuveiro juntos. Nessa época, ele já tinha 21 anos.

Senti meus olhos se arregalarem um pouco, demonstrando minha surpresa com toda aquela história.

– Você não tem noção de como fiquei chocado, Cassidy. Para piorar, descobri que todo mundo sabia que meu melhor amigo estava saindo com minha irmã. Fui o último a descobrir. Ela alegou que ficou com medo de me contar. Já ele disse que Alexia dava em cima dele. Foi uma dupla traição, mas senti mais raiva dele. Mason traçava minha irmã nas horas vagas e se dizia meu melhor amigo. Eu queria matar o cara, minha vontade era acabar com a raça dele. Mas Alexia estava tão louca por ele que se voltou contra mim. Aquele dia foi péssimo, tudo dando errado. E ainda piorou mais. Os dois me deixaram tão transtornado, que tive a infeliz ideia de tentar me vingar do italiano que havia me demitido da mercearia onde eu trabalhava. Eu ralava muito lá, não ganhava o bastante, e tinha ficado revoltado com a demissão. Então, após todas essas reviravoltas, surtei, assaltei o estabelecimento e quase cortei o rosto do italiano com uma faca. Eu tinha que despejar em alguém toda a minha ira. Aquele foi o maior erro de toda a minha vida. O italiano conseguiu acionar o alarme e o máximo que deu para fazer foi correr duas quadras. Primeiro ouvi um "largue a faca e coloque as mãos na cabeça, onde eu possa ver". Depois, "Brian Scott, você está preso e tem o direito de permanecer calado".

– Preso? Vo... cê...?! – gaguejei, completamente estupefata.

– Sim. Passei quase dois anos vendo o sol nascer quadrado. Quase dois anos fazendo minha mãe sofrer ao me ver atrás das grades. E, durante todo esse tempo, eu culpava Mason por tudo. Ele era o responsável por eu estar na cadeia. Só que, ao mesmo tempo que queria odiá-lo e responsabilizá-lo por tudo, eu precisava admitir que ele tinha assumido meu lugar. Durante o tempo em que fiquei trancafiado, ele cuidou da Alexia e da minha mãe, não deixou que faltasse nada a elas. Quando fui preso, minha irmã e minha mãe ficaram numa situação muito delicada, não tinham nenhuma fonte de renda. Quando saí, elas moravam numa casa enorme, tinham carro, viviam com um luxo que eu não poderia oferecer a elas, nem se eu quisesse.

– Então você tem uma dívida com Mason?

Ele negou veementemente com a cabeça.

– Cuidar da minha família após toda aquela traição foi o mínimo que ele podia ter feito. No tempo que passei na cadeia, muita coisa mudou na vida de Mason. A Justiça tinha, enfim, desbloqueado seus bens, e ele, que herdou a esperteza do pai, conseguiu reerguer a família.

– E o que aconteceu quando você foi solto?

Eu estava mais curiosa do que nunca!

– Quando me deparei com Alexia e minha mãe morando naquela mansão com Mason, senti uma mistura de alívio e ódio dele. No começo, minha intenção era tirá-las dali e mostrar a todo mundo que eu não precisava dele, que podia sustentar minha família sozinho e fazer melhor, inclusive. Mas logo percebi que os novos negócios de Mason estavam crescendo muito rápido, e Alexia ficava sempre ao lado dele. Além disso, era muito difícil conseguir um novo emprego sendo ex-presidiário. Então, fiz uma proposta a Mason, e ele acabou aceitando: entrei nos negócios e viramos sócios, passei a ganhar uma parte de tudo o que conquistávamos juntos. Em contrapartida, não me intrometi mais na vida dele com Alexia. Tive que engolir o relacionamento dos dois.

– Quando você diz "novos negócios", o que isso significa exatamente? – perguntei, curiosa.

Ele sorriu e depois me encarou com seriedade.

– Pegamos emprestado e não devolvemos, se é que você me entende.

– O quê?! – exclamei, espantada. Desta vez, meus olhos se arregalaram ainda mais.

– Ladrões de bancos, Cassidy – respondeu ele, sorrindo. – Estouramos os cofres e fazemos a limpa. Sempre invadimos com muito cuidado e discrição, e disfarçados, claro. Não deixamos pistas. E somos muito bons nisso. Somos uma das gangues mais poderosas do estado. E quem comanda tudo isso? Isso mesmo: Mason é o cabeça – concluiu ele.

Fiquei boquiaberta, completamente chocada com aquela revelação. Eu suspeitava de que havia algo estranho naquela casa, com Mason inclusive; sabia dos boatos que Claire me contara sobre a fama sinistra dele, mas ser CHEFE DE UMA QUADRILHA QUE ASSALTAVA BANCOS? Isso era muito maior do que eu podia imaginar.

– Não é possível, vocês são… criminosos?! Mas por que Mason resolveria assaltar bancos se já é rico? – indaguei, ainda boquiaberta. – Deborah sabe disso? Coitada… Meu Deus…

– Calma, você está usando palavras muitos fortes… – Ele sorriu com cinismo. – Nós apenas roubamos bancos. E Mason não entrou nessa só por dinheiro. É uma longa história, mas nós pegamos grana apenas de cofres ilegais, de pessoas sacanas. Dinheiro sujo. Fica melhor nas nossas mãos, não acha? E, sim, Deborah sabe. Apenas não concorda.

Ele cruzou os braços, ainda sorrindo. Eu tinha a impressão de que o chão girava em volta de mim.

– E que diabo vocês ficam fazendo reunidos naquele escritório por horas?

– Planejamento, claro. Precisamos pesquisar e planejar nossas próximas ações. Um bom projeto é a alma do negócio – explicou ele, rindo.

– Vocês ficam planejando os roubos? Aqui do lado?!

– Sim. E quando temos um plano bem elaborado, um projeto muito bom, o executamos – disse Brian, com a maior naturalidade.

– Como é que você me conta tudo isso com toda essa calma?! Eu... estou passada. E por que confiou em mim para expor algo tão secreto assim? E se eu contar para alguém?

Brian riu. Ele parecia estar contando algo supertrivial.

– Conheço muito pouco você, mas simpatizei logo de cara. Acho que você não vai nos entregar para ninguém. Estou confiando em você, hein! – Ele apontou para mim, num tom de brincadeira.

Tentei esboçar um sorriso tímido, mas eu estava perplexa e confusa demais com tudo aquilo que acabara de escutar.

– Mas você o odeia e continua trabalhando com ele? E onde está sua irmã? Eles ainda estão juntos? Nunca a vi aqui – perguntei com os lábios trêmulos, sem saber se queria ouvir as respostas.

Ele respirou fundo e continuou:

– Negócios, Caissy. Os negócios falam mais alto. Nós nos tornamos uma gangue, Chris, Dylan, Nate, Mason e eu. Naquela época, nosso esquema era ainda mais ousado do que é hoje. Todos nós morávamos no Canadá, e os jornais estavam sempre noticiando os assaltos da nossa quadrilha. A polícia ficou atrás da gente, mas não fazia ideia de quem éramos nem onde estávamos. Só que o país começou a ficar pequeno para nós. Passamos a incomodar pessoas demais, gente poderosa. Mason já tinha conseguido colocar novamente em funcionamento a ONG do pai, e Deborah a gerenciava. Nós resolvemos usar a organização para lavar dinheiro. Ela sempre foi totalmente contra nossos negócios, isso é motivo de uma longa briga entre ela e Mason, mas nunca foi capaz de dissuadi-lo de suas ideias desde que Jared morreu. Acho que foi por isso que Deborah passou a se dedicar cada vez mais à ONG e às causas humanitárias, como uma forma de se redimir com o mundo. E aí, bom, nossa vida no Canadá foi ficando cada vez mais perigosa. Até que, certa noite, Alexia estava no lugar errado, na hora errada.

– Como assim? Ela morreu?! – perguntei, assustada.

– Não! Mas sofreu um grave acidente. Tínhamos ido a uma festa. Eu estava cansado e fui embora mais cedo. Insisti para que Alexia fosse comigo, porque eu não estava com um bom pressentimento, mas ela se recusou e disse que ficaria com Mason, só voltaria com ele. Na hora em que os dois saíram da festa, outro carro começou a persegui-los e os emparelhou na estrada. Um dos homens que estava dentro do veículo metralhou os pneus do carro em que Mason e Alexia estavam. Na certa queriam forçá-los a parar, provavelmente iriam sequestrá-los e torturá-los por informações e dinheiro. Mason, no entanto, não parou, aumentou a velocidade. O carro acabou capotando numa curva, e ele se feriu sem gravidade, enquanto Alexia, que tinha sido atingida por um tiro no peito sem que ele percebesse, se machucou feio. Ela ficou entre a vida e a morte. As coisas entre mim e Mason pioraram desde aquela noite. Para agravar ainda mais, descobrimos que ele e Alexia estavam escondendo alguns negócios de mim e dos rapazes. Quando ela finalmente se recuperou, minha mãe decidiu tirá-la do Canadá, com medo de que, se os dois continuassem juntos, a filha acabasse morrendo. Até que Alexia caiu em si depois do acidente e concordou em ir embora, só que não sabia como dizer a Mason, nem se seria forte o suficiente para isso. Então, fugiu. Foi a maneira que ela encontrou para deixar tudo para trás. Mason me culpou pelo atentado e pela fuga da Alexia. Eu era o único que sabia que horas eles iam embora da festa e qual caminho fariam, mas é óbvio que eu nunca tentaria nada contra minha irmã. E nem contra ele, porque sabia como isso a magoaria. Não sou culpado pelo atentado, mas apoiei a fuga de Alexia, e fiquei muito feliz por ela ter se livrado dele. Mason fazia muito mal para ela.

– Brian, pelo que entendi, ele não obrigou sua irmã a fazer nada. Tudo o que ela fez foi porque quis.

– Não, tudo o que ela fez foi por influência dele. Alexia começou a gostar de adrenalina, de viver sempre no limite. Ela era uma menina inocente antes de se envolver com Mason. Até que se apaixonou perdidamente, e ele se aproveitou disso. Ele a corrompeu, sabia como manipulá-la, e ela o amava mais do que a si mesma. O relacionamento deles durou pouco mais de dois anos e foi muito intenso.

– Ele a amava também, pelo que você contou – comentei.

– Nunca entendi esse tipo de amor bandido, que só trouxe perigo e confusão para a vida deles.

– Mas ela foi embora e ele não foi atrás?

Brian riu.

– Mason virou o Canadá de cabeça para baixo. Procurou em toda parte, mas não encontrou nenhum rastro dela.

Engoli em seco.

– E por que ele veio para Atlanta depois?

Ele deu de ombros.

– Nenhum crime é totalmente perfeito ou seguro – disse. – Começaram a investigar a ONG e isso nos deixou em alerta. Não havia risco naquele momento, mas Dylan sugeriu que trocássemos de endereços.

– Uau! – exclamei, surpresa. – Eu nunca imaginaria Mason apaixonado por alguém.

Minha mente tinha focado naquela informação.

– Pois é. Foi uma grande paixão. Alexia também o amava muito.

– Ah, claro! Deu para perceber. Quando a coisa esquentou, ela resolveu pular fora.

Ele balançou a cabeça, negando, e seu semblante fechou um pouco. Não tinha gostado nada do que eu tinha dito.

– Alexia foi levar a vida dela. A relação deles não era saudável. Mason deveria fazer o mesmo e seguir em frente. Mas, em vez disso, preferiu se fechar e virar essa pessoa amarga que é hoje.

– Se fosse amor de verdade, do jeito que você me contou, não teria acabado assim. Não é muito fácil esquecer as coisas quando elas são tão intensas...

– Você é nova demais para entender tudo isso, Caissy.

– Não preciso ser mais velha para entender a história deles.

– Acho que você já está com sono. Contei uma boa história e está na hora de ir para a cama, não acha?

Mostrei a língua para ele.

– Vou indo nessa, porque a noite está só começando. E você pode ir para a cama agora mesmo.

– Vai vir aqui amanhã?

– Claro.

– Acho que vou ficar esperando.

– Você com certeza vai ficar me esperando – disse Brian, piscando para mim.

Depois deu um beijo em minha testa e saiu pela porta da cozinha. Eu tinha tanta coisa para processar que não sabia nem por onde começar.

9

Fiquei horas relembrando toda a história que Brian havia me contado. Tive um sentimento inusitado: conseguia entender o motivo de Mason ser tão amargurado. Nada se justificava, mas entendia que ele se fechasse no próprio mundo e se colocasse naquele pedestal, distante de tudo e de todos. Era a forma mais fácil de se proteger das próprias emoções. O que ele havia sentido por Alexia tinha sido muito forte. E, como qualquer pessoa normal, Mason enfrentava dificuldade em lidar com aquela situação. Além disso, estava claro que sua adolescência não tinha sido muito tranquila.

Os dias foram passando. Resolvi dar uma trégua, me esquivava de qualquer confusão com Mason. Nós nos encontrávamos às vezes nos corredores, mas nunca trocávamos sequer uma palavra. Ele estava sempre ocupado demais para notar minha presença, e eu me esforçava ao máximo para fugir de qualquer briga. Mesmo quando ele tentava me provocar de alguma forma, eu mantinha o controle e seguia em frente.

A verdade era que ao ver o filho de Deborah eu estava fugindo do meu sentimento. Várias vezes, o que eu queria mesmo era chamar sua atenção e dizer "Ei, Mason, sou muito mais interessante do que as loiras que você costuma trazer para o seu covil". Mas, outras vezes, eu só queria me esconder ao ver aquelas mulheres lindas saírem dos carros. Eu achava que não era tão bonita quanto elas e que nunca estaria no mesmo lugar. Eu era tão garota... Tão Cassidy.

No começo, as ligações de Deborah eram frequentes. Ela sempre ligava apreensiva querendo saber da minha relação com Mason. A forma como ela tentava me proteger era muito bacana. Mesmo estando em outro país, ainda fazia de tudo para cumprir a promessa de me deixar feliz. As visitas de Brian costumavam ser no início da noite. Sempre que podia, ele me ligava durante o dia também. Além de Guadalupe, ele era a única pessoa que falava comigo naquela casa. Eu já estava enlouquecendo. Falar com paredes e ursos de pelúcias estava virando uma atividade frequente na minha vida.

Certa noite, eu estava sentada no chão do meu quarto, com um monte de objetos espalhados em cima do macio tapete creme. Tentava organizar minhas coisas, quando subitamente o som de duas batidas na porta ecoou pelo quarto.

– Quem é?

– Seu amigo está esperando você lá embaixo. – Escutei a voz grave e ríspida de Mason do lado de fora.

Ah... Aquela voz!

– Obrigada! – gritei em resposta.

Abri um largo sorriso e me levantei depressa, calçando meus chinelos que estavam ao lado da cama. Desci a escada, pulando os degraus, e encontrei Brian sentado no sofá, entretido com o celular.

– Achei que você não viria hoje.

Seus belos olhos azuis desviaram do aparelho e me encararam de um jeito risonho. Eu adorava quando ele sorria com os olhos daquela forma.

– Por pouco não venho mesmo – respondeu ele, e torci o nariz em desaprovação. Eu me joguei no sofá, ao lado dele, que riu baixinho. – Nate tomou todo o meu tempo. Quis me mostrar o novo sistema que ele montou.

– Sistema de quê?

Mais uma vez, aquele cara alto e simpático sorriu, mostrando os dentes brancos e perfeitos, que combinavam perfeitamente com as bochechas rosadas e os olhos que me faziam lembrar a cor do céu.

– Nate monta sistemas de infiltração. Ele consegue invadir qualquer sistema e obter os dados através do que ele constrói.

– Ele é um hacker?

Brian deu de ombros.

– Eu diria que é um intrometido – resumiu e dei uma gargalhada. – Ele é o que no colégio costumávamos chamar de nerd.

– Você tem algum problema com os nerds?

– Nenhum! Por quê? Além de freira, você também é nerd?!

– Muito engraçadinho você, Brian Scott!

E ele sorriu outra vez, de forma encantadora.

– Como foi seu dia?

– Um tédio, como sempre.

– Um tédio?! – perguntou, estreitando os olhos como se desconfiasse que eu estava exagerando.

– É, um tédio. Daqui a alguns dias você vai chegar aqui e vou estar mofada – reclamei.

Ele me encarou por alguns instantes, tentando decifrar a verdade por trás da minha interpretação de garota entediada, e insisti, sustentando meu olhar aborrecido. Sem que eu esperasse, Brian partiu para cima de mim, fazendo cócegas na minha barriga, me arrancando gritos escandalosos. Eu implorava para que ele parasse, pois não conseguia contê-lo, afinal era muito mais forte do que eu. Seus dedos me faziam contorcer cada vez que roçavam na minha barriga. Os músculos das minhas bochechas estavam doloridos de tanto rir e minha garganta já estava seca de tanto gritar. Quando ele resolveu me soltar, eu estava completamente descabelada.

– Olhe só o que você fez com o meu cabelo! – reclamei, dando um tapinha no braço dele.

Minha respiração estava ofegante.

– O quê?

– Estou parecendo uma bruxa.

– Não notei diferença – disse ele, rindo.

Dei outro tapa nele.

– Isso dói, menina!

– É para doer mesmo. São tapas, não beijos.

– Oferecida! Não quero seus beijos – brincou, e senti minhas bochechas esquentarem.

– E quem disse que eu quero beijar você? – perguntei, talvez um pouco atordoada com a brincadeira.

– Deixe de ser boba.

Ele olhou para o Rolex em seu pulso, como se estivesse preocupado com a hora.

– Vai sair?

– Tenho um encontro.

– Quem é a amiguinha da vez? Ela cobra muito caro?

– Ficou louca, é? Sou do tipo que conquista mulheres com meu charme natural.

– Ah, tá! Vai me dizer que ela nunca viu a marca do seu carro?

– Quem precisa de carro quando pode me ter inteirinho?

Revirei os olhos.

– O carro ajuda... e muito.

– Você acha que as mulheres saem comigo pelo meu carro?! – questionou ele num tom sério que se tornou cômico.

– Eu diria que para o tipo de mulher com que você costuma sair, um carro grande e caro faz muita diferença.

– Cassidy, você está me ofendendo. E ofendendo minhas amiguinhas também.

– Estou sendo sincera.

– Está com ciúme – disse ele, rindo.

– De você? Até parece. Só estou querendo abrir seus olhos.

– Brian. – A voz de Mason se juntou às nossas e me calei de imediato. Meu corpo começava a tremer assim que eu ouvia sua voz. – Nate quer que você o encontre no meu escritório.

– Agora? – perguntou Brian meio irritado e um pouco desanimado.

– É.

– Já fiz minha parte. Passei a tarde toda testando aquele sistema louco. O que ele quer?

– Não sei – respondeu Mason, com rispidez. – Já fiz muito em avisar. Acha que ainda por cima vou saber do que se trata?

E, com toda aquela arrogância e autoridade, Mason foi para o escritório de Deborah. Ele nunca ficava lá. Será que Nate queria algo importante? Eu ainda não tinha me acostumado com o que eles faziam. A vida inteira achei que aquilo só existisse em filmes.

– Acho que seu encontro melou... – brinquei.

– Parece perseguição! Todas as vezes que venho para cá surge algo de última hora para fazer.

– Está me culpando pelo serviço extra?

– Não. Mas é estranho, não é?

– Não seja por isso. Amanhã vou passar o dia na sua casa.

– Vai? – perguntou ele, franzindo o cenho.

– Vou, e, por favor, venha me buscar bem cedo.

– Só isso?

– Por enquanto, só – respondi, e ele sorriu, me puxando para um abraço.

Como sempre, Brian me abraçou bem forte e depois deu um beijo na minha testa. Acompanhei-o até o escritório anexo e ele foi se encontrar com Nate. E, mais uma vez, fiquei sozinha naquela casa imensa, sem nada para fazer. Não havia diferença alguma entre morar naquela casa e no colégio. Eu me sentia enjaulada nos dois lugares. A única diferença era que, no colégio, eu podia conversar com as pessoas por mais tempo.

Abracei uma das almofadas do sofá, sentindo alívio. O silêncio absoluto havia voltado. Estranhei o fato de Mason ainda não ter saído àquela hora. Ele quase nunca passava as noites em casa, era muito difícil isso acontecer. De repente, não pude controlar o pensamento de que gostaria de tê-lo conhecido antes de toda sua tragédia amorosa. Eu queria saber se o antigo Mason era diferente do de hoje. Não era inveja, nenhum sentimento parecido com isso, mas Alexia devia ser uma mulher e tanto para conseguir desestabilizar um homem como ele. Sempre quis acreditar que Mason não tinha coração, mas, depois da história que Brian contou, descobri que o coração dele já havia sido ocupado, mas que acabara despedaçado.

Escutei barulho de vidro se espatifando no chão e pensei que era Guadalupe na cozinha, mas depois me dei conta de que não poderia ser, afinal ela havia tirado a noite de folga. Os barulhos não pararam. Depois de mais vidros e outras coisas se quebrando, decidi conferir o que estava acontecendo.

Fui andando devagar e com muita cautela até a porta do escritório de Deborah, que estava entreaberta, portanto eu não conseguia ver muita coisa do que estava acontecendo. Os barulhos despertaram minha curiosidade, mas a cena que presenciei atiçou minha raiva. Mason estava com o olhar fixo num porta-retratos, sem desviar a atenção em nenhum segundo. Mal piscava. Os objetos de cristal que enfeitavam a mesa eram jogados impiedosamente na parede. Eu tinha certeza de que quem estava na foto que ele observava com tanta intensidade era ela. Senti raiva por ele ser tão idiota e não enxergar que aquela história tinha acabado.

Continuei espiando e, por um descuido, ele notou minha presença. Mason ergueu os olhos, me encarando inexpressivamente. Fiquei bastante desconcertada, sem saber o que fazer, até que ele se manifestou:

– Fale logo, Cassidy.

Ele enfiou o porta-retratos na primeira gaveta da escrivaninha. Depois, voltou a me encarar, cruzando os braços.

Eu estava segurando a maçaneta da porta com tanta força que minha mão chegou a ficar dolorida.

– Estou com fome – disse, engolindo em seco. – Guadalupe tirou a noite de folga. Acho que vou pedir pizza, você quer?

Nem havia pensado nisso. Dei a desculpa mais plausível que consegui inventar. Ele estreitou os olhos, me analisando, sem perder seu ar de superioridade.

– Muçarela, só como pizza de muçarela – afirmou ele, depois de algum tempo.

– É... Eu também. Só como essa – falei, nervosa.

– Avise o Philip. Sempre que for pedir comida, fale com ele antes. Ele inspeciona tudo o que entra e sai da casa.

Assenti, saindo do escritório sem acreditar. O que havia de errado com ele? De onde vinha tanta gentileza? Eu não podia dizer que ele tinha sido um lorde, mas aquele não era o Mason com que eu estava acostumada a lidar. Foi impossível não sorrir depois de ouvir a palavra "muçarela" sair dos lábios dele sem nenhuma grosseria ou sarcasmo.

Philip me indicou para qual pizzaria eu deveria ligar. Ainda estava no interfone com ele quando Mason passou por mim, seguindo para a sala de TV. Senti um frio na barriga com medo de que aquela gentileza toda tivesse sido momentânea e a guerra fosse voltar com força total, mas mesmo assim decidi continuar me arriscando. Queria descobrir se ele tinha mudado sua postura.

Quando Philip entrou com a pizza, cerca de meia hora depois, eu estava na cozinha. Mas ele não veio me entregar a caixa, porque Mason o interceptou no meio do caminho e cuidou do resto. Sentia o clima tenso, não sabia se devia ou não puxar assunto. Talvez fosse melhor ficar na minha, calada, e não arriscar mais. Só faltava avisar isso para a minha maldita boca, que teimava em tentar contato com ele.

– Você bebe refrigerante? – perguntei, pegando os copos.

– Bebo – respondeu ele, abrindo a geladeira e pegando uma cerveja.

Olhei confusa.

– Você não disse que iria beber refrigerante?

– Não. Você perguntou se eu bebo, não se eu iria tomar agora.

Contei até cinco mentalmente para não retrucar, reconhecendo que o erro havia sido meu. Ainda com uma expressão de que pouco se importava, Mason pegou a pizza e a cerveja e voltou para a sala de TV. Parei na porta da sala sem reação, insegura sobre o que fazer ou como me comportar.

– Sente-se aqui. – Ele deu um tapinha no lugar ao seu lado no sofá e largou a caixa de pizza na mesinha de centro.

Fez esse gesto sem desviar os olhos da tela da TV, com uma expressão dura. Sem dizer nada, me sentei perto dele. Estava passando um jogo de basquete. Eu não gostava muito desse esporte, mas Mason estava assistindo como se eu nem estivesse ali.

Logo enjoei da pizza. Só comi uma fatia e meia e não quis mais. Mason nem se importou, ele não estava nem aí para nada, nem para a minha presença que costumava ser tão repugnante para ele. Pensei em puxar um assunto qualquer, mas desisti quando ele murmurou alguns palavrões e trocou de canal. Ergui as pernas para cima e me sentei em cima delas, apoiando a cabeça na mão direita, com o braço dobrado, encostando o cotovelo no braço do sofá.

Bufei mais uma vez, entediada com a programação que ele escolhia.

– Mason… – chamei, receosa, sem desviar os olhos da TV.

– O quê? – respondeu ele, seco, depois de algum tempo.

– É que… Você não gosta do Brian?

Que ele era um estúpido, isso eu já sabia. Que o cara não tinha um pingo de educação, também. Acontece que ele nem sequer teve a dignidade de me responder. Olhei para o lado e notei que ele continuava vidrado na tela à frente, ignorando o que eu havia perguntado. Ele podia me responder sem dar explicações, mas não precisava fingir que não tinha escutado, como se eu fosse inexistente.

– Brian lhe instruiu a me fazer perguntas patéticas? – questionou ele, rompendo o silêncio, mas talvez tivesse sido melhor continuar calado.

– Por que Brian me instruiria a fazer essa pergunta a você?

– Não sei. – Ele riu, exibindo um olhar sem vida. – Me diga você. Foi instruída ou não?

– Claro que não! Só perguntei por curiosidade, porque tenho a impressão de que vocês não se dão muito bem.

– Você não é do tipo que pensa sozinha.

Eu me controlei o máximo que pude, mas, ao ouvir aquelas palavras, fiquei tentada a acabar com nossa trégua. Levantei repentinamente e desliguei a televisão, raivosa. Aquela seria nossa primeira briga desde a viagem de Deborah.

– Por que você está me atacando desse jeito? Não insinue que sou burra ou idiota! Eu apenas lhe fiz uma pergunta simples, e você não a respondeu.

Como em todas as vezes, vi a raiva iluminar os olhos cor de avelã de Mason, mas ele se controlou. Respirou fundo, apoiou os cotovelos nos joelhos e esfregou as pálpebras com os dedos. Depois falou calmamente:

– Estou assistindo à TV. Ligue-a agora.

– Ótimo. E eu fiz uma pergunta que você não respondeu. Responda-a agora!

Senti certa náusea quando ele se levantou do sofá. Meu coração chegava a trepidar de tão forte que batia. Ele estava muito perto de mim, tanto que os passos que dei para trás não foram suficientes para aumentar a distância entre nós. Os olhos ameaçadores dele, fixos nos meus, me deixavam desnorteada e um pouco assustada.

Outra briga estava prestes a começar. Mais uma vez, Anderson *versus* Becker.

– Uma resposta? Você quer uma resposta? Que tal: não quero conversar com você porque sinto um imenso desprazer ao escutar sua voz insuportável.

Meus lábios tremeram quando tentei dizer algo e não consegui. Foi como um soco no estômago. Desta vez, eu não estava fazendo suposições sobre o que ele achava ou não a meu respeito. Ele mesmo cuspiu as palavras em cima de mim, como um porco mal-educado.

– Vou ter que ficar esse tempo todo sozinho com você, esse tempo todo aturando você e seu amiguinho na minha casa todos os dias. Não estou contente com essa situação, então, por que, em vez de encher meu saco, você não fica na sua?!

Senti que não conseguiria responder à altura. Seus olhos estavam sombrios. Minha garganta queimava, meus olhos ardiam e quase me faziam fraquejar na frente do inimigo. Entretanto, eu não podia permitir que ele acabasse comigo daquela forma.

– Qual é o seu problema comigo?

A forma como ele me tratava era muito angustiante. De todas as pessoas do mundo, Mason era o único que conseguia me derrubar daquela forma tão brutal com apenas algumas palavras. Eu estava desnorteada; ele tinha o dom de me deixar atordoada. Sabia que não devia me importar, que ele era insignificante, mas mesmo assim eu estava sempre tentando entender o motivo de tudo aquilo.

Ele deu uma risada rouca, me encarando com seus olhos frios e maldosos.

– Qual é meu problema com você? São muitos. Quer uma lista?

Desviei o olhar para o outro lado da sala e cruzei os braços.

– É como eu sempre pensei: isso é pessoal. Pobre cara rejeitado por uma garota na boate. – Apesar do nó que se formara na minha garganta, respirei fundo e o afrontei com a minha resposta.

– Garanto que é bem mais do que isso. Mas por que você quer tanto saber, hein? Minha opinião sobre você é tão importante assim?

Ignorei o deboche dele.

– Você tem uma lista de razões, não é mesmo? Então, vamos lá. Quero saber. Assim vou poder dormir mais tranquila – retruquei com o mesmo tom debochado.

– Suas noites não têm sido tranquilas por minha causa? – Ele sorriu, vitorioso.

– Não seja patético, você pode mais do que isso. Estou esperando você dizer o que fiz de tão grave. Por que todo esse ódio por mim?

– Ok. Deixe-me ver por onde começar... – disse ele, se afastando de mim e enfiando as mãos no bolso da calça. – Acho que um dos maiores motivos, o que está no topo da lista, é o fato de você existir. Já devíamos ter acabado com você há tempos, mas você tem um protetor. Brian se apegou à orfãzinha. Ele é sempre assim, defensor dos fracos e oprimidos. Se você não estivesse aqui, estaria tudo ótimo. Aliás, se você não tivesse aparecido na minha casa, teria me poupado de muita dor de cabeça. Mas acho que não dá para voltar atrás, não é?

Ele me encarou, sugestivo. Baixei a cabeça, desviando o olhar. Tudo o que eu queria era fugir do seu olhar ameaçador. Agora devia ser para valer. Ele estava farto de mim e provavelmente seria capaz de me matar só para não ter que olhar mais para a minha cara.

– Por que você quer se livrar de mim? Desde o início soube que eu viria para cá. Foi Deborah quem insistiu para que eu ficasse, ela quis me ajudar nesse momento.

Ele riu com frieza.

– Eu sabia que uma menina, de quem a mãe era amiga de Deborah e tinha morrido, passaria alguns dias aqui. Achei que até poderia ser uma boa ideia, uma presença agradável para ela, mas você se tornou uma grande encrenca. Sabe qual é o seu problema? Você viu coisas demais, sabe de assuntos que não são da sua conta. E não confio em pessoas que sabem muito. Entendeu?

Eu estava tremendo. Minhas pernas fraquejavam, mas eu fazia de tudo para me manter firme na frente dele.

– Outro item de destaque na lista – prosseguiu ele, com um ódio evidente – é ter que aturar o bosta do Brian todos os dias na minha casa. Isso, com certeza, me faz odiá-la muito mais. Sei que vocês estão tendo um caso, mas que tal você pegar suas tralhas e ir para o ninho de amor dele? Realmente não vou me incomodar de pedir para o motorista levar você.

–Brian?... – Passei a língua nos lábios sem querer. – Você acha que nós...

– Não acho nada, isso não me interessa.

– Nós somos só amigos. Brian e eu nunca tivemos nada além de amizade.

– Não perguntei o que ele é seu, não estou nem aí – respondeu ele, rindo, seco, e se aproximando de mim.

Meu olhar estava hesitante.

– Você se acha muito importante, não é, garota? Acha que só porque perdeu a mamãezinha desmiolada todos têm que ter piedade de você. Pobre Cassidy, sozinha no mundo, onde ninguém se importa com ela – disse ele, e seu olhar ficou muito sério. – É exatamente isso, ninguém se importa com você. Quem é você?! Não é ninguém. Pare de se colocar no centro do universo, porque você não é nada, não tem ninguém. É só uma coitada qualquer que tenho de vigiar 24 horas por dia.

Uma mistura de raiva e tristeza me dominava, e lágrimas começaram a brotar em meus olhos, mas não me dei por vencida.

– Se sou tão "nada" assim, por que não se livra logo de mim? Sei quem você é e o que é capaz de fazer. Vamos, Mason, me faça esse favor. Me mate de uma vez, então.

– Você realmente não tem noção de como quero fazer isso desde o dia em que encontrei você aqui nesta casa.

– Não pedi para estar aqui! – gritei, consumida pelo ódio. – Não pedi para saber sobre seus segredos sujos, simplesmente vim parar nesta casa. Então não fale como se eu fosse culpada por isso! Quer continuar com o discurso? Quer me atingir mais um pouco? Ainda estou de pé. Então, vá, continue. Diga tudo o que já sei, tudo o que as pessoas sempre deixaram claro para mim. É uma pena você ter descoberto isso só agora. Tudo o que você disse, já sei de cor. Suas palavras só reforçam o que sinto há anos.

Ele me encarou, sério, por algum tempo. Eu achei que fosse desabar, senti uma pontada no peito. Mason era cruel, mas nada do que ele disse era novidade para mim. Sempre me senti sozinha e abandonada mesmo.

– Bela resposta, mas você ainda continua enchendo meu saco – desdenhou ele.

– Isso já está ficando chato! – gritei, irritada. – Se você me odiasse tanto assim já teria se livrado de mim. Se quisesse realmente me matar, já teria feito isso – provoquei com firmeza, escondendo o medo que senti quando proferi essas palavras. – Pare de agir como se não se importasse com o mundo, com ninguém; como se você estivesse acima de tudo e de todos. Pare de se fazer de durão dessa forma. Sei que você não é tão impenetrável assim, sei muito bem que aí dentro existe alguém melhor do que esse lixo que você mostra para todos. Ninguém tem culpa da amargura que você carrega!

Ele me fitou, desconfiado.

– Você não me conhece, não sabe nada sobre mim.

– Quem disse que não?!

Passei rapidamente a mão pelo rosto, antes que uma lágrima ousasse escorrer. Eu me empertiguei, desafiadora, fazendo-o dar mais um passo na minha direção, com uma expressão enigmática. Ele tinha tocado na minha ferida, e chegara a minha vez de dar o troco.

– Então você anda bisbilhotando minha vida?

Houve uma pausa.

Meus joelhos ficaram bambos. Eu não devia me atrever a ressuscitar aquela história. Os olhos de Mason me avaliavam, cobrando uma resposta. Eu devia esquecer aquele assunto de uma vez por todas. Mas, num impulso, não segui os conselhos que eu mesma me dava. Eu iria me arrepender daquilo até o último minuto da minha vida... Que talvez seria aquele. Mas fui em frente:

– Eu sei sobre Alexia.

10

Mason ficou paralisado. Não esboçava nenhuma atitude. Nem eu conseguia acreditar no que havia dito. De onde tirei aquela coragem? Em que eu estava pensando?

– Sei que você a amou muito e que era bem diferente do que é hoje. Mas você não vê? As pessoas não têm culpa do que ela fez, de ter abandonado você.

– Cale a boca, cale a boca! Não cite o nome dela! – disse ele, saindo de vez do sério.

Ele me deu um empurrão e levou as mãos à cabeça. Parecia realmente transtornado. Deu alguns passos, como se estivesse zonzo, e fiquei em silêncio, com um pouco de medo do que ele faria. Recuei um pouco, instintivamente, e ele voltou a me lançar um olhar fulminante. Aproximou-se depressa de mim e puxou meu braço com força, apertando-o. Seus olhos faiscavam.

– Quem mandou você se meter na minha vida?! Não gosto de pessoas curiosas, Cassidy... – rosnou ele, me intimidando, e as palavras saíam de sua boca cheias de raiva. Ele sacudia meu corpo enquanto falava. – Você não sabe com quem está lidando!

– Você está apertando meu braço... Mason, me solte agora!

Deu para ver um emaranhado de emoções em seu olhar. Surpresa, preocupação, ódio, amargura; eu não conseguia distinguir direito. Mason cerrou os dentes. Vi sua jugular saltar. Ele continuava me encarando, com um olhar gélido. Minhas pernas e mãos tremiam. Era visível que eu estava nervosa, tensa.

– Odeio gente que sabe demais – repetiu ele. – A curiosidade não é bem-vinda nesta casa, garota.

Meus lábios tremeram. Por que ele estava tão fora de si? O que essa Alexia tinha feito com ele? No que ele se transformou? Ele continuava me segurando pelo braço, irritado, mas era no peito que eu sentia pontadas de dor. Uma vontade de chorar tentava me dominar.

– Não era minha intenção saber coisas sobre sua vida. Mas... Acabei descobrindo. Por que tanto ódio? Não falei nada de mais – observei, com a voz firme, tentando esconder o que eu estava sentindo de verdade.

– Não sei como você descobriu, mas devia ter guardado suas opiniões para você. Não sabe nada do que aconteceu! O nome dela não deve sair da sua boca!! – berrou ele, e suas palavras ecoavam.

As palavras de Mason me magoavam. Eu sabia do seu passado, sabia do seu presente. Racionalmente, estava bem claro que eu devia me afastar dele, mas no fundo não era o que eu queria. E perceber como o nome da sua ex ainda o deixava transtornado era um golpe e tanto. Comecei a sentir raiva de Alexia por tê-lo deixado naquele estado, por ter destruído o homem que poderia ser tão perfeito para mim. Ao mesmo tempo, doía saber que aquilo ainda o fazia sofrer. Meu Deus, como ele conseguia mexer tanto comigo, mesmo sendo aquele ser arrogante? O que estava acontecendo com a Cassidy que sempre fui? Ele me tratava mal, e eu continuava preocupada com seus sentimentos. Eu me sentia uma completa idiota por isso e me odiava.

– Você não sabe do que sou capaz. Mas talvez esteja na hora de descobrir – vociferou ele, entredentes, e seus dedos apertaram mais forte meu braço.

Agora, sim, eu conseguia enxergar o tal Drew Becker. Ele estava ali, bem na minha frente, e eu seria sua próxima vítima.

– Você também não sabe com quem está lidando – retruquei, tentando ser o mais firme possível, mas dava para notar, a quilômetros de distância, que minha voz já estava vacilante a esta altura.

Mason não era idiota. Ele sabia que tinha conquistado terreno. Bastava agir.

– Ah, não? – Seu tom era desafiador.

– Não fiz por mal, droga. Não sabia que ela era tão importante, não era minha...

Mason me soltou. Fechei os olhos por alguns instantes e ouvi uma pancada abafada. Quando voltei a abri-los, vi que ele tinha socado a parede ao nosso lado. Pelo visto, havia desistido de me machucar e estava *se* machucando. Aquela mulher tinha arruinado a vida dele. Eu não suportava vê-lo se ferindo assim. Mason esmurrava a parede com determinação, e os nós de seus dedos estavam ficando vermelhos e sangrando. Eu não podia suportar aquilo.

– Pare com isso! – gritei, mas ele não me escutava. Abracei-o, enterrando meu rosto em seu peito. – Mason, por favor, pare!

O calor do seu corpo no meu me aconchegou. Perdi a razão no momento em que nossos corpos se tocaram. Fiquei imóvel, meus braços o envolviam com força. Eu não podia largá-lo, não conseguia me afastar dele. Talvez eu não quisesse me distanciar.

Seus dedos ergueram meu rosto, me obrigando a olhar para ele.

– Odeio você – murmurou Mason.

Era como se ele pudesse enxergar meus segredos mais bem guardados. Nossos olhares continuaram fixos um no outro. Ele parecia ter o dom de me controlar daquela forma. Minha consciência condenava cada um dos meus pensamentos. Ele acabara de proferir uma série de insultos contra mim, ameaçando acabar comigo, e eu continuava ali, entregue. Algo dentro de mim gritava para que eu me afastasse. Instinto de autoproteção, com certeza! Estava seguindo na direção de um precipício e tudo o que eu mais queria era me jogar de lá.

Seus lábios foram se aproximando dos meus, e minha respiração se acelerou. Meu coração batia descompassado, como se fosse sair pela boca. Seus dedos quentes acariciaram meu rosto. Ele parecia meio alheio a tudo, como se estivesse paralisado. Desta vez, a iniciativa foi minha: encostei os lábios nos dele, buscando a paz de que precisávamos.

Mais uma vez, me derreti em seu beijo macio, e tudo o que eu poderia dizer era que eu estava nas nuvens. Com mãos fortes, ele suspendeu meu corpo e envolvi sua cintura com as pernas. Eu o desejava. Era quase uma necessidade vital. O mundo lá fora podia explodir que, enquanto ele me beijasse daquela forma, eu não ia me importar.

Seus lábios eram firmes, exigentes e decididos.

– Para o meu quarto – sussurrou ele, com os lábios ainda grudados nos meus e a respiração ofegante.

Era tudo o que eu queria ouvir naquele momento. Sentia que, se eu estava perdida e confusa, Mason também enfrentava a própria batalha interna, afogado em tanta mágoa, com raiva de mim e, ao mesmo tempo, me desejando.

– Não... – murmurei, hesitante.

– Não?! – perguntou ele, ainda com os lábios nos meus.

Eu ia me arrepender, mas, naquele instante, só era capaz de pensar que ele ia engolir tudo o que pensava sobre mim.

Empurrei Mason no sofá da sala. Ele caiu sentado, relaxado, e me sentei por cima, de frente para ele, com as pernas abertas, uma de cada lado. Arregalei os olhos, deslumbrada, quando ele se livrou da regata preta. Não consegui dizer não, mas também não era isso o que eu queria falar. Minha mente dizia uma coisa, e meu corpo gritava outra completamente diferente. Tudo o que eu mais queria era sentir seu toque na minha pele, me provocando arrepios. Queria também que seu ódio se dissipasse em todos os beijos que ele pudesse me dar.

Eu já estava conformada com a ideia de que aquilo iria acontecer novamente. Mas ele parou por um instante e se afastou ligeiramente de mim. Assim foi capaz de me olhar nos olhos, como se pedisse minha autorização para prosseguir.

Pressionei meu sexo no dele, unindo nossos lábios mais uma vez, e quase fiquei sem fôlego. Aquilo bastou para que ele entendesse que eu estava lhe dando permissão para continuar. Ele me jogou no chão e ficou por cima de mim. Os beijos intensos me anestesiavam. Uma de suas mãos segurava meu cabelo, enquanto a outra levantava a barra da minha camiseta. Senti uma corrente elétrica na pele. Ergui os braços para facilitar as coisas e, quando ele se viu livre do tecido entre nossas peles, sorriu alucinado. Mason encostou o corpo no meu e senti o calor da sua pele na minha. Era muito bom... Sua língua contornou as bordas do meu sutiã e me fez arfar. Pressionei meu corpo no dele, sentindo o volume sob a sua calça. Achei que ia explodir.

– Você é deliciosa – sussurrou ele, dedilhando minhas costas, e quando fitei os olhos dele senti meu rosto queimar. – Não consigo parar.

– Então não pare – respondi, reafirmando que eu também queria aquilo.

A cada estágio que Mason avançava, eu me sentia mais entregue e nenhum vestígio de arrependimento pairava sobre mim.

Era absurdo o estado em que ele me deixava. Eu ficava completamente vulnerável, enlouquecida. Eu o queria dentro de mim. Queria a sensação de tê-lo dentro de mim mais uma vez.

Ele desabotoou meu short e o puxou pelas minhas pernas, tirando junto a calcinha. Meu rosto estava quente, meu sangue fervia. Mason me olhava fascinado e eu adorava aquilo.

– Toda molhada... – disse ele, com a voz arrastada, aumentando as ondas de prazer em meu corpo.

Seus dedos deslizaram por entre as minhas coxas, chegando à minha boceta, e gemi alto. Eu não conseguia me concentrar. Desci as mãos trêmulas e abri o cinto de Mason, colocando seu pau para fora. Ele parecia feito de pedra e, quando o toquei, Mason me deu uma mordida deliciosa no ombro. Escutei o barulho da embalagem de camisinha sendo rasgada e um cheiro de uva tomou conta da sala, me inebriando.

Eu não sabia como devia agir, mas Mason comandava tudo. Ele levantou meus braços e segurou minhas mãos em cima da cabeça. Senti seu pau roçar em mim, me fazendo latejar. Eu estava completamente incendiada. Ele se apoiou nos cotovelos e se posicionou para me penetrar.

– Venha – sussurrei, implorando.

Era como se ele já me possuísse havia muito tempo. Nossos corpos se encaixaram numa sintonia perfeita, como da primeira vez. Eu sentia que ele me completava.

Mason se movimentava devagar e com cuidado, me tomando por inteiro. Fazia tudo lentamente, e eu me contorcia sob ele, querendo mais. Depois, ele começou a intensificar, acelerando. Eu gemia baixinho, e escutava os gemidos dele também. Uma pulsação em meu ventre crescia, eu queria chegar lá. Mason se virou e me colocou por cima, me fazendo descer devagar sobre ele. As mãos dele na minha cintura me conduziam; meu corpo obedecia rebolando e cavalgando no ritmo que ele estabelecia. Depois, diminuí o ritmo sem querer e senti uma contração muito aguda.

Mason sabia bem o que estava acontecendo comigo. Encontrei o olhar dele, e meu coração acelerou. Minhas pernas começaram a tremer e veio a sensação de ter atingido o clímax. Explodi, sentindo meu corpo em êxtase, como um vulcão em erupção. Em seguida, relaxei completamente, e Mason gozou também.

Ficamos deitados juntos no tapete macio, cansados e ofegantes. Eu sentia meu cabelo molhado de suor. Eu era pequena, mas Mason era grande. Logo depois, ele me colocou deitada no sofá, perto dele. Seu braço ainda envolvia meu corpo, me dando uma sensação de segurança. Encostei a cabeça no seu peito nu, enquanto ele, de olhos fechados, permanecia imóvel e firme, com a respiração ainda um pouco acelerada.

Não quis dar asas às minhas paranoias. Não deixei que minha mente começasse a me julgar e me deixasse sentir uma culpa deplorável. "Sem neuras!", gritei para mim mesma internamente. Afastei todos os pensamentos e relaxei, me sentindo desnorteada de vez pela mistura de nossos perfumes e do cheiro do sexo que fizéramos.

– Que horas são? – murmurou ele, com a voz um pouco rouca.

Pensei em fingir que estava dormindo. Não conseguia conversar com ele, era estranho. O que tínhamos feito era estranho.

– Não sei – respondi, escondendo mais meu rosto em seu peito.

– É hora de criança estar na cama – disse ele, achando graça da própria piada.

Pela primeira vez durante todo esse tempo, vi Mason rir para mim de forma genuína, sentindo-se tranquilo. Nada de cinismo, sarcasmo ou ameaças; ele estava apenas rindo.

– Não sei você, mas para mim isso foi muito esquisito – falei, erguendo o rosto lentamente, evitando qualquer contato visual.

– Isso o quê?

– Você... Tudo – disse, mordendo os lábios. – Há poucos minutos, estava querendo me matar. Aí a gente transa... E, agora, vejo você rindo assim. Você não costuma brincar comigo, muito menos rir desse jeito.

– Você ainda não viu nada.

– Então... Eu devia estar morta mesmo? – perguntei, hesitante.

– Brian nunca iria deixar isso acontecer – desconversou.

– Mas e se dependesse de você?

– Faço qualquer coisa para me proteger – disse ele, e deitei a cabeça novamente em seu peito.

Como ele conseguia ser tão frio? O que estava pensando de verdade? E não foi bem para se proteger que ele tinha partido para cima de mim; foi por causa do nome de Alexia. Quer dizer, talvez tenha sido para se proteger emocionalmente... Mas eu não iria voltar a tocar naquele assunto. Só queria aproveitar o momento.

Seus dedos levantaram uma mecha de cabelo que caiu em meu rosto e a colocaram atrás da minha orelha. Foi um gesto fofo, que se viesse de qualquer outro homem eu acharia muito delicado e, com certeza, apreciaria muito, mas quando se tratava de Mason esse tipo de coisa não colava. Ele não precisava fingir gentilezas só porque tínhamos transado.

– Vou lhe dizer uma coisa: você é bem melhor rindo assim, parecendo uma pessoa decente e normal, do que agindo feito um ogro.

Ele estalou a língua no céu da boca, fazendo um barulhinho engraçado.

– Você gosta de mim do jeito que eu sou.

– Quem disse que gosto de você?

– Seus olhos – disse ele, sorrindo, exibindo aqueles dentes brancos e perfeitos com seu sorriso sacana, que já me era familiar, e me deixando sem jeito.

Eu me sentei ao seu lado, com as costas arqueadas, a postura de quem havia recebido um tapa na cara.

– Nunca confie no olhar de uma garota. Pode ser uma armadilha para uma presa fácil como você.

E então ele acabou comigo. Caiu na gargalhada e me deixou ainda mais irritada por amar ouvir aquele som. Eu estava enlouquecendo por me sentir atraída por um cara como aquele.

– Está rindo de quê?

– Então você é uma caçadora?

– Pare de ser idiota – falei, lhe dando um tapa forte no peito.

– Ai! Ficou louca?! Lá no manicômio de onde você veio não ensinaram a não agredir as pessoas, não?

– O quê?! – perguntei, quase gritando, sem acreditar. Ele havia me chamado de louca? Era isso mesmo? – O que foi que você disse?

– Perguntei se não te ensinaram a não bater nos outros no manicômio de onde veio.

Dei mais um tapa em seu peito.

– Eu estudo num colégio católico. Pare de chamar de manicômio.

Ele conteve o riso.

– Tanto faz. É tudo a mesma coisa.

– Claro que não. Manicômio é onde ficam pessoas com problemas mentais, e não loucas, aliás. Um colégio católico nada tem a ver com isso.

– Você quer ser freira?

– Não!

– Ainda bem. Seria muito ruim desperdiçar um corpo desses naquelas roupas esquisitas.

– Idiota – falei, revirando os olhos, e me levantei com preguiça.

– Aonde você vai?

– Tomar banho, não estamos muito apresentáveis – respondi enquanto me vestia.

– E daí?

– E se chegar alguém?

– Tipo quem?

– Ah, sei lá. Brian pode aparecer a qualquer momento.

Ele riu com desdém.

– Qual é o problema? Está com medo de o carinha que está a fim de você saber o que fizemos?

– Ele não está a fim de mim – retruquei, autoritária.

– Não quero saber – rebateu Mason e deu um sorriso cafajeste e safado –, porque neste momento você é minha!

Seus braços me puxaram para um beijo inesperado. Afastei-o de mim, sentindo o ar faltar em meus pulmões.

– Quem foi que disse que sou sua?

Então ele chegou mais perto e sussurrou no meu ouvido:

– Não conte a ninguém, mas seus olhos estão traindo você esta noite.

Abri a boca, tentando dizer alguma coisa em minha defesa, mas ele me calou com mais um beijo. Não pedia permissão, e eu não resistia àquela invasão. Eu me sentia aérea, como se não conseguisse pensar direito. Sabia que tudo aquilo era errado e perigoso, mas ficar ao lado dele era mais do que um desejo, era uma necessidade. Ele tinha o poder de despertar todos os tipos de emoções em mim. Ele me causava raiva, ódio, medo, repulsa, tesão, tudo ao mesmo tempo. E eu sentia que precisava desvendar todos os seus mistérios.

11

Como voltar a viver normalmente naquela casa depois de tudo que havia acontecido na sala? Eu não fazia ideia de como seria nossa relação, para falar a verdade não sabia nem se teríamos uma relação.

Em outras palavras, eu estava totalmente confusa, ainda mais do que antes. Mason tinha ficado possesso ao descobrir que eu sabia sobre seu passado e chegou a me ameaçar inclusive, mas, mesmo assim, eu não conseguia deixar de pensar no seu sorriso. Só de me lembrar daquele beijo, um calafrio dominava meu corpo. A pior parte era aceitar que eu havia gostado... e muito. Odiava ficar em êxtase quando me recordava de cada detalhe da nossa transa. Tudo estava guardado na minha memória, e eu reprisava a cena na minha mente como se fosse meu filme favorito. Não tinha como fugir. Havia acontecido de novo, e a ironia por trás de tudo aquilo chegava a ser cômica. Só que era trágico, na realidade.

Liguei o chuveiro, deixando a água cair em meu corpo. O cheiro dele ainda estava em mim. Mais um passo em falso, mais um erro meu. Eu havia ficado com Mason de novo. Com um criminoso. Mesmo sabendo disso, não adiantava tentar me enganar: aquela noite com certeza tinha sido especial para mim. Não dava para negar que meu coração batia diferente pelo primeiro cara que viu e tocou meu corpo nu. Era ridículo me sentir desse jeito, mas eu já não conseguia controlar a situação. Na primeira vez, me entreguei a ele; na segunda, dei o troco e o deixei na mão; agora, ele tinha feito mais um ponto no nosso placar. Eu já havia perdido as contas, mas ele ganhava de goleada.

Para ele, mais uma garota, mais um sexo. Eu era apenas mais um número na extensa lista de Mason. Não que eu estivesse pensando ou esperando algum sentimento em troca, ele nunca seria capaz de gostar de outra pessoa. Além disso, aquela noite havia sido bem ilustrativa de como tudo isso podia ser perigoso. Eu estava perdida emocionalmente, mas precisava combater aquilo dentro de mim antes que a bomba explodisse e me fizesse sangrar da pior forma. Enrolei meu corpo numa toalha e saí do banheiro, com sono e cansada, cambaleando um pouco.

Minha pele estava úmida e arrepiada. Meu cabelo, molhado. Saí do banheiro e então me deparei com Mason lá, esparramado na minha cama. Sorri, estranhando a presença dele ali, dormindo feito um anjo. Tudo passava pela minha mente. Eu já tinha feito várias suposições sobre o que ia ser de nós dois depois do que acontecera na sala. Eu esperava por tudo: ser ignorada, rejeitada, maltratada. Só não esperava encontrá-lo dormindo em minha cama. Bem imprevisível, esse cara. E abusado.

Se eu não estivesse com tanto sono, não me importaria de ficar ali, admirando ele dormir. Mason estava relaxado, sereno, como se nada pudesse tirar sua paz. De certa forma, aquilo me acalmava também. Nada de grosserias, de ameaças. Ele aparentava ser apenas um rapaz de 25 anos dormindo sossegado.

Porém, eu precisava dormir. Com o coração na mão, decidi acordá-lo.

– Mason – chamei, sacudindo-o devagar. – Mason, acorde!

Eu o balancei mais uma vez.

– O que foi? – respondeu ele, ainda com os olhos fechados, sem se mexer um centímetro sequer.

– É que... Você está na minha cama.

O cabelo dele também estava molhado. Pelo visto, já tinha tomado banho, mas teria sido muito melhor se tivesse feito isso comigo.

– É que estou com sono. Quero dormir – continuei, sorrindo sem jeito.

Por que eu estava tão sem graça?

Ele abriu os olhos, me encarando sem dizer absolutamente nada.

– Mason... – Quebrei o silêncio.

Odiava quando ele me observava daquele jeito. Era como se fosse capaz de invadir minha alma e vasculhar bem lá no fundo, encontrando uma Cassidy que nem eu mesma sabia que existia.

– Tem algum problema se eu ficar aqui? Estou dormindo tão bem, não estou a fim de sair agora. Mas se você quiser...

Existiam tantos quartos naquela casa e ele escolheu dormir justamente no meu! Aquilo não ia acabar bem...

– É que...

– Prometo que não vou perturbar você – disse ele, rindo, fazendo uma linha imaginária com a mão no meio da cama. – Seu lado, meu lado. Não vou invadir seu território.

– Não é isso. É que... – gaguejei. Eu estava envergonhada. – Tudo bem, pode ficar.

Puxei as cobertas e me deitei também, de um jeito meio espalhafatoso. Depois me aconcheguei na cama *king size*, e percebi que Mason observava cada detalhe dos meus movimentos, me fazendo corar mais.

– Pare de me olhar desse jeito.

– Se você não tivesse me acordado, eu não estaria olhando.

– Você está na minha cama!

Ele deu de ombros. Deitei de barriga para cima, me sentindo incomodada. Desde que cheguei à casa de Deborah, tive várias primeiras vezes. E aquela era mais uma: dormir com um homem ao lado. Surpreendente!

– Como você fazia para sair do colégio à noite? Minha mãe disse que o regime lá é bem rígido. Duvido que deixassem você ir aos lugares em que já a encontrei.

– Lugares? Já me viu mais de uma vez? – perguntei, virando um pouco a cabeça para olhá-lo.

– Acho que sim. Tive a impressão de que já conhecia você quando nos falamos naquela noite na boate.

– Está dizendo que sou um tipo comum?

– Não – respondeu ele, comprimindo os lábios. – É que... Você me atraiu, só isso. Parecia que eu já tinha visto você.

– Imagino como eu era atraente... Mais uma para sua lista, não?

– É, mais uma para minha extensa lista. Mas você foi uma exceção, Cassidy. Não saio com morenas.

Aquilo foi um golpe no estômago. Eu devia ficar feliz por ele ter aberto uma exceção para mim, mas isso significava que ele tinha um padrão, no qual eu não me encaixava. Pensei na loira do outro dia. Eu realmente não fazia o tipo dele.

– Por que exceção? Fui só uma aventura para você?

– As mulheres com certeza são meu principal entretenimento, mas aquele "olá" que você me deu me conquistou.

Sorri envergonhada. Mason e seu humor provocavam reações bem diversas em mim.

– Mas não fuja do assunto, freirinha. Como você fazia para sair de lá à noite?

– Não sou freira!

– Que seja... Como fazia?

– Pulava o muro. Tenho uma amiga que sabe muitas coisas. Fugíamos juntas à noite, em busca de diversão.

– Minha mãe não faz ideia dos lugares que você frequenta.

– Aposto que ela também não faz ideia de que você tem uma arma e dos assaltos a bancos que você faz – falei sem pensar.

Ele me fuzilou, se perguntando como eu sabia de tudo aquilo. Logo depois, a ficha caiu.

– Brian já contou sobre todo o esquema, não é?

– Não, só algumas coisas... Não sei como você consegue esconder tudo isso de Deborah. – Lembrei que Brian tinha dito que Deborah sabia, na verdade, mas aquilo ainda soava estranho para mim, então aproveitei para tentar entender melhor.

– Devo mesmo avisar que tenho uma arma. Quer dizer – ele puxou com força a gaveta da mesinha de cabeceira ao lado da minha cama –, algumas. Existem vários fundos falsos como este aqui espalhados pelos móveis da casa – disse ele, após tirar um revólver do fundo falso da gaveta. Manuseando com habilidade aquele negócio, ele girou a arma no dedo, e meus olhos acompanharam seu movimento rápido. – Mas você está enganada sobre Deborah. Ela não aceita, mas sabe de tudo.

– E como é isso? Ela não tenta impedir você de fazer... essas coisas?

– Ninguém me impede de fazer nada, Cassidy – respondeu, sem dar margem a mais perguntas.

– Bom, quanto a mim, não precisa ficar preocupado. Não vou contar para ninguém que você guarda armas em casa e faz coisas ilícitas.

– Sei que não – respondeu ele, sorrindo e estreitando os olhos. – Você é muito nova para morrer, não é?

Encarei-o um pouco assustada.

– Não sei por que ainda perco meu tempo com você. Boa noite.

Enfiei o rosto no travesseiro, dando as costas para ele. Éramos incompatíveis, e como já fazia muito tempo que estávamos sem nos estranhar, seria hora de as brigas recomeçarem. Mas eu não estava com disposição para discussões. Fiquei quieta esperando o sono chegar, e depois de um tempo tudo se apagou.

A claridade no quarto incomodou meus olhos. Eu me espreguicei e, depois de abrir os braços, ocupando quase todo o espaço da cama, me lembrei de que não estava sozinha. Dei um pulo e me sentei, inquieta. Foi então que percebi que Mason não estava mais ali, mas os lençóis bagunçados confirmavam que aquilo não tinha sido um sonho.

A noite passada havia sido a mais confusa e agitada da minha vida. Escorreguei pelo colchão e me obriguei a levantar. Abri as janelas e troquei de roupa. Peguei os livros que tinha terminado de ler para devolvê-los à biblioteca, e desci para tomar café da manhã. Guadalupe já estava à minha espera com a mesa posta de forma impecável. Meu bom humor era contagiante, e consegui arrancar algumas risadas daquela senhora quieta.

Uma vitamina de morango deliciosa me aguardava já servida num copo. Era bom demais tomar aquela vitamina todas as manhãs. Em poucos dias, eu já tinha ficado completamente viciada na comida de Guadalupe, que sempre fazia tudo que eu adorava. Nunca fui do tipo que escolhia muito ou que tinha frescuras, mas ela fazia questão de me agradar com seus dotes culinários.

Comi biscoitos com requeijão, enquanto observava Guadalupe preparar em silêncio um sanduíche. Às vezes, o jeito calado dela me incomodava, mas eu não invadia seu espaço, mesmo me sentindo sozinha e com vontade de fazer milhões de perguntas. Deborah tinha dito que Guadalupe trabalhava com ela há muito tempo, e, sendo assim, será que a governanta também sabia sobre as atividades de Mason? Será que não se sentia mal com isso? Ou tinha medo de ir embora? E eu? Como eu poderia conviver tão bem com um criminoso? E como ele me trataria hoje, à luz do dia, depois da noite que passamos juntos?

Acabei o café e não tinha mais nada para fazer na cozinha, a não ser ficar enfadada com o silêncio absoluto de Guadalupe. Peguei novos livros e fui para a sala principal.

– Pensando em mim?

Fui surpreendida pela voz de Mason, mas não demonstrei nenhuma reação.

– Por que eu estaria? – respondi, sem olhar para ele, imaginando que estivesse parado atrás do sofá.

Ele segurou minha cabeça e a puxou com delicadeza para trás, fazendo seus lábios roçarem nos meus muito lentamente. Fiquei toda arrepiada e ofegante, e deixei sua língua deslizar pela minha boca. Guadalupe poderia entrar ali a qualquer momento, acompanhada de alguma visita, mas mesmo assim decidi me entregar aos meus desejos e intensifiquei nosso beijo.

– Eu sabia!!!

Senti meu coração acelerar e empurrei o rosto de Mason. Ele se afastou rapidamente e vi que todos os rapazes estavam ali.

– Eu sabia que ia rolar um incesto – disse Nate, me fazendo corar.

Meu rosto estava pegando fogo. Nate, Dylan, Chris e Brian nos olhavam, este último visivelmente decepcionado.

– Cale a boca, Nate! Eles não são irmãos, isso não é incesto – corrigiu Dylan, que parecia ser o mais maduro.

– É verdade, é? Vocês estão se pegando? – Foi a vez de Chris se manifestar.

A cada nova pergunta, eu ficava mais envergonhada. Se tivesse a chance, eu provavelmente sairia correndo dali.

– Não, Chris, eles não estão se pegando. Estão fazendo degustação de beijos. Só você não conseguiu entender ainda.

– Por que vocês não avisaram que estavam vindo para cá? – perguntou Mason.

– Cara... – começou a explicar Chris. – Nós nem vínhamos para cá. Íamos direto para o anexo, mas esse negócio de você e do Dylan ficarem com meu computador complicou tudo. Eu disse que vinha aqui com Nate, e todo mundo resolveu vir junto...

– E os equipamentos que estão nos carros também estão aqui – acrescentou Dylan.

Eu já não estava mais preocupada com o que os rapazes diziam. Aquilo era o de menos. O que me doía era como Brian me encarava. O olhar dele deixava evidente como estava furioso e desapontado. Eu nunca tinha visto seus olhos arregalados daquela forma, e embaçados, de um tom opaco de azul-escuro. Ele cerrava a mandíbula com força, e uma veia saltava em seu pescoço.

– Aqui dentro da minha casa garanto que vocês não vão encontrar nem computador nem equipamento algum. Está tudo no anexo – disse Mason, me olhando com ternura, tentando me reconfortar. Ele estava tão surpreso quanto eu. Aquilo era constrangedor.

Mason tinha autoridade com os rapazes. O jeito grosseiro dele os intimidava, dava para perceber isso de longe. Saíram atrás dele e foram para o escritório do lado de fora, que muitas vezes chamavam simplesmente de anexo. Brian continuou ali parado, me olhando. Eu estava envergonhada e magoada com o olhar que ele me lançava.

– Brian – comecei, tentando encontrar os argumentos certos, mas ele me ignorou. Virou-se de costas e também saiu da sala. Eu não queria que ele ficasse bravo comigo. Aquilo era mesmo necessário? Eu não estava fazendo nada de errado... Ou estava? – Brian... Por favor... – Eu me levantei do sofá às pressas e segurei o braço dele, obrigando-o a me olhar. – Ei, o que você tem?

Ele deu um sorriso forçado.

– Não tenho nada, Cassidy. E você? Tem alguma coisa para me contar?

Ele pronunciou meu nome com tanto ódio que me senti intimidada, e encolhi os ombros.

– Você está com raiva pelo que viu? Olhe, não...

– Não. – Sua voz soou ríspida. – Não estou com raiva. Não há motivos para isso. Mas estou vendo que você foi mais uma que caiu facilmente no papo dele. Mesmo sabendo de tudo o que eu lhe contei.

– Eu não caí no papo dele!

– Ah, não, é? Então me diga: é ainda pior do que eu imagino, Caissy? Você só caiu no papo ou também caiu na cama dele?

– Brian! Você não tem o direito de falar desse jeito comigo! Sei muito bem quem Mason é. Sou dona do meu nariz e sou capaz de lidar com ele. Sei me cuidar.

– Eu também achava isso. Mas agora estou vendo que você é tão fraca quanto as outras. Você não é nada do que eu pensava.

– Ei! Não sou sua irmã, se é essa comparação que você está fazendo! – gritei, irritada. – Não sou influenciável, fique tranquilo. Já disse: sei me cuidar.

Ele estava conseguindo me magoar. Foi se aproximando de mim, estreitando os olhos de raiva. Ergueu a mão na altura do meu rosto. Brian estava tão ameaçador que pensei que ele fosse me bater.

– Nunca mais abra a boca para falar da minha irmã! Deixe Alexia fora disso, ela não aqui está para se defender, então…

– Você está louco?! – A voz de Mason nos surpreendeu, e o que ele fez também.

Brian nem teve tempo para responder. Assim que se virou, recebeu um murro no rosto e caiu. Comecei a gritar, histérica, mas os dois partiram para a briga ali na sala.

– Mason, pare! Por favor, pare!

Tentei separá-los, mas eles eram bem mais fortes do que eu. Eu não conseguiria fazer nada para detê-los.

– Parem vocês dois! – gritei mais uma vez, tentando tirar Mason de cima de Brian, mas ele parecia possuído.

Os rapazes escutaram a gritaria e voltaram correndo. Nate, com a ajuda de Dylan, puxou Mason, e Chris tirou Brian do chão.

– Me solte, Dylan, porra! – urrou Mason, enfurecido, com sangue escorrendo pelo canto da boca.

Chris segurava Brian, que tinha um corte feio no supercílio esquerdo e estava com a camiseta branca toda suja de sangue.

– Está vendo só, Caissy?! Esse é o babaca do Drew. Seja feliz com ele – esbravejou, sorrindo com amargura. – Se você conseguir!

As palavras de Brian, cheias de desprezo, acabaram comigo. Senti meu coração se despedaçar ao notar seu olhar de desdém. Tudo aquilo me atingiu em cheio. Fazia pouco tempo que nos conhecíamos, mas ninguém me fazia tão bem como ele naquela casa. E justo nesse momento foi acontecer isso. Minha vida era um inferno. Chris não precisou mais segurar Brian. Ele se soltou e saiu da sala, furioso.

– Porra, Drew! – exclamou Dylan, largando Mason, que ainda estava um pouco nervoso. – Vocês dois estão querendo se matar?

– Você não viu o que ele fez. Estava ameaçando a Cassidy. Se eu não tivesse chegado, ele era capaz de partir para cima dela.

Mason estava morrendo de ódio. Não era possível que a minha conversa com Brian o tivesse deixado naquele estado. Eu tinha certeza de que Brian não era capaz de me machucar como Mason estava dizendo. Ele realmente ficara exaltado, mas tinha apenas falado com muita raiva, não chegara a me ameaçar.

– Já estou de saco cheio das brigas de vocês!

– E eu já estou de saco cheio desse cara – disse Mason, esbarrando em Dylan antes de subir depressa a escada.

– Deixe para lá, Dylan – comentei quando ele ameaçou segui-lo. – Pode deixar que eu cuido dele.

– Tem certeza, Caissy?

Assenti.

– Pode ir. Acho que o pior já passou.

– Então a gente se vê por aí. Se precisar, nos chame.

– Obrigada – falei, sem graça.

Os rapazes foram embora e o silêncio da casa voltou a reinar. Percebi que Guadalupe também estava ali, tinha chegado logo depois dos rapazes, mas ficara apenas observando, com um olhar um pouco apreensivo. Aproveitei o momento para tranquilizá-la.

Meu coração estava dilacerado pelo que Brian tinha feito e falado. Nunca imaginei que ele pudesse me tratar assim nem que pudesse ficar transtornado daquele jeito. Eu tinha outra imagem dele, por isso fiquei magoada e amargurada. Brian mandou a real de um jeito bem simples: eu estava me entregando, mas era apenas mais uma.

Aquilo estava me corroendo por dentro. Segurei as lágrimas, não deixei que escorressem pelo meu rosto. Eu precisava ver como Mason estava. Quando ele saiu da sala, o canto de sua boca ainda sangrava.

Eu achava que não era nada grave, mas se não cuidasse daquilo, ele ia ficar com um hematoma feio no rosto. Estremeci ao imaginar a dor de receber um soco.

Peguei a maleta de primeiros socorros no banheiro da minha suíte. A casa estava imersa num silêncio absoluto, de forma que o único barulho que eu ouvia era o da minha respiração.

– O QUE FOI ISSO, MASON BECKER?! – perguntei, sobressaltada, entrando pela porta do quarto dele que estava entreaberta.

Mason estava sentado na beirada da cama, com os cotovelos apoiados nos joelhos e as mãos cruzadas, com o olhar perdido, como se houvesse algo na parede lisa do quarto que ele tentasse decifrar.

Ele não olhou para mim quando me aproximei. Sua única reação foi afastar a mão quando quis limpar a ferida nos nós de seus dedos com um algodão encharcado de iodo.

– Mason, deixe eu limpar isso – pedi gentilmente, mas não obtive resposta. Ele estava me ignorando. – Mason... – chamei mais uma vez e meus esforços foram em vão.

– Pode me deixar sozinho, Cassidy.

– Só quero ajudar... – falei.

– Não quero ajuda!!! – berrou ele, ríspido, acabando com o resto de paciência que me restava.

– Não quer ajuda por quê?! – perguntei, mais nervosa do que deveria.

– Porque não quero, porra. Vá ajudar o Brian! Tenho certeza de que a cara dele está pior do que a minha.

O tom de ironia em sua voz despertou raiva em mim. Eu odiava quando ele vestia aquela máscara.

– Não precisava de nada disso.

– O que foi agora? Vai defendê-lo?

– Pare de ser idiota. Não estou defendendo ninguém. Só disse que não precisava de tudo isso.

– Você falou dela, não foi? Eu já disse uma vez, mas vou repetir: não toque no nome dela, não diga nada sobre ela. Você não sabe o que ele é capaz de fazer. E ainda fica achando que não precisava de nada disso... Não aguento mais esse cara!

Dei uma risada mais alta do que eu esperava.

– Você não foi para cima do Brian porque ele me ameaçou. Aliás, ele não chegou a me ameaçar, Mason. Você foi para cima dele por causa da Alexia. Só me usou como desculpa para acertar suas diferenças com ele – falei, enojada pelo que ele tinha feito.

– Eu já não disse para você não falar dela?! – insistiu ele, visivelmente irritado.

– Por que você não quer que eu fale dela? Por que ainda a ama? Por que não se conforma que ela tenha largado você? – perguntei, cega de ódio.

– CALE A BOCA, CASSIDY! CALE A BOCA! – explodiu ele, me assustando.

– Relaxe, Mason, não vou mais incomodar. Vou deixar você aí, sozinho com seus pensamentos.

Saí do quarto batendo a porta. Que cena! Eu estava magoada. Brian era a única pessoa com quem eu me abria, mas eu não podia recorrer a ele naquele momento. Queria tanto que Claire estivesse por perto... As coisas se misturaram e comecei a chorar compulsivamente, sem conseguir ordenar os pensamentos. Eu estava frágil e os últimos acontecimentos me destruíram, me levando para um lugar do qual eu tentava fugir a todo custo.

Mamãe estava me fazendo muita falta. Mesmo que eu não a visse com frequência, antes eu sabia que ela estava viva e que um dia ficaríamos juntas outra vez. Mas tudo tinha mudado. Ela não estava mais neste mundo. Tudo o que me restava dela eram lembranças e fotos. Passei o resto do dia trancada no quarto. Não queria ver nem falar com ninguém. Não precisava de compaixão e muito menos de dar a Mason o gostinho de saber que ele tinha me deixado naquele estado. Eu preferia ficar sozinha, naquela cama, fugindo das lembranças do que havia acontecido entre nós. Precisava de um tempo para mim.

12

Provavelmente já passava das dez da noite. Eu não tinha olhado o relógio, mas sabia que devia ser tarde. Guadalupe tentara algumas vezes me tirar do quarto para comer alguma coisa. Acho que foi durante esse período que eu mais ouvi sua voz. Recusei toda as vezes, pois eu precisava ficar sozinha. Era patético estar naquele estado, trancada no quarto, chorando por um cara que eu conhecia havia poucos dias. Mas o problema não era esse. O verdadeiro motivo do choro era algo que me corroía por dentro: o fato de saber que eu nunca seria boa o suficiente para superar Alexia. Por mais que eu tentasse ser forte, havia momentos em que eu fraquejava e deixava minhas emoções transbordarem e trazerem à tona uma Cassidy com a qual eu não gostava de conviver. Era a Cassidy digna de pena que estava presente.

– Menina? – Reconheci mais uma vez a voz calma de Guadalupe me chamando. – Menina, por favor, apenas um copo de leite. E não incomodo mais.

Ela não desistia fácil. Guadalupe era responsável pela minha alimentação, e agindo daquela forma eu a estava deixando preocupada. Mesmo que não quisesse, eu precisava sair daquele quarto. O mundo não girava em torno de mim. As pessoas não tinham culpa do que eu sentia. Do mesmo modo que eu não era culpada pelas brigas de Mason e Brian.

Abri a porta do quarto. Guadalupe estava parada na porta e me olhou desconfiada. Depois deu um sorriso sincero.

– Um copo de leite? – insistiu.

Retribuí o sorriso e fiquei surpresa quando, em seguida, ela me abraçou.

– Ah, menina. Não caia em armadilhas. Calma, tudo vai ficar bem – disse ela, ajeitando meu cabelo com os dedos.

– Tudo bem. Vou ter calma. Mas acho que meu estômago está precisando dos seus biscoitos – respondi, e ela sorriu, segurando minha mão e me conduzindo para fora do quarto.

Os espelhos do corredor refletiam meu rosto inchado e meu cabelo desgrenhado. Nossa, eu estava um lixo! Guadalupe me levou pela escada dos fundos e eu a segui. Por aquele caminho, era pouco provável que cruzássemos com Mason. Desta vez eu não estava sentindo raiva dele. Eu estava magoada, e, se meu olhar encontrasse o dele, eu desabaria outra vez.

Na bancada da cozinha, em cima de um jogo americano florido, havia um prato com um sanduíche apetitoso e um copo grande com vitamina de morango. Ainda havia um pote cheio dos biscoitos que ela preparava, o que me fez sorrir.

– Isso deve ajudar seu estômago, menina Cassidy.

– Está ótimo, nem preciso jantar – falei, com a boca cheia, fazendo ela sorrir também. – Sei que você gosta muito de trabalhar, mas já está tarde. Vá dormir…

– Você precisava comer. Dona Deborah me pediu para cuidar de você.

– Eu estou bem. Pode ir resolver suas coisas. Estou satisfeita. Não vou querer comer mais nada… Até amanhã.

– Se precisar de mim, me chame – disse ela, sorrindo.

– Pode ir, estou bem. Se eu precisar de alguma coisa, chamo Mason ou Philip – acrescentei, e ela retorceu a boca.

– O patrão não está de bom humor. É melhor a menina ficar longe dele.

Guadalupe era ótima, não cuidava apenas da casa, mas também das pessoas. Após se certificar de que eu estava comendo, ela se retirou, me deixando sozinha.

Eu estava tão concentrada em meus pensamentos que dei um pulo, levando um susto, quando o telefone tocou. No terceiro toque, criei coragem e resolvi atender. Eu achava que era Deborah, pois fazia muito tempo que ela não ligava.

– Alô?

– Caissy?! – sussurrou uma voz do outro lado da linha.

– É. Quem está falando?

– Caissy, sou eu, Claire.

– Claire?! De onde você está ligando? – perguntei e a ouvi bufar do outro lado da linha. Com certeza aquela pergunta também tinha feito minha melhor amiga revirar os olhos.

– Caissy, isso não importa. Tenho uma coisa importante para falar. Amiga, hoje tem um pega de carros e você precisa ir comigo – sussurrou ela.

– Claire, não tenho como sair daqui. E mesmo que conseguisse, também não teria como ir. Não vai dar – expliquei, e mais uma vez ela bufou.

– Cassidy Anderson, você sabe muito bem que não existe nada impossível, não é mesmo? E... Conheço essa voz. Você andou chorando? Estou com a sensação de que está precisando de mim... – concluiu ela, sem me deixar falar. – Pelo menos tente. Se não der certo, tudo bem. Mas primeiro você precisa tentar. A galera vai se encontrar à meia-noite na Peachtree com Alabama. Grave o local. Vejo você lá.

– Claire, não dá – insisti, desanimada.

– Sempre dá quando a gente quer. Se você não tentar, vou ficar chateada. Vai ser o máximo, tenho certeza. Agora preciso desligar. Entrei escondido na sala da madre e estou escutando passos. Amo você, até mais. Tchau! – falou, desligando, e eu não pude responder.

Claire tinha razão: eu realmente estava precisando dela. Mesmo que eu chorasse, ela estaria ao meu lado para me ajudar. Sozinha eu não estava conseguindo me livrar daquele peso no coração.

Voltei para o quarto depois de sua ligação. Os lençóis estavam desarrumados, afinal eu tinha passado a tarde inteira na cama. Estava quase me convencendo de que tudo de que eu precisava era um agito. Andava muito sozinha, triste. Fui até a janela e observei o jardim iluminado, prestando atenção à movimentação de alguns homens que faziam a segurança da casa. Quando eu pulava o muro do colégio, era muito mais fácil, porque Claire sempre me ajudava. Ela era mais esperta e corajosa, e isso me incentivava. Eu não sabia se tinha coragem de fazer sozinha o que nós fazíamos na escola. Se desse errado, eu teria que dar explicações a Deborah ou a Mason. Senti um arrepio só de pensar nele zangado. Se bem que, talvez, ele nem se importasse com minha tentativa de fuga à noite.

Eu era mesmo uma tola, esperando que ele sentisse alguma coisa de verdade por mim. Não queria estar enfeitiçada por aquele babaca, mas a vida estava me pregando peças. Claire me pediu tanto para ir, que decidi arriscar. Se desse errado, daria uma desculpa qualquer.

A maioria das minhas coisas estava no colégio, mas eu havia trazido algumas para a casa de Deborah. Não tinha o costume de usar muita maquiagem; preferia o básico. Meus lábios eram grossos e eu arrasava de batom. Claire adorava me ver de batom vermelho, dizia que eu ficava sensacional e que minha boca tornava-se uma arma perfeita de sedução. Diante do espelho de corpo inteiro que havia no quarto, estava quase me convencendo de que minha amiga tinha razão.

Eu é que não ia ficar trancada no quarto, chorando por um cara que tinha outra no coração. Ia me distrair e provar que Mason era apenas ilusão e empolgação, e que eu merecia muito mais... E teria.

Deborah tinha comprado um vestido para mim e peguei emprestado um sapato de salto alto do armário dela. Adorei minha roupa! Escovei e sacudi o cabelo, amassando as pontas para que caíssem em cachos nas minhas costas. Eu estava ficando empolgada! Mas... havia um problema: como é que eu ia sair daquele jeito sem despertar suspeitas?

Quando juntei minhas coisas antes de sair do colégio, nem me dei conta de que coloquei na bolsa, por engano, a capa que fazia parte do uniforme. Era perfeita para aquela ocasião. Então, eu a vesti, ajeitando o capuz na cabeça para esconder meu cabelo.

Eu ainda estava pensando em como faria para escapar daquela casa, quando me deparei com Chris e Nate na sala. Fiquei um pouco preocupada, com medo de que eles estranhassem minha capa ou suspeitassem de algo.

– Salve, Cassidy – disse Nate, assobiando em seguida.

– Oi, rapazes – falei, tentando disfarçar o nervosismo.

– Você se machucou na queda? – perguntou ele, coçando a cabeça.

– Eu? Que queda? Eu não caí. Do que você está falando?

– É que um anjo como você só pode ter caído do céu – respondeu ele, piscando para mim e me fazendo rir.

– Fala sério, Nate – esbravejou Chris, durão.

Naquele momento, minha tensão se dissipou, dando lugar a uma ideia. E se eu aproveitasse a presença dos rapazes para tentar pegar uma carona com eles e sair da casa? Não sei se aceitariam, provavelmente iriam estranhar a situação, mas não custava tentar. Era uma boa ideia.

– Desculpem me meter, mas o que vocês estão fazendo aqui a esta hora?

– Viemos ver como Drew está. Ele não deu sinal de vida e Dylan também não falou nada.

Só de lembrar que mais cedo naquele dia a sala se tornara palco para a briga de Brian e Mason, me arrepiei.

– Ele está bem, sim. Quer dizer, na realidade não o vi mais depois da briga. Mas acho que não está em casa.

– Não está em casa?! – perguntou Chris, confuso.

– Bom, passei a tarde toda dormindo. Quando acordei, não o vi em lugar nenhum. Então, acho que ele saiu.

– Deve ter ido dar uma volta – concluiu Chris, parecendo preocupado com o irresponsável do filho da Deborah.

– Quando digo que Drew Becker é um vacilão, tenho razão. Imagine se eu deixaria uma mulher dessas em casa sozinha! – brincou Nate, e senti minhas bochechas corarem.

– Realmente não sei onde ele está.

– Não tem problema, Cassidy! – respondeu Nate, simpático.

Eu gostava dele. Seu jeito brincalhão me agradava.

– Vamos nessa, cara? – perguntou Chris.

– É... gente... – Dei um passo na direção deles antes que fossem embora. – Será que vocês poderiam me dar uma carona?

– Para onde você vai a uma hora dessas? – perguntou Nate, curioso, e Chris torceu o nariz.

– Para a igreja. Vai ter uma missa da novena das freiras na igreja central, e eu preciso ir. Consegui falar com a madre superiora e ela disse que vai me encontrar na rua Alabama – falei tão depressa que eu mesma me assustei.

– Bom – disse Nate, dando de ombros. – Se é por uma boa causa, a gente pode deixar você lá, sim, Cassidy.

– Acho melhor não. Por que você não pediu para o Drew? – discordou Chris, me obrigando a pensar rápido.

– Não sei onde ele está e... e como vocês estão aqui, achei que não teria problema pedir uma carona. Ou teria? – insisti, segurando minhas mãos para que elas parassem de tremer.

– Claro que não – disse Nate, sempre simpático.

– Não sei se é uma boa – resmungou Chris, mas Nate não deu ouvidos. A adrenalina pulsava em meu sangue. Senti um alívio, mas ainda era cedo para comemorar. Nenhum dos seguranças me vira entrar no carro, os rapazes tinham carta branca para transitar na casa, portanto não chamavam atenção. Quando passamos pela guarita, me abaixei, fingindo ajeitar a sandália, para que os seguranças não me vissem. Nate cumprimentou Philip. Quando senti o carro acelerar na rua, ergui o corpo.

– Gente – puxei assunto, sentindo que precisava descontrair o clima. Chris ainda não estava muito confortável com aquela ideia. – Podem me chamar de Caissy, prefiro assim.

– É muita intimidade com a mulher do Drew para o meu gosto – rebateu Chris.

Nossa, como ele era chato...

– Só que não sou mulher do Mason. Sou só a filha da melhor amiga da Deborah. Se você quiser me rotular de alguma coisa, é apenas isso, por favor – respondi, e ele ficou calado.

– Se for a Alabama que estou pensando, então é esta aqui, Caissy – disse Nate depois de algum tempo.

– Tem certeza? – perguntei, e o vi assentir pelo retrovisor. – Então vou ficar aqui mesmo. Muito obrigada, meninos – falei, descendo do carro com cuidado.

– Por que você está indo de salto alto para uma missa? – perguntou Chris, desconfiado.

– Sou católica, mas isso não quer dizer que não possa ser vaidosa ou usar salto, não é? – respondi, dando uma piscadela e fazendo Nate rir.

Minha sorte foi que algumas luzes da igreja estavam acesas, mas só senti alívio quando vi o carro deles sumir na esquina. O relógio da catedral marcava meia-noite e quinze. Tinha dado certo, eu não estava acreditando! Não sei como minha desculpa da igreja havia colado, considerando como já era tarde da noite, mas é claro que eles não faziam nenhuma ideia dos horários das missas. Sorte a minha.

Lembrei-me do que Claire dissera, que nos encontraríamos na Alabama com a Peachtree. A rua estava escura, deserta. Não havia ninguém ali. Conforme fui andando, entretanto, comecei a ouvir música e gritos se aproximando. Meu sangue pulsava forte. Eu estava ansiosa. Não via a hora de encontrar minha melhor amiga e aproveitar a noite.

Quando cheguei ao cruzamento das ruas, vi uma multidão de gente aglomerada, se remexendo ao som das batidas que ecoavam dos carros. Tirei o capuz, libertando meu cabelo. O lugar estava lotado, mas não foi difícil encontrar Claire na multidão. Ela era a que mais se destacava no meio de todas aquelas pessoas. Era a única que dançava loucamente em cima de uma picape amarela. O carro parecia um trator de tão grande, e também chamava atenção, assim como Claire. Aquilo me fez rir. Ela era tão espontânea que me fazia sentir uma paz quase absoluta. Aquele era um dos poucos momentos da minha vida em que eu não precisava fugir de nenhum dos meus sentimentos. Eu estava tranquila comigo mesma, apesar da adrenalina da fuga.

– Claire – gritei por impulso, mas ela não me escutou. A música estava muito alta. – Claire! – tentei mais uma vez, mas nada. Eu não era supertímida, mas não gostava muito que as pessoas ficassem me olhando. Só que não teve jeito: para que ela me visse, tive que subir na picape também. – Claire – falei, segurando-a para obrigá-la a parar de dançar e olhar para mim.

– Caissy!!! – gritou ela, histérica, pulando em cima de mim e me dando um abraço apertado. Agora, sim, eu estava em casa. – Você conseguiu, você conseguiu! Ai, sabia, eu tinha certeza de que veria você esta noite, sua danada.

Mesmo ali, perto dela, era barulhento demais, o que nos obrigava a falar muito alto, perto do ouvido da outra.

– Decidi me arrumar e peguei uma carona com Chris e Nate.

– Quem?

– São amigos do Mason.

– Nossa, já está íntima dos amigos dele? Vocês continuam ficando?! – Ela arregalou os olhos.

– Não dá para contar tudo agora, Claire. Mas, sim, depois que nos falamos ao telefone naquele dia, voltei a ficar com ele – confessei, insegura, pois sabia que aquilo era um erro, e até ela havia me aconselhado a evitar Mason, porque ele não era um cara bacana e eu iria acabar me magoando.

Ela fez uma cara de surpresa por um breve instante, mas logo depois começou a rir e comentou:

– Eu sabia que você não iria resistir àquela tentação bem debaixo do mesmo teto. Senti pela sua voz que você estava envolvida. E, olhe, apesar de achar perigoso, entendo você, amiga! Eu também ficaria com aquele homem!

Eu achava que Claire iria me dar um sermão quando soubesse, mas ela sempre me surpreendia. Na verdade, aquela reação era bem a cara dela mesmo. Mas eu estava ali para me divertir e curtir a noite com a minha amiga, portanto não queria ficar me lembrando daquele idiota.

– É... Obrigada pelo apoio. Vamos falar sobre outras coisas, quero curtir a noite. Você está linda! – gritei no ouvido dela.

– Eu estou linda?! Tem certeza? – Claire puxou o cordão que prendia a minha capa, revelando meus ombros e minhas pernas à mostra devido ao vestido tomara que caia curto que eu usava. – Se eu estou linda, você está o quê? Fala sério, Caissy! Você está maravilhosa! Um arraso esse vestido!

– Obrigada! – Sorri, um pouco envergonhada. – Preciso guardar minha capa.

– Por que quer guardar esse negócio feio?

– Ah, cale a boca – falei, dando uma gargalhada e pulando da picape. – Onde vai ser o pega?

Ela olhou para cima, procurando o grande relógio da catedral.

– Duke vai dar uma carona para a gente até lá. Não conheço muito bem a cidade, mas é perto das antigas fábricas – explicou, pegando uma garrafa da mão de um garoto que estava passando.

Ela não se importava em ser atrevida e eu me divertia com isso. O garoto começou a reclamar, mas minha melhor amiga sabia bem como sair de qualquer situação. Ela apenas deu um sorriso encantador e se insinuou para ele, que rapidamente esqueceu que perdera sua bebida.

– Quem é Duke? – perguntei.

– Um carinha que estou pegando – contou ela, dando de ombros, me puxando mais uma vez para a multidão.

– Oi, amor!

Um loiro forte abraçou Claire por trás, nos surpreendendo.

– Oi, meu lindo – respondeu ela, rodopiando nos braços dele e depois lhe dando um selinho.

– Quem é essa aí? – perguntou ele, me observando com curiosidade.

– É a mulher do Drew Becker – gritou Claire, levantando minha mão como se eu tivesse vencido uma luta. Ela me chamou assim só para me provocar, mas eu odiei.

– Mulher do Drew Becker? – exclamou o cara loiro, confuso.

– Claire! Está maluca?! Não sou mulher de ninguém! Meu nome é Cassidy e não sou mulher de ninguém – repeti, pois eu também precisava daquela confirmação.

Minha amiga ria, mas fez as apresentações:

– Duke, Caissy. Caissy, Duke!

– E aí, Caissy, beleza? – cumprimentou o peguete de Claire, estendendo a mão para mim.

– Oi, tudo bem – falei, sorrindo em resposta, ainda com raiva do que minha amiga tinha dito e com vergonha daquela situação.

– Você vai com a gente? – perguntou Duke enquanto segurava Claire, que não parava quieta.

– Vou! Quer dizer, se não for um problema para você.

– Nunca vai ser um incômodo ter a mulher do Drew Becker no meu carro.

Revirei os olhos, fazendo Claire e ele rirem.

– Sinto que já está na hora, então por que continuamos aqui? – perguntou Claire, impaciente. – Já era para estarmos na estrada e os carros começando a correr.

– Calma, gatinha. Estamos esperando os caras confirmarem que a barra está limpa. Não queremos policiais na nossa cola.

– Então, enquanto esperamos, Caissy e eu vamos dançar. Venha, Caissy!

A capa, que estava nas minhas mãos, foi arremessada por Claire no banco da picape de Duke. Nós duas sempre nos demos bem, era como se tivéssemos a química perfeita. Ela me completava e me fazia sentir em paz. Fomos abandonadas pelas pessoas que deveriam nos amar, então uma preenchia o buraco emocional da outra. Quando estávamos dançando, nos sentíamos livres e felizes. Adorávamos fazer isso. Tínhamos apenas 17 anos, porém parecíamos mais velhas. Sempre que saíamos à noite, costumávamos atrair muitos olhares. Vários homens nos cobiçavam, mas não dávamos bola. Para nós, o que importava era a diversão.

– Claire! – gritou Duke alguns minutos depois, e nos puxou da roda que tinha se formado à nossa volta. – Precisamos ir! Está na hora – disse ele, nervoso, mas ela nem esperou que ele acabasse de falar.

Ela estava ansiosa, com os olhos brilhando.

Duke dirigia rápido. E Claire estava louca, um pouco bêbada. Eu não iria deixá-la beber mais. Duke parecia um cara legal, mas eu não confiava muito nas pessoas. Quando chegamos ao local do pega, Claire desceu apressada do carro, nos deixando para trás.

– Ei, Caissy – chamou ele –, não me leve a mal, mas cuide dela, ok? – disse, apontando para Claire, um pouco preocupado.

– Pode deixar – falei, saindo da picape e correndo atrás da louca da minha amiga.

– Caissy, olhe... – gritou ela, me estendendo uma bandeira. – Nós vamos dar a largada!

– Claire, você precisa beber uma água. Está muito agitada e bem louca já.

– Amiga, vamos fazer só isso, por favor. Depois bebo quantos copos de água você quiser.

Bufei de leve, mas no fundo gostei da ideia. Peguei a bandeira e ela saiu em disparada na minha frente. Chegamos até os carros enfileirados que exibiam o ronco dos motores. Senti uma pontada na barriga, e um calafrio percorreu meu corpo. Eu sempre ficava nervosa quando saíamos à noite, sentindo um gosto amargo na boca. Sabia bem o que era aquilo. Meu corpo pulsava com a adrenalina que me fazia acompanhar

Claire e, assim como ela, me posicionar entre dois carros. Senti a tensão aumentar.

Seguramos as bandeiras para atrair a atenção dos pilotos. Claire ergueu o braço e balançou a bandeira, e a galera gritou e aplaudiu. Fiz o mesmo, e ouvi o entusiasmo e a agitação deles aumentarem. Nossa diversão estava nas ruas mais perigosas de Atlanta.

Claire me olhou e eu sabia o que era aquele sinal. Os faróis da picape de Duke quase nos cegaram. A contagem começou. Um. Dois. Três. Então baixei os braços com força, batendo a bandeira na lateral das minhas pernas. Os carros arrancaram e os pneus cantaram, marcando o asfalto. A fumaça subiu, embaçando nossa visão. Eu me virei de lado, para acompanhar a atenção das pessoas. Os carros já tinham saído em disparada e estavam longe.

Uma coisa que eu iria fazer, com certeza, quando começasse a dirigir seria participar daquelas corridas. Aquilo me instigava e me animava.

Algumas pessoas entraram em outros carros e dirigiram em direção à linha de chegada. Claire e eu permanecemos onde estávamos. Ela não se sentia muito bem.

Quando a corrida terminou, a música voltou a tocar e o pessoal retomou o que estava fazendo antes: beber, dançar, rir e agitar.

– Ei, você está me devendo muitos copos de água – falei para Claire.

Ela revirou os olhos.

– Está bem – Claire foi até um bar na beira da rua e comprou uma garrafa de água mineral. – Vou tomar isto aqui e você vai dançar comigo.

– Tudo bem, combinado.

Resolvi me divertir com minha melhor amiga. Assim que recomeçamos a dançar, um cara se aproximou e tentou me abraçar, mas eu não estava a fim, só queria curtir. No mesmo momento, alguém apareceu e deu um soco nele. Levei um susto: era Mason. Eu não esperava vê-lo ali. O cara cambaleou para trás, e quem não queria ser atingido se afastou. Dois amigos dele resolveram se juntar à briga, e eu comecei a gritar.

– Mason!

Duke segurou um deles e outro saiu correndo.

– Chega, cara! – berrou Duke, e todos os olhares se voltaram para ele.

Mason se recompôs e o cara foi embora, nos xingando.

– Você vem comigo – afirmou Mason, me encarando furioso.

As pessoas estavam assustadas e abriram caminho para que ele passasse, me puxando pelo braço.

– Mason, me solte! – gritei, tentando me desvencilhar, mas ele estava cego de raiva. – Me solte! Você não é nada meu para me tratar desse jeito, me solte! Não estou com você, não sou nada sua. Não vou entrar no carro! – berrava, me debatendo, mas ele era mais forte do que eu e conseguiu me enfiar no veículo. – Abra essa porta, Mason! Você não é nada meu! Não estamos juntos, não tenho nada com você, me deixe sair!

Ele ocupou seu lugar no banco do motorista, mas eu continuava gritando.

– Eu é que decido se você está ou não comigo! – respondeu ele com frieza, acelerando e cantando os pneus ao sair dali.

13

Eu sentia meu corpo quente. Estava fervendo de ódio. Nem sequer queria olhar para a cara de Mason. O rancor me cegava.

– Não quero ir embora! – gritei, enfurecida, chamando atenção dos carros ao nosso lado parados no sinal.

Mason estava me ignorando desde a hora em que me enfiou à força naquele maldito carro. Ele só me disse aquela frase ridícula e depois se calou. Estava tentando me vencer pelo cansaço. O sinal continuava fechado e eu estava muito impaciente.

– Se você não me levar de volta, vou abrir a porta e me jogar no meio da rua – ameacei, e mais uma vez fui ignorada. – Mason, pelo amor de Deus! Estou falando com você. Eu estava com minha amiga. Abandonei Claire lá sem nem me despedir! E ela está precisando de mim. Hein?!

Ele nada comentou. Quando eu ficava nervosa, não conseguia segurar as lágrimas. Toda vez que sentia o ódio crescendo dentro de mim, as infelizes das lágrimas apareciam, sempre na hora errada.

– Eu queria não ter conhecido você – concluí.

Pela primeira vez ele me olhou. Minhas palavras o atingiram de algum modo. Eu podia ver isso em sua expressão, mas ele continuou em silêncio. Não tive nenhuma resposta. O choque com o que eu dissera durou pouco. Assim que o sinal abriu, sua expressão inabalável e destemida voltou a reinar, e o ronco do motor fez meu corpo vibrar.

O velocímetro subiu vertiginosamente em um segundo. O carro voava. Ainda bem que eu estava de cinto. Mason dirigia feito um louco. Só consegui relaxar quando ele embicou o carro no portão da mansão.

– Desça – ordenou, e sua voz estava fria, severa, quase um grunhido.

Não obedeci. O que ele estava pensando? Não sou o tipo de mulher que recebe ordens. Continuei sentada no banco do carro com os braços cruzados, como se não tivesse escutado.

– Caralho! – gritou ele, batendo a porta com força. Eu estava ficando assustada. – Cassidy, desça do carro! – repetiu ele, abrindo a porta do meu lado.

Eu estava com medo, claro. Mas não ia obedecer como se fosse uma menininha apavorada.

– Fale direito comigo. Não me trate como se eu fosse um lixo. Peça com jeitinho, e aí quem sabe eu atenda ao seu pedido.

Ele estava ficando muito irritado, com o rosto vermelho de ódio.

– Cassidy – disse Mason, devagar e respirando fundo, como se estivesse contando até dez. – Por favor, desça do carro.

Ele fez o que eu tinha pedido. Então, ok, eu iria atendê-lo. Desci do carro com um sorriso largo. Mas tinha sido muito fácil. Aquele não era o estilo dele, eu já devia desconfiar. Mason agarrou meu braço e me puxou até a mansão.

– Você está me machucando, seu idiota. Odeio você, tire essa mão de mim! – gritei, nervosa.

– Pode ter certeza de que não me odeia mais do que eu odeio você – revidou, e eu me calei.

O idiota disse aquilo com tanta naturalidade que senti um ódio profundo de mim mesma por ainda me sentir atraída por ele.

– Você é ridículo! Eu estava me divertindo. Não queria ver essa sua cara nojenta! Com que direito você me tira de lá assim? Não quero mais ficar aqui. Você me faz mal. Quero ir embora! – berrei, à beira da histeria. Meu sangue fervia.

– Era perigoso lá! Tinha mais drogas ali do que em qualquer lugar.

– Uau! Está preocupado comigo? Não era você que achava melhor que eu morresse? Aquele lugar até que seria um bom cenário! – falei, aplaudindo com ironia.

– Não estou preocupado com você. O problema é que se acontecer alguma coisa enquanto estiver sob a responsabilidade da minha mãe, ela vai ter que se explicar. E não quero a polícia por perto por um motivo tão banal como você.

Era verdade, eu podia colocar Deborah numa situação delicada, mas não tinha pensado nisso.

– Sou uma idiota mesmo, é claro que você não se preocuparia comigo. E por acaso você se importa com alguém? Óbvio que não.

– É, Cassidy. Você é mesmo uma idiota por achar que um cara como eu vai se importar com uma garota como você – respondeu ele com frieza, e saiu, me deixando sozinha na sala, sem me dar tempo de falar mais nada. Provavelmente eu também não conseguiria responder. Seu jeito durão e agressivo sempre me desestabilizava.

Eu estava perdida em pensamentos, jogada no sofá da sala, quando Mason voltou, acompanhado de Philip.

– Cassidy está proibida de sair desta casa sem a minha autorização.

Ao ouvir meu nome, prestei atenção.

– Como é que é? – perguntei, e minha voz saiu mais firme do que eu esperava. – Você acha que sou sua prisioneira?!

– Não se intrometa. Estou falando com Philip. Fique na sua!

– Fique na sua você! – gritei exaltada. – Você não é ninguém para achar que pode me dar ordens e me trancafiar nesta casa. Não mesmo!

Meu peito, arfando, subia e descia rapidamente. Eu estava perdendo o controle. Subi correndo a escada e bati a porta do quarto com toda a força. Minhas mãos tremiam e minha boca estava seca. Eu transpirava ódio. Fiquei remoendo aquilo dentro de mim, desde a briga que acontecera mais cedo, na sala. Eu não era capaz de suportar por mais tempo. Explodi, com vontade de matar o filho de Deborah.

Tirei a maquiagem e prendi o cabelo num rabo de cavalo. Meu pijama estava em cima da cama, do mesmo jeito que deixei quando saí. A esta altura, eu tinha certeza de que os seguranças da casa ficariam de olho em mim o tempo todo. Só me restava tentar dormir.

Apaguei as luzes e me deitei na cama. Eu não tinha escolha. No entanto, estava mais preocupada com Claire. Fui embora sem falar com ela, e minha amiga estava bêbada. Não sabia se Duke iria cuidar bem dela, como eu faria. Não conseguiria pregar o olho tão cedo.

A porta da varanda estava entreaberta, então um pouco de luz entrava no meu quarto escuro. Fiquei virando para um lado e para outro, me remexendo na cama, incapaz de dormir. De repente, abri os braços e senti algo me pinicar. Acendi o abajur, e me deparei com um inseto estranho pousado no meu braço. Gritei e sacudi o braço desesperada, rolando para o lado oposto do colchão. Depois me levantei e saí correndo.

– MASON, SOCORRO! ABRA A PORTA! – O quarto dele era o mais próximo do meu. Eu tinha pavor de inseto, por isso minha aflição. – MASON, ABRA LOGO A DROGA DA PORTA, POR FAVOR! – comecei a dar murros, sem me importar com o fato de minha mão já estar latejando.

– Desse jeito os seguranças vão invadir a casa a qualquer momento – disse ele, abrindo a porta e me olhando de má vontade. – O que você quer?

– Mason... – comecei, sem fôlego depois de tanto gritar. – Mason, tem um bicho no meu quarto.

– E eu com isso?

– Você precisa tirar aquela coisa nojenta de lá! Ele pousou no meu braço! – falei, nervosa.

– Deixe a porta aberta que ele sai – respondeu secamente e deu de ombros.

Ele quase fechou a porta na minha cara, mas consegui colocar o pé na frente.

– Mason, tire aquilo de lá, por favor – supliquei.

Ele bufou, sem paciência.

– Cassidy, é só um bichinho. Não pode fazer mal a você. Sério, deixe a porta da varanda aberta que daqui a pouco ele sai.

– Não! – implorei, com os olhos cheios d'água. – Tenho nojo, medo, fobia. Detesto insetos. Não vou ficar esperando o bicho sair. Tire-o de lá, por favor – insisti, testando a paciência dele.

Mason me encarou inexpressivo. Depois seguiu para o meu quarto.

Entrei no quarto dele. Os lençóis estavam bagunçados. O cheiro... Eu gostava do cheiro daquele quarto. Sempre dava para sentir a presença dele ali. Quando Mason voltou, eu estava empoleirada na cama dele, com as pernas cobertas pelo lençol. Ele me olhou sério, com aquela postura de quem não se importa com nada.

– E aí? – perguntei, receosa.

– O quarto está limpo. Caia fora.

– Ah, não! – falei, ainda apavorada. – Não quero voltar para aquele quarto.

– Tudo bem, mas saia do *meu*. Preciso dormir.

Ele estava me rejeitando?!

– Não! Por que está me mandando embora?

Ele bufou, com um semblante nada agradável.

– Só quero que você saia. É muito difícil compreender isso?

– Hum... – provoquei, balançando a cabeça positivamente.

– Cassidy, eu já tirei a droga do bicho de lá como você pediu. Agora pare de me alugar e saia daqui.

– Não quero voltar para aquele quarto. Estou com medo. Não consegue entender isso?

– É problema seu, meu anjo. Há oito quartos nesta casa. Escolha um e vá dormir.

– Quero ficar aqui – respondi. Agora era minha vez de dar ordens.

– Só que tem um problema: a porra da casa é minha. Quem manda aqui sou eu.

– Vai receber uma daquelas loiras hoje? É por isso que não posso ficar?

– Neste quarto não entra qualquer uma, não – retrucou ele, tirando a calça do pijama e ficando só de cueca boxer branca. Tive que me controlar para não babar.

– O que... O que... – tentei falar, engolindo em seco. – O que você está fazendo?

– Vou dormir – respondeu ele, se deitando na cama e puxando os lençóis e o cobertor.

– E eu?

– Fique quieta, porque paciência tem limites e a minha está quase acabando.

Ele apagou a luz, deixando apenas um abajur aceso. Continuei sentada ali, do lado dele, embasbacada.

– Mason...

– Ai... O que foi agora, porra?!

– Posso mesmo ficar aqui?

– Não. Mas como sei que você não vai embora mesmo... Então deite-se logo aí e cale a boca.

– Você é um estúpido mesmo! Brian nunca falaria assim comigo.

– E o que você está fazendo aqui? Vá atrás dele!

Toma essa, Cassidy!

– Agora nem isso eu posso fazer, né? Não tenho como sair. Esqueceu que você me arrastou à força da festa e me trancafiou aqui dentro? Eu estava me divertindo com a minha amiga. Claire estava bêbada e eu nem me despedi dela, sabia?

– Eu já disse que você é chata demais?

– Já – respondi, dando de ombros.

– Mas não custa reforçar: você é chata demais!

– Se você tivesse me deixado ficar na festa, eu não estaria aqui enchendo seu saco.

– Aquilo não era festa para você.

– E agora você vai dizer o que é para mim e o que não é? Sempre fui a essas festas. Nem mesmo as freiras conseguiram me impedir. E agora, só porque transou comigo duas vezes, você está achando que manda em mim?

– Chega desse papo. Estou ficando de saco cheio e quero dormir – disse ele, irritado, sem fazer nenhum esforço para esconder isso.

– Eu poderia estar me divertindo muito agora.

– Já disse: aquele não era lugar para você!

– Uma pena Brian não estar aqui. Porque ele, sim, é bem mais homem que você. Garanto que ele teria deixado eu me divertir na festa – comentei, usando o nome de Brian para provocá-lo.

– Nossa, agora você me ofendeu – debochou ele. – Durma.

– Não sei se vou conseguir dormir. Acho que eu queria que Brian estivesse aqui para nós...

Mason se virou para mim e me encarou. Eu estava conseguindo chegar aonde queria.

– Você e Brian já...? – Aquilo era só um jogo. Brian me via como uma criança, como se eu fosse a irmãzinha mais nova dele, mas Mason não precisava saber disso. – Quando foi? – perguntou ele, parecendo transtornado.

– O quê?

– Você transou com Brian?

– Ah... Isso não é da sua conta!

Ele teve uma reação inesperada. Pulou em cima de mim e segurou meus braços com força, me prendendo na cama. Ele estava vermelho.

– Você está louco? – gritei, chocada com o que ele tinha feito. Não era para tanto.

Tentei me debater para me soltar, mas suas mãos seguravam meus pulsos com firmeza e seu corpo em cima de mim era pesado demais. Não conseguia me mexer.

– Não acredito que aquele safado teve coragem de te tocar. Você só tem 17 anos – disse ele, nervoso.

– Olhe quem fala – provoquei, tentando mais uma vez me livrar dele.

– Não acredito nisso...

Os olhos de Mason me fulminavam. Suas mãos em meus pulsos eram como algemas. Meu coração batia acelerado. Nossos corpos se tocando me faziam sentir um calor que já me era familiar e despertavam todos os meus sentidos. Mais uma vez, esqueci todo o resto e só conseguia pensar nele, ali tão próximo de mim.

– Nunca fiz nada com Brian – falei, levantando a cabeça e aproximando meu rosto do dele o máximo que pude. – Nunca nenhum outro homem tocou no meu corpo, além de você.

– Você está me enlouquecendo, Cassidy. Mais do que eu imaginava.

Sorri e envolvi a cintura dele com as pernas.

– Garota, você é completamente louca. Devia ficar bem longe de mim, mas não é isso que você quer, não é?

– Talvez eu seja louca mesmo.

Ele sorriu e começou a beijar meu pescoço. Senti um arrepio me percorrer dos pés à cabeça.

– Acho que você é suicida... – sussurrou ele, tocando lentamente meus lábios com os dele.

– Não quero me arrepender disso. Faça valer a pena de novo.

Minha respiração estava ofegante. Eu sentia a ereção de Mason. Ele fixou os olhos em mim, um olhar indecifrável, como sempre.

– Você não vai se arrepender – respondeu ele, e ergueu meus braços acima da minha cabeça, me deixando completamente entregue.

Mason voltou a me beijar. Um beijo de saudade, vontade, desejo. E me esqueci de onde estávamos e de por que estávamos ali. Nossas bocas se encaixaram e se reconheceram, enquanto as batidas do meu coração se aceleravam ainda mais. As palavras cessaram. Gemidos e suspiros saíam involuntariamente de mim enquanto transávamos.

Parecia que eu estava dormindo há uma eternidade, mas eram apenas três da manhã quando acordei assustada.

– O que foi? O que houve? – perguntou Mason, e fiquei surpresa ao ver que ele não estava dormindo.

– Tive um pesadelo horrível. Estou me sentindo sufocada.

Ele se afastou um pouco e me soltou, tirando o braço de cima de mim.

– Posso fazer alguma coisa?

Neguei com a cabeça.

– Tenho esse pesadelo sempre. Vejo minha mãe, mas quando tento falar com ela, dá tudo errado, e ela acaba fugindo. Eu só queria ter tido a oportunidade de cuidar dela. Precisava de mais tempo com ela.

Ele respirou fundo.

– Sei como você se sente. Perdi meu pai cedo e desde então nunca mais tive uma noite tranquila.

– Como... Como ele morreu?

Ele baixou os olhos antes de responder:

– Morrendo.

Levantou-se da cama e foi para o banheiro. Peguei a primeira camiseta que encontrei no chão do quarto e fui atrás dele.

– Como você sabia que eu estava naquele racha? – perguntei, e ele virou o rosto e me encarou.

– Eu não sabia. Mas também estava lá.

– Estou preocupada com Claire.

– Ela está bem – disse ele, bufando. – Pedi para o Philip cuidar dela.

– Cuidar dela?! Como?

– Aparentemente ela estava com um cara, mas Philip a levou de volta para o colégio e a ajudou a pular o muro. A esta hora ela já deve estar dormindo.

– Obrigada – respondi, mais calma.

– Você não devia ir a lugares como aquele.

– Eu precisava ver minha amiga. Tinha que falar com ela. Estava me sentindo sozinha.

– Mas sair assim à noite é perigoso. Não pode fazer isso quando bem entender. E se tivesse alguém de tocaia? Você seria a isca perfeita. Parece que já esqueceu o que quase lhe aconteceu no dia em que fugiu daqui de casa.

– Nunca vou esquecer aquilo. Sei que preciso tomar cuidado, mas eu já estava acostumada a sair à noite por Atlanta com a Claire.

– Mas você não está mais no colégio, Cassidy... Sair sozinha desta casa pode ser mais... perigoso. – Seu tom era calmo, mas incisivo.

– Há muitos inimigos de vocês por aí, não é?

– Não sei o que o imbecil do Brian falou para você, mas ele não devia ter dito nada. Você não pode se envolver com essas coisas.

– Pelo menos, ele me conta algo, conversa comigo. Não é como você, que me considera apenas um objeto sexual. Só me trata mal, fala comigo como se eu fosse lixo. O único momento em que é diferente é quando estamos na cama. Depois, parece que você esquece tudo o que aconteceu entre nós. Por que é assim? Você acha que eu só sirvo para transar com você?

Era desse jeito que eu me sentia quando ele me dizia aquelas coisas.

– Não falei isso. Só acho que tem gente demais envolvida nessa merda toda! Não quero que você perca a vida por minha causa.

– Não estou ficando com você porque gosto de me arriscar. Quero ficar de verdade com você.

– Você sempre faz escolhas idiotas? Você mal me conhece, não pode entregar sua vida para mim dessa forma. Não sou nada.

– Eu não tenho nada, Mason. Nunca tive, na verdade. Por isso faço do "nada" o meu "tudo".

– Cassidy... – murmurou ele.

– O que eu sou para você? – perguntei, elevando a voz para interrompê-lo. – Pode falar, sei o que eu sou. Não passo de mais um sexo fácil na sua vida.

– Você está ficando maluca. Estamos brigando como um casal – comentou ele, parecendo atormentado.

– Não, não somos um casal, e você está deixando isso bem claro.

Ele refletia sobre o assunto e me encarava com um olhar vazio. Senti que minhas palavras o tocaram de alguma forma.

– Desculpe... – Sua voz era quase um sussurro. – Eu... Em toda a minha vida, só tive um relacionamento, e não acabou bem. Olhe para você. Não posso lhe dar esperanças. Não posso lhe dar o que você precisa. Sempre perco a cabeça. Só quero protegê-la de mim mesmo. Você é perfeita para qualquer cara, mas não para mim. Sou problemático demais para acabar com a sua vida, Cassidy.

– Você realmente precisa controlar esse seu jeito impulsivo e explosivo. Nem sempre desculpas vão dar um jeito nas coisas que você faz e fala. Mas sobre o que preciso, só eu posso saber. Tenho, sim, um futuro pela frente, independentemente de quem eu escolha para estar ao meu lado. E essa decisão é minha.

Ele me fitava, e então deu um sorrisinho.

– Vamos dormir, estou cansado – desconversou.

14

O quarto estava escuro. Pelas frestas da janela, eu via que, lá fora, o dia já havia clareado. Sentia meu corpo dolorido e minhas pernas pesadas. Percorri todo o cômodo com o olhar, à procura de Mason, mas ele já tinha levantado. Eu não fazia ideia de como era acordar ao lado dele.

Acordei morrendo de fome. Meu relógio biológico ainda estava completamente desregulado por causa da vida que eu estava levando. No colégio, tínhamos horário para tudo, desde a hora em que acordávamos até irmos dormir.

Estava na hora de encará-lo outra vez, após mais uma noite de sexo. Será que aquele estúpido me trataria mal de novo, como se nada tivesse acontecido? Que tola eu era de esperar algo diferente...

A casa estava silenciosa e gelada. De repente, algo chamou minha atenção. Parei no primeiro degrau da escada. Tentei falar, mas fiquei sem palavras. Minha garganta estava seca. Meu estômago, revirado, como se eu tivesse levado um soco muito forte. Senti meu rosto ardendo. Aquilo não podia ser verdade.

– Menina Cassidy, bom dia. Quer seu café agora? – Guadalupe me surpreendeu, antes que eu conseguisse fazer alguma coisa. Meus olhos estavam fixos na garota. – Esta é minha neta, Nanelly.

– O quê? – perguntei, sem entender nada, um frio na barriga. A garota parecia ter saído de uma capa de revista. Nanelly já tinha mais curvas do que a maioria das mulheres sonha em ter um dia.

– Menina, esta é minha neta – repetiu, sorrindo. – Ela vem me visitar uma vez por mês.

Na minha cabeça passava um filme. Quando a vi, achei que Nanelly era uma das amiguinhas que Mason trazia para casa. Mas ele não teria coragem de colocar uma delas ali dentro, bem na minha frente. Ou teria?

– Menina Cassidy? – insistiu Guadalupe, diante de mim, esperando por uma resposta. – Algum problema? Está se sentindo mal? Posso fazer algo por você?

– Não – respondi, balançando a cabeça, tentando fugir dos meus pensamentos. – Claro que não, Guadalupe, está tudo bem. – Sorri, nervosa. – Oi, Nanelly. Sou Cassidy.

Ela me deu um rápido sorriso.

– Vocês viram Mason? – perguntei.

Eu não estava procurando por ele, mas queria saber se ele já tinha visto aquele projeto de deusa do amor.

– Está no escritório, e com a porta trancada – respondeu a garota, mais rápida que Guadalupe, me dando as coordenadas completas.

– Obrigada pela informação – falei, ainda cismada.

A porta do escritório realmente estava trancada. O assunto devia ser sério. Eu não queria incomodá-lo, mas estava doida para ver como ele me trataria depois da noite que tivemos. Fiquei parada no corredor por algum tempo e já estava quase desistindo, quando Mason saiu do escritório e se deparou comigo.

– Olhe só quem acordou!

– Bom dia – falei, hesitante, mexendo no cabelo.

– Muito bom dia – respondeu ele, dando dois passos na minha direção. Mason me abraçou, apertando meu corpo contra o dele, depois colou os lábios nos meus e me deu um beijo rápido. – Juro que já tinha pensado em acordar você várias vezes só para perguntar se essa noite foi mesmo de verdade.

– Achei... que seria diferente, que você não... – comecei a falar, mas ele me silenciou com um beijo.

– Não pense, não ache.

Concordei com a cabeça, custando para recuperar o fôlego depois daquele beijo.

– Você… já… tomou café?

– Não. – Então ele me deu um selinho carinhoso. – Que horas são? – perguntou, tentando enxergar o relógio no fim do corredor.

– Acho que já são quase onze horas.

– Não acredito… – disse ele, bufando com impaciência.

– O que foi?

– Tenho um compromisso – explicou, comprimindo os lábios, um pouco decepcionado.

– Já vai me deixar aqui sozinha?

– São só algumas horas. Acho que volto à noite.

– Mason, isso não é legal.

Ele riu.

– Por que não?

– Porque não suporto mais passar o dia sozinha aqui nesta casa.

– Sozinha? Eu já estava mesmo pensando em reforçar a segurança, mas cuido disso depois. Guadalupe trouxe a neta dela para cá hoje. Nanelly vem visitá-la uma vez por mês. Hoje você não vai ficar tão sozinha assim.

– É… Você já conhecia a neta dela?

– Claro, Guadalupe é quase da família. A garota veio no pacote.

Céus, era isso mesmo? Eu estava com ciúme! Mason e eu passamos pela sala juntos e fomos encontrar Guadalupe e a neta na sala de jantar.

– Mason! – A empolgação da garota ao vê-lo revelou que meu ciúme não era em vão.

– Bom dia, Nanelly – cumprimentou ele, forçando um sorriso. Depois se virou para mim: – Não vou demorar muito – avisou, pressionando os lábios nos meus e me surpreendendo na frente das duas.

Aquele cara era mais doido do que eu imaginava. Se o intuito dele era me enlouquecer, estava conseguindo… e muito.

– Vocês estão de rolo, é? – perguntou Nanelly assim que Mason nos deixou.

– Nós... É... Desculpe, mas acho que isso não é da sua conta – respondi, e desviei o olhar dela, que me fitava de um jeito constrangedor.

– Tudo bem. – Ela sorriu. – Não vai durar muito – sentenciou, fazendo uma expressão de tristeza. – Ele não é do tipo que sabe manter relacionamentos. Quer dizer, se o que vocês estão tendo é um relacionamento – completou, dando de ombros.

– Realmente não quero saber sobre os relacionamentos anteriores do Mason. O que importa para mim é o que está acontecendo agora. Pode deixar que vou saber aproveitar o tempo que passarmos juntos.

– Você acha que...

– Calada! Calada, Nanelly! – ordenou Guadalupe à neta, que se retirou da sala de jantar, desdenhosa.

O clima ficou pesado. Eu me senti mal por Guadalupe, mas eu não costumava ficar quieta quando ouvia desaforos. Também achava que eu era só mais uma na lista do Mason, mas aquela garota abusada não tinha o direito de me dizer nada. Eu nem a conhecia.

– Desculpe-me por isso, Guadalupe. Vou ficar no meu quarto até vocês terminarem por aqui.

– Não há nada que se desculpar, menina Caissy. Fique tranquila. Ela é uma atrevida, mesmo. Vou levar alguma coisa para você lá em cima.

– Obrigada! – falei, dando um sorriso sem graça.

Passei a tarde toda no quarto. Guadalupe tinha a oportunidade de ver a neta uma vez por mês e não era justo eu ficar perambulando pela casa e deixá-la constrangida. Preferi permanecer no quarto, vendo o tempo passar.

Minha suíte era de frente para o jardim. Eu tinha a visão completa do portão e de toda a parte da frente da casa. O motor de um carro chamou minha atenção, me causando certo alívio. "Mason chegou!", pensei. Pulei da cama, calcei os chinelos e desci a escada o mais rápido que pude. Corri até o jardim, e só então percebi que quem tinha chegado não era Mason, e, sim, Brian. Ele estava descarregando algumas caixas do carro e não parecia de bom humor.

– Oi – falei com cautela assim que ele se virou.

– A senhorita "sei me cuidar"... – respondeu ele, ríspido.

– Você está tão bravo comigo que nem pode ao menos ser gentil por educação?

– Não consigo fingir que não está acontecendo nada. Olhe só para você! Está cometendo a maior burrada da sua vida.

– Você não pode falar de algo que não sabe, Brian. Não sabe o que eu estou sentindo – respondi, confusa.

– Isso é uma reprise, Cassidy. Já vi esse filme e a história não acaba bem.

– Brian, entendo que seja estranho para você, mas não sou a sua irmã. O que aconteceu com ela não vai se repetir comigo. Sei muito bem onde estou pisando. E, além do mais, ele não está interessado em mim da mesma forma que estou a fim dele.

– Você está gostando dele? – perguntou Brian, me deixando em silêncio.

– Não sei.

– Não tem como não saber, Caissy... Você gosta ou não.

– E se eu gostar vai adiantar o quê? Estou confusa. Minha vida virou de cabeça para baixo. Não fale comigo como se eu fosse culpada por tudo.

Ele sorriu.

– É a crise dos 17.

– O quê?

– Brincadeira... Mas, fala sério, o que ele tem de especial? Não é nenhum príncipe encantado, está mais para um sapo. Não é o cara com quem as garotas sonham em se casar. O que você tem na cabeça?

– Talvez eu seja do tipo que se apaixona pelo cavaleiro das trevas. Mas a verdade é que mesmo que eu esteja gostando dele, nada muda.

– Como assim?

– Não sou idiota. As pessoas me veem com Mason e sentem pena de mim, porque todo mundo sabe que no coração dele só tem espaço para uma pessoa. E você sabe muito bem quem. Então pare de fazer rodeios. Sei que é isso que quer me dizer desde aquela briga imbecil na sala.

Ele desviou o olhar do meu.

– Talvez eu tenha subestimado você.

– Talvez – falei, dando de ombros. – Mas eu já disse uma vez e vou repetir: sei me cuidar.

– Eu só não queria que você se magoasse.

– Não vou me magoar – afirmei, dando de ombros novamente. – O que tem nessas caixas? – perguntei, curiosa, tentando mudar o foco da conversa. Minha vida já estava exposta demais.

– São alguns equipamentos do Nate.

– Quer ajuda? Qual é a caixa mais leve?

– Isso é ajudar?!

– Mal-agradecido!

– Você é muito folgada, garota!

– Você também! – Dei um sorriso cara de pau, fazendo-o rir. – Ainda bem que você chegou! Eu não aguentava mais ficar aqui sozinha.

– Ué, cadê o seu namoradinho?

– Ele não é meu namorado – respondi, revirando os olhos.

– Se eu não tivesse que ir para o galpão, até passaria um tempo aqui com você, mas hoje o dia está corrido.

– Até você? Todo mundo tem coisas para fazer na rua, menos eu.

– Eu adoraria ficar, mas você sabe como é, baixinha. Preciso fazer essas paradas.

– Tudo bem, já me acostumei.

Ele deu aquele seu sorriso lindo.

– Sem drama, por favor. Prometo que vamos fazer algo legal assim que eu tiver um tempo.

– Com certeza não vou me esquecer disso.

– Sei que não, você é uma pentelha – implicou ele, e dei um tapa no seu braço. – Seus tapas doem, porra! – reclamou ele, rindo.

– Se não fosse para doer, eu lhe daria beijos, já disse.

– E eu não ia achar nem um pouco ruim receber beijos seus em vez de tapas.

Senti minhas bochechas queimarem.

– É... Está ficando frio. Acho que vou entrar para me aquecer.

Brian sorriu, percebendo que a brincadeira tinha mexido comigo.

– Pode ir – disse ele, dando uma piscadela e um sorriso vitorioso.

De maneira sutil, Brian conseguiu esfregar aquilo na minha cara. Eu estava tão carente e perdida, que qualquer coisa mexia comigo. Ele só estava tentando me alertar sobre as coisas que Mason era capaz de fazer, mas eu já estava completamente envolvida, não conseguia mais ficar sem ele.

* * *

O quarto de Mason era o cômodo em que eu ficava mais confortável em toda aquela casa. Eu me deitei na cama dele, apaguei as luzes e acabei pegando no sono.

– Cassidy, Cassidy, acorde – disse alguém, me sacudindo, mas não consegui despertar dos meus sonhos.

– Pare – respondi, atordoada. – Me deixe, pare! Não, não...

– Cassidy! – gritou Mason, e levei um susto.

– O que foi? – perguntei, sonolenta. – Onde eu... Mason, me desculpe, acabei pegando no sono e nem me toquei que estava em seu quarto.

Dei um pulo, me levantando depressa da cama.

– Não tem problema. Só acordei você para avisar que cheguei.

– Só para isso? – perguntei, confusa.

– Que tal um macarrão?

Sorri.

– Seria legal.

– Vou tomar um banho rápido e já encontro você na cozinha.

– Você sabe cozinhar?

– Sei fazer coisas que você nem imagina.

Dei uma gargalhada e saí do quarto.

Eu estava na cozinha adiantando as coisas quando Mason chegou sem camisa, apenas com uma calça de moletom larga, deixando a cueca preta à mostra. Ele ficava incrivelmente sexy com as roupas elegantes que costumava usar, mas quando andava em casa assim, todo largado, acabava mais bonito ainda.

– Já fez o jantar? – perguntou ele, tranquilo, com um olhar diferente de quando chegou.

– Olhe minha cara de quem sabe fazer alguma coisa na cozinha...

Ele sorriu.

– Sério?! Nem para isso você serve? – provocou, e ficou sério por alguns instantes, encarando meu olhar fulminante. – Estou brincando.

Ele me puxou na sua direção, colando o corpo no meu.

– Ei, achei que você estivesse com fome.

– Estou. Morrendo. E, se você não me interrompesse, eu ia fazer uma ótima refeição – falou, exibindo um sorriso sacana lindo. Ele deu uma mordidinha no meu pescoço e em seguida sugou minha pele de maneira suave e deliciosa.

– Ah, você *ia*, é?

– Ainda vou, mas antes preciso de um favor. Esqueci uma sacola no carro. Você se importa de ir pegar, enquanto começo a preparar nosso jantar?

– Cadê a chave?

– Está aberto – respondeu. Olhei para ele desconfiada. – Todos os carros da casa ficam com as chaves no porta-luvas.

– Então não é tão difícil sair daqui como eu pensava...

– Ligar o carro é fácil – disse ele, sorrindo. – Difícil é passar pelo portão.

– Isso é uma ameaça?

Ele deu de ombros.

– Eu diria que é apenas um aviso – respondeu.

Virei de costas sem respondê-lo e me encaminhei para fora. O carro estava parado no jardim com as portas abertas. Tinha uma sacola vermelha em cima do banco do carona, com um embrulho dentro. Aquilo despertou minha curiosidade.

– Uau, você caprichou mesmo no embrulho – falei, voltando para a cozinha.

– Gosto de dar presentes.

– E quem vai ser o felizardo que vai ganhar um presente com um embrulho tão elegante?

Ele fixou o olhar no meu como se pudesse me controlar. Eu me sentia completamente entorpecida quando nossos olhares se cruzavam daquela forma.

– Cassidy Anderson.

Senti um frio na barriga e minhas pernas ficaram trêmulas.

– Cassidy? Eu?!

– Não conheço outra – disse ele, e voltou a prestar atenção no que fazia.

Minhas mãos estavam um pouco trêmulas. Abri o presente com cuidado. Depois de tirar o papel do embrulho, segurei nas mãos uma caixinha quadrada de veludo.

Dentro havia um colar com um pingente de coração. Era para mim, Mason havia comprado aquilo para mim. Eu não sabia o que falar.

– Eu... É... – gaguejei enquanto ele me olhava com curiosidade. – Coloca em mim?

Ele pegou o colar. Ergui o cabelo e me virei de costas para ele.

– Gostou? – perguntou Mason, me colocando de frente.

– Amei! – falei, e colei meus lábios nos dele, empolgada.

– Estou exausto. Aconteceram tantas coisas hoje... Eu só queria chegar em casa e ver você sorrindo desse jeito – confessou e me beijou mais uma vez.

Fiquei eufórica. Aquilo podia não significar nada, mas para mim era tudo. Desliguei a chama do fogão e o puxei pela mão até a sala. Ele logo entendeu aonde eu queria chegar. Ele me beijava com vontade e desejo, e então enfiou as mãos debaixo do meu vestido.

– Mason – repreendi, afastando-o, tentando respirar um pouco. – Não rasgue meu vestido. É especial. Deixe que eu tiro – falei.

Ele sorriu.

– Caissy, fica mais legal se eu rasgar – disse ele, impaciente.

– Como se fosse um animal?

– Esse é o espírito da coisa – respondeu com malícia.

Mason arrancou meu sutiã e o jogou do outro lado da sala. O cheiro e o calor do corpo dele me excitavam. Eu me sentia protegida quando estava ao seu lado. Era impossível explicar. Impossível descrever como meu coração batia quando estávamos juntos. Eu tentava esquecer todas essas sensações, fugir delas. Eu me esforçava para não sentir, tentava mentir para mim mesma, mas quanto mais eu me esforçava, mais me envolvia, mais acabava presa na loucura daquilo tudo.

Depois do sexo, recostei meu corpo nele, deslizando a mão pelo seu peito. Mason tinha se superado. A verdade é que ele era bom nisso, muito bom. Estávamos deitados no meio da sala. Ele acariciava meu cabelo. Com a cabeça encostada em seu peito, eu ouvia sua respiração quente, ainda um pouco ofegante, depois de termos gozado juntos.

– Você acaba comigo... – disse ele baixinho, me fazendo rir.

Eu me ergui para observar seu rosto. E sempre que eu olhava para ele, tinha certeza absoluta do que eu queria. Eu o queria ao meu lado. Queria o cheiro dele impregnado em mim, o corpo dele colado ao meu e nossas vidas se cruzando.

A sala estava toda revirada. Parecia que havia passado um furacão ali. Eu sabia que estava brincando com fogo, que aquilo não era certo e que um de nós sairia magoado. No entanto, eu gostava de estar com ele. Não fazia ideia do que aconteceria dali para a frente. Será que Mason sabia que ele preenchia o imenso vazio da minha vida?

– Quando minha mãe souber que a gente está transando loucamente, ela vai pirar – disse ele, me distraindo dos meus pensamentos.

O que Deborah pensaria de mim quando descobrisse? Com certeza não ficaria nem um pouco feliz em saber que estava recebendo alguém em casa que transava com seu filho na sala de estar.

– Não quero que você conte para ela – pedi com sinceridade.

– Por quê? Alguma hora ela vai ter de saber.

– Mas vamos esconder enquanto a gente puder.

– Você é que sabe – respondeu ele, dando de ombros, indiferente.

Comecei a roçar a ponta dos dedos no abdômen dele, fazendo-o se arrepiar. Ri baixinho com a sua reação.

– Pare com isso! – disse ele, sério.

– Amanhã, ou melhor, hoje, você vai ficar comigo, né?

Ele balançou a cabeça e me deu um beijo rápido.

– Não posso.

– Então vou com você aonde for.

– Não – retrucou ele, ríspido.

– Por que não?

– Caissy, não – respondeu com firmeza, deixando bem claro que estava fora de cogitação.

Voltei a me deitar em seus braços. Eu teria de ficar sozinha mais uma vez ou arranjar outro jeito de sair daquela casa.

Eu sabia que tinha que me acostumar com a personalidade instável de Mason. Fiquei observando-o pegar no sono, aproveitando aquela breve sensação de paz que aqueles momentos me proporcionavam. Aconcheguei-me nos braços dele, que me abraçaram com força e delicadeza ao mesmo tempo, me fazendo sentir segura e pegar no sono também.

15

Um barulho de vidro se quebrando e porta batendo no andar de cima nos acordou.

Mason se levantou depressa, e foi logo se vestir.

– O que foi isso? – perguntei, assustada.

– Não sei! – respondeu ele, abrindo a gaveta de uma mesinha que ficava encostada na parede da sala. Pegou uma arma na gaveta e a destravou enquanto andava.

– Será que alguém entrou lá em cima? – perguntei, confusa.

– Difícil.

Ele já começava a subir a escada.

– Aonde você vai? – quis saber, ficando bem assustada.

– Vou ver o que aconteceu. Vista-se depressa.

Assenti, enquanto Mason sumia do meu campo de visão e subia a escada.

Fui para a cozinha e fiquei lá, aflita, sem saber o que fazer. Algum tempo depois, ele reapareceu. Não gostei nada da sua expressão.

– O que aconteceu? – perguntei, me aconchegando em seus braços assim que ele se aproximou.

– Nada grave – respondeu ele, me abraçando, mas meio distraído.

Olhei para ele desconfiada.

– Você aparece com um olhar de preocupação e quer que eu acredite que não foi nada grave? E esses dois seguranças andando por aqui? – Apontei para uma dupla que passava pelos corredores, algo não muito comum.

– Só estão fazendo o trabalho deles, nada fora do normal.

– Não gosto de mentiras, Mason!

– Não estou mentindo.

– Ok. – Bufei e me virei.

– Aonde você vai? – perguntou ele, me olhando desconfiado.

– Ajudar no trabalho dos seguranças.

– Cassidy...

– Não esconda as coisas de mim, Mason. Dá para perceber que tem alguma coisa errada. Tenho o direito de saber. Mesmo você não querendo!

Decidi ficar longe de Mason. Eu detestava quando ele se fechava daquele jeito e escondia as coisas de mim. E era óbvio que estava me escondendo algo. No caminho para o meu quarto, notei que, aparentemente, o foco principal dos seguranças estava no quarto de Mason.

A madrugada estava fria. Tomei um banho, enxuguei o cabelo e o deixei solto. Em seguida, vesti uma calça e botas para me manter aquecida. Quando saí do quarto, me deparei com um homem na porta. Ele estava vigiando meu quarto também?

– Onde está Mason? – perguntei a ele, um pouco irritada.

– Lá embaixo. A senhorita tem permissão para deixar o quarto?

– O quê?! Ficou louco?! – respondi, ainda mais nervosa. A movimentação no quarto de Mason era intensa. Fiz menção de ir direto para lá, mas o segurança me impediu. – Tudo bem – falei, bufando, frustrada.

Aquilo estava passando dos limites. Eu precisava saber o que estava acontecendo naquela maldita casa. Encontrei a porta do escritório entreaberta. Mason estava sentado atrás da mesa, com os olhos fixos na janela com vista para o jardim. Tive a impressão de que ele estava distraído, com a cabeça em outro lugar. Mesmo assim, decidi arriscar. Fechei a porta com cuidado e me aproximei da mesa.

– Mason?

Assim que ouviu minha voz, ele se virou lentamente e colocou a cerveja na mesa.

– Fale, meu anjo.

Seu olhar estava confuso, aflito. Aquilo me deixou agoniada.

– Tem certeza de que não aconteceu nada?

– Nada em que você possa ajudar – respondeu ele com frieza.

O Mason que eu tanto temia estava ali, na minha frente.

– Tem certeza?

Eu me aproximei ainda mais e me sentei em cima da mesa. Ele sorriu, mas não me pareceu muito animado.

– Depende de como você quer ajudar – comentou ele, com um sorrisinho.

Mordi os lábios, tentando conter o arrepio que aquelas palavras me causaram.

Sua presença era fria e intimidadora. Mason se levantou da cadeira e ficou na minha frente, se posicionando no meio das minhas pernas, me forçando a abri-las.

– Você devia ter medo de mim. Mas não tem. É a única pessoa no mundo que se entrega para mim dessa forma. Você é completamente louca.

– Gosto de viver com intensidade. Talvez esse seja meu maior defeito, e também minha maior qualidade. Quero aproveitar tudo ao máximo. A gente não sabe como vai ser amanhã, não é mesmo? Por isso quero sempre fazer o dia de hoje valer a pena – falei, e ele suspirou, como se não quisesse ouvir aquilo.

Coloquei os braços em volta de seu pescoço e o puxei mais para perto.

– Então você realmente não tem medo de mim? – perguntou ele, segurando minha cintura com firmeza. Comecei a ficar ofegante.

– Não tenho medo de nada – sussurrei em seus lábios, excitando-o.

Seu sorriso sacana estava de volta, e eu adorava aquele sorriso. Ele sugou meus lábios com força, quase com violência, como se tivesse sede deles, como se sua vida dependesse do meu beijo. Virei o rosto um pouco para o lado, só o suficiente para respirar, pois eu precisava de ar.

Ele tinha o dom de fazer o tempo parar. Suas carícias e seus beijos me anestesiavam, e eu queria me entregar para me sentir mais uma vez daquele jeito. Suas mãos subiram lentamente pelas minhas coxas e se enfiaram debaixo da minha camiseta. Logo me arrepiei toda. Depois, suas mãos invadiram meu sutiã e agarraram meus seios. Eu estava completamente entregue. Meu corpo se derretia a cada investida de Mason. Mas, no instante seguinte, alguém bateu à porta e nos deu um susto.

– Porra! – disse ele, com os lábios colados aos meus.

– Você não vai abrir? – sussurrei, ofegante.

Ele fechou os olhos e passou as mãos no rosto com impaciência. Bateram mais uma vez. Então Mason se afastou de mim, e o observei andar até a porta e abri-la com força. Um dos seguranças estava no corredor.

– O que é? – berrou Mason.

Cruzei as pernas e fiquei balançando os pés, impaciente. Mason não queria que eu soubesse dos seus negócios. Então, fechou a porta e fiquei sozinha no escritório enquanto ele conversava no corredor.

Voltou alguns minutos depois, completamente diferente.

– Preciso ir para o galpão.

– Não vou ficar nesta casa sozinha. Pare de esconder as coisas de mim!

– Não adianta nada você ficar sabendo – disse ele, dando de ombros.

– Mason, aqui não vou ficar. Não quero ficar aqui sem você.

– Você não pode ir, Cassidy. Não vamos misturar as coisas.

– Claro, porque só sirvo para transar com você, não é? Para qualquer outra coisa, não presto.

Ele me deixou falando sozinha, mas eu não iria me contentar com um não como resposta. Pulei da mesa e comecei a segui-lo, bem petulante.

O quarto estava vazio. Os seguranças já tinham ido embora, mas, assim que entrei, notei o que tinha de diferente ali. O vidro da porta da varanda estava quebrado, e a fechadura, arrombada. Alguém tinha tentado entrar no quarto de Mason. Eu me agachei perto da porta e observei a fechadura.

– A curiosidade matou o gato, Cassidy.

– Arrebentaram a fechadura – falei, ainda agachada no chão.

– É, a casa foi invadida, mas não levaram nada. E ninguém se machucou.

– Por isso toda essa movimentação?

– Sim.

Ele tirou a roupa e começou a se trocar rapidamente.

– E você quer me deixar aqui?

– Os seguranças estão na casa. Nada vai acontecer com você.

– Quem me garante? – perguntei, desafiadora. – Você estava aqui. Os seguranças estavam lá fora. Mesmo assim alguém entrou na casa.

Eu estava certa: havia seguranças na casa, Philip estava lá também, e alguém conseguira entrar. Ele revirou os olhos, bufando, porque sabia que o que eu tinha dito fazia sentido.

– Você tem cinco minutos para colocar um casaco e me encontrar na garagem.

Deixei-o terminando de se vestir e corri para o meu quarto. Pouco tempo depois, ele apareceu lá.

– Vamos? – perguntou, encostado na porta, me olhando.

– Coloque para mim – pedi, entregando o colar a ele e me virando de costas.

Mason colocou o colar no meu pescoço, que eu havia tirado para tomar banho. Fiquei de frente para ele de novo, sorrindo, e lhe dei um selinho. No caminho para o carro, Mason falou com Philip:

– Estou saindo. Quando voltar, quero uma boa notícia. Se vire!

Seguimos para o carro. A madrugada ainda seria longa.

– Você está preocupado? – perguntei, enquanto ele dirigia, pensativo, com os olhos fixos na estrada.

– Não, por quê?

– Seu rosto e seus olhos dizem o contrário.

– Meus olhos nunca dizem nada. Na maioria das vezes estão inexpressivos. Mas se eu tiver que lhe dizer alguma coisa, vou fazer isso.

– E você tem alguma coisa para me dizer?

Ele segurou o volante com apenas uma das mãos.

– Não acho que você sirva apenas para transar comigo. Essas mulheres, aliás, normalmente são pagas pelo serviço.

– Como aquelas loiras que você leva para casa? – perguntei, e ele ficou algum tempo me encarando, depois se voltou para a estrada.

– Você fica me vigiando, né?

– Passo muito tempo naquela casa sem fazer nada. Admirar o jardim e a paisagem faz parte da minha rotina – rebati, revirando os olhos.

– Elas são só para fazer figuração – explicou ele, sorrindo como se tivesse ficado contente com algo. – Sabe como é, né? Para ficar bem na foto. Minha mãe tem um nome a zelar, e também tem a ONG. Às vezes preciso ir a eventos beneficentes para prestigiar o esforço dela.

– E, nas horas vagas, você é um dos criminosos mais perigosos de Atlanta – concluí, e ele riu. – Fala sério, como consegue levar essa vida dupla?

Ele respondeu com outra pergunta:

– Antes de você ir morar lá em casa e descobrir muito sobre a minha vida, como é que me conhecia? Você já sabia quem eu era?

– Na verdade, não. Antes de encontrar você naquele dia na boate, eu não fazia ideia da sua existência. – Ele me lançou um olhar quase ofendido, e prossegui: – Mas depois do nosso... incidente, Claire me contou que você era um cara famoso nas ruas. Todos só conheciam você como Drew Becker. E... diziam que era meio perigoso.

– Nas ruas, sou o destemido Drew Becker, todos sabem quem sou. Mas essa é a única coisa que sabem, na verdade: apenas um nome, não fazem ideia de quem eu seja de verdade. Aqui e para o resto do mundo sou Mason Becker.

Senti meu coração acelerar e um frio na espinha.

– Você...

– A maioria das coisas que falam de mim nas ruas não passa de lenda, Cassidy.

– Não sei o que falam exatamente.

Ele sorriu.

– E o que *você* sabe exatamente? – Fiquei em silêncio. – Nunca roubei nada de nenhum inocente. Tiro de quem pega dos outros. O que eles têm, nenhum pai de família honesto conseguiria juntar com anos de trabalho. A vida desses caras é como um leilão: ganha quem for mais ousado. Ou mais poderoso.

– Você mantém seu luxo com o dinheiro dos roubos, não é? Então, isso não faz de você um ser humano melhor do que eles.

– Não disse que sou melhor ou que tenho razão. Apenas estou tentando explicar que minhas ações têm um motivo.

– Não acho que exista qualquer motivo para colocar sua vida em risco.

O telefone começou a tocar.

– Atenda. É minha mãe – disse ele, me entregando o celular.

– O que vou dizer?

– Apenas atenda!

Fiz o que ele mandou, mas eu estava tensa. O que Deborah pensaria ao ouvir minha voz?

– Alô?

– Quem está falando?

– Sou eu, Deborah. Caissy.

– Caissy? Liguei para o celular do Mason, não?

– Sim, ele está dirigindo.

– Para onde vocês estão indo? – perguntou ela, parecendo confusa.

– Ah... – Olhei para Mason, pedindo socorro. Ele sussurrou "casa do Dylan", e foi o que eu disse a ela. – Estamos indo para a casa do Dylan.

– Certo. – Ela bufou. – Tenham cuidado, ligo depois, então. – Ela parecia exausta. – Cuide-se, querida.

Mason parou o carro no meio do nada, relaxando no banco. Eu não entendia por que ele não queria falar com a mãe, mas me despedi.

– Você também. Beijos.

Desliguei o telefone um pouco mais aliviada. Mason estava me encarando de um jeito atraente.

– O que foi?

– Nada. – Ele se aproximou, soltando meu cinto de segurança. Eu parava de raciocinar quando ele chegava assim tão perto de mim. – Só estava me lembrando de como é bom estar dentro de você... – falou, e senti meu corpo queimar. – Como é bom quando você tenta gemer baixinho, mas eu sei que, na verdade, quer gritar.

– Mason...

Meu sangue estava fervendo. Mais uma vez.

– Shiu!

Ele me calou com um beijo e depois roçou a boca no meu rosto até lamber e morder minha orelha. Mason era tão hábil em suas carícias e nossos corpos se encaixavam tão perfeitamente que bastava ele me tocar para eu querer muito mais. Passei os braços em seu pescoço, nos unindo num beijo tranquilo. Tínhamos uma química perfeita, ele sabia como fazer e eu gostava. Eu não tinha experiência, mas sabia que ele era bom naquilo. Suas mãos puxaram meu quadril para cima dele, depois para baixo, e senti sua ereção. Comecei a arfar e a rebolar em cima dele, deixando bem claro que queria que ele fosse até o fim.

Porém, neste momento, luzes se acenderam do lado de fora do carro. Mason fechou os olhos e aninhou o rosto no meu pescoço. Ouvi gargalhadas não muito distante.

– Achei que a gente estivesse num lugar deserto e fosse dar uns amassos no carro.

Ele sorriu e me deu um beijo rápido, como se pedisse desculpa.

– Juro que era o que eu mais queria. Mas hoje a sorte não está ao nosso lado. Bem-vinda ao galpão – disse ele, e me ajudou a voltar para o banco do carona.

Depois, se concentrou em disfarçar a ereção que continuava bem visível. Saímos juntos do carro e encontramos Nate e Dylan encostados numa picape.

– E aí? Estavam dando uma rapidinha no carro? – Nate, sempre o mais cara de pau, foi o primeiro a se manifestar.

Senti minhas bochechas queimando, algo que andava acontecendo com muita frequência. Mason me deu a mão, entrelaçando nossos dedos, e fiquei aliviada por tê-lo ao meu lado.

– O que faço ou deixo de fazer no meu carro não é da sua conta, Nate. Cadê o Chris e o Brian?

Mason nunca tinha paciência para as brincadeiras de Nate, isso eu já havia notado durante nosso pouco tempo de convivência.

– Devem estar chegando – esclareceu Dylan.

Assim que ele disse isso, dois carros entraram em nosso campo de visão e estacionaram um pouco longe de nós. Brian estava na frente. Reconheci seu carro assim que entrou. Ele saiu apressado do veículo, com uma expressão raivosa.

– Não acredito que entraram na sua casa com a Cassidy lá. Ela está correndo perigo por sua culpa! – vociferou, e Mason cambaleou para trás com o empurrão que recebeu de Brian.

– Brian! – gritei, assustada, enquanto Mason recuperava o equilíbrio e partia para cima dele.

– Parem com isso – falou Dylan, tentando afastar os dois.

Eu não queria vê-los se atracando novamente. Então entrei no meio, tentando evitar que a briga se intensificasse.

– Se tivesse acontecido alguma coisa com ela, eu iria matar você, Drew! – gritava Brian, enquanto Dylan e Nate o seguravam.

– Não vou deixar nada acontecer com ela – respondeu Mason com os punhos cerrados.

Eu estava de frente para ele, com as mãos em seu peito, tentando segurá-lo. Mas não tinha força suficiente. Mesmo assim, ia fazer tudo o que estivesse ao meu alcance para acabar com aquela briga.

– Pare, Mason. Por favor – pedi, já com os olhos marejados.

Por que Brian estava fazendo aquilo? Mason não tinha culpa, e eu estava bem. A casa tinha sido invadida, mas não era justo culpá-lo.

– Você está arriscando a vida dela assim como arriscou a de Alexia. Mas desta vez eu mato você!

– Não fale de Alexia! – gritou Mason, com as veias de seu pescoço saltadas e as pupilas dilatadas, transbordando de ódio. – Não fale sobre o que não sabe.

– Não sei o quê?! Que por causa de uma vingança idiota você quase acabou com a vida da minha irmã? E agora também está arrastando a Cassidy para essa roubada.

Vingança? Que vingança? Não entendi o que Brian dissera, mas não tinha tempo para perguntar naquele momento. Mason parecia atormentado com aquelas palavras. Se eu não estivesse ali na sua frente, ele provavelmente iria fazê-lo engolir tudo aquilo. Segurei seu rosto com firmeza, fazendo-o olhar nos meus olhos.

– Olhe para mim, por favor. Olhe para mim. Não entre nessa, não piore as coisas. Você não veio aqui para brigar. Por favor, pare, não leve isso adiante. Por mim!

– Caissy, ele está falando que... que a culpa foi minha... – Ele parecia desnorteado. – Não foi culpa minha... Ela...

– Shiu, eu sei... Não dê ouvidos ao que o Brian está dizendo. Você é a única pessoa que sabe o que aconteceu de verdade entre vocês dois e não tem nenhuma culpa do que ocorreu com ela.

Ele fechou os olhos, tentando se acalmar. Eu o abracei, como se, naquele momento, ele fosse uma pilastra à qual eu me agarrava para me manter firme no olho de um furacão. Voltei a falar:

– Não quero que briguem por minha causa.

Eu apoiava o rosto em seu peito, com os braços em volta da sua cintura, e o abraçava com toda a força, molhando a camiseta dele com as minhas lágrimas.

Dylan arrastou Brian para o galpão abandonado. Preferi ficar do lado de fora com Mason até que as coisas se acalmassem. Ele estava calado, olhando ao longe, e preferi ficar na minha também.

– Drew. – Dylan apareceu e veio até nós. – Vamos lá. Os caras querem saber o que você tinha para falar.

Mason me observou como se perguntasse se eu queria fazer parte daquilo. Por mais que achasse errado o que faziam, eu não podia me intrometer nos negócios dele.

– Tudo bem – sussurrei. – Só quero ficar perto de você.

Ele beijou minha testa, pegou minha mão e seguimos Dylan até o galpão.

Assim que entramos, Chris interrompeu o silêncio:

– Fala, Drew!

Nate estava sentado num velho sofá com o estofado todo rasgado. Dylan estava de pé, perto do sofá, e Brian ficou do outro lado do galpão, encostado no batente da porta, com as mãos enfiadas no bolso e um olhar vago.

– Alguém entrou na minha casa. Não faço ideia de quem tenha sido.

– Roubaram alguma coisa? – questionou Nate.

– Acho que a ideia não era roubar nada. Quem se arriscaria tanto apenas para roubar algo?

– E você acha que isso tem a ver com o que aconteceu com Dylan de manhã? – Brian abordou o assunto, mas ainda estava distante e evitava me olhar.

– Tenho certeza! Acredito que tudo esteja interligado. Todos nós estamos na mira.

– E você ainda não tem ideia de quem seja? – perguntou Brian, socando a porta.

– Vá com calma, Brian! – pediu Dylan.

– Ele sabe muito bem a encrenca em que nos meteu quando acabou chamando atenção da polícia no dia em que deu uma surra naquele velho que tentou violentar a Caissy. O delegado com certeza está de olho em nós desde então.

– Isso já foi resolvido, Brian. Você levou aquele verme para longe, limpamos a área e Cassidy confirmou que eu não tinha nenhuma arma. Agora não tem nada a ver com a polícia – disse Mason, respirando fundo. – Acho que alguém sabe do nosso plano do novo assalto.

– Quem? – indagou Dylan, curioso.

– Ainda não sei, mas garanto que vou descobrir.

Eu estava quieta no meu canto, mas prestava atenção em tudo o que falavam. Estavam planejando um assalto grandioso para dali a poucas semanas. Comecei a ficar angustiada com aquele assunto, no entanto, o que mais me afligiu foi saber que Mason tinha muitas inimizades. O principal desafeto dele era um homem chamado Marconny, quem odiava profundamente, mas eu não sabia o porquê. Pelo que entendi, o cara era um grande magnata que participava de muitos negócios ilícitos. O cofre dele no banco seria um dos invadidos na próxima ação deles.

Eu ainda não tinha tentado me aproximar de Brian. Mas depois de algum tempo, foi ele quem me procurou.

– Posso falar rapidinho com você?

Mason estava com Nate e Dylan do outro lado do galpão. Percebi que ele olhou na minha direção quando Brian se aproximou, mas eu o ignorei.

– Brian, não corri perigo. Eu estava com Mason, e você mesmo disse que o sistema de segurança da casa é muito bom.

– Fiquei louco quando soube. Antes o alvo deles foi o carro de Mason, e Alexia quase morreu. Agora a invasão da mansão. Eu só conseguia pensar que você estava em perigo.

– Vocês precisam parar de misturar passado com presente, principalmente você. A história não está se repetindo, Brian. Meu nome é Cassidy Anderson. Não sou Alexia e nem penso como ela.

– Só não acho justo envolver pessoas como vocês em nosso mundo. É tudo muito louco.

– Brian, Mason não me envolveu em nada. Estou aqui porque implorei para que ele me trouxesse. Estou hospedada na casa dele porque minha vida virou de cabeça para baixo com a morte da minha mãe, e

Deborah foi a única pessoa que me acolheu e quis me ajudar a enfrentar este momento. Ninguém planejou nada, as coisas simplesmente foram acontecendo.

– Você tem razão, me desculpe.

– E eu achava que você era calmo – falei, sorrindo, e ele me puxou para um abraço.

– Só tento proteger as pessoas de quem gosto – disse ele, me dando um beijo na testa. Um homem lindo daquele jeito devia ser proibido de dar um beijo na testa de quem quer que seja. – Colar bonito – observou ele.

– Ganhei do Mason.

– Ele está fazendo um ótimo negócio.

– Está querendo dizer que ele está me comprando?!

– Jamais! – respondeu, e desta vez me deu um beijo na bochecha, me fazendo rir.

– Você não consegue deixar de ser hostil nem por um minuto?

– É de hostis que você gosta.

Revirei os olhos e saí andando na frente, mas ele foi logo me seguindo.

Mason e Dylan ainda estavam conversando em voz baixa, analisando alguns papéis que tinham em mãos. Não quis interrompê-los. Brian se juntou a eles, e fiquei sobrando.

Dei uma olhada em volta. O lugar era velho e fedia a madeira mofada. Algumas tábuas rangiam e a iluminação era bem fraca. Eu estava precisando de um café forte, porque parecia que aquela noite não ia acabar nunca.

– Você está nervosa? Não para quieta – perguntou Nate, quando passei por ele.

– Não. Estou entediada – respondi com um sorriso forçado.

Ele sorriu de volta.

– Eu também estaria. Odeio ficar sem fazer nada. Na verdade, nem lembro qual foi a última vez em que eu não tinha um monte de coisas para fazer.

– E o que você tanto digita aí nesse notebook? – perguntei, curiosa.

Nate era como eu: tinha um sorriso fácil e o exibia a qualquer momento.

– Decodificando um sistema de segurança.

– Uau, isso é fantástico. E o que você faz com isso? – perguntei, e ele sorriu mais uma vez, estreitando ainda mais os olhos pequenos.

– Quando decodifico, consigo invadir qualquer sistema de segurança compatível com esse tipo de software. E assim tenho acesso a informações totalmente sigilosas.

– Vocês são mesmo impressionantes.

Nate não desviou os olhos da tela do computador.

– Caprichamos. Não entramos numa parada para perder. Isso não acontece. Tudo o que fazemos é milimetricamente calculado.

– Entendi.

Eles também eram um pouco convencidos, pelo visto.

– Venha cá – pediu Nate. Com o notebook numa das mãos, ele se levantou e pegou outro, que estava desligado em cima da mesa. – Este provavelmente vai dar pau daqui a pouco, e não quero perder o que tem no HD. Você se importa de abrir o sistema e fazer o que eu lhe pedir? Preciso conectar um HD externo.

Olhei para os lados, me certificando de que Mason não estava por perto.

– Certo, o que tenho que fazer?

– Não vou ensiná-la a ser hacker, você será apenas minha ajudante.

– Sim, senhor!

Ele sorriu, balançando a cabeça.

– Primeiro, abra esse sistema aí no computador – instruiu ele, puxando uma cadeira para que eu me sentasse ao seu lado. – Basta fazer isso por enquanto. Ainda estou terminando a decodificação. Daqui a pouco vai pedir uma senha, é só esperar.

– Cara, isso é impossível.

– Também achava quando fiz pela primeira vez.

– Há quanto tempo você está tentando fazer isso? – perguntei.

– Não sei, dois meses, talvez – respondeu ele, sereno.

Aos poucos, entendi o que ele estava fazendo. A explicação que me deu foi muito simples: estava decodificando um sistema de segurança. Mas, na verdade, ele estava criando algo muito além de uma simples decodificação. Nate estava fazendo um sistema compatível com o da segurança de um banco. Assim, ele seria capaz de invadi-lo.

Minha tarefa era bem simples: Nate me passava as chaves de segurança e eu as ativava no novo computador. Tudo sob a sua supervisão. Eu já estava pegando o jeito.

– Nate, você sabe... O que está fazendo aí?! – Mason parou e me lançou um olhar sério assim que me viu ajudando Nate.

– Só estou dando uma forcinha para o Nate com os códigos.

– Cassidy, saia daí agora. Isso não é coisa para você – ordenou ele, calmo.

– Mason, não estou fazendo nada de mais. Só estou ajudando com o computador. Qual é o problema?

– Você devia ter ficado em casa.

– E você devia parar de descontar seus problemas em quem não tem nada a ver com isso – retruquei, já de pé, e, sem olhar para trás, saí do galpão, nervosa.

Eu estava exausta. O dia já estava bem claro e eu só dormira poucas horas. Andei na direção do carro. Seria bom tirar um cochilo e ficar um pouco longe de Mason, para não causar mais confusão. Quando toquei a maçaneta do Porsche, me lembrei de que as chaves estavam na mesa dentro do galpão. Pensei em ficar apenas encostada no carro, do lado de fora, mas eu realmente precisava descansar.

Então, me virei e comecei a voltar quando vi algo se mexendo no telhado. Estreitei os olhos, tentando enxergar. De imediato, identifiquei uma pessoa segurando algo... Uma arma! Ela estava tentando se esconder para espionar o que acontecia dentro do galpão. Minhas pernas começaram a tremer e minha única reação foi gritar, paralisada.

– MASON!

Foi um grito agudo, de desespero, que ecoou no meio do nada. Uma atitude completamente insana. Obviamente, assim que gritei, a pessoa se virou na minha direção. Quando percebeu que eu a tinha visto, apontou a arma para mim.

Desesperada, saí correndo de volta para o galpão, aos berros, mas foi tudo muito rápido. Quando me dei conta, já estava no chão, atrás do carro de Brian. Notei os pés de Mason do outro lado, mas não sabia se eles conseguiam ver onde eu estava. Dava para ouvir tiros, mas eu não sabia o que estava acontecendo. Minha cabeça girava, meus ouvidos zumbiam.

Passados alguns segundos que pareceram horas, senti uma ardência muito grande no braço esquerdo, e concluí que havia sido atingida por um disparo do invasor.

– Cassidy!!!

Mason me encontrou ali. Eu usava a mão direita para apertar meu braço esquerdo, completamente atordoada. Minha respiração estava irregular, e meu rosto, sujo de sangue.

– Mason...

Lágrimas escorreram dos meus olhos assim que o vi.

– Ei, ei! – chamou ele, tentando fazer com que eu não desmaiasse. – Olhe para mim!

– Meu braço...

Eu estava com dificuldade para respirar. Comecei a tremer. Parecia que meu coração ia pular pela boca e eu poderia desmaiar a qualquer momento.

– Mason, me ajude... Não quero morrer.

Comecei a gritar e a me debater. Eu estava tendo um ataque de pânico. De repente, senti meu braço arder ainda mais e percebi que Mason havia tirado minha jaqueta. O ferimento sangrava muito. Logo em seguida, ele tirou a própria camiseta e a amarrou em meu braço para estancar o sangramento.

– Acertei um tiro na perna do cara, mas o filho da puta conseguiu fugir – disse Dylan, apavorado, surgindo atrás de nós.

– Abra a porta do carro – disse Mason. – Agora. Rápido!

Senti que fui erguida do chão.

– O quê?... – Foi então que Dylan viu o que tinha acontecido. – Ela levou um tiro?

– De raspão. Abra a porra da porta, Dylan – gritou Mason, exasperado, me carregando nos braços.

– Ela está sangrando? – perguntou Nate, que chegou correndo ao lado de Brian.

– Caissy? – chamou Brian, tentando me tocar, mas recuou.

– Ela está tendo um ataque de pânico. Preciso tirá-la daqui.

Eu encontrava cada vez mais dificuldade para respirar.

– Cassidy! – gritou Brian.

Eu lutava para continuar acordada. Minha respiração estava acelerada, e eu sentia um suor frio escorrendo.

– Drew, cara, você não pode levá-la para o hospital.

– Não vou deixá-la aqui.

– Drew, não é assim, cara – disse Brian, nervoso. – Você vai levá-la para um hospital e vai dizer o quê? Qual o motivo de ela ter levado um tiro?

– Ela está com dor, não está vendo?!

– Brian, deixe ele fazer o que achar melhor. Não podemos ficar com ela ferida aqui. Vá logo, Mason. Vamos ficar aqui para não levantar ainda mais suspeitas no hospital. Imagine só chegar um bando de homens com uma garota ferida a bala.

Eu estava desacordada quando chegamos ao hospital. Só acordei algum tempo depois, na sala de emergência. Haviam colocado um acesso venoso no dorso da minha mão. Havia apenas uma enfermeira ali comigo. De repente, ouvimos a maior gritaria no corredor.

Mason invadiu a sala de emergência, fazendo com que dois homens entrassem atrás dele e tentassem segurá-lo para tirá-lo dali.

– Caissy... – Ele parecia aliviado em me ver. – Como você está?

– O senhor não pode ficar aqui. Por favor, nos acompanhe.

Vi em seu olhar como ele estava se controlando para não perder a cabeça. E sabia o que iria acontecer se isso acontecesse.

– O que você... o senhor está fazendo aqui? Não é permitido acompanhar os pacientes nesta sala – disse uma médica que acabara de entrar também, e Mason olhou para ela de forma sugestiva. Pela troca de olhares, percebi que eles já se conheciam. – Podem deixar, obrigada. Qualquer coisa, chamo vocês – falou para os seguranças do hospital.

Eles saíram acompanhados da enfermeira, que assistiu a toda a confusão calada.

– Como ela está? – perguntou Mason.

– Qual é, Drew?! Trouxe uma menor de idade baleada para o hospital. Qual é a desculpa desta vez? – Ela se aproximou para verificar o soro em minha veia. – Devlin estava aqui.

– Ele percebeu alguma coisa? – indagou, preocupado.

– Não – respondeu ela, respirando fundo. – Peguei o caso assim que vi você chegando. Eu sabia que tinha algo errado.

– Obrigado, Emily – disse ele, gentilmente.

Emily? Ele sabia o nome dela, claro. Eles ficaram conversando. Percebi que se conheciam e não era de hoje. Tinham intimidade. Ela o chamava de Drew e lançava um olhar penetrante e sensual para Mason. Ou será que era coisa da minha cabeça?

– Cassidy, você não teve nenhum ferimento grave, a bala pegou de raspão. Seu braço vai ficar dolorido por causa do machucado, mas você já está tomando medicação para dor. Está sentindo mais alguma coisa?

– Não, estou melhor – respondi, séria.

– Certo, já assinei a alta e cuidei de tudo na recepção. Vocês precisam sair daqui o mais rápido possível, antes que alguém queira dar mais uma olhada na ficha dela – explicou a médica, me parecendo atenciosa demais. – O resultado dos exames estarão prontos daqui a uma hora. Mas, se quiserem, podem pegar amanhã, sem problemas. Ela está em ótimas condições, só precisará cuidar do ferimento.

– Obrigada. – Foi a única coisa que respondi.

– Até mais, Drew – falou Emily, encarando-o.

– A gente se vê – disse Mason, e ela piscou, saiu da sala e nos deixou a sós.

– Então é por isso que ela foi tão gentil comigo – comentei, me levantando com dificuldade.

A enfermeira entrou de novo na sala para retirar o acesso venoso.

– Por isso o quê? – perguntou Mason quando ela se afastou.

– Eu reparei como ela olhava para você.

– Cassidy, Emily é minha amiga há muito tempo. Não confunda as coisas.

– Não estou confundindo nada. Eu só queria saber em quais lugares podemos encontrar um passado seu. Para tentar evitar, sabe como é...

Ele sorriu.

– Ela não faz parte do meu passado. Tem um lance com o Dylan, na verdade. É uma amiga que limpa nossa barra com a polícia nos hospitais. Só isso.

Fiquei me recriminando por demonstrar ciúme.

– O que você disse ao delegado? – perguntou ele, ainda estava encucado com a história.

– Nada. Ele veio com uma assistente social.

– E o que você falou para eles?

– Não falei nada. Eles tentaram me intimidar, mas eu disse que estava com muita dor. Esse delegado, o tal do Devlin, está sempre tentando culpar você de algo. Mas Emily pediu para que eles saíssem, disse que eu precisava descansar. Acho que eles vão voltar.

– Falei na recepção que você sofreu uma tentativa de assalto, mas se quiser falar a verdade, tudo bem. Não posso obrigá-la a mentir.

– Como assim? A verdade é que sofri uma tentativa de assalto, não foi, Mason? – retruquei, e ele me encarou muito sério, depois sorriu.

Saímos da sala de emergência. Fui andando bem devagar, um pouco grogue. Mason me abraçou e me ajudou a caminhar.

– Estou meio enjoada.

– Deve ser por causa do medicamento.

– Não, é por causa do cheiro desse lugar – falei, colocando a língua para fora. – Odeio hospitais e, desde que minha mãe morreu, já estive aqui duas vezes.

Ele continuou me encarando sério.

– Falando em mãe, a minha está ligando toda hora.

Senti meu coração acelerar e engoli em seco.

– Você contou para ela? – Minha voz saiu pateticamente trêmula.

– Não – respondeu ele, e fez uma pausa. – Não atendi. Você vai decidir se devo contar ou não.

– Mason... – comecei, procurando as palavras certas para dizer aquilo. Ele já estava impaciente por ter que esconder nosso lance da mãe. Eu sentia isso, mas não queria contar tudo para ela. Não assim, do nada. Não estava preparada para enfrentar a decepção no olhar de Deborah. – Não acho que isso seja algo que a gente possa falar por telefone. E além do mais, temos tantas outras coisas para explicar. Não quero que ela ache que me aproveitei da situação. Vou me sentir mal se ela pensar isso.

– Cassidy, estou fazendo coisas com você que, com certeza, deixariam minha mãe assustada. Não quero te magoar, mas não vou ficar me escondendo, como se o que há entre a gente fosse um erro. Já passei da idade de namorar escondido.

Suas palavras me surpreenderam. Por um momento, Mason realmente me fez achar que eu tinha alguma importância para ele, diferentemente do que todos diziam. Analisando os últimos acontecimentos, na realidade, parecia mesmo que ele estava me provando que eu não era apenas mais uma. Mas o fato era que eu ainda não estava pronta para abrir o jogo com Deborah.

– Mason, não é isso. Eu...

– Tudo bem, me espere aqui. Vou buscar o carro – disse ele, indiferente, com um olhar duro.

– Ok.

Ele era genioso, assim como eu. Além de ser muito autoritário e querer vencer toda e qualquer discussão que eu ousasse travar com ele.

Menos de três minutos depois, parou o carro na entrada de emergência e desceu para me ajudar. Eu conseguia andar, apesar de bem lentamente, mas ele fez questão de me conduzir. Eu me sentei no banco do carona com cuidado e ele colocou o cinto de segurança para mim.

No rádio tocava "Because of you". A voz de Ne-yo me agradava, mas o que estava mexendo mesmo comigo era como aquela música fazia sentido e se encaixava na minha história com Mason. Talvez a história fosse só minha e para ele tudo não passasse de um momento. Mas aquele era o melhor momento da minha vida. Estávamos parados no sinal e, então, ele me surpreendeu cantarolando um trecho da música no meu ouvido:

– *Baby, you have become my addiction.*

Você também se tornou o meu vício, Mason Becker. E era isso o que ninguém conseguia entender. Ele aplacava todo o vazio da minha alma. Mason tinha o poder de ser a cura para o mal. Era capaz de controlar as batidas do meu coração. Ele era tudo o que eu sempre quis.

16

Eu me lembro bem de quando passamos pelo portão da mansão. Por mais que os remédios estivessem me deixando meio zonza e com sono, consegui ir para o quarto de Mason. Tirei os sapatos, caí na cama e dormi por muito tempo. Quando acordei, já tinha anoitecido.

Um copo de água e dois comprimidos esperavam por mim em cima da mesinha de cabeceira. Quando tentei me mexer, senti uma dor forte de cabeça e meu braço ardeu. Os remédios fariam efeito, eu só precisava ter paciência. Então me enfiei de novo embaixo das cobertas. O cheiro de Mason estava por toda parte. Logo depois, ele saiu do banheiro com uma toalha enrolada na cintura, me deixando completamente fascinada pelo seu corpo maravilhoso.

– Como se sente? – perguntou ele, me encarando, e tive aquela sensação estranha.

– Um pouco de dor, meio sem ar.

– Sem ar? Como assim?

– Não é fácil acordar e ver você sair do banho só com essa toalha enrolada na cintura. Por acaso está tentando me intimidar, é?

– Não – disse ele, confuso.

– Acho bom... – falei, e ele sorriu, entrando na brincadeira.

– Você realmente não tem noção de como é sexy esse seu jeitinho atrevido – comentou, me olhando nos olhos.

Senti uma eletricidade percorrer meu corpo.

– Como é que você se sente sabendo que me causa tanto prazer assim? – sussurrei, trazendo Mason mais para perto.

– Eu me sinto bem, muito bem…

Ele parecia hipnotizado. Minha pele estava quente, muito quente. Ele me puxou para o seu colo e encostou os lábios nos meus. Senti seu hálito quente e entreabri a boca, então ele começou a beijar, morder e lamber meu pescoço e minha orelha. Sorri. Eu adorava o joguinho que ele fazia, de resistir até não poder mais e só então nos beijarmos. Ele me comandava com a língua e suas mordidinhas deliciosas. Mas não consegui me conter e suguei sua boca com força e desejo. O sangue corria rápido dentro de mim. Meu coração batia tão acelerado que eu tinha certeza de que Mason era capaz de escutar. Apertei seu peito com as mãos e aquela familiar sensação de descontrole estava começando a tomar conta de mim novamente.

Ele me deitou com cuidado, tirou minha camiseta e ficou por cima de mim. Deixei escapar um gemido baixinho quando as mãos dele começaram a percorrer lentamente meu corpo. Seus lábios vagavam sem destino pela minha pele, me beijando, me mordendo, me chupando, percorrendo a trilha certeira de todos os pontos que me enlouqueciam. Suas mãos deslizavam pela minha barriga, minha cintura, minhas coxas, até que, por fim, chegaram aonde tanto queriam. Com dedos ágeis, ele deslizou a calcinha de algodão pelas minhas pernas e a jogou em algum canto do quarto.

Minha pele parecia em chamas. Tesão e prazer transbordavam nos olhos dele. Nossas respirações se misturavam e nossos corpos se movimentavam com vontade, em sintonia, todas as vezes que nossos lábios se uniam. Ele enfiou um dedo em mim, enquanto seu polegar foi ao encontro do meu clitóris e o massageou com movimentos circulares, aumentando meu prazer. Fiquei muito ofegante e excitada. Eu queria logo sentir Mason dentro de mim. Precisava senti-lo sendo parte de mim.

Percebi que ele estava pulsando, preparado para me penetrar. Não pude me conter e gemi mais alto. Ele estava sendo muito cuidadoso, bem diferente de como costumava ser. Eu percebia isso no olhar dele, na forma como me tocava. Tudo estava diferente. Eu me sentia poderosa diante de tantas sensações. Meu corpo reagia a todos os estímulos, e meus gemidos não ficavam presos em minha garganta.

– Goze para mim – pediu Mason, também com a respiração ofegante e a voz arrastada e meio rouca.

Era tudo de que eu precisava. Ele me penetrou fundo. Meus músculos se contraíram, nossas respirações ficaram irregulares. Um grito de prazer rasgou minha garganta, fazendo Mason explodir dentro de mim no mesmo instante em que me derreti sob ele.

– Você não tem ideia de como é gostosa – sussurrou ele, depois de alguns instantes, com a voz cansada.

Ele se virou para o lado, saindo de cima de mim, e me puxou para seus braços. Sentia meu corpo esfriando aos poucos. Meu cabelo estava grudado na testa por causa do suor, que também escorria no peito nu dele. Eu estava completamente inebriada e mal conseguia falar. Levantei meio cambaleante e fui até o banheiro. Liguei o chuveiro e deixei a água escorrer pelo meu corpo. Mason chegou logo em seguida e tomamos banho juntos, nos acariciando em silêncio. Não precisávamos de mais nada além daquilo. Nenhuma palavra explicaria o que havíamos sentido nos braços um do outro.

Após a ducha, voltamos a nos deitar.

– Estou cansada – falei, enquanto ele fazia um novo curativo no meu ferimento.

– Eu também... – disse ele, com um tom risonho.

– Eu dormiria mais algumas horas com você ao meu lado, abraçado comigo. É ruim acordar sozinha na cama.

– Vou ficar aqui por bastante tempo. Prometo – completou ele, puxando os lençóis para me cobrir e se deitando ao meu lado, me envolvendo em seus braços.

Minhas pálpebras estavam pesadas. Ele apagou as luzes, deixando a escuridão invadir o quarto. Não levei muito tempo para pegar no sono.

Quando acordei na manhã seguinte, passei a mão pela cama, procurando o corpo dele, mas Mason não estava mais ali. Eu me levantei ainda sonolenta e abri a porta, sentindo meus olhos arderem com a claridade do corredor.

Eu estava indo para a cozinha quando escutei barulho de vozes no escritório. Será que tinha acontecido um milagre e eu encontraria Mason em casa? Não pensei duas vezes e segui para lá. De fato ele estava lá, mas não sozinho. Reconheci as vozes dos rapazes. Estava a maior confusão lá dentro. Eu não sabia se seria bem-vinda nem o que Mason acharia se eu entrasse na sala, mas então a curiosidade falou mais alto e comecei a ouvir a conversa deles atrás da porta.

– A arma que atingiu a Caissy era calibre 38 – falou Brian.

– Que burrice! Mas tudo bem. Não devemos subestimar o poder de uma arma só porque tem um calibre pequeno – disse Dylan, nervoso. – Ainda não me conformo que meu carro tenha sido metralhado.

– Alguém pode ter descoberto nossos planos para o próximo assalto... Bom, o maior roubo será ao cofre de Marconny Salvatore. Será que ele descobriu que estamos em seu encalço? Será que tem noção de que já faz algum tempo que o espionamos? – questionou Nate, coçando o queixo.

– Duvido muito. Ele está preocupado demais com as festas e os jantares beneficentes em sua casa, e nós estamos fazendo tudo de forma milimetricamente calculada, planejando o roubo com bastante cuidado – observou Chris.

– Talvez seja uma gangue rival, querendo pegar o que nós temos – sugeriu Brian.

– Não sei... Algo me diz que não é isso – respondeu Mason.

– Vamos nos concentrar nos fatos. Ninguém sabe da existência do galpão, ou melhor, ninguém sabia até então. O que significa que estamos sendo vigiados – falou Dylan, confuso.

– Será que há um traidor entre nós? Perto de nós? – perguntou Mason, com um tom muito sério.

– Qual é, Drew! Não pode ser... Todos que sabem de nós são amigos, pouquíssimas pessoas – disse Nate, rejeitando a hipótese.

Dylan continuou:

– Se fomos descobertos, quem quer que seja está bem na nossa frente. Já sabe o que vamos fazer. Nosso plano está correndo risco de dar errado.

– Exatamente. Então vamos mudar o plano: está na hora de nos anteciparmos. Vamos agir hoje, esta noite – sentenciou Mason.

– Hoje?! – disseram todos, quase juntos.

O que será exatamente que aconteceria naquela noite? Eu não sabia, mas já comecei a ficar preocupada.

– Se estamos sendo vigiados, alguém já conhece nosso plano. Ou seja, precisamos mudar o roteiro – explicou Mason.

– Você só pode estar louco – manifestou-se Chris.

– Não, esse é o único jeito de não perdemos todo o trabalho que fizemos até aqui.

– Drew, não percebe que é uma missão suicida? Tudo está dando errado. Estamos chamando muita atenção. Você não pode arriscar sua vida assim, cara! Não podemos nos arriscar dessa forma.

– Todos nós já somos experientes nessas ações. Vamos seguir o combinado, apenas antecipando o dia. Vai dar tudo certo.

– Claro que não, cara – disse Brian, nervoso. – Não dá para fazer as coisas de última hora. Não temos a planta final do prédio.

– Vai ser hoje – decretou Mason.

– Cara, não inspecionamos o lugar para checar todas as informações e cronometrar o tempo da ação. Tem noção de que podemos morrer? Nosso planejamento ainda não está concluído. – Era a vez de Nate se pronunciar.

– Vamos concluí-lo. – Mason estava decidido.

Eu não devia ter escutado aquilo. Não era possível, Mason não podia agir daquela forma. Não tinha o direito de colocar a própria vida em risco assim. Senti lágrimas quentes escorrerem pelo meu rosto e não consegui mais me conter. Abri a porta do escritório e todos me olharam assim que entrei.

– Mason, não, não faça isso! – pedi desesperadamente. – Por favor, não faça isso.

Solucei alto.

Os rapazes me olhavam sem dizer nada. Mason me encarava com um de seus olhares inexpressivos.

– Sei muito bem o que pode acontecer com qualquer um de nós. Mas não vamos desistir, ou vocês acham que, se cairmos fora agora, quem está na nossa cola vai nos deixar para lá? – questionou Mason, me ignorando.

Os rapazes continuavam calados, e eu continuava chorando. – Já invadiram minha casa e atiraram em Caissy. Já metralharam o carro de Dylan. Vocês vão ficar esperando alguma coisa ainda pior acontecer?

Balancei a cabeça, indignada.

– Não! Você não pode fazer isso – gritei, em meio aos soluços.

– Antecipando o roubo ou seguindo a data certa, corremos risco do mesmo jeito. Então vamos garantir nosso dinheiro, pelo menos – concluiu Mason.

– Mason… – sussurrei com os olhos vermelhos. Eu não conseguia mais encontrar as palavras para falar o que quer que fosse.

– Bom, é verdade... Sendo assim, por mim tudo bem – concordou Dylan.

Eu me senti ainda mais impotente. Mason queria executar o plano de qualquer jeito, e se os rapazes não o impedissem não havia mais nada que eu pudesse fazer.

– Então, estou dentro – concordou Nate.

– Eu também – disse Chris, e todos ficaram aguardando a resposta de Brian.

Dentro da minha cabeça, eu gritava para que Brian não concordasse. Olhei fixamente em seus olhos, mas ele virou o rosto.

– Eu não concordo – afirmou Brian. – Mas se vocês vão entrar nessa, não vou pular fora.

Os rapazes vibraram. O time estava completo. Eu parecia invisível ali. Baixei a cabeça, me sentindo derrotada. Então era isso: eles iam agir, estava decidido.

– Mason, não faça isso, por favor – pedi novamente, atravessando a sala, depois colei meu corpo no dele e o abracei bem forte.

– Caissy… – Pela primeira vez desde que entrei no escritório, Mason se dirigiu a mim. Ergueu meu rosto e me fez olhar para ele. – Não vai acontecer nada. Já fizemos isso muitas vezes. Somos bons.

– Só que desta vez é mais perigoso e você sabe.

– Viver é perigoso, querida – disse ele, secando minhas lágrimas com as costas das mãos.

A sala estava em silêncio. Nossos corpos abraçados pareciam um só. Não consegui pensar em nada para falar. Mason era um poço de autoconfiança, e eu estava muito assustada. Não era justo. Se algo acontecesse com ele ou com os rapazes... Eu não suportaria mais uma perda. Então tinha que tentar mais um pouco.

– Por que você não desiste de tudo isso? Por que ainda precisa arriscar sua vida? – perguntei, me afastando dele. – Olhe tudo o que você já tem: carros, casa, luxo. O que mais você quer? – Eu estava muito nervosa.

– Não tente entender. Não vou colocar você nessa jogada. Vamos seguir com o plano, vai dar tudo certo, apenas confie em mim.

Eu não conseguia. Saí correndo do escritório e subi a escada. Estava sufocada, sentindo um aperto no peito. Tomei um banho rápido, tentando me acalmar, mas foi em vão. Troquei de roupa porque estava fazendo frio. Deixei meu cabelo solto para disfarçar um pouco os olhos inchados.

Algum tempo depois, encontrei Mason sozinho no escritório.

– Não fique assim, meu anjo.

Ele estava de costas, carregando a arma, mas percebeu minha presença quando entrei e me joguei no sofá.

– Não adianta falar nada porque você não vai mudar de opinião, então... – retruquei, dando de ombros.

– Vamos sair quando eu voltar – sugeriu, colocando a arma na mesa de vidro fumê, ao lado de outras duas, mais ou menos do mesmo porte.

Eu já estava ficando tão acostumada com aquilo que nem me assustava mais.

– Vamos a uma festa?

– Mais ou menos. Um jantar beneficente na verdade, mas é como uma festa. Quero que conheçam minha namorada – enquanto ele falava, estava tão concentrado nas armas que nem notou o meu espanto ao ouvir aquilo.

– Vou adorar, mas não tenho roupa para ir a um jantar elegante.

Ele deu uma risadinha. Humm... Talvez aquele assunto fosse uma tática para me acalmar, mas eu não deixava minhas preocupações de lado assim tão fácil, não.

– E se acontecer alguma coisa com você hoje? – retomei o assunto que ainda não havia terminado.

– Não vai acontecer nada comigo – respondeu ele, seco.

– Você se garante muito.

– Talvez por isso que eu esteja vivo até hoje – disse ele, e me calei para segurar o choro. – Venha aqui. – Parado atrás da mesa, Mason me chamou. Eu me levantei desanimada, sentindo o corpo pesado. – Talvez eu me arrependa depois, mas... – Ele pegou uma arma em cima da mesa e a engatilhou. – Preciso ter certeza de que você vai ficar protegida. Atire – ordenou, me estendendo a arma.

Arregalei os olhos. Ele estava ficando louco?

– Para que isso? – perguntei, assustada.

– Para você se defender.

Então ele me puxou para perto. Em seguida, ficou por trás de mim, colocou o revólver em minhas mãos e me ajudou a empunhá-lo com firmeza, com as mãos em cima das minhas. Senti um frio na espinha. Nunca me imaginei segurando uma arma.

– Mason, não acho que isto seja necessário – sussurrei com a voz fraca.

– Mire em alguma coisa. – Respirei fundo e mirei na janela. – Tem certeza de que é lá que você quer acertar? – perguntou ele, e eu confirmei com a cabeça. – Então, atire! – ordenou.

Minhas mãos tremeram um pouco. Eu estava com o dedo no gatilho, mas não tinha coragem.

– Vamos lá – murmurou ele no meu ouvido, me incentivando. – Atire!

Estreitei os olhos e puxei o gatilho. A força do impacto me chacoalhou, mas Mason estava atrás de mim, fazendo uma barreira para que eu não me desequilibrasse.

– De novo. E não feche os olhos desta vez – disse ele, com um tom enérgico. Mirei outra vez na janela, porém não acertei. – Respire devagar, você não precisa acertar exatamente onde mira. Basta saber usar isso, caso corra perigo.

– Sempre ouvi falar que quem segura uma arma tem duas escolhas: matar ou morrer. Não sei se estou pronta para alguma das duas – falei, expirando de forma exagerada.

– Nunca atire com ódio. Sempre mantenha a calma – aconselhou ele, pegando a arma das minhas mãos. – Esta daqui é sua.

– Não preciso de uma arma.

– Uma hora vai precisar – afirmou ele, travando a arma que eu havia usado.

Mason a guardou numa mochila. Depois, voltou a mexer em alguns papéis na mesa.

– Ei, Drew. – O rádio em cima da mesa fez um barulho e reconheci a voz de Dylan. – Onde você está?

Mason pegou o rádio e apertou um botão.

– Já estamos indo – respondeu.

– Estamos?! – perguntei, confusa.

– Você vai ter que ficar no galpão com Nate – disse ele, tirando um quadro da parede. Atrás, preso à moldura, havia um monitor.

Mason apertou alguns botões e, de repente, a estante começou a se mover devagar para o lado. Atrás da estante, havia uma porta que levava, provavelmente, a alguma sala secreta. Mais uma vez, ele digitou com agilidade no monitor e a porta de dentro se abriu, revelando o que havia do outro lado.

Era um acesso ao escritório de Mason anexo à casa, onde ele ficava trancado com os rapazes. Mason pegou algumas caixas, empilhando-as na mesa.

– Para que isso? – perguntei, curiosa.

– Coisas de que a gente vai precisar – disse ele, encerrando o assunto.

Depois, digitando novamente, fechou a porta e recolocou a estante no lugar certo. O escritório voltou ao que era. Nunca imaginei que existisse uma passagem secreta entre as duas salas. Se me contassem, não acreditaria.

Mason estava calado. Fomos até a garagem e ofereci ajuda para guardar as coisas no carro, mas ele não aceitou. Enquanto ele dava a partida, puxei assunto:

– Eu devia ter tomado mais um remédio – falei, sentindo meu braço começar a latejar.

– Você fez outro curativo depois do banho? – perguntou ele, enquanto passávamos pelo portão da mansão. Senti meu corpo gelar e nem respondi à sua pergunta.

Durante todo o trajeto, fiquei perdida em pensamentos e, quando me dei conta, Mason estava estacionando o carro diante do galpão, ao lado dos veículos dos rapazes. Engoli em seco ao voltar para o local onde eu havia sido baleada. Mesmo que tenha sido de raspão, é uma experiência que ninguém esquece. Em seguida, entramos no lugar. Chris e Brian estavam lá, vestindo roupas pretas, calça e camiseta justa de manga comprida. Usavam luvas pretas também, com máscaras ninjas na mão.

– Cassidy. – Emily me recepcionou, sorridente, e eu me surpreendi ao vê-la ali.

– Oi – respondi, sem graça, tentando entender a situação. Será que também fazia parte de tudo aquilo? Mas como? Olhei para Brian e pedi: – Cuide do Mason para mim, por favor! Não deixe nada acontecer com ele.

– Caissy, Drew Becker é o pior vaso que já vi. Esse aí não quebra fácil, não. Relaxe e fique confiante – falou ele, tentando me tranquilizar, e sorri meio de má vontade.

Mason foi se trocar do outro lado do galpão. Emily e Brian conversavam sobre coisas aleatórias, mas eu não conseguia me concentrar no que eles diziam. Estava distraída. O que Emily estava fazendo ali, afinal?

– Já está na hora? – perguntei, quando Mason retornou vestido exatamente como Chris e Brian.

– Quase – respondeu Brian, e depois se afastou.

Mason não olhava para mim de jeito nenhum. Estava concentrado e, todas as vezes que eu tentava algum contato visual, ele desviava o olhar. Emily o ajudava a passar o fio de um comunicador portátil por dentro da roupa. Ela parecia muito entrosada no grupo, o que me deixou ainda mais isolada.

– Vai ser assim, então. – Dylan se aproximou da única mesa que havia ali, e todos se reuniram em volta para ouvir as instruções. Eu estava um pouco longe, mas conseguia escutar tudo o que diziam. – Mason, Brian e Chris vão entrar no prédio. Nate, você vai ficar aqui com Caissy e Emily, nos dando instruções sobre o lugar. Todos os carros estão com rastreador e cada um de nós tem um comunicador portátil, com escuta e microfone. – Nate concordava com a cabeça, como se repassasse mentalmente todas as etapas da ação. – Vocês três já sabem a senha. Depois que fizerem a limpa nos cofres, voltem pelo mesmo caminho. Só temos uma única saída e sete minutos para concluir a ação. É o máximo de tempo que Nate consegue segurar o sistema de segurança antes que os alarmes sejam disparados. Joguem os malotes ao norte do terraço. Eu vou estar lá, com o caminhão de lixo, para recolher tudo. Os carros de fuga estarão na rua principal.

Cada um já sabe qual é o seu. Depois nos encontramos aqui. Temos duas horas e meia para estarmos de volta ao galpão. Boa sorte para a gente.

– Entendido. Boa sorte – disse Brian, colocando a máscara, deixando de fora apenas os olhos e parte do nariz.

– Boa sorte para a gente, galera – desejou Chris, e também colocou a máscara, saindo do galpão seguido por Dylan e Brian.

– Caissy. – Mason se aproximou de mim. – Se esse idiota não conseguir dar conta da sua segurança, atire com firmeza, de olhos abertos, ok? – disse ele, me entregando a arma, por mais que eu não me sentisse bem com aquele negócio na mão.

– Não ferra, Drew! Posso muito bem tomar conta da sua namorada – disse Nate, descontraído.

– Pode contar no relógio: daqui a duas horas e meia voltarei para você – prometeu Mason, bem baixinho, e só eu pude ouvir.

Ele tinha o sorriso mais lindo do mundo. Seus olhos não vacilaram em nenhum momento. Ele estava confiante, sabia muito bem o que ia fazer. Depois tocou meus lábios para me dar um selinho. Eu odiava despedidas, mas coloquei meus braços em volta do seu pescoço e o beijei com vontade.

– Não demore – sussurrei no ouvido dele.

– Vai ser rápido – respondeu, me soltando e colocando a máscara, que só deixava seus olhos à mostra.

Eu sentia minhas pernas tremerem e um frio na espinha. A noite estava gelada. Mason me olhou mais uma vez. Senti uma vontade irresistível de lhe dizer uma coisa. Parecia que tudo só faria sentido quando eu lhe dissesse aquilo. Seus olhos estavam fixos nos meus. Já dava para ver os faróis do lado de fora do galpão.

– Amo você. – Mexi os lábios sem emitir som algum.

Ele riu, balançou a cabeça e depois saiu pela porta.

PARTE 2

CASSIDY
& MASON

1

Do alto do prédio, tínhamos a visão de boa parte de Atlanta. Eu estava confiante. Tínhamos que voltar para casa em segurança... E iríamos voltar. Eu havia deixado coisas muito valiosas para trás.

O prédio onde estávamos e o edifício do banco eram geminados. Brian, Chris e eu já estávamos posicionados, esperando o sinal de Nate.

Chris estava agachado, observando a movimentação da rua.

– Obrigado por se arriscarem – falei pelo microfone e os dois olharam na minha direção.

– É isso aí, cara! Somos uma equipe e estamos aqui para isso – respondeu Chris.

– Estão me ouvindo? – perguntou Dylan, com a voz entrecortada por alguns chiados.

– Fala, Dylan – respondemos juntos.

– Já podem descer. Lembrem-se de que, depois que entrarem, vocês têm apenas sete minutos – comentou Dylan, e nos entreolhamos por um instante.

Chris desceu na frente. A voz de Dylan desapareceu e Nate passou a nos dar instruções.

– À direita, no final do corredor, primeira porta. Por ali, vocês terão acesso aos cofres.

Aquela porta era nosso limite. Quando a ultrapassássemos, tudo estaria em jogo. Respirei fundo. Eu seria o primeiro a entrar. Assim que Nate destravou a porta, entrei sorrateiramente. Chris e Brian me davam cobertura.

– Os corredores estão livres. Troca de posto. Vocês têm sete minutos para fazer o que é necessário – repetiu Nate.

Todas as portas foram destravadas. Logo chegamos aos cofres e Chris cuidou da porta blindada, nossa última barreira. Ele era o único que sabia a senha, e Brian tinha a digital de acesso.

Meu coração batia mais rápido que o normal. A luz acima da porta ficou verde. Conseguimos permissão para entrar. Os cofres, previamente escolhidos por nós, estavam recheados de dinheiro, barras de ouro e caixas de joias, mas nosso negócio era a grana.

– Quando sairmos daqui, vamos para aquela boate nova que abriu? Como é mesmo o nome? – perguntou Chris.

– Pay Luxury – respondeu Brian, concentrado.

– Tenho outras coisas para fazer – falei, fazendo minha parte.

– Você está recusando mulher?! – perguntou Chris, indignado. – Vai chover, ou então você pegou alguma DST.

Os dois começaram a rir pela escuta. Deu para ouvir Dylan e Nate rindo também. O som estava alto e incomodava um pouco, ainda mais com as gargalhadas.

– Não peguei DST nenhuma, porra! Se liga, Christopher – falei, muito sério. – Vou sair com Caissy.

– Ah, mentira?! Mentira que estou ouvindo isso! – brincou Chris, e Brian continuava calado, fazendo seu trabalho. – É o amor, é o amor...

– Cale a boca e faça sua tarefa – ordenei, cortando o assunto.

Estávamos ali pelo dinheiro, mas havia outra coisa num daqueles cofres, especificamente, que me pertencia. Eu sabia que estava ali, em algum lugar. Dei uma olhada cuidadosa no cofre de Marconny Salvatore. Nem todo o dinheiro do mundo pagaria a felicidade que eu sentiria ao roubar aquele cara. Por mais que eu estivesse levando uma boa quantia, nada se compararia a colocar as mãos naquilo que estava guardado no cofre dele, aquilo que eu tanto queria, por uma questão pessoal.

– Três minutos para a troca de postos terminar, vocês precisam sair daí – avisou Nate pela escuta, e Brian e Chris já estavam prontos.

Eu sabia que o que procurava devia estar naquele cofre, mas não estava achando. Era um espaço grande, como em filmes. O tempo estava se esgotando, mas eu não podia desperdiçar essa oportunidade, que tinha planejado e ansiado tanto. Tinha que ser hoje, eu tinha que encontrar... Até que notei uma pequena porta meio escondida, com uma grande trava. Será que estava lá dentro? Peguei no bolso da calça um cartão magnético que Nate havia me dado, que era como se fosse uma chave mestra. Fiquei tentando abrir a trava, mas não estava funcionando. Brian e Chris já tinham começado a sair, arrastando os malotes.

– Vamos embora, cara. Está na hora.

– Só mais um instante...

– Está louco, Drew? Faltam dois minutos para a casa cair – disse Chris, nervoso.

– Dois minutos é muito tempo. Vão indo na frente. Tenho que pegar um negócio aqui.

– Que negócio?! – Brian segurou meu braço. – Vamos dar o fora, já temos tudo de que precisamos.

– Volte para o terraço com Chris. Já estou indo – falei, me livrando dele e ouvindo Brian resmungar enquanto se afastava.

Ainda faltava um minuto e quarenta e dois segundos para acabar a troca de turno dos seguranças. Se aquele cartão não abrisse aquela portinhola do cofre de Marconny, eu colocaria tudo a perder. Mas iria tentar de novo. Fechei os olhos, passando o cartão no leitor digital. Quase não acreditei quando ouvi um barulho avisando que a porta estava aberta. Senti um frio na espinha. Eu poderia levar todas as joias e os objetos valiosos que havia ali, mas a única coisa que peguei já me pertencia, na verdade.

Saí correndo, mas era tarde demais. Não dava para fazer o mesmo caminho. Desci pela escada de emergência, ouvindo vozes e sinais de alerta atrás de mim. Em pouco tempo, aquele lugar ficaria infestado de policiais. Eu estava suando frio e corria o mais rápido que dava. Consegui chegar ao terraço e encontrar Brian e Chris. Eles estavam desesperados, me esperando.

– O que é isso?! – perguntaram assim que me viram, apontado para um tubo cilíndrico que carregava.

– Depois eu conto. Precisamos sair daqui. Os seguranças já descobriram o roubo – falei, um pouco ofegante.

– O tempo está estourado. Nate não conseguiu interferir no rádio da polícia – falou Brian, nervoso.

– Faça o combinado e não reclame.

Eles jogaram os malotes no lado norte, como Dylan havia mandado. Mas eu não arremessei o que pegara no cofre do Marconny. Levaria aquilo comigo. Brian jogou a corda e fui o último a descer. Demos a volta no prédio para seguir pela rua principal onde estavam os carros. O barulho das sirenes estava próximo. Entrei no carro e, pelo retrovisor, vi Chris e Brian entrarem no deles.

– Saiam já daí! – gritou Dylan pela escuta.

– Quero ver quem vai me pegar – berrou Chris, passando ao meu lado, cantando pneu.

– Encontro vocês no galpão – avisei.

Desliguei a escuta e o rastreador do carro. Os rapazes iriam surtar, mas eu tinha uma coisa mais importante para fazer antes de voltar.

Já havia se passado quase uma hora desde que eles tinham saído. Aquilo tudo era uma loucura. Meus pés estavam dormentes de tanto que eu andava de um lado para outro, preocupada. Não conseguia desgrudar os olhos do relógio. Eu estava tentando me controlar, mas aquela sensação de desespero me consumia cada vez mais. Todo o meu corpo tremia. Eu estava sentindo mais frio do que o normal. Meus ossos pesavam como ferro. Eu olhava para Nate na tentativa de obter alguma informação, mas ele e Emily estavam concentrados na tela do computador. Minhas mãos suavam frio. Eu não conseguia ficar quieta e já tinha rezado tudo quanto era oração que conhecia. Temia pelo pior. Aquilo tudo era perigoso demais.

– Droga! – disse Nate, e corri na direção deles.

– O que foi? – perguntei, preocupada, mas ele não me respondeu. – Nate?! – gritei. – Me diga o que está acontecendo.

– Faltam dois minutos para terminar a troca da segurança, e Drew ainda não foi para o terraço – falou ele, nervoso e preocupado.

– E agora?! – gritei desesperada.

– Calma! – pediu Emily, tentando me tranquilizar.

– Ai, meu Deus... – murmurei.

– Mason, está me ouvindo?! – perguntou Nate, segurando o fone no ouvido, como se estivesse com dificuldade para escutar.

Muito inquieta, fiquei observando apenas o ponto vermelho que se movimentava na tela do computador. Mas fazer isso me deixava ainda mais nervosa.

– Dylan, mande eles saírem do prédio agora! – Nate parecia furioso. – Brian e Chris já estão no terraço. O que Drew ainda está fazendo lá dentro?

Depois disso, Nate ficou em silêncio por alguns instantes.

– Eles saíram? – perguntou Emily, impaciente com a falta de informações.

Nate fez um sinal positivo, e soltei o ar preso no peito, me sentindo aliviada por saber que eles já tinham saído do prédio. "Meu Deus, traga Mason são e salvo para mim, por favor", eu suplicava, e rezava baixinho com as mãos trêmulas. Fiquei bastante tempo orando e levei um susto tremendo quando Nate gritou:

– Drew está louco?!

Meu coração disparou e nem sequer consegui perguntar o que tinha acontecido.

– Eles já pegaram os carros? – perguntou Emily

– Pegaram... – Ele fez uma careta de preocupação. – Mas perdi o contato com o Drew. O rastreador do carro dele não está funcionando... Não é possível! – exclamou Nate, desesperado, tentando entender o que estava acontecendo.

– Como assim perdeu o contato? – perguntei, histérica.

– Ou então... Ele desligou o rastreador – sugeriu Nate, nervoso.

– Nate... – Minhas outras palavras ficaram presas na minha garganta. Eu só conseguia chorar cada vez mais alto.

– Caissy, calma... Ele vai ficar bem. – Emily tentava me consolar.

Um turbilhão de coisas começava a passar pela minha cabeça e as lágrimas escorriam sem parar. Meu desespero e minha preocupação aumentaram muito mais.

– Dylan – Nate se comunicava com os outros rapazes –, não posso monitorá-lo, perdi o contato com o rastreador do carro. – Uma pausa demonstrava que Dylan estava falando algo. – Como assim ele desviou da rota? – "Meu Deus!", pensei. O que Mason estava fazendo? – Vocês devem voltar para cá imediatamente. Não podemos dar mole com esses carros na rua.

Em seguida ficou um silêncio e eu criei coragem para perguntar:

– O que houve, Nate?

– Drew desviou da rota e ninguém sabe para onde ele foi – respondeu Nate, digitando com agilidade no teclado.

– Ele só pode estar querendo me matar do coração – falei, pegando o celular. Era a primeira vez que eu o usaria desde que Deborah me dera o aparelho. – Droga! A ligação cai direto na caixa postal.

Joguei o celular no sofá, fazendo Nate desviar a atenção do computador para mim. Logo depois, o peguei de volta, ansiosa por alguma ligação.

– Caissy, calma, ficar assim não vai adiantar nada – falou ele, tentando manter a serenidade.

– Nate, Mason é irresponsável. Ele gosta de brincar com a própria vida e também não se importa de brincar com a dos outros.

– Ei. – Ele se levantou e veio até mim. – Drew é louco, mas sabe o que faz.

– Tomara – sussurrei, em prantos.

Eu estava sentada no sofá com a cabeça apoiada no colo de Emily. Não havia mais o que fazer. Só podíamos esperar. Eu ainda chorava em silêncio quando escutamos barulho de carros do lado de fora.

– Devem ser eles – disse Nate, se levantando depressa e saindo na minha frente.

Meu coração disparou, como se fosse sair pela boca. Havia apenas dois homens encapuzados do lado de fora do galpão. Eu não sabia se um deles era Mason, mas pelo porte de cada um, não parecia.

– Caissy. – Reconheci a voz de Brian. Ele andou na minha direção, tirando a máscara ninja, e me abraçou. – Você andou chorando? – perguntou ele, no meu ouvido, sem me largar.

– Um pouquinho – falei em voz baixa, saindo do abraço dele.

Eu ainda tinha um fio de esperança de que o outro homem fosse Mason, mas logo vi que era Chris.

– Drew ainda não chegou? – perguntou, reparando que o colega não estava por ali.

– Ele desviou da rota e perdi contato com o rastreador do seu carro. Acho que ele o desligou – explicou Nate, derrotado.

– Já sabíamos que ele tinha desviado da rota, mas quando foi que ele desligou o rastreador? – perguntou Chris, nervoso.

– Assim que vocês entraram nos carros.

– Não acredito – gritou Brian, chutando o pneu de um dos carros. – Ele tinha que fazer uma merda dessas, ou não era ele!

– E Dylan? – quis saber Chris.

– Dylan entrou em contato comigo assim que notou que só tinham dois carros na estrada. Ele foi se livrar do caminhão e já deve estar voltando – disse Nate.

– Será que aconteceu alguma coisa com Drew? – perguntou Chris, preocupado, e senti meu coração apertar ainda mais.

– Claro que não aconteceu nada. É o Drew! Ele sempre tem que quebrar as regras – comentou Brian, também nervoso.

De repente, outros faróis iluminaram a parte da frente do galpão. Era Dylan estacionando o carro.

– Drew já voltou?

– Não – sussurrei.

– Aconteceu alguma coisa... – disse ele.

– Ele falou algo para você? – perguntou Nate para Brian, afinal, apesar de tudo, ele e Mason tinham mais intimidade.

– Ele... – Brian sabia de algo. – Ele pegou mais alguma coisa num dos cofres antes de sairmos do banco – falou, baixando o olhar.

– Pegou mais o quê? – perguntou Nate.

– Não sei. Não deu para ver. Estava dentro de um tubo cilíndrico preto.

– Só pode ter acontecido alguma coisa – insistiu Dylan, o que me deixou ainda mais tensa.

– Não aconteceu nada – gritou Brian. – Aposto que depois dessa adrenalina toda, deve estar em alguma boate por aí, cercado de mulheres e se gabando de como ele é foda.

Meus olhos se encheram d'água novamente e eu não tive como me segurar mais. Os rapazes entraram no galpão, mas fiquei ali pedindo aos céus para trazê-lo de volta para mim. Eu confiava nele. Nada do que Brian disse era verdade. Mason não ia me deixar ali, naquele estado, para ir a uma boate. A temperatura caía cada vez mais, mas decidi que só arredaria o pé dali quando ele aparecesse.

De repente, o celular vibrou nas minhas mãos. Uma nova mensagem apareceu na tela. Era de Mason!

"Está muito frio aí, você vai congelar."

Olhei em volta, procurando por ele, até que escutei o ronco do motor do meu lado esquerdo. Senti meus lábios formarem um sorrisinho bobo e me virei na direção dos faróis. Ele estava sem máscara, usando um boné preto com a aba para trás e exibindo um sorriso triunfante. Definitivamente, Mason Becker era o homem mais bonito que eu já havia conhecido.

– Mason! – Corri na sua direção e pulei no pescoço dele. – Eu sabia que você ia voltar, eu sabia.

Ele se afastou um pouco e me encarou nos olhos, me fazendo corar.

– Quando saí daqui, me esqueci de dizer uma coisa para você. – Ele me deu um selinho rápido e tirou o braço que estava escondido nas costas, estendendo a mão com uma rosa. Era para mim?! Aquele era mesmo o Mason?! – Posso pedir uma coisa? – perguntou, sem desviar nem por um segundo os olhos dos meus.

– Pode – respondi, balançando a cabeça e sorrindo.

– Quer me fazer feliz, Cassidy? Quer me fazer sentir o melhor homem do mundo, como só você consegue?

Ele não podia estar falando sério, eu não acreditava que aquele era o mesmo Mason que eu conhecia. Balancei a cabeça, roçando os lábios nos dele.

– Quero. E prometo que vou, meu amor.

Eu estava transbordando de alegria de maneira inexplicável. Eu me sentia eufórica por estarmos juntos, unidos.

– Também amo você, Caissy – acrescentou ele. – Do meu jeito, mas amo.

Senti uma vibração de êxtase em cada uma das minhas células. Meu coração batia ligeiro. Naquele instante, o mundo parou. As mãos dele tocaram meu rosto com delicadeza, e dei um sorriso tímido. Mason colocou meu cabelo para trás e beijou meu sorriso. Depois começamos a nos beijar de verdade. Senti todo o meu ser se derretendo de paixão. O beijo calmo se tornou urgente, ávido. Uma das mãos dele puxou minha cintura para que nossos corpos ficassem bem próximos um do outro. Gemi baixinho, dentro da sua boca, sentindo a intensidade do seu toque gerar um calor intenso, que me percorreu dos pés à cabeça.

2

Os assobios dos rapazes nos interromperam. Depois eles começaram a gritar e a bater palmas, na maior algazarra. Dei uma risadinha. Mason e eu interrompemos nosso beijo, mas continuamos nos olhando nos olhos.

– Ei, Drew, você está apaixonado, cara! – disse Nate e todos riram.

Mason me levantou, me tirando do chão, e ainda me deu outro beijo.

– Seus idiotas... Vocês não têm que contar aquela grana toda, não?! – disse ele, e os rapazes riram novamente.

Mason segurou minha mão e entramos juntos no galpão. Em cima da única mesa, tinham vários malotes. Brian abriu o primeiro deles, colocando pilhas de dinheiro em cima espalhadas pela superfície. Eu nunca tinha visto tantas cédulas juntas.

– Adorei a rosa – comentou Emily comigo, sorridente.

– Eu também – respondi, contente.

E sorri de volta para ela, roçando as pétalas na ponta do nariz. A flor acariciou minha pele quase tão suavemente quanto Mason.

– E aí, Dylan, hoje vão ser cinco mulheres para cada homem?! – perguntou Brian.

– Se você der conta de tudo isso... – zombou Dylan.

– Ah... Eu não estava sabendo que você tinha compromisso – intrometeu-se Emily, puxando Dylan pelo braço.

– Ih, mais um que foi amarrado – brincou Chris, deixando Dylan sem graça.

Mason tinha falado a verdade no hospital. Emily não estava interessada nele, mas sim em Dylan.

– Ai, quando será que vou amarrar alguém, meu Deus?! – disse Nate, imitando a voz de uma mulher. – Fico com calor só de pensar. – Em seguida, pegou um maço de notas, formou um leque com elas e começou a se abanar. Caímos na gargalhada. Eu ria de tudo que eles faziam e falavam. – Nossa, meus olhos estão doendo de ver tanto dinheiro na minha frente – brincou Nate novamente, ainda se abanando, mas já usando sua voz normal.

– Tenho uma surpresa para vocês – interrompeu Mason, encerrando as brincadeiras.

– O que foi desta vez, seu maluco? Qual é a boa agora? Algum novo desvio de rota para ir buscar uma rosa para a namorada? – perguntou Chris.

– Não. Foi isso que me fez demorar um pouco mais dentro do banco – disse Mason, erguendo um tubo cilíndrico preto.

– Ah, então foi isso que fez você quase botar tudo a perder. Que é isso, afinal? – indagou Dylan, em tom mais sério.

– São algumas telas que estavam escondidas no cofre do Marconny.

– Cheio de grana nos cofres e você se preocupou com telas? Você curte obra de arte agora? – comentou Nate, sempre mais brincalhão.

Enquanto todos olhavam curiosos para Mason, ele respirou fundo antes de continuar.

– Talvez eu tenha errado ao esconder isso de vocês. A ação de hoje poderia não ter dado certo. A gente podia ter se dado mal. Mas fiz questão de executá-la não apenas para garantir que nosso planejamento não fosse por água abaixo e não conseguíssemos roubar o dinheiro... Na verdade, o dinheiro nunca foi meu objetivo principal. Arrisquei tudo ao entrar naquele banco por causa disto – disse ele, desenrolando telas de quadros em cima da mesa. – Estas obras pertencem ao meu pai.

– Seu pai? Espere aí, Drew, explique isso direito porque não entendi nada – manifestou-se Chris.

O assunto chamou minha atenção e de todos os rapazes, com exceção de Brian. Mason nos contou que tinha entrado naquele banco de forma tão precipitada por causa da justiça que jurou fazer em nome do pai, que fora assassinado quando ele tinha 11 anos. A polícia nunca descobriu quem o matou. Ele e a mãe perderam tudo na época, pois durante anos os bens ficaram confiscados pela Justiça. E então ele jurou que vingaria o pai.

– A polícia não se preocupou em investigar direito. Eles nos disseram que estranhamente as câmeras não registraram o crime e que ninguém viu o que aconteceu. No dia em que invadiram nossa casa, os bandidos estavam procurando estas telas aqui, que são valiosíssimas. Jared era fascinado por obras de arte. Tinha coleções que valiam milhões. Os bandidos estavam encapuzados, então não era possível identificá-los facilmente... Deborah implorou que nos deixassem em paz, que levassem apenas o dinheiro e as telas, mas eles a torturaram na minha frente – revelou Mason, e meu estômago se revirou só de imaginar tudo o que ele tinha presenciado. Ele era apenas uma criança. – Ela resistiu o quanto pôde, até que desmaiou. Deborah não viu, mas eu, sim. Vi meu pai ser assassinado com três tiros. Nunca esqueci o jeito daquele assassino, e notei parte de uma tatuagem aparecendo sob a manga da sua camisa. A mesma tatuagem de Marconny.

– Espere aí! Você está insinuando que... – Dylan começou, mas Mason o interrompeu, concluindo:

– Marconny Salvatore é o assassino do meu pai.

Os rapazes se entreolharam, chocados com aquela notícia.

– Nossa... Que bomba! Mas o cara é ricaço, um empresário renomado. Como ia se envolver numa sujeira dessa? Por quê? Só para roubar dinheiro e algumas telas? Você tem certeza de que foi ele? – perguntou Chris.

– Tenho, absoluta. Passei os últimos anos na cola dele, fiz várias investigações particulares. Descobri que esse cara era sócio do meu pai, amigo da família. Eles fundaram uma ONG juntos, a mesma que Deborah gerencia hoje. Só que meu pai sempre teve muito grana, de herança de família. Marconny, não. Ele era muito ambicioso e tinha inveja do meu pai. Começou a usar a ONG para lavar dinheiro, e roubou quantias enormes, complicando a situação do meu pai. Quando ele descobriu, os dois tiveram uma briga feia e Jared disse que o entregaria para a polícia. Foi por isso, na verdade, que meu pai foi morto: queima de arquivo. Marconny deve ter ficado com muita raiva dele, porque atrapalhou seus planos e iria acabar com sua vida ao entregá-lo para a polícia. O assalto à nossa casa foi só uma encenação. Ele sabia que guardávamos dinheiro em casa e conhecia as telas que nós tínhamos. Fez todo aquele teatro para despistar a polícia. A morte do meu pai foi considerada apenas como um latrocínio, nada de cunho pessoal. – Mason fez uma pausa, antes de continuar: – E ele é tão safado, e ao mesmo tempo tão confiante, que nunca se livrou das telas. Deixou-as guardadas no seu cofre do banco. Como um troféu, provavelmente. Ah, e não bastasse ter tirado a vida do meu pai e destruído a minha e a da minha mãe, ele ainda nos deixou na miséria por muitos anos, porque, por culpa das suas tramoias, a ONG foi investigada e os bens da nossa família ficaram bloqueados pela Justiça. Por isso passei tanto tempo me dedicando a isso, a me vingar desse bandido. Mas ajo com discrição, Deborah não sabe nada sobre isso. Não quero envolvê-la.

Todos ficaram em silêncio, provavelmente assimilando tudo que haviam escutado, assim como eu estava fazendo. Após longos minutos, Chris quebrou o silêncio:

– Então isso não foi um roubo, você só foi atrás do que é seu, irmão – falou, colocando a mão no ombro de Mason.

– Ladrão que rouba ladrão tem cem anos de perdão – concluiu Nate.

Todos os meus questionamentos acabaram de uma só vez. Eu não o via mais como Drew Becker, um grande criminoso. Sua história passou a fazer sentido. Mason foi obrigado a se meter num monte de coisas erradas para fazer justiça pela morte do pai. Eu me sentia enojada com tudo o que ouvi. Compreendia sua dor e suas atitudes.

– Então, esta noite vamos comemorar em dobro!

– Ainda não. Essas telas não valem nada sem os certificados.

– Certificados? – perguntou Brian, confuso.

– Nate, quanto tempo mais você consegue interceptar a frequência de rádio da polícia? – questionou Mason.

– Não sei. Agora, depois do roubo, eles vão alterar a frequência para manter a investigação sob sigilo. Realmente não sei.

– Qual é, Drew? O que você está tramando?

– Ficar com esses quadros é criar provas contra nós mesmos. Quero passar isso adiante logo, mas não podemos vender as obras em leilão, porque não temos os certificados de autenticidade. Os compradores só fariam lances altos com certificados. Sem isso, a venda passa a ser ilegal, então os valores caem.

– Sem os certificados, Marconny pode dar um jeito de reaver as obras de quem comprá-las – completou Dylan.

– E como vamos fazer para arranjar esses certificados? – perguntou Chris, impaciente.

– O único jeito é ir à casa de Marconny e pegá-los – disse Mason, como se fosse algo banal, e todos se entreolharam.

Aquela, sim, era uma missão suicida. Já era óbvio para mim que esse tal de Marconny era barra pesada.

– Isso é impossível – declarou Brian.

– Para você – desdenhou Mason, interrompendo-o. – Amanhã começam os jantares beneficentes de primavera e o primeiro é na casa do nosso amigo Marconny...

– Seria uma ótima oportunidade para roubar os certificados – disse Dylan, aderindo à ideia.

– Se não tivéssemos invadido o banco, seria, sim. Mas qual é, galera? As atenções estão redobradas agora. A casa do Marconny vai receber o dobro de seguranças – alertou Brian.

– Entendo que vocês não queiram entrar nessa. Não tem problema, mas eu preciso terminar o que comecei. Pelo meu pai – concluiu Mason, decidido.

– Marconny com certeza vai ficar de olho assim que souber que você está no jantar – ponderou Chris.

– Se vamos fazer isso, precisamos de alguém que esteja fora dos nossos esquemas, que não chame muita atenção dos seguranças – sugeriu Dylan, demonstrando apoio ao plano.

Então tive uma ideia, mas continuei quieta no meu canto.

– Ele nem vai notar que vou roubar os certificados bem debaixo do nariz dele. Vai achar que estou lá apenas para afrontá-lo.

– Seria mais fácil um de nós ir, em vez de você – propôs Dylan.

– Não, não pode ser nenhum de nós. Precisamos de alguém totalmente desconhecido, e em quem a gente confie – corrigiu Chris.

– Por isso Emily está aqui. Antes de falar com vocês, fiz uma proposta a ela. Emily roubará os certificados, na verdade, enquanto eu distrairei Marconny no jantar.

– Aceitei fazer o que Mason pediu porque não vou me comprometer em nada. E tenho certeza de que não levantarei suspeitas – esclareceu ela.

– Isso está ficando louco demais. Mason, cara, você tem certeza de que é isso o que quer?

– Tenho, Nate. Vou acabar com esse cara. E vou começar roubando sua fortuna. Depois disso, caímos no mundo e damos fim à vida insana que levamos.

– Você tem certeza de que pode fazer isso? – perguntou Dylan para Emily.

– Sim – respondeu ela, com um sorriso carinhoso.

– Nos últimos meses, rondei a casa do Marconny – começou Mason. – Coloquei uma pessoa da minha confiança lá dentro, fingindo ser uma faxineira temporária. Já tenho muitas informações sobre a casa. Inclusive, minha espiã instalou algumas microcâmeras lá dentro. Aparentemente, os certificados ficam guardados num cofre. Depois explico e mostro melhor os detalhes para vocês. Os certificados de que precisamos são iguais a estes aqui – disse ele, mostrando a todos papéis timbrados. – Só que estas são cópias, e os que estão lá são originais.

– Estou começando a me interessar – disse Nate, sorrindo.

– É... E nem vai ser um roubo. Você vai apenas fazer uma troca. O original pela cópia – brincou Chris.

– E quantas horas temos até esse jantar? – perguntou Dylan, sério.

– É às sete da noite de amanhã.

– A polícia está em alerta máximo. As investigações estarão rolando, mas ainda muito no início. Marconny não vai ter tempo para nada. Vamos dar uma paulada em cima da outra.

– Não acho que seja uma boa Emily se arriscar tanto. Ela mora aqui, tem uma profissão. Vocês vão embora depois, vão deixar tudo para trás, mas e ela? – perguntei, depois de amadurecer minha ideia.

– Caissy, vou fazer de tudo para que Emily não corra nenhum risco – respondeu Mason.

– Mason, esse homem foi capaz de matar seu pai e continua impune até hoje. O que ele não seria capaz de fazer com ela?

– Ela tem razão, Drew, não podemos arriscar a vida de ninguém.

– Mas não temos tempo para arranjar um substituto. Não pode ser qualquer um – afirmou Mason, preocupado.

– Eu posso fazer isso – falei, e todos me encararam com olhos arregalados, como se eu tivesse enlouquecido.

Eu era a pessoa perfeita para executar aquele plano. Ninguém me conhecia, eu não participava dos esquemas dele e tinha certeza de que conseguiria enganar esse tal de Marconny. Quem iria se preocupar com uma garota, como eles diziam?

– Você só pode estar louca – afirmou Mason, tentando não dar atenção para a minha ideia.

– Por quê? É perfeito. Marconny não me conhece. Ninguém me conhece na cidade. Sou a pessoa que você procura.

– Fora de cogitação – bradou ele, nervoso.

– Calma aí, Mason – ponderou Dylan, mais tranquilo. Eu sabia que ele me apoiaria. – É uma ótima ideia, sim. Com Cassidy, corremos menos risco de ser pegos.

– Não, de jeito nenhum. Vocês estão loucos?! – Mason parecia transtornado. – Caissy é só uma menina.

– Amor... – Eu me aproximei dele, toda charmosa, o mais doce e meiga possível. – Pense comigo: se eu for ao jantar com você, como uma acompanhante qualquer, Marconny nunca vai sonhar que estou lá para pegar os certificados. Afinal, sou só uma garota.

– Caissy, não – repetiu ele.

– Pense bem. Não vai acontecer nada comigo.

Passei a mão pelo rosto dele de forma sedutora.

– Não! – respondeu, irredutível.

– Vamos votar – falei, me virando para os rapazes, que me olhavam espantados. – Quem acha que eu devo participar dessa ação?

– Por mim... Se você tomar cuidado, tudo bem! Não temos tempo para encontrar outra pessoa – disse Chris, indiferente, e Mason o fuzilou com os olhos.

– Não vejo mal nenhum nisso – comentou Dylan, sorrindo.

– Confio em você, garota! – incentivou Nate, apontando para mim.

– E você, Brian? – perguntei, na esperança de que ele dissesse sim, mesmo sabendo que diria não.

Brian olhou para todos e depois respirou fundo.

– Por mim, tudo bem.

– Você não pode concordar com isso!!! – explodiu Mason. – Está querendo se vingar de mim por causa do passado. A diferença é que, quando Alexia começou a participar de nossas ações, tinha quase 20 anos. Já era uma mulher. Sabia muito bem o que era a vida e o que queria dela. Mas Caissy, não. Caissy ainda é uma garota e não precisa seguir o mesmo caminho.

– Não estou querendo me vingar de você por nada. É só minha opinião – rebateu Brian, no mesmo tom.

– Não sou otário. De todos nós, você sempre foi o mais sensato e cauteloso. Nunca deixaria uma garota de 17 anos se envolver em nossos esquemas. Está fazendo isso para se vingar de mim, sim, para bater de frente comigo.

– Cara, deixe disso. Você acha que tudo o que faço é para me vingar. Já passou da hora de resolvermos nossas questões.

– Então vamos resolver do melhor jeito – disse Mason, puxando uma arma da cintura.

Fiquei muito assustada com aquela reação.

– Vamos lá! – concordou Brian, nervoso, também sacando o revólver.

– Parem, pelo amor de Deus. Parem! – comecei a gritar.

Acho que foram os meus gritos, ou talvez não, mas Brian voltou atrás. Os rapazes ameaçaram se aproximar dos dois, mas pareciam receosos.

– Qual é, abaixem isso! Já deu! – Dylan foi o primeiro a se manifestar.

– Eu nunca atiraria em você, Drew – disse ele, largando a arma.

Mason continuou mirando na cabeça de Brian. Fiquei ainda mais desesperada quando vi o dedo dele se mexer no gatilho. Ele não podia fazer aquilo! Fiquei paralisada, e só o que consegui, então, foi tapar os ouvidos com as mãos e fechar os olhos com força, esperando o pior acontecer, o que parecia iminente. Eu não suportaria ver aquela cena.

Ouvi dois tiros. Minhas mãos não conseguiram abafar o estrondo. Senti meu coração parar no exato instante. Depois um silêncio ensurdecedor tomou conta do galpão. Não tive coragem de olhar. Até que, de repente, a voz de Mason me despertou daquele estado:

– Eu nunca atiraria em alguém que está desarmado.

Abri os olhos, tensa e ansiosa, e me deparei com Brian ali, vivo e sem ferimentos.

– Belo show! – disse Emily, batendo palmas.

Mason tinha dado apenas dois disparos para o alto.

– Então é assim? Com vocês, tudo se resolve com tiros? Quem tiver a melhor mira, ganha? Você não me disse que as coisas aqui eram desse jeito, Mason, quando pediu minha ajuda.

– Emily, você topou participar quando lhe revelei meu plano. Não fez nenhuma pergunta. Não tente se esquivar agora.

– Não estou tentando me esquivar, Drew. Só não sabia que existiam essas passionalidades aqui. E, olhe só, você não vai consegui proteger a Cassidy de tudo, sempre. Ela está ao seu lado. Todas as pessoas que estão aqui já correram riscos por sua causa. Por que com ela seria diferente? Olhe o que estou fazendo! Estou num galpão abandonado com uma quadrilha que acabou de assaltar um banco. Se a polícia chegasse neste momento, você acha que iriam me perguntar se vim fazer uma consulta particular? Óbvio que não! Eu iria para a cadeia, como todos vocês. Então acabe logo com isso e deixe a Cassidy fazer o serviço. Olhe para essa garota! Por que daria certo comigo, e com ela, não?

– Você acha que consegue mesmo fazer isso? – perguntou Dylan para mim, tomando a frente e ignorando a presença de Mason.

– Se vocês me disserem o que devo fazer, por que não?

Olhei para Mason, com um sorriso breve, e ele baixou a cabeça, desapontado.

Passamos o resto da madrugada em claro dentro daquele galpão. Nate montou um novo esquema de rastreamento e Dylan se encarregou de me passar todos os detalhes do plano. Mason ficou o tempo todo distante. Depois da confusão, não me dirigiu a palavra, ficou me evitando. Eu sabia que ele estava irritado, mas uma hora iria passar. Emily tinha uma mala com tudo o que eu precisava para me vestir e ir ao jantar. Eu estava muito cansada, mas não conseguia dormir. Estava tão elétrica quanto os dedos de Nate no teclado do notebook.

Acabei caindo no sono quando já estava amanhecendo. Chris saiu, fazendo um caminho alternativo até a cidade para não levantar suspeitas. Levou horas para voltar e trouxe pizza para todos nós. Achei aquilo estranho, eu nunca tinha comido pizza de café da manhã, mas, tudo bem, eu estava mesmo fazendo um monte de coisas pela primeira vez, e já devia estar quase na hora do almoço. Depois de comer, resolvi dormir um pouco, afinal a noite seria longa e desafiadora. Deitei na mesa e apaguei. Acordei com a voz de Emily:

– Caissy? – chamou ela. – Vamos? Você tem que se vestir.

Esfreguei os olhos, ainda sonolenta. Eu sabia que aquilo significava que a hora de colocar o plano em ação se aproximava. A ansiedade começou a dar os primeiros sinais, mas eu sabia que precisava manter a calma.

– Tudo bem – respondi, serena.

Ela realmente tinha se preparado para aquilo. Dentro da mala, havia maquiagem, um vestido e sapatos. Emily e eu tínhamos o mesmo tamanho, porém ela era mais magra.

– O vestido ficou um pouco largo em mim, mas você é cheia de curvas, deve ficar bom. Há um chuveiro bem ruinzinho ali do outro lado, mas tenho certeza de que quebra um galho – falou, e eu fiquei olhando para ela, sem dizer nada. – Sei que pode parecer estranho, mas não podemos sair daqui. A polícia deve estar investigando o roubo, então todo cuidado é pouco.

– Tudo bem, não tem problema. Acho que estou ansiosa, só isso.

– Não ligue para o que Mason diz. Ele está pilhado com tudo o que aconteceu nas últimas horas. Tenho certeza de que confia muito em você.

– Já estou acostumada com o temperamento explosivo dele.

– Vá por mim. Ele já foi bem pior do que isso.

– Eu deveria ficar contente com essa declaração?

Ela não deu continuidade àquela conversa.

– Bem, vamos ao que interessa. Já para o banho!

Por mais que o chuveiro não fosse muito bom, adorei sentir a água caindo em mim. Tentei não pensar em nada por alguns minutos, pelo menos. Quando saí do banho, Emily penteou meu cabelo e me maquiou. Ela levava jeito. O vestido ficou perfeito no meu corpo, ressaltava minhas curvas e combinava com a maquiagem. Meu cabelo ficou solto mesmo, mas perfeitamente ondulado, caindo pelas costas, após Emily arrumá-lo com *babyliss*. Ela deu um retoque final no meu batom e recuou um passo, observando o resultado.

– Pronta! Meu Deus, você está realmente vestida para matar – comentou, me deixando sem graça.

– Acho que nunca estive tão bonita.

Emily segurou meu braço e colocou um bracelete largo, para esconder o ferimento.

– Vá se acostumando. Você é a nova mulher de Drew Becker. Vestir-se assim será parte da sua rotina.

Senti um frio na barriga ao ouvir seu comentário, uma mistura de incômodo com ansiedade. Ser vista e tratada simplesmente como "a nova mulher de Drew Becker" era um pouco estranho, como se eu fosse uma mercadoria que acabara de chegar. Mas não dava para negar que eu também ficava feliz. Eu era a namorada dele, sua parceira. Estávamos juntos.

Duas batidas na porta do banheiro improvisado interromperam aquele momento.

– Pode entrar – falou Emily, animada.

– Está pronta? – Ouvi a voz de Mason e me virei para vê-lo, parado na porta.

Ele estava tão lindo, tão sexy, com a gravata borboleta ainda aberta, pendurada no pescoço, e parte dos botões da camisa desabotoados. Eu era sortuda demais por ter aquele homem ao meu lado.

– Você está lindo. – Foi a única coisa que consegui dizer, e Emily saiu de mansinho, nos deixando a sós.

Ele não estava nada contente com o fato de eu ir ao jantar. Notei que segurava um fio e uma caixinha nas mãos.

– Gostou? – perguntei, sorrindo.

Por mais que estivesse aborrecido comigo, seus olhos não me enganavam. Percebi, assim que me virei, que ele tinha ficado encantado com a minha produção.

– É, ficou bom! – desdenhou ele, dando de ombros, tentando disfarçar. – Preciso colocar a escuta e o microfone em você.

– Ok – falei, andando até ele.

– Coloque o cabelo para o outro lado – disse. Meu corpo estremeceu quando suas mãos quentes tocaram meu ombro de fora. – Ponha isto dentro do ouvido.

Mason me entregou um objeto pequenino que parecia uma moeda. Senti um calafrio quando seus dedos resvalaram nos meus seios, enquanto ele colocava o microfone em mim. Era tentador ter suas mãos roçando ali. Eu precisava me controlar.

– O que é isso? – perguntei, apontando para a caixinha que ele tinha deixado de lado.

Eu precisava me distrair. Se ficasse mais um minuto concentrada no que ele estava fazendo, iria agarrá-lo.

– Venha aqui – chamou ele, sem responder à minha pergunta.

Olhei para Mason, esperando que me dissesse algo. Ele abriu a caixinha e eu vi o que tinha dentro. Era um anel, lindo e provavelmente caro. Engoli em seco. Ele puxou minha mão direita, acariciando meus dedos. Era a joia mais bonita que eu já tinha visto. Ele colocou o anel em mim e beijou o dorso da minha mão.

– Você realmente sabe como me surpreender, Mason Becker.

– E você realmente sabe como me irritar, Cassidy Anderson – disse ele, encostando os lábios nos meus e me beijando silenciosamente. – Eu não queria envolver você nisso.

Ele suspirou, interrompendo nosso beijo e baixando a cabeça.

– Não foi você, fui eu! Eu quis fazer isso, quis participar. As chances de me dar mal são mínimas, Mason. Fique calmo – falei, encostando a testa na dele.

– Devíamos levar uma vida normal... – lamentou ele.

– Você é meu criminoso predileto agora. Me deixe fazer minha parte como sua companheira.

Ele deu um risinho nasalado, e eu sorri.

– Tome muito cuidado lá. Não é o tipo de festa aonde eu gostaria de levar você, na verdade... – explicou ele, voltando a ficar um pouco emburrado.

– Tudo bem, eu sei disso. Mas é necessário. E desde que eu esteja ao seu lado, qualquer lugar se torna especial.

– Fique esperta, não vacile. Eu não suportaria ver nada acontecer com você. Já enfrentamos coisas demais. Acho que precisamos de um pouco de sossego.

– Não quero mais dar entrada na emergência do hospital – concordei, e ele riu. – Eu te amo – falei, roçando os lábios nos dele e arfando quando senti ele apertar minha bunda e me puxar mais para perto. Olhei fixamente em seus olhos, convidativos e cheios de mistério.

– Mason? – Dylan apareceu na porta do banheiro. – Nossa, Caissy! Você está muito gata!

– Vocês estão realmente lindos – vibrou Emily, me entregando uma bolsinha com os certificados falsos que eu deveria deixar no lugar dos verdadeiros. – Caissy, coloque esses brincos, e Mason, dê um nó na gravata e abotoe a camisa. Temos que nos aprontar agora.

Dylan ajudou no nó da gravata de Mason. Ele estava lindo só de camisa social e gravata, mas quando vestiu o paletó, fiquei ainda mais hipnotizada. Se é que isso era possível.

Estava na hora. Respirei fundo, tentando manter a calma. Chris, Nate e Brian pararam tudo o que estavam fazendo quando aparecemos juntos.

– Cacete, é isso que eu chamo de casal do ano – elogiou Nate ao nos ver.

Brian se aproximou de mim e me deu um beijo no rosto.

– Você está deslumbrante – sussurrou no meu ouvido e depois se afastou.

– Caissy, você tem uma escuta e um microfone, e Nate e Chris estarão monitorando você. Temos também câmeras espalhadas por toda a casa de Marconny. Nossa informante lá dentro fez esse servicinho, como Mason comentou. A festa está acontecendo no salão principal da casa, no primeiro andar. Os certificados estão no segundo andar. Assim que chegarem, comecem a circular no meio das pessoas. Mason, muita gente vai ficar bajulando você. Cassidy, aproveite esse alvoroço para subir a escada e ir para o andar de cima. – Dylan sempre repassava as ações, e ele era bom nisso. – Brian e eu vamos seguir vocês em outro carro e estaremos a postos para qualquer eventualidade. Vou me comunicar com você o tempo todo, Caissy, não se preocupe. Alguma pergunta ou objeção?

Todos disseram que não.

– Então vamos acabar logo com isto. Um Lamborghini está à espera de vocês.

Mason me deu a mão, entrelaçando nossos dedos, e fomos até o carro.

"Tudo bem, Cassidy, você consegue", pensei comigo mesma. Eu estava tentando manter o otimismo e a calma, não surtar. Mason continuava calado, com os olhos fixos na estrada.

– Há quanto tempo tem esse plano em mente? – perguntei, tentando nos distrair um pouco, mas sem perder o foco.

– Há alguns anos – respondeu Mason.

– Deborah sabe disso?

– Sobre Marconny e minha vingança, não faz ideia. Acho que por isso que ela fica tão sem entender por que eu me meti no crime. E foi por essa razão que tive que dar um jeito de mandá-la para o Canadá.

– O quê?! Você tem alguma coisa a ver com a ida dela para o Canadá? – perguntei, e ele me olhou, erguendo as sobrancelhas e sorrindo. – Então é por isso que odiou tanto quando eu apareci na sua casa?! Porque eu podia atrapalhar seus planos?

– Minha avó realmente está doente, eu só fiz a cuidadora alarmar a minha mãe. E você foi um imprevisto com o qual eu não soube lidar a princípio. Mas, com certeza, foi o melhor imprevisto que já me aconteceu – respondeu, apoiando a mão na minha perna.

Um sorriso iluminado brotou nos meus lábios.

Quando chegamos à casa de Marconny, havia luzes e flashes por toda parte. Mason parou o carro e logo dois manobristas surgiram, um de cada lado, e abriram a porta para que saíssemos. Ele assumiu uma postura rígida e altiva, desafiadora, com a mandíbula cerrada. Seu olhar ficou frio. Saía Mason e entrava Drew Becker, quem me acompanharia naquela noite. Ele passou o braço pela minha cintura e seguimos para o tapete vermelho. Os fotógrafos se aglomeravam para tirar as melhores fotos da festa, mas Mason não era do tipo que gostava de toda essa bajulação. Estávamos em silêncio, e Dylan, pelo fone de ouvido, me descrevia

Marconny. A maioria das mulheres ali tentaria atrair a atenção de Mason, eu tinha certeza, mas não deveria me preocupar com elas.

Chegamos à porta de um salão enorme. Eu conseguia escutar a música alta lá dentro. Meu estômago se revirava. Ouvi a voz de Dylan pelo fone, me mandando tomar cuidado.

– É agora – sussurrou Mason e me deu um beijo bem de leve na bochecha.

Respirei fundo, ergui a cabeça e me empertiguei. Abriram a porta do salão e eu quase caí para trás. O jantar era uma megafesta. Minha imaginação não seria capaz de pensar em algo assim. Era tudo muito grandioso e elegante.

As luzes iluminavam o salão e as pessoas estavam muito bem arrumadas. As mulheres usavam vestidos luxuosos, e os homens, ternos e smokings impecáveis. Algumas pessoas dançavam, outras conversavam e bebiam. Cada canto do salão tinha um grupo de pessoas e, como haviam me dito, todos os homens sempre estavam com uma ou duas mulheres ao lado.

Mason me ajudou a descer a escada com cuidado. Eu sentia muitos olhares fixos em nós dois. Sorria sem mostrar os dentes, como se não percebesse a tensão ali. Algumas mulheres me encaravam como se fossem superiores a mim. Outras me olhavam com ódio e depois cobiçavam Mason. Os homens eram mais discretos ao flertarem comigo. Pouco depois de entrarmos, um deles atravessou o salão, vindo até nós. O braço de Mason na minha cintura se enrijeceu e, no mesmo instante, saquei que era Marconny.

Branco, careca, com uma barbichinha triangular logo abaixo do lábio inferior. Exatamente como Dylan descrevera. Eu imaginava alguém mais velho, mas Marconny não estava tão mal... Ele vestia um terno branco com uma camisa social azul-clara por baixo. Mason parou de repente e o encarou, enquanto o homem se aproximava. Marconny me direcionava um olhar transbordando de luxúria e desejo.

– Mason Becker – cumprimentou ele, erguendo uma taça. – Finalmente se rendeu às minhas festas.

– Deborah está viajando. Vim representando a ONG no lugar dela – respondeu Mason, sorrindo sem vontade. Seus olhos faiscavam.

– Sempre um homem sério, tratando dos negócios. Venha comigo, rapaz. Quero que meus convidados conheçam o filho de Deborah.

– Eu quero...

– Como pude ser tão mal-educado. Namorada nova, Mason? Com licença. – Ele pegou minha mão e beijou o anel que Mason tinha colocado mais cedo no meu dedo. – Marconny Salvatore, muito prazer em conhecê-la, querida.

– Cassidy – me apresentei tão baixo, que nem sei se ele conseguiu escutar. Mason me puxou para o lado, para me manter longe daquele homem. – Meu bem, vou ao toalete – falei para ele. – Encontro você depois.

Mason não disse nada, apenas assentiu e beijou minha testa.

– É uma honra ter você na minha casa. – Ouvi Marconny dizer ainda, antes de me afastar.

Por um milagre, consegui sair do salão. Subi a escada e comecei a perambular pela casa seguindo as instruções que Dylan me passava pela escuta.

– Caissy, pelo que apuramos, os certificados devem estar guardados dentro de um cofre pequeno e particular que sabemos que ele tem em casa, onde deixa documentos importantes. O cofre fica no corredor à sua direita – orientou ele, e vi dois corredores à minha frente. Seguindo pelo da direita, passei por várias portas. Era um corredor enorme, mas o tal do Marconny não tinha muito bom gosto para decoração. Havia quadros estranhos na parede, retratos dele com mulheres seminuas ao lado. Em outros, ele posava como um poderoso chefão, cheio de anéis e pulseiras, ao lado de cachorros assustadores. Era tudo muito bizarro. – Não sei exatamente onde fica escondido, mas tenho certeza de que está atrás de algum quadro nessa parede aí, pelo o que nossa informante observou.

Uma mulher com um vestido supersexy passou por mim e eu gelei, mas ela parecia tão agitada que nem me notou. Drogas, provavelmente. Esperei que ela saísse para começar a procurar o cofre atrás dos quadros. Minhas mãos tremiam. Abri a bolsa e peguei um par de luvas finas. Vesti-as, e comecei a olhar cuidadosamente o que havia por trás de cada quadro naquela parede. Na terceira tentativa, eu o encontrei. Até o momento, estava dando tudo certo, o que me deixava nervosa.

– Dylan, encontrei o cofre – sussurrei, me certificando de que não havia mais ninguém ali.

Eu precisava ser rápida. Senti meu coração acelerar e um nó se formar em minha garganta. Mas ainda faltava o principal.

– E então, qual é a senha?

– Nate conseguiu invadir os computadores pessoais do Marconny, depois de muito trabalho. Tente a seguinte: 8792.

Meus dedos digitaram os números, o cofre emitiu um discreto apito e uma luz azul apareceu na porta, antes de abrir. Não acreditei naquilo!

– Dylan, funcionou!!!

Ouvi ele e os outros comemorando. Num movimento rápido, peguei vários papéis que estavam lá dentro e comecei a procurar freneticamente pelos certificados originais das telas que Mason havia recuperado dos cofres de Marconny no banco. Depois de um minuto, que mais pareceu uma eternidade, eu os encontrei. Respirando fundo, coloquei a papelada de volta no cofre, mas troquei os certificados corretos por outros, falsos, que eu havia levado num pequeno tubo dentro da bolsa. Tive a impressão de ouvir vozes, e fechei o cofre depressa, recolocando o quadro que o cobria no lugar.

– Tudo pronto, Dylan – falei, guardando os originais no pequeno tubo e colocando-o na bolsa.

Senti um alívio profundo. A pior parte já tinha passado.

– BOA, GAROTA! – gritou ele do outro lado, quase me deixando surda.

Eu já estava perto da escada, pronta para voltar para a festa, quando fui surpreendida. Tremi ao perceber que Marconny seguia para o corredor onde eu estava.

– Caissy, saia logo daí – disse Dylan, ainda empolgado, mas continuei parada na beirada da escada.

– Não dá... – sussurrei, vendo-o subir os degraus.

Não consegui ver Mason no salão. Fiquei sem saída. Senti minhas pernas bambas.

– Por que não dá?! – perguntou Dylan, confuso.

– Marconny está vindo para cá! – sussurrei de novo, quase sem mexer os lábios.

– Saia daí, saia daí agora!!! – Dylan se desesperou.

Voltei correndo para o corredor. Tirei os sapatos de salto alto para facilitar um pouco a corrida. Havia tantas portas ali, tantas opções e, ao mesmo tempo, nenhuma. Entrei num cômodo qualquer, o primeiro em que achei que deveria entrar. Era um quarto. Estava escuro lá dentro, mas pela pouca luz que entrava pela janela, eu consegui ver a cama e me enfiei debaixo dela. Aquele era o pior lugar do mundo para se esconder, mas eu estava apavorada.

– Dylan, estou escondida num quarto, embaixo da cama, e não sei se ele me viu entrar aqui. Fiquei sem reação, não consegui agir discretamente quando reparei que ele estava subindo a escada, nem notei se ele me viu.

Minha respiração estava ofegante, e não demorou muito para meu coração bater tão forte que pensei que ele fosse sair pela boca. O barulho da porta se abrindo me fez tapar com força a boca com a mão, para que não saísse nenhum ruído.

– Caissy, fique calma e continue onde está. – Ouvi mal pela escuta. O sinal estava ruim, havia muito chiado.

Alguém acendeu a luz do quarto. Eu não conseguia ver os pés, mas podia ouvir passos de um lado para outro.

– Até que enfim encontrei você – disse uma voz feminina, rompendo o silêncio.

– Você já devia ter ido embora! – Era a voz de Marconny, e fiquei aterrorizada ao reconhecê-la.

– Ainda estou querendo entender o que Mason está fazendo aqui.

– O garoto veio me afrontar!

– Bem típico dele. – A mulher riu. – Mas e a garota? Para vir à festa com ele, deve ser um tremendo grude.

– Tudo isso é ciúme, minha deusa?

– Não – respondeu ela, parecendo indiferente. – Em breve, ele vai enjoar dela, eu sei.

Ela falava como se o conhecesse.

– Patrão? – chamou alguém, batendo à porta e interrompeu os dois.

– Ai, droga – murmurou a mulher.

– Esconda-se no banheiro e saia daqui a cinco minutos – disse Marconny, e depois de um tempo escutei a porta se fechando.

Era a minha chance, eu tinha que sair dali durante aqueles cinco minutos. Peguei minha bolsa e corri para a janela. Percebi que havia um parapeito que percorria toda a parede externa da casa, passando por todas as janelas. Não pensei duas vezes: pulei e me esgueirei pelo parapeito.

A loira não esperou os cinco minutos que Marconny tinha dito. Meu coração disparou quando olhei de esguelha, ainda apoiada na parede externa, e a vi dentro do quatro. Fiquei totalmente confusa. Aquela mulher parecia muito com a do porta-retratos que Mason estava olhando no escritório no outro dia. Será que aquela era Alexia, a poucos metros de mim? Isso explicaria o modo que ela falou sobre Mason, demonstrando certa intimidade. Mas o que ela estaria fazendo com Marconny?! Não podia ser... Senti meu coração martelar o peito de novo. Meu Deus, o que estava acontecendo?!

– Dylan – sussurrei, mas o fone ainda chiava muito.

– Caissy... – Ouvi a voz dele sair entrecortada. – Onde você está?! – A escuta chiava muito.

– No parapeito da janela. – Eu me inclinei para contar quantos quartos tinham ao meu redor na fachada. – Estou no parapeito, entre o segundo e o terceiro quartos no segundo andar. Acho que estou numa das laterais da casa. – Fiquei calada assim que vi um segurança passar.

– Brian vai tirar você daí. Fique calma.

Eu estava muito nervosa. Tinha que me concentrar em não ser vista pelos seguranças, mas já não pensava em outra coisa sem ser em Alexia. Não compreendia o que ela estava fazendo ali, mas estava de volta. Só isso já era aterrorizante.

Brian não demorou a aparecer. Ele despistou o segurança e me fez pular do parapeito da janela em alguns arbustos. Rasguei o vestido e arranhei os braços e as pernas.

– Certo, cuidaremos disso depois – disse ele, quando me ouviu choramingando de dor. – Finja que está bêbada.

Ele passou o braço em volta da minha cintura e colocou o meu sobre seus ombros.

– Esqueci meus sapatos embaixo da cama! – lembrei, de repente, soltando a barra do vestido e levando a mão à cabeça, preocupada.

– O quê?! – perguntou Brian, confuso.

– Meus sapatos ficaram embaixo da cama – repeti.

– Agora já era, você não vai mais precisar deles.

– Não, Brian, espere. – Tirei o braço dos ombros dele e parei de andar. – Podem ser uma prova contra mim.

– Claro que não! – disse ele, rindo. – Viu quantas mulheres estão nessa festa? Acha mesmo que ele vai saber que aquele sapato é seu?

O que ele dizia fazia sentido. Quis acreditar nisso. Então seguimos em frente. Eu realmente parecia bêbada, descalça e com o vestido rasgado, e passamos com facilidade pelos seguranças.

Saímos andando em meio aos carros estacionados até chegarmos a um SUV preto.

– Que demora! – exclamou Dylan, abrindo a porta do automóvel para que eu e Brian entrássemos.

– Mason já saiu de lá? – perguntei, com a respiração ofegante.

– Faz uns dois minutos que o carro dele passou por aqui – respondeu Dylan, calmo.

Enquanto voltávamos para o galpão, os rapazes me perguntavam como tinha sido minha ação. Narrei tudo o que eles já sabiam e contei do breve diálogo que presenciei entre Marconny e uma loira. Por um segundo, quase citei o nome de Alexia, mas me contive. Primeiro, porque não tinha 100% de certeza de que era ela. Segundo, porque eu tinha medo de qual seria a reação de Mason ao descobrir que sua antiga paixão tinha voltado.

Quando chegamos ao galpão, desci depressa do carro ao ver o Lamborghini parado ao lado dos outros veículos. Dylan e Brian logo vieram atrás de mim.

Abri a porta do galpão e me deparei com Mason, andando de um lado para outro perto da mesa onde Nate nos monitorava pelo notebook. Um sorriso enorme se formou em meus lábios, e corri em sua direção, me jogando em seus braços.

– Você demorou demais! – disse ele, me dando vários beijos e me abraçando bem forte.

– Eu consegui! – contei, sorrindo. – Consegui!

Aproximei meus lábios dos dele com euforia.

– Minha garota!

Ele me levantou no colo, me fazendo rir.

– Ande, Caissy, nos mostre o que você tem aí – incentivou Dylan, nos interrompendo.

– Juro que essa foi a coisa mais louca que já fiz, mas aqui está – falei, tirando o pequeno tubo de dentro da bolsa e entregando-o a Mason.

– Com isso aqui, meu irmão, a gente vai fazer muita festa – disse Mason, agitando o tubo.

– Vou comprar uma casa no Caribe e pegar mulher para caralho. Vou gastar tanto dinheiro que vou até enjoar – disse Nate, e todos nós rimos.

– Agora acabem de contar a grana do assalto e separem a minha parte. Já fiz muito trabalho sujo hoje. Vou namorar um pouquinho – avisou Mason.

– Nada de gemer muito alto, hein – brincou Nate, e minhas bochechas ficaram quentes no mesmo instante.

– Relaxe, Nate. Vamos deixar a explosão do galpão para depois.

Mason andou até mim, sorrindo, e desabotoando a gravata e a camisa. Fomos para o fundo do galpão, afastados de todos. Os rapazes ficaram entretidos contando os malotes que ainda faltavam e não olharam para onde estávamos indo.

– Sabe do que mais gosto em você? – perguntou, e depois fez uma pausa, me olhando nos olhos.

– Do quê? – indaguei, mordendo a boca dele.

– Gosto dos seus olhos. Mas o que me deixa louco de verdade é ouvir você falar. Amo a sua voz – disse Mason, e ri de felicidade.

Ele mordeu minha orelha, me deixando toda arrepiada. Procurei a boca dele e a beijei com ferocidade e desejo. Ele começou a sugar meus lábios da mesma forma. Senti suas mãos segurarem minha cintura com força e subirem lentamente até meus seios. Mas ali não era lugar para aquilo.

– Mason… – Interrompi o beijo. – Mason, aqui, não – pedi, afastando as mãos dele.

– Vamos embora logo – disse ele, dando de ombros, decepcionado.

– Acho que eles já estão acabando – falei, ao ver os rapazes contando a última pilha de cédulas. Mason acompanhou meu olhar.

– Para onde vamos amanhã? – perguntou ele, sério.

– Para casa?! – questionei, confusa.

– Não posso mais ficar em Atlanta.

Respirei fundo.

– Para onde você quer ir? – indaguei.

– Eu estava pensando em visitar minha avó.

– Então vamos visitar sua avó – disse, sorrindo.

– Quero apresentar você para a minha família. Quero apresentar o mundo para você, como minha mulher.

– Minha mãe ficaria feliz em saber como você me faz bem – disse para ele, quase um pensamento em voz alta.

Ele me abraçou.

– Essa é minha meta, fazer bem a você, para viver bem. Você mudou a minha vida, garota.

E ele tinha mudado a minha também. Mason fazia parte de mim, e esta era a única certeza que tínhamos.

3

O ronco de um motor deixou todos nós em alerta. Mason se afastou de mim e me olhou, preocupado. Escutei Brian e Dylan engatilharem juntos a arma. Mason pegou minha mão e nos aproximamos dos rapazes. Emily ficou atrás de Dylan, tão assustada quanto eu. Eles estavam prontos para atirar a qualquer momento. Uma moto entrou em alta velocidade no galpão, arrombando parte da porta, e deu um cavalo de pau perto da mesa, parando. Imediatamente, Brian e Dylan apontaram as armas para o motoqueiro.

– Tire o capacete e ponha as mãos onde eu possa ver! – gritou Brian.

Mason colocou o corpo na frente do meu, me protegendo. Quando o motoqueiro tirou o capacete, vimos seu cabelo loiro e comprido. O motoqueiro não era um homem. Era uma mulher. Mais especificamente, a mesma mulher que eu acabara de ver no quarto com Marconny. Gelei.

Brian e Dylan baixaram as armas. Brian estava perplexo.

– Alexia! – exclamou ele, baixinho.

Mason deu um passo para a frente, como se quisesse confirmar o que estava vendo. Mordi o lábio inferior para conter a vontade de dar um grito, tentando me controlar. Então minha intuição estava certa. Aquela mulher no quarto era mesmo Alexia. E, naquele momento, ela estava bem ali, na minha frente. Na frente de Mason.

Ela sorria, mas todos ainda estavam chocados com sua aparição. Meu coração estava apertado, e meu estômago, revirado. Aquele cabelo loiro, comprido e ondulado balançando com o vento me afrontava. Ela era magra, de pele bem clara e olhos verdes. Estremeci. A mão de Mason apertava minha cintura com muita força. Ele parecia querer esmagá-la. Eu sentia uma confusão impossível de explicar. Será que ele ficaria zangado comigo se soubesse que eu a vira na casa de Marconny e não tinha comentado nada? Não imaginei que ela teria coragem de voltar assim, de repente. Aquilo ia estragar tudo o que nós dois estávamos vivendo, eu sentia isso. O que era para ser um dia de comemoração acabaria em briga, na certa. E logo quando eu estava confiando inteiramente em Mason. Logo quando os olhos dele me mostravam que eu realmente era importante... Minha cabeça se encheu de pensamentos terríveis e cruéis. E, sim, eu teria que ser forte e não demonstrar que estava perturbada.

Pisquei com força. Não, eu não estava sonhando, Alexia realmente estava ali.

Eu sempre soube que ela voltaria, mas já não queria mais isso. Fiquei abalado, porque a pessoa que mais amei na vida havia retornado e eu sentia medo. Medo de ter aquela vida outra vez, medo de perder o que eu estava vivendo no momento. Sempre quis o bem dela, mas, na época, eu era egoísta e não aceitava que ficássemos longe um do outro. Agora tinha alguém que estava me transformando, que me fazia um cara melhor. Alguém que tornava as pequenas coisas em algo especial. Eu sentia a cabeça latejar. Parecia que tinha uma caixa de som ligada no volume máximo dentro de mim. Eu sentia o corpo de Caissy enrijecer ao meu lado. Não quis demonstrar nenhuma emoção, mas era impossível. Alexia marcou profundamente a minha vida. Naquele momento, no entanto, eu só queria uma mulher ao meu lado: Cassidy.

Não foi fácil ver Alexia entrar pela porta depois de dois anos e tirar aquele capacete, após tudo o que aconteceu. Mas de uma coisa eu sabia: não iria errar de novo. Era Cassidy quem eu queria. Meu passado já era.

– Alexia! – gritou Brian, e correu para abraçá-la.

– Brian! – berrou ela de volta, feliz, e aquela cena parecia mais um dos meus sonhos.

– Alexia?! – disse Chris, sem acreditar.

Cada vez que eu ouvia o nome dela, sentia uma dor, como se estivessem partindo minha cabeça ao meio.

– Caramba! – falou Nate, surpreso. – Como você está gostosa! – comentou, abraçando-a e erguendo-a do chão.

Eu estava atordoado, não queria me sentir daquele jeito. Mas meu coração batia acelerado. Minha boca estava seca e minhas mãos suavam mais do que o normal.

– Mason... – Caissy me tirou dos meus devaneios. – Mason, você está bem?

– Estou – respondi, após demorar um pouco. – E você, está bem? – perguntei, dando um beijo no pescoço dela, sentindo o cheiro doce e sutil do seu cabelo.

– Ahã... – respondeu ela, sem muito ânimo.

Senti que as coisas iriam piorar quando Alexia se aproximou de nós. Caissy se afastou um pouco, encarando-a, inexpressiva.

– Nossa... Há quanto tempo! – falei, vendo-a andar na minha direção com um sorriso.

Em outros tempos, eu daria o mundo para ter aquele sorriso de volta, mas naquele momento só queria estar longe de tudo aquilo.

– Oi, Mason. – Ela sorriu, sem graça. – Senti saudade!

Alexia me abraçou e eu me desvencilhei.

– Como você está? – perguntou ela.

Estava diferente. Dava para notar isso só pelo jeito de se vestir. E o olhar dela também não era mais o mesmo. Olhei para Caissy. Ela estava serena, apenas observando nosso reencontro.

– Estou bem. – Um silêncio pairou no galpão, e ela ficou me encarando por algum tempo. – Esta é Cassidy – falei, quebrando o silêncio. – Minha namorada.

Puxei Caissy para perto. Alexia a observou por alguns instantes, sem dizer nada.

– Olá – cumprimentou ela, simpática, e beijou Caissy no rosto.

– Oi – respondeu Caissy, com um sorriso lindo.

– Já terminaram de contar essa porra? – perguntei aos rapazes, fugindo daquela conversa constrangedora e indo para a mesa onde estava o dinheiro.

* * *

Mas é claro que eu não estava bem. Bem na hora em que Mason e eu estávamos nos entendendo, nos amando, Alexia resolvera reaparecer. O destino trouxe de volta logo a mulher por quem ele tinha sido perdidamente apaixonado! Será que alguém lá em cima não gostava de mim?

Naquele momento, eu mal sabia o que pensar. O primeiro sentimento que tive foi medo. Medo de perdê-lo. Medo de que ele ainda a amasse, de que voltasse para ela e eu descobrisse que fui apenas um passatempo para ele. Mas então afastei todo esse medo da minha cabeça e decidi que não iria deixar que a volta de Alexia atrapalhasse o que estávamos vivendo. Eu iria ser forte, como sempre fui na vida. Não iria deixar que dúvidas e incertezas corroessem o que eu sentia por ele nem o que ele sentia por mim. Sim, porque no fundo eu sabia que ele também sentia algo por mim. Seu olhar, seus lábios, cada vez que me puxava pela cintura, tudo nele me mostrava que também estava entregue a mim. Alexia foi, sim, um grande amor na vida dele, mas ela era passado, e eu, presente. E não estava disposta a abrir mão daquele amor. Não sei como seria nossa relação dali para a frente, mas eu iria me esforçar para blindá-la.

Os rapazes faziam a maior algazarra contando o dinheiro do assalto ao banco, e fiquei parada num canto, ao lado do velho sofá, com os braços cruzados, distraída. Alexia se sentou ali, enquanto Emily não parava de tagarelar.

– Você e Mason estão juntos há quanto tempo? – perguntou Alexia para mim, com uma simpatia exagerada e falsa.

– Já faz um tempinho – menti. Juntos, mesmo, estávamos há alguns dias só. Mas era tudo tão intenso que parecia muito longo.

– Onde vocês se conheceram? – Alexia estava tentando puxar assunto, mas eu não me sentia nem um pouco confortável para falar sobre o meu relacionamento logo com ela.

– Na casa dele.

– Na casa dele?! – exclamou ela, erguendo as sobrancelhas.

– Sim. Deborah foi amiga da minha mãe.

– Huuumm... Um namoro arranjado para amenizar o sofrimento de Mason?

– É, pode ser... – falei, dando de ombros, com um sorriso falso. – Mas acho que cumpri meu papel. Olhe como ele está bem – acrescentei e ela acompanhou meu olhar. Nesse instante, Mason jogou um beijo para mim, enquanto ajudava os rapazes.

– Eu estava com tanta saudade disso tudo... – disse Alexia.

Emily era a única que estava presenciando aquela pequena troca de farpas entre nós duas. Sorri e revidei:

– Por que não voltou antes?

– Eu tinha coisas importantes para fazer – respondeu ela, séria.

– Hum... – Não prolonguei o assunto.

– Mas agora – recomeçou ela, se levantando e parando na minha frente de forma que só eu e Emily víssemos o que ela falava – estou de volta, e é o que importa. – Seu tom de voz tinha mudado de angelical para ameaçador. – Voltei para recuperar a minha vida – disse ela, dando uma piscadela para mim e indo na direção dos rapazes, sem me dar tempo de responder.

– Recuperar a vida dela? – perguntou Emily, sem entender.

Era só o que me faltava. Franzi o cenho, me perguntando se por acaso eu tinha entendido errado. Alexia era muito abusada para me falar isso. Mas se estava se referindo a Mason, errou feio se achava que o teria de volta.

– O que vocês estão fazendo? – perguntou Alexia, se juntando aos rapazes.

– Contando as verdinhas – respondeu Chris, contente.

– Não acredito! Vocês acabaram de fazer outro assalto?! – indagou ela, empolgada. – Eu deveria ter chegado mais cedo...

– Do jeito que ela fala, parece até que o que fazemos é como roubar a mercearia da esquina – brincou Dylan.

– E não é? Até hoje vocês nunca foram pegos e...

– Aqui tem cerca de 55 milhões de dólares – interrompeu Mason. – Pode dividir em cinco pilhas. Vai dar aproximadamente 11 milhões para cada um.

– Já é! – exclamou Dylan, separando a pilha dele. – E os quadros, Drew?

– Vou deixar com Nate – respondeu ele, guardando sua parte do dinheiro na mala. – Depois vendemos num leilão.

– Leilão? Isso é perigoso, Mason – falou Chris. – Pode colocar a polícia na nossa cola.

– Não peguei os certificados para vender os quadros no mercado paralelo. Vou vender num leilão – afirmou ele, pegando a mala e saindo do galpão.

Todos os carros que foram usados naquela noite estavam lá dentro, tudo seria queimado, para que não sobrassem provas nem vestígios das duas ações. O galpão tinha sido a base de todas as ações da gangue, mas eles teriam que achar outro lugar. Desde que me deparei com uma pessoa no telhado, quando acabei sendo baleada de raspão no braço, eles perceberam que lá já não era seguro.

Logo depois, todos saímos do galpão. Eu usava minhas roupas antigas. O vestido seria queimado junto do resto das coisas. Eu estava encostada no capô de uma Ranger Rover, mexendo no celular, quando Mason se aproximou de mim com a jaqueta na mão. Sorri.

– Segure para mim? – pediu ele, me entregando a peça de roupa, e foi pegar algo dentro do carro.

Brian estava com uma garrafa na mão, e Mason apareceu com outra, além de folhas de jornal. Primeiro foi a vez de Brian abrir a garrafa e enrolar o jornal, preenchendo o gargalo com ele.

– Ei, Chris, cadê o isqueiro? – perguntou, e o amigo jogou o isqueiro para ele.

Brian acendeu a ponta do jornal e, em questão de segundos, a chama aumentou. Ele arremessou a garrafa dentro do galpão. Depois de algum tempo, explodiu. Ficamos observando as chamas se espalharem.

Mason fez o mesmo que Brian.

– Caissy, venha cá! – chamou ele, pronto para tacar fogo no jornal. Coloquei a jaqueta dele em cima do carro e guardei o celular no bolso antes de me aproximar. – Acenda – disse ele, me dando o isqueiro.

Hesitei por alguns instantes, mas depois peguei o isqueiro e acendi o pavio de jornal. Ele me puxou para perto, segurando a garrafa longe de nossos corpos.

– Amo você! – falou, e me deu um beijo rápido, segurando meu pescoço com a mão livre. – É com você que eu estou! Você me conquistou, e vou fazer de tudo para estar sempre aqui.

Mason passou o braço em volta do meu pescoço. Depois, arremessou a garrafa, que logo explodiu, incendiando a outra parte do galpão. Abracei-o com força e escutei os batimentos do seu coração.

– Ei, casal – chamou Dylan, e eu e Mason nos viramos para descobrir o que ele queria. – Querem ir lá para casa? – convidou ele, e Mason voltou a me olhar, fazendo nossos narizes roçarem.

– Quer ir? – perguntou ele, num sussurro.

– Você é quem sabe... – respondi.

Eu estava exausta e preferia ficar sozinha com ele, mas se quisesse ir, tudo bem. As chamas do galpão cresciam. Ouvimos uma explosão e dei um pulo de susto. Mason riu e me abraçou mais forte. O fogo devia ter chegado aos carros usados na ação.

– Ei, Dylan, a gente vai, sim – respondeu Mason, dando a volta para entrar no carro.

Seguimos para a casa dele. A moto da Alexia passou por nós na estrada, acelerando e fazendo barulho. Os carros dos rapazes iam na frente, e o nosso, logo atrás.

A casa de Dylan, para minha surpresa, era outra mansão, não muito diferente de onde Mason morava. Mas não tinha seguranças.

Estávamos do lado de fora da casa, perto da piscina. Os rapazes bebiam, animados, mas fiquei só no refrigerante. Mason estava de pé atrás de mim, encostado num corrimão, com uma das mãos na minha cintura e a outra segurando um copo. Eu estava relaxada, apoiada nele.

– Vou comprar meu jatinho agora – brincou Nate, feliz.

– Estou pensando seriamente em me mudar de casa – comentou Dylan. – Esta aqui está meio caída.

Notei que Brian estava pensativo, com os pensamentos distantes.

– E você, Brian? – chamei a atenção dele. – Vai fazer o que com sua parte do dinheiro?

– Ainda não sei – respondeu ele, se levantando e se aproximando de Alexia. – Mas o que quero agora é curtir um tempo com minha irmãzinha – disse ele, abraçando-a com carinho.

Senti uma pontada de ciúme.

– Eu estava com tanta saudade de você, meu irmão! – exclamou Alexia, sentada numa cadeira, perto de Mason e de mim.

Fiquei quieta, mas estava contrariada. Eu teria que passar a dividir meu lugar no grupo com ela?! Com exceção de Emily, que nem era tão presente, eu já tinha me acostumado a ser a única garota entre eles.

– Também senti muito a sua falta, Alexia – disse Nate, abrindo uma cerveja e enchendo o copo de Chris.

Ela sorriu e mandou um beijo para ele. Era engraçado observar Mason. Ele parecia muito indiferente, como se não se importasse com a presença dela. Vi os dois trocarem algumas palavras, mas só isso. Ele estava muito distante dela. Aquilo me surpreendia um pouco, mas também me deixava ansiosa...

– Mason – chamou Alexia, e senti meu corpo se enrijecer. – E a minha sogrinha? – Todos viraram a cabeça no mesmo instante, olhando para ela sem acreditar no que tinham escutado. – Digo, Deborah – corrigiu, fingindo constrangimento. – Como ela está?

– Bem – respondeu Mason, seco, sem demonstrar nenhuma emoção. E eu conhecia bem aquele tom de voz. Era de quando ele não queria papo.

– Preciso fazer uma visitinha para ela agora que estou de volta.

Definitivamente, meu santo não tinha batido com o dela. E nem era só por causa de Mason. Eu já tinha implicância e sentia ciúme antes de conhecê-la, e o jeito dela não me convenceu. Algo me soava falso, estranho.

– Ela está no Canadá, cuidando da minha avó. – A voz dele parecia sem ânimo.

– Meu Deus! – comentou ela, chocada. – O que a vovó tem? – perguntou, e eu sabia que ela estava querendo puxar mais assunto, isso, sim.

– Alzheimer – respondeu Mason, objetivo. – Nate, pode trazer outra cerveja para mim? – pediu ele, cortando completamente o assunto com Alexia.

Ele me virou na sua direção e eu sorri. Abriu um pouco as pernas e me encaixei no meio delas, encostando ainda mais nele, só que de frente. Todos começaram a conversar, e ele deu uma mordidinha na minha bochecha.

– Eu queria ir para casa – disse ele, acariciando meu rosto.

– Ei, Drew – chamou Nate, depois se aproximou e encheu o copo dele.

– Valeu – disse Mason, e Nate saiu com o resto da cerveja na mão.

– Não sei dirigir, ok? – avisei, porque ele já estava no terceiro copo, e o primeiro tinha sido de uísque.

– Estou completamente normal – afirmou Mason, em tom brincalhão.

– Espero. Não estou a fim de morrer, não tão cedo – reclamei, e ele riu.

– Estou cansado.

– Acho que devíamos mesmo ir para casa – falei, e ele apertou minha bunda com força.

– Ei, olhe os modos! Você é um safado, sabia? – falei, tocando os lábios dele.

– Somos dois, então.

– Dylan, onde é o banheiro? – perguntou Alexia bem alto, para chamar atenção, e sem querer me virei e olhei para ela.

– É só subir a escada. É a terceira porta à direita. Pode usar o do meu quarto, e se quiser pode usar minha cama também – brincou Dylan.

– Olhe a brincadeira com a minha irmã – falou Brian, dando um soco de leve no braço de Dylan.

– Cara, sua irmã é uma gostosa – disse Dylan para Brian, e desviou para não levar outro soco.

Todos nós rimos, menos Mason, que estava muito sério e com o olhar perdido.

– Mason? – chamei, tirando-o do transe. – Tudo bem?

– Sim. Vamos embora?

– Vamos. – Dei outro beijo nele. – Mas preciso fazer xixi antes.

– Está bem.

– Dylan, onde é o banheiro mesmo?

– É hoje! É hoje que as mulheres do Drew vão fazer a festa no meu quarto!

O comentário dele me deixou extremamente sem graça.

– Cale a boca – interrompeu Mason, também incomodado com a brincadeira.

– Meu amor. – Dylan colocou a mão no meu ombro, e Mason olhou feio para ele. – É só subir a escada e entrar na terceira porta à direita.

Agradeci, sorrindo, e segui as instruções dele.

– Você mandou Caissy ir para o seu quarto, é isso mesmo?! – Escutei a voz de Mason perguntando, e depois as risadas dos rapazes.

Revirei os olhos e continuei subindo a escada. Achei a terceira porta à direita e entrei. Achei que Alexia já tinha descido, mas, não, ela estava com uma maleta de primeiros socorros em cima da cama, com a calça dobrada até o joelho, limpando um machucado na perna que parecia recente.

– Se você não cuidar disso direito, vai inflamar – disse, encostada na porta, observando o que ela fazia. E ela se assustou com a minha presença.

– Ah!... – Ela me olhou assustada. – Não foi nada, queimei na moto.

– Nossa. Mas foi feio, hein?! – falei com inocência.

– É, me esqueci que o escapamento estava quente.

– Mas você não está cuidando direito desse machucado – comentei, e me aproximei dela.

– Por acaso você é médica? – perguntou ela, me enfrentando.

– Não, mas se você continuar tratando assim, vai inflamar. E vai ficar feio. Aliás, temos uma médica dormindo no sofá da sala. Se quiser, posso chamar Emily aqui – rebati, me defendendo, usando o mesmo tom que ela.

– Obrigada pela dica – disse de maneira irônica, piscando, e cobriu o machucado com a calça.

Achei aquilo nojento: ela estava com um ferimento na perna e nem colocou um curativo para proteger. E por que se incomodou com a minha presença?

– Você levou um tiro? – perguntou ela, mudando de assunto e olhando para o curativo no meu braço.

Imediatamente, achei aquilo estranho. Como ela adivinhou que havia sido um tiro?! Franzi o cenho, intrigada.

– Tomei, de raspão – respondi, confusa.

– Hum... – resmungou, e começou a guardar as coisas que estava usando.

– Como você sabe? – questionei.

– Os rapazes estavam falando. Bom, eles já devem estar sentindo minha falta – disse ela, dando um sorriso provocador, e depois saiu do quarto.

Eu não me lembrava de ter escutado ninguém conversando sobre o meu incidente, mas ela respondeu tão depressa que deixei para lá. De repente, escutei a voz de Mason no corredor:

– Caissy?!

– Oi! – respondi, aparecendo na porta do quarto.

– Nossa, que demora – resmungou ele.

– Eu estava dando um jeitinho na maquiagem – expliquei, e ele colocou as mãos na minha cintura, mas as escorregou.

Eu o abracei e nossos lábios começaram a se sugar com intensidade. Ele me puxou para dentro do quarto, se sentou na beirada da cama e me colocou em seu colo. Entrelacei minhas pernas na cintura dele, e nossos corpos foram ficando cada vez mais quentes. De repente, me lembrei de que estávamos no quarto de Dylan.

– Mason... – falei, no meio do beijo.

– Hum... – resmungou ele, foi descendo a boca até o meu pescoço.

– Vamos embora. – Tentei afastá-lo. – Mason... Pare... – Comecei a rir, ele estava me fazendo cócegas. – Pare! – Fui incisiva e o empurrei.

– Caissy...

– Amor, a gente está na casa do Dylan – expliquei, e ele me olhou de um jeito esquisito, me deixando meio sem graça.

– Gosto quando você me chama de "amor"... – disse, sorrindo e me dando outro beijo.

Só então me toquei de que estava chamando-o assim. Fiquei um pouco sem graça, mas feliz com sua reação.

– A gente está na casa do Dylan – repeti, então, voltando ao assunto.

– Qual é o problema?! Quero transar com você aqui mesmo – falou ele, voltando a me beijar.

– Nada disso! – Empurrei-o de novo. – Vamos embora.

– Ok – disse ele, bufando, contrariado. – Vamos logo, então! Mas só para deixar bem claro que se ele estivesse no meu lugar, não desperdiçaria uma oportunidade – falou, rindo.

– Vou me despedir dos rapazes – disse, enquanto descíamos a escada.

– Não, Caissy. Não precisa. Você vê esses panacas direto.

– Pelo menos de Brian, por favor – pedi, e larguei a mão dele e fui para a piscina, enquanto ele seguia direto para o carro.

* * *

Eu estava indo para o carro quando senti as mãos de alguém tapando meus olhos.

– Caissy?! Já deu tempo de se despedir de todo mundo? – perguntei, confuso.

Um silêncio profundo se seguiu, e depois ouvi uma voz que desejava nunca mais escutar.

– Você errou. – Alexia passou para a minha frente. – Sou eu. Oi – disse ela, com um sorriso sedutor, e fiquei sem reação.

– O que você quer? – perguntei, nervoso.

– Só assim para nós dois termos um pouco de privacidade e ficarmos sozinhos. Aquela garota não desgruda de você nem por um minuto. Parece chiclete!

– Não fale assim da Caissy! – exigi, abrindo a porta do carro.

Ela entrou na minha frente de novo.

– Uau! – comentou ela, sarcástica. – Você sabe que fico muito excitada quando você se torna agressivo, não sabe?

Alexia começou a passar a mão pelo meu corpo, me provocando, mas eu a empurrei com firmeza.

– O que você quer? – perguntei, e ela me impediu de entrar no carro.

– Mason, estou com tanta saudade... – falou ela, e me abraçou.

Senti seu perfume tentador.

– Alexia, me solte!

Tentei me livrar dos braços dela, mas ela se impôs.

– Sei que você também sentiu minha falta. Sei que ainda me ama – argumentou ela, descontrolada, e suas palavras me atormentaram.

– Alexia, pare – pedi, ainda tentando me afastar, sem machucá-la.

– Ah, Mason... Não minta para você mesmo. Sei que você quer.

Ela colou o corpo no meu e fui perdendo o controle, até que nos beijamos.

Porra, Mason, mas que merda você está fazendo?! Vai cair no papo dela? Minha mente lutava contra aquele beijo, mas uma parte de mim queria aquilo.

– Me solte! – gritei, empurrando-a, interrompendo nosso beijo, e ela ficou me olhando sem entender nada. – Não chegue perto de mim!

Limpei a boca com as costas da mão, e vi a fúria surgir em seu rosto.

– Não acredito que você está me rejeitando!

– Estou. Sinto muito.

Tentei entrar no carro, mas ela me impediu mais uma vez. Aquilo já estava me irritando.

– Sei muito bem que você é louco, totalmente fascinado por mim. Você me ama e está usando aquela garota para não sentir tanto a minha falta. Mas nós dois sabemos que isso é impossível. Ninguém será capaz de me substituir na sua vida!

– Você não sabe do que está falando. Amor?! O que eu sentia por você não era amor. Era um sentimento ruim, que me fazia mal, e a você também.

– Você nunca me fez mal.

– Fiz, sim. Você podia ter levado uma vida diferente, mas estraguei tudo. Eu quero mudar, e você também pode mudar – falei com toda a sinceridade do mundo.

– Eu não quero mudar! – rebateu ela, nervosa.

– Você foi embora, me deixou. Hoje eu não quero mais. Aprendi a viver sem você. Já não temos mais nenhum futuro juntos.

– Como você pode dizer isso? Depois de tudo o que vivemos.

– Você quis dar o fora. Decidiu que não queria mais ficar comigo. Infelizmente foi isso. Você quis ficar longe de mim, deixou tudo para trás. Agora não tem mais volta.

– Ainda sou a Alexia de dois anos atrás. Quero o que é meu de volta. Vou recuperar você!

– Seu tempo já passou. Espero que seja feliz, porque eu estou sendo.

– Meu tempo não passou coisa nenhuma. E você mais do que ninguém sabe disso.

– Estou feliz com a Caissy, estou feliz. O que sinto por ela está me fazendo cada vez melhor. O que vivo com ela está me tornando uma pessoa melhor.

Ela deu uma gargalhada maldosa.

– Você podia dizer isso quando eu não estava aqui. Agora que voltei, as coisas vão ser bem diferentes.

– Para mim, não vai mudar nada. Sei o que eu quero e sei com quem vou ficar. Nossa história já acabou.

– Eu estou aqui. Nossa história não acabou. Não vou desistir tão fácil assim de você.

– Nossa história acabou no dia em que você foi embora. Tive dificuldade para aceitar, é verdade, mas já são águas passadas. Hoje só tem espaço para uma mulher na minha vida: Cas-si-dy – destaquei o nome dela, mostrando como era importante para mim.

– Vamos ver se é isso mesmo ou se você só está tentando fugir de mim, com medo de que eu faça você sofrer de novo – provocou ela.

Depois saiu batendo os pés e voltou para a casa de Dylan.

Quando cheguei à área da piscina, os rapazes estavam apostando quem virava mais copos de bebida. Eu me aproximei e entrei no coro:

– Vai, Brian. Vai, Brian. Vai, Brian. Vai, Brian. – Ele virava um copo gigante com bebidas misturadas. – Vai, Brian! – gritei, e ele virou tudo e depois bateu o copo na mesa, fazendo eu e os meninos vibrarmos.

– Quem é o fodão aqui?! – gritou Brian, batendo no peito.

Dei um abraço e um beijo estalado na bochecha dele, que retribuiu, com carinho. Minha afeição por ele só aumentava desde que nos conhecemos.

– Você é de mais mesmo! – falei.

– Você pegou Mason e agora está querendo pegar meu irmão também, Caissy? – disse Alexia, com um tom de voz malicioso e debochado, enquanto se aproximava da piscina de novo.

– Fiquei mesmo com Mason. Com prazer. Mas Brian é como um irmão para mim. Não se preocupe – respondi, dando uma piscadela para ela e sorrindo.

– Isso mesmo, Alexia. Caissy é minha irmãzinha mais nova.

Brian colocou o braço em volta dos meus ombros e me puxou para perto. Ela nos lançou um olhar depreciativo, mas não prolongou a conversa. Pegou uma cerveja e se jogou numa cadeira.

– Vou nessa, Brian – avisei, pois Mason estava lá fora me esperando e eu precisava ir.

– Já?! Cansou de comemorar?

– Mason quer ir embora – falei, e ele torceu o nariz. – Está cansado.

– Drew... fugindo de festa? Uau, Caissy! Você está mudando mesmo esse cara.

Gostei do que ele disse e sorri.

– Deixe eu ir – falei, dando outro beijo no rosto dele, que me abraçou com força.

– Adoro você, pequena.

– Também adoro você, Brian – disse, me soltando do abraço de urso dele.

– Tchau, meninos.

– Tchau, Caissy – falaram Dylan e Chris em coro.

– Tchau, Caissy, meu amor – gritou Nate de algum lugar onde não dava para ver.

Revirei os olhos e saí rindo. Quando cheguei ao carro, tentei assustar Mason, que estava com a cabeça apoiada no volante:

– BUUU!

Ele ergueu a cabeça e notei que tinha algo diferente no seu jeito. Pelo olhar dele, senti que havia acontecido alguma coisa.

– O que houve? – perguntei, ao dar a volta e entrar no carro.

– Nada, preciso de um banho – respondeu ele, dando a partida.

Fiquei olhando fixamente para ele, mas deixei para lá. O dia tinha sido bastante cansativo mesmo. E desgastante. Fomos embora dali em silêncio.

4

Mason estava realmente exausto. Quando chegamos em casa, ele foi direto para o escritório e eu subi para o quarto. Arrumei minhas coisas e tomei um banho rápido. Eu estava enjoada, sem fome. Acabei pegando no sono por algumas horas, mas não dormi tanto quanto eu gostaria, depois de passar duas noites seguidas em claro. Acordei meio sobressaltada e reparei que ainda não tinha amanhecido, na verdade. Mason não estava na cama, e saí do quarto à sua procura.

Eu me deparei com ele no corredor. Assim como eu, estava com o rosto amassado, apenas de bermuda e descalço.

– Acordou? – perguntou ele, com a voz arrastada.

– Sim... Acho que ainda estou agitada – respondi, esticando os braços e o abraçando.

– Eu também... Fiz um lanche para mim. Quer que eu prepare um para você também?

– Não – recusei. – Estou meio enjoada, não quero comer agora. Acho que vou tentar voltar a dormir. Estou cansada.

Ele riu.

– Acho que podemos deixar o sono para depois – disse ele, com um sorriso malicioso.

Ele me virou e me conduziu na direção de seu quarto. Eu sabia bem para onde iríamos. Assim que entramos no cômodo, Mason começou a me beijar com intensidade. Nossas línguas se enroscavam. Uma das suas mãos segurava minha nuca e a outra acariciava meu quadril e minha bunda.

Não sei e, sinceramente, acho que nunca vou saber pelo que eu me apaixonei nele. Para falar a verdade, eu nem queria saber. Gosto do desconhecido, do que não tem nome, dessas sensações que a gente não sabe direito de onde vêm. Ele era lindo, sedutor, sabia como arrepiar cada cantinho do meu corpo. E nu, então, ficava mais lindo ainda.

Mason me afastou um pouco para poder se livrar da camiseta que eu usava para dormir. Ergui os braços, e, assim que ele me despiu, puxei-o pelo pescoço, colando nossos lábios. Nunca ia me cansar do beijo dele. NUNCA! Deslizei minha língua para dentro de sua boca e chupei a dele com vontade e, ao mesmo tempo, com delicadeza. Queria demonstrar como eu o desejava naquele momento. Mesmo através da bermuda, já dava para sentir seu pau bem duro.

O passo seguinte foi tirá-la também. Mason estava beijando meu pescoço, intercalando os beijos com lambidas e mordidinhas, me deixando louca. Apertei seu pau, ainda dentro da cueca boxer, e ele gemeu baixinho, pressionando as mãos em meus seios em resposta ao meu gesto. Mordi seu ombro. Eu me agachei e tirei sua cueca, de forma sedutora, depois removi minha calcinha também. Ele me ergueu, e eu envolvi a cintura dele com as pernas. Mason apoiou minhas costas na parede e voltou a distribuir beijos e lambidas pelo meu pescoço, meus ombros e, depois, meus seios, chupando meus mamilos de maneira extremamente excitante. Joguei a cabeça para trás, sorrindo de prazer, enquanto ele brincava com meu corpo.

Eu sentia seu pau completamente duro, pressionando o meu. Mason parou de me beijar, segurou o pau e começou a esfregá-lo em mim. Aquilo me deixou fervendo.

– Ai... Você está me enlouquecendo! Não me provoque... – resmunguei, em meio a gemidos roucos, e ele riu, metendo em mim, apenas por um instante. Uma fagulha de prazer percorreu meu corpo, mas foi tudo muito rápido. Eu queria mais. – Não tire!!! – pedi aos sussurros no ouvido dele, e ele riu novamente, mas enfiou tudo, de uma só vez, me arrancando um gemido bem alto.

Que delícia! Vi em seus olhos o mesmo tesão. Minhas costas estavam suadas e grudavam na parede, fazendo um barulho esquisito ao se desgrudarem e colarem de volta a cada movimento que ele fazia para me penetrar mais fundo. Fomos para a cama. Joguei-o deitado, de barriga para cima, e me sentei em suas coxas, fazendo com que ele me penetrasse novamente. Eu podia senti-lo rígido, grosso, com as veias dilatadas, movimentando-se. Arranhei seu tórax. Aquele ápice de calor, que já me era familiar, começou a subir pelo meu corpo, enquanto minhas pernas bambeavam.

Ele jorrou dentro de mim e eu gozei também, me entregando.

Eu estava toda suada, com o cabelo grudado na testa e no pescoço. Passei a mão pelo peito de Mason e senti que ele também estava molhado. Parecia exausto. Eu me sentei na beirada da cama e Mason ajeitou a cabeça nos travesseiros, ainda meio atordoado e ficou me observando. Fui até o banheiro e me olhei no espelho. Eu estava acabada. Prendi o cabelo num coque e saí do banheiro, olhando para Mason, esparramado na cama, ainda um pouco ofegante.

– Venha aqui – pediu ele, e eu me aproximei, andando maliciosamente.

Desta vez, não houve pressa, desespero ou qualquer coisa que fosse. Eu era dele e ele era meu. Não estávamos nos preocupando com os problemas, com as dificuldades nem com mais ninguém, apenas conosco. Eu me deitei de bruços, ao lado dele, apoiando a cabeça em seus braços. Ele deslizou a ponta dos dedos por toda a minha coluna, num movimento devagar e carinhoso, acariciando minha bunda e minhas coxas. Ergui a cabeça e a apoiei na palma da mão, para ficar observando seu rosto. Eu não conseguia desviar meus olhos dos dele.

Mason apertou a parte interna das minhas coxas e nos viramos de frente um para o outro. Quando me dei conta, ele já metia de novo, me estocando, o que era muito, muito bom. Ali éramos dois corpos formando um só. Éramos nossos defeitos e nossos acertos somados. Éramos perfeitos juntos, únicos. Eu já estava chegando ao clímax, e Mason estocou dentro de mim mais algumas vezes. Ele gozou novamente e caiu ao meu lado, ofegante. Eu me aproximei dele e me deitei em seu corpo suado. Aquela foi uma das minhas melhores transas: a mais calma, sem selvageria.

Foi bom, com amor. Mason me apertou em seus braços e ficou mexendo em meu cabelo, enquanto eu acariciava seu peito, fazendo desenhos indefinidos.

Meus olhos foram pesando. Ele respirou fundo, senti as batidas do seu coração se acalmarem, e assim me deixei levar, caindo num sono maravilhoso depois daquela noite perfeita.

Acordei tarde, com uma energia e uma disposição incríveis, me sentindo renovada.

– Bom dia, querida! – desejou Mason, me beijando assim que abri os olhos. Ele já estava acordado.

– Bom dia, meu amor – disse, me espreguiçando. Rolei na cama, me levantei e fui ao banheiro. Ajeitei o cabelo e fiz minha higiene matinal. – Ah... – falei, voltando para o quarto. – Tive um sonho maravilhoso.

– Comigo? – perguntou Mason, me fazendo rir. – Guadalupe está preparando o café – acrescentou ele.

– Claro que foi com você! Huuum, por isso esse cheiro bom.

Fui até o closet dele, pegando uma camiseta e uma cueca para vestir.

– Você adora minhas roupas.

– Adoro seu cheiro.

– Pode usar. É melhor assim do que você ficar andando de calcinha e sutiã pela casa.

– Guadalupe enfartaria! – respondi, rindo.

– Vamos descer logo. Estou com a maior fome – apressou ele.

A mesa estava posta, linda, e pela primeira vez eu começava um dia com o amor da minha vida. Acordando juntos, estávamos indo tomar café juntos. Ele ficava fazendo gracinhas a todo o momento e eu gargalhava sem parar.

– Não consigo fazer isso – falei, enquanto tentava mais uma vez jogar uma uva para cima e pegá-la com a boca.

– É muito fácil! – disse Mason, repetindo o movimento, com a maior facilidade.

– Desisto! – Parei de tentar, e ele riu bem alto. – Agora me deixe ensinar uma coisa a você. Me dê sua mão.

Ele esticou a palma, um pouco desconfiado.

– Para que isso? – perguntou, encostando a mão na minha.

– Sempre ouvi falar que quando sua mão for do mesmo tamanho que a do outro, é sinal de que vocês são almas gêmeas.

Coloquei a minha sobre a dele, provocando novas gargalhadas em Mason.

– Ih, então acho que você não é minha alma gêmea.

Minha mão era minúscula perto da dele.

– Bom... Não vai ser o tamanho da palma da minha mão que vai comprovar se sou ou não sua alma gêmea, não é?

– Ah, não? – perguntou, me puxando e me dando um beijo.

– Não.

– Mas você acreditava nisso...

– Antes de saber que a minha mão era menor que a sua, agora não acredito mais. – Torci o nariz. – Você é a parte que faltava à minha alma e não tenho dúvidas disso.

– Você é louca – sussurrou ele, me beijando mais uma vez.

– Por você!

– Ah, tenho uma novidade. Minha mãe chega entre hoje e amanhã, e eu e você viajamos amanhã à noite.

Mason ergueu as sobrancelhas esperando minha reação, não disse mais nada. Como permaneci calada, ele saiu da cozinha e foi tomar banho. Fiquei pensativa e depois fui atrás dele. Eu me deitei na sua cama, de bruços, aguardando que ele saísse do banheiro. Alguns minutos depois, ele apareceu, enrolado numa toalha.

– Já pensou se sua mãe tiver um ataque... – comentei, receosa.

– A gente chama a ambulância – disse ele, dando de ombros.

– Como você pode ficar tão tranquilo assim?

– Caissy, não acho nada de mais estarmos juntos. Você é que está fazendo drama.

– Ok. Então, estou fazendo drama – resmunguei, me sentando na cama e cruzando os braços, um pouco emburrada.

– Sabe em que eu estava pensando? – perguntou ele, mudando de assunto. Eu o encarei sem dizer nada. Ele continuou: – Acho que vou levar você a outras festas, para ficar com o mesmo fogo que estava ontem.

Pensei em várias coisas para responder, mas então me lembrei de algo muito importante. Resolvi contar para ele sobre ter visto Alexia na festa de Marconny:

– Ah... Eu me esqueci de comentar. Alexia estava na festa ontem! – disparei, afobada.

– Na festa?! – perguntou Mason, confuso.

– É.

– Impossível – disse ele, secando o cabelo com uma toalha.

– Não é, não. Estou falando sério! – Levantei da cama, agitada, falando rápido demais. – Ela estava no quarto com Marconny. Eles pareciam bem íntimos, e ela falou de você, e aí...

Senti um pontada na cabeça. Percebi que não tinha respirado direito de tão rápido que eu falava.

– Você está bem? – perguntou Mason, me olhando preocupado.

– Mais ou menos – respondi, mas continuei: – Eu a vi, ela estava lá. Eu me escondi embaixo da cama para fugir de Marconny, e logo depois os dois entraram no quarto e conversaram. Ele a chamou de "minha deusa". Depois, ela se escondeu no banheiro para que alguém, não sei quem, que tinha batido à porta, não a visse. Quando Marconny saiu, pulei no parapeito para fugir dali. Alexia saiu do banheiro e então vi o rosto dela. Era ela, juro! – insisti, e ele franziu o cenho. Ficou pensando, calado, e aquilo me deixou nervosa. – Ei! – exclamei, estalando o dedo diante do rosto de Mason, que me olhou por um momento e depois foi andando até o closet.

– Não é possível, você deve estar confundindo – desdenhou, sereno.

Aquilo não colou. Eu sabia que ele tinha ficado grilado. Para falar a verdade, até eu estava curiosa com a intimidade de Alexia e Marconny. Mas também sabia que ele não iria falar mais nada.

Alexia odiava Marconny tanto quanto eu. Essa história de que ela estava no quarto conversando com ele durante a festa não fazia o menor sentido. Caissy desceu para pegar sorvete. Eu me deitei na cama para assistir a algum programa de TV que me distraísse, mas não consegui. Precisava tirar aquela história a limpo. Calcei os tênis e desci a escada, correndo.

– Vai sair? – perguntou Caissy, antes que eu passasse pela porta.

– Vou resolver algumas coisas antes de embarcarmos.

– Tudo bem – disse ela, enfiando uma colher cheia de sorvete na boca.

– Volto antes de minha mãe chegar, não se preocupe – falei, e dei um beijo rápido nela, pegando as chaves do carro.

Só havia um lugar que fazia aquela cidade valer a pena para Alexia. E eu tinha certeza de que ela estava lá. A antiga casa de seus pais ficava do outro lado cidade. Inúmeras vezes ela tinha ido para lá quando brigávamos. Assim que me aproximei do portão, vi sua moto estacionada. Parei o carro. Eu ia tirar aquela história a limpo. Não me preocupei em tocar a campainha ou avisá-la de que eu estava ali. Apenas fui entrando. A porta esta entreaberta.

– Achei que você fosse demorar mais para vir atrás de mim – disse Alexia ao me encontrar no corredor.

– Não vim atrás de você – falei, encarando-a.

– Não?! Então fale logo. O que você quer? Não estou à sua disposição. Quer dizer, até posso estar, mas tudo tem um preço, sabe...

– Como foi sua noite ontem? – perguntei de supetão, e ela não me pareceu surpresa. Continuou agindo naturalmente.

– Boa – respondeu, dando de ombros e se sentando no velho sofá que havia na sala. – Eu me diverti a noite toda!

– O que você fez antes de aparecer no galpão? Aliás, como sabia que estávamos lá?

– O que é isso? Um interrogatório?

– Alexia... – falei, rangendo os dentes.

– Na boa, quando estiver a fim de fazer uma coisa legal, em vez de fazer um interrogatório sobre a minha vida, me ligue. Caso contrário, caia fora – bradou ela, se levantando, indo até a porta e fazendo um gesto para que eu saísse.

– O que você estava fazendo na casa do Marconny? – Fui direto ao ponto.

– Você falando assim... Fico até excitada – provocou ela.

– Alexia, não estou brincando. Dou dois segundos para você me contar o que estava fazendo lá, ou então...

– Ou então vai fazer o quê?! – desafiou ela. – Não vai fazer nada... – disse, dando uma gargalhada.

Eu a segurei com força pelo braço. O ódio borbulhava dentro de mim.

– Vai me matar, é? – provocou ela, entredentes. – Esse ódio todo ajuda você a esconder o que sente, não é mesmo? É assim que vai fugir de mim?

Me matando?! Você não tem provas do que está falando. Está ficando louco. Dê o fora daqui – gritou ela, me empurrando.

– Louco?! Você quer provas? Invadiram minha casa, conseguiram furar meu sistema de segurança. Ninguém seria capaz de fazer isso, a não ser quem conhecesse bem o território. E você, além de me conhecer bem, deve ter informações privilegiadas, não é? – perguntei, me referindo a Brian.

Ela riu.

– Você está viajando, hein, querido!

– Alexia, chega de enrolação! Não tente me enganar! Eu sei de tudo. Você está ferrada!

– Estou ferrada?! Você não faz ideia do que passei por sua causa.

– Você está armando para mim, não está? – Imprensei com força o corpo dela na parede. Eu não tinha mais paciência. – Ande logo, me diga, Alexia. Está armando para mim?

– Você nunca vai entender.

– Entender o quê? Não basta tudo pelo que passei depois que você foi embora? Você se aliou ao cara que matou meu pai?!

– Não! É claro que não! Também odeio ele. Fiz tudo isso por você. Eu me sacrifiquei por você. Arrisquei minha vida. Sempre foi tudo por você. Devo tudo a você, desde o início, mas precisei ir embora para que ele não te matasse, Mason. Você... – Os lábios dela tremiam. – Você só tinha olhos para mim, não se importava mais com sua segurança, e começou a se arriscar demais indo atrás dele. Você se preocupava tanto comigo, em me proteger, que se esquecia de si mesmo. E comecei a perceber que você estava deixando de lado a sua maior vontade na vida: vingar a morte do seu pai. Eu não podia deixar isso acontecer. Por isso fugi. Mas fiz minhas investigações, me aproximei dele, tudo para reunir pistas e poder voltar e ajudar você! Não me aliei a ele!

Eu sentia meu sangue fervendo. Tudo o que ela dizia era perturbador demais. De repente, toda a dor do passado estava ali. Todo o ódio retornou, junto da mágoa, da amargura.

– Sacrifício?! Com que direito você esconde de mim coisas relacionadas diretamente à minha vida? Não tinha o direito de ir embora e me deixar no escuro. Não tinha o direito de decidir por mim. Fiquei destruído quando você sumiu, de repente, sem nenhum aviso!

– Eu quis proteger você! Não me deixaria ir embora se eu falasse. Mas a verdade é que você é muito mais inteligente quando está sozinho, Mason. Olhe só agora, que patético! Está vivendo esse romancezinho vagabundo com uma garota, quando tem um mundo nas costas para carregar. Você sabe muito bem: basta um deslize e sua vida estará arruinada. E não só a sua. – Ela me lançou um olhar recriminador. – Foi por isso que fui embora. Aquele atentado que sofremos, eu sabia que era só o começo. Se eu não sumisse, você nunca teria chegado aonde chegou.

Nós estávamos bem perto um do outro.

– Você não tinha o direito de tomar decisões por mim! – repeti, dessa vez em tom de lamento.

– Se fosse preciso, eu faria tudo de novo...

Ela me puxou pela gola da camiseta e encostou os lábios nos meus.

– Alexia, pare... – falei, tentando me desvencilhar, mas a vontade foi maior do que minhas palavras.

Desde que ela voltou, todos os meus sentidos tentavam fugir daquilo, mas algo dentro de mim ainda pulsava, desejando tê-la. Conforme nos beijamos, fui dando mais espaço àquela atração carnal que ardia em meu corpo. Ela era fria, eu não sentia a doçura em seus lábios, mas a intensidade de todo aquele ódio conseguia agitar a minha alma e eu ficava entorpecido com o que ela ainda era capaz de despertar em mim.

Empurrei ela com força contra a parede, sentido em mim a pequena eletricidade que aquela dor causou em seu corpo. Alexia sorriu de lado, curtindo aquilo, e logo em seguida voltou a me puxar e sugar meus lábios com ferocidade. Rapidamente, tirou a minha blusa.

Naquele momento, eu já não pensava mais em nada. Por mais que eu soubesse que era errado o que estava fazendo e não quisesse magoar Caissy, eu não iria lutar contra meu tesão, meu desejo. Meu corpo já estava totalmente entregue, e eu queria transar com Alexia.

Rodopiei com ela colada em meu corpo até uma superfície sólida e a joguei no sofá quando meus joelhos esbarraram nele. A sua regata branca deslizou de seus braços e ela chutou as botas para longe. Puxei a calça de Alexia, tirando junto sua calcinha e a deixando completamente nua. Ela removeu o resto da minha roupa e depois suas pernas enlaçaram minha cintura. Alexia implorava por sexo, como nunca tinha feito antes. Suas unhas *cravaram minhas costas quando meus dedos a invadiram, e ela se contorceu, gemendo em meu ouvido, me deixando mais insano. Cara, como ela continuava gostosa, e que corpo escultural! Nossas línguas se enroscavam num beijo urgente, ardente. Não sabia precisar qual sentimento estava presente ali, a não ser o desejo.*

– Vamos, Mason, faça o que você estava querendo havia muito tempo. Prove para você mesmo o que eu e todo mundo sabemos... – sussurrou Alexia em meus ouvidos, com a respiração bem ofegante e a voz arrastada.

Eu me arrepiei todo ao escutar sua voz tão perto. Ela apertou suas pernas em volta de mim e sorriu maliciosa, sentindo minha ereção.

– Está aqui o que você sempre procurou, tome aquilo que é seu – instigou ela. – Me fode, Mason!

Louco de tesão, eu meti com muita força. Alexia gritou, dando um impulso e jogando a cabeça para trás. Eu segurava em seu quadril e ela mantinha suas pernas enroscadas em minha cintura e suas mãos agarradas nas minhas costas e no meu pescoço. O sofá rangia, eu estava ofegante já, mas Alexia apenas parecia se deliciar com aquilo.

– Oh, mais rápido, Mason! Isso! Ah, Mason, eu vou... Mais rápido, eu estou... Ah! –

Ela não parava de gemer, então enrijeceu seu corpo, encarando meus olhos, coberta de luxúria. Eu ainda não estava satisfeito. Estoquei mais algumas vezes e depois gozei.

Alexia me olhou maliciosa e me abraçou. Depois, se abaixou e abriu minhas coxas com as mãos, colocando a boca no meu pau. Puta que pariu, aquilo era muito... Não consegui terminar meu raciocínio.

– Alexia... – eu tentei afastá-la dali, mas ela parecia não se importar.

Tentei controlar minha respiração, mas era impossível. Porém, eu ainda não estava satisfeito.

– Vire de costas! – ordenei. – Isso, boa menina!

– Não, eu não sou uma boa menina. Eu sou uma menina muito má. – Ela sorriu, fitando meus olhos.

Alexia me arrastou para a mesa redonda que tinha próximo a nós e virou de costas como pedi, empinando sua bunda em minha direção. Meti atrás e fui até o fim, relaxando de vez.

Enquanto eu ainda penetrava, ela começou a falar comigo:

– Mason, eu...

Mas eu não queria ouvir mais nada, e não deixei ela prosseguir:

– Fique calada, não diga mais nada. Eu não quero saber o quanto eu estou acabando com a minha vida. E, mais uma vez, você faz parte disso.

– Querido, você é tão podre quanto eu. Eu sou tudo o que você criou, nós somos o par perfeito.

Ela deixou seu corpo cair sobre a mesa, assim que sentiu que eu tinha gozado. Eu a olhei em silêncio, um pouco atordoado, após o tesão do sexo, e fui para o sofá. Alexia permaneceu ali por alguns segundos, depois pegou um maço de cigarro e um isqueiro e se aproximou de mim.

– Tudo certo? – perguntou ela, me provocando.

– Sim.

– Não se sinta culpado. Mais cedo ou mais tarde, isso aconteceria. Você sabe.

– Eu sou o único culpado por isso tudo.

– Eu não sou um erro, o que sentimos não é um erro. O único erro é ela ter acreditado que existiria lugar para outra pessoa na sua vida além de mim.

– Não fale dela!!! Não mencione qualquer coisa sobre a Cassidy – disse, amargo e ríspido.

Alexia despertava um lado meu que estava adormecido. Ela era linda, tentadora, me conhecia como ninguém, e eu não era forte o suficiente para resistir a um passado tão intenso quanto o nosso. Acabei cedendo. No entanto, assim que transamos, me senti muito culpado por ter feito aquilo com Caissy. Senti um enorme arrependimento. Na minha cabeça, os olhos dela começaram a passar em flashes, me torturando. Eu não deveria ter feito isso com Caissy, minha princesa...

Alexia estava ao meu lado, deitada no sofá, com a respiração ainda ofegante. Apesar de toda a culpa que eu estava sentindo, não tinha como negar: eu e Alexia tínhamos uma ligação muito forte.

Com a ajuda de Guadalupe, fiz uma reserva num restaurante magnífico para nós dois. Fiquei perambulando pela casa, mas, como sempre, quando não tinha nada para fazer, recorri a Brian. Ele me convidou para fazer compras no shopping. Não seria uma má ideia, então topei.

– Você está feliz? – perguntou ele, quando já estávamos voltando.

Brian e eu tínhamos feito um acordo: ele confiou em mim e me deixou dirigir o carro. Era a primeira vez que eu fazia isso, e estava me saindo melhor do que esperava. Demos várias voltas pela cidade, treinando.

– Como nunca – respondi, sorrindo, e ele sorriu também.

– Acho que eu estava errado sobre Drew. Ele não é flor que se cheire, mas parece que está gostando de você de verdade – admitiu Brian.

– E eu, dele.

– Preciso deixar algumas coisas com Alexia. Tudo bem se passarmos na casa dela?

– Ela não está na sua casa?!

– Não, está na casa dos nossos pais. Lá tem um valor sentimental muito grande para ela. Mesmo caindo aos pedaços hoje em dia. Ela prefere ficar lá do que em qualquer outro lugar, por mais luxuoso que seja.

– Parece que ela tem um lado bom, então. Não é só um monstro sem compaixão.

– Qual é, Caissy?! Não fale assim da minha irmã. Nada de ciúme. Mason já mostrou para todo mundo que é com você que ele está. Alexia faz parte do passado.

– Eu sei.

– Vire na próxima à esquerda – orientou ele.

Assim que cruzamos a rua, vi o carro de Mason parado na porta de uma casa. Era o carro dele, sim, eu o reconhecia de longe. Meu coração disparou. O que será que ele estava fazendo lá?

– Chegamos – falou Brian.

– Mason está aqui?! – perguntei, confusa.

– Não faço ideia. Achei que só eu soubesse que Alexia gosta de ficar aqui – disse Brian, descendo do carro assim que estacionei.

Arrumei meu cabelo no espelho, enquanto Brian pegava as coisas no porta-malas.

– Vejo você lá dentro – avisei, descendo do carro, caminhando em direção à antiga casa.

Pisei devagar e com cuidado no assoalho da varanda para não fazer barulho. A porta tinha sido encostada e tudo estava silencioso. Empurrei-a devagar e entrei. Eu estava olhando para o chão, até que vozes chamaram minha atenção, e ergui a cabeça. Pisquei duas vezes, tentando entender o que via, mas tudo estava muito evidente. Mason e Alexia estavam no sofá. Ele, deitado, só de cueca boxer; ela, recostada, de calcinha e sutiã, me encarando, surpresa.

Senti meu coração parar de bater durante alguns segundos. De repente, eu não sabia mais onde estava. O que era aquilo?!

– Caissy?! – Mason me olhava petrificado. – O que você está fazendo aqui??

As palavras ficaram presas na minha garganta. Ou melhor, eu não sabia o que dizer. Meu corpo inteiro começou a doer. Mas, ao mesmo tempo, bem no fundo, eu não estava tão surpresa assim.

Meu cérebro demorou um pouco para me enviar estímulos que me fizessem sair dali. Minha cabeça girava e havia um aperto no peito me impedindo de respirar direito. Mordi os lábios com força, contendo as lágrimas que ardiam em meus olhos. Mason se levantou, vestindo a bermuda. Fiquei ali parada, me sentindo sufocar, sem reação. Acho que fiquei num transe durante alguns segundos ou minutos, não tenho certeza. Só sei que quando ele se aproximou de mim, meu corpo me deu um alerta e consegui sair correndo. Eu precisava fugir dele e daquela cena o mais rápido possível.

Minhas mãos tremiam, meu corpo tremia por inteiro. Esbarrei em Brian, que entrava pelo portão do jardim carregando algumas caixas. Ele me encarou, assustado.

– Me tire daqui! – pedi, ofegante. – Por favor, me tire daqui, Brian – supliquei, desesperada.

– Caissy, espere!!! – A voz de Mason soou logo atrás de mim, e me apressei. As lágrimas, o desespero, fui tomada por diversos sentimentos naquele momento. Eu não conseguia abrir a porta do carro. – Desde quando você dirige?! Nem pode dirigir assim... – falou ele, confuso, me alcançando. Mason tentou tirar a chave da minha mão, mas não deixei, protegendo-a com o corpo. – Estou falando com você – disse ele e me segurou com firmeza, mas senti nojo do seu toque.

– ME SOLTE! – gritei, chorando muito. – Não quero ouvir nada. Não quero ficar perto de você!

Eu me soltei dos seus braços. Brian nos observava, com cara de espanto, totalmente sem ação.

– Caissy, foi um deslize...

Ele tentou novamente me tocar, mas me desvencilhei e, por um milagre, consegui abrir a porta do carro. Tentei entrar, mas Mason me impediu.

– Um deslize?! É assim que você justifica seus atos? Você é nojento!!!

Enquanto ele me segurava, dei uma joelhada forte no seu saco. Ele me largou no mesmo instante, se contorcendo um pouco, e aproveitei a chance para me sentar no banco do motorista e acionar as travas das portas. Brian ficou parado no portão. Sem esperar nem mais um minuto, dei partida no carro e arranquei, cantando pneu.

5

Vi os dois juntos. Ele e ela. Mason e Alexia. Meu estômago se revirava toda vez que eu me lembrava daquela cena. Ele esmagou meu coração com as mãos. Meu Deus, onde estava o amor que ele dizia sentir por mim? Onde foi parar o respeito? Depois da morte da minha mãe, ainda tão recente, essa foi a maior punhalada que a vida tinha me dado. Eu me recordava dos nossos momentos. Será que nada do que vivemos tinha sido real? Era ela quem ele amava? Na verdade, sempre foi ela. Mason já tinha demonstrado como Alexia ainda mexia com ele. Todas as vezes em que mencionei o nome dela e ele ficou irado... O dia em que o vi olhando para a foto dela por algum tempo... Eu já devia saber que isso aconteceria. Fui boba ao achar que mudaria os sentimentos dele. Eu não podia ter me envolvido tanto.

Meus olhos estavam embaçados por causa das lágrimas. Eu não tinha noção de aonde estava indo. O desespero me fazia pisar fundo no acelerador, tentando fugir dele, de todos, do mundo. O carro trepidava, mas eu nem me importava. Só queria ir para bem longe dali. Queria o colo da minha mãe. Queria as mãos dela afagando meu cabelo. Queria que ela me dissesse que tudo ficaria bem e que tinha sido só um pesadelo. Queria o colo de alguém para me proteger. Nesse instante, me dei conta de que estava realmente sozinha.

Parei o carro e desci, correndo e chorando. Passei pela porta da frente de um prédio abandonado sem olhar para trás. Minha esperança era encontrar alguém ali, mesmo sabendo que isso seria impossível. Era a antiga sede de uma fundação que o colégio costumava ajudar, e onde íamos há uns anos. Trabalhei ali como voluntária. As madres achavam que tínhamos que aprender desde cedo que havia gente que sofria mais do que nós. Depois de alguns anos, o governo deixou de repassar dinheiro para a fundação e as doações diminuíram. Tudo tinha sido desativado.

– Por que tem que ser assim? – falei em voz alta, em desespero, e minha voz ecoou pelo local.

Ódio, amargura, angústia, tudo o que eu estava sentindo naquele momento eram coisas ruins. Meu coração estava esfacelado, e eu não podia fazer nada. Eu tinha a sensação de que haviam enfiado uma faca na minha garganta. Eu não conseguia engolir, estava sufocando, e sentia uma dor absurda em todo o corpo. Era horrível me sentir assim. Eu amava tanto Mason, que me esqueci de amar a mim mesma. Não consegui enxergar a realidade. Eu tinha me entregado àquele maldito amor e, então, estava ferrada. Ele só tinha me usado para esquecer Alexia.

Passei a mão pela estante, derrubando tudo que ainda restava ali, alguns objetos deixados para trás e empoeirados. Eu estava revoltada. Queria me livrar do ódio que havia dentro de mim.

– VAMOS LÁ! QUAL SERÁ A PRÓXIMA PUNHALADA? – berrava, sozinha.

A vida podia me dar quantas quisesse, porque eu tinha ficado tão entorpecida que achava que nem ia sentir mais nada. Quantas vezes eu tinha sido feita de idiota? Quantas vezes ele deve ter se deitado com outras mulheres e comigo no mesmo dia? Quantas vezes ele deve ter transado comigo pensando nela? Coloquei as mãos na cabeça, tentando me livrar daqueles pensamentos, mas era impossível, pois minha ficha havia caído. Estava mais do que na hora de a bonequinha acordar para a realidade.

Quebrei todas as coisas que fui encontrando pela frente naquela sala, com ódio de tudo. Quando vi meu reflexo num espelho ainda pendurado na parede, percebi que eu estava deplorável. Senti nojo de mim mesma, da minha tolice. Onde estava minha personalidade? Onde estava meu verdadeiro eu? Eu precisava de alguém, de algo para me ajudar a combater esses sentimentos, porque eu não era forte o bastante sozinha e estavam me dilacerando. Não me contive e dei um soco no espelho com toda a ferocidade, partindo meu reflexo em pedaços. Nem eu sabia que tinha toda essa força.

O único ruído que eu escutava ali eram os meus soluços. Caí no chão em cima de um tapete velho e sujo. Mason destruiu meus sonhos. Eu estava perdendo minha fé, me sentia vazia por dentro, não conseguia acreditar em tudo o que estava acontecendo. A dor era insuportável. Quanto mais o tempo passava, mais eu entendia que ele havia me usado apenas para tentar esquecer Alexia. Tinha sido tudo em vão. Meu coração sangrava. Achei que tudo o que tínhamos vivido era verdadeiro. Eu acreditava em nós dois. Até o momento em que pisei naquela casa.

Peguei o celular no bolso. Vi que havia sangue na minha mão, por causa do soco no espelho. Ignorei todas as ligações perdidas, todas as mensagens, e disquei o número de Brian. Naquele instante, eu precisava mais dele do que nunca.

– Caissy? – atendeu Brian, desesperado. – Onde você está?

Respirei fundo para controlar os soluços.

– Desculpe por ter pegado seu carro. Você pode me encontrar na mansão? – Até mesmo pronunciar o nome de Mason estava sendo difícil para mim.

– Caissy, você está bem? Onde você está? É só me falar que vou buscar você.

– Não precisa. – Uma lágrima escorreu, contornando meu rosto. – Espere por mim lá na mansão, por favor – pedi.

– Estou indo para lá agora. – Escutei ele falar.

Assim que desliguei, o celular começou a tocar sem parar. Vi o número de Mason aparecer no visor. Toquei em "não atender" e me levantei do chão, com dificuldade, procurando as chaves do carro.

Dirigi com mais cuidado no trajeto até a mansão. Não pisei forte no acelerador e parei em todos os sinais. Eu não queria machucar ninguém porque tinha sido feita de idiota. Respirei fundo e afastei todos os pensamentos. O vazio era o melhor para mim naquele momento. Eu só precisava da sensação de esvaziamento. Ergui a cabeça, notando que o sinal tinha ficado verde. De repente, pelo retrovisor, vi o carro de Mason logo atrás do meu. Acelerei, saindo depressa, e fui na direção da casa dele. Olhei pelo espelho: ele continuava me seguindo. Passei pelo portão principal, fazendo uma curva abrupta. Começou a chover forte.

Parei o carro um pouco longe da entrada da casa. Eu já estava completamente encharcada e ainda nem tinha acabado de atravessar o jardim. Logo escutei o carro dele derrapando na entrada, o que me fez correr o mais rápido que pude. Entrei na casa, toda ensopada, e dei de cara com Brian.

– Não deixe ele vir atrás de mim, Brian, não deixe! – implorei, nervosa, subindo a escada sem nem dar tempo para ele me responder.

– Menina Cassidy – chamou Guadalupe, tentando me deter. – Dra. Emily pediu para você entrar em contato com ela com urgência. Precisa falar sobre uns exames que você fez no hospital.

Não dei ouvidos e continuei correndo. Eu tinha que tirar minhas coisas dali naquele instante. Assim que fechei a porta do meu quarto, comecei a escutar os gritos de Mason lá embaixo, provavelmente com Brian. Eu precisava ser rápida. Peguei minhas coisas e comecei a jogar tudo dentro da mala, sem me importar em arrumá-la.

Poucos minutos depois, Mason entrou no quarto como um furacão. A porta estava trancada, mas isso não impediu que ele a arrombasse.

– Você não vai sair daqui! – gritou ele, nervoso, e eu o ignorei. Peguei a mala e fui em direção à porta. – Falei que você não vai sair daqui! – gritou de novo, e puxou a mala com força da minha mão.

– SOLTE!

– Cassidy, você não vai sair daqui assim – afirmou, e depois ele me puxou e me jogou sentada na cama, longe da porta.

– Saia da minha frente AGORA! – exigi.

Eu estava me controlando muito.

– Não vou deixar você ir embora. Você precisa me ouvir – disse ele, e bufei, nervosa, tentando me livrar das suas mãos. Eu o empurrei e ele cambaleou para trás, esbarrando na penteadeira, derrubando várias coisas no chão. Corri até a porta, mas ele me alcançou novamente. – Você não vai sair sem me ouvir, já falei – berrou ele, me virando com força.

– Não quero ouvir nada! – gritei, nervosa. – Não quero saber nada.

– Por favor, me escute – suplicou, me encarando nos olhos. Eu não queria, não conseguia ouvi-lo, mas não pude impedir. – Sei que você está muito magoada comigo. Eu errei. Fui conversar com Alexia sobre o que você me contou e, depois de me explicar, ela acabou me beijando. Confesso que fui fraco e cedi. – O olhar dele era muito intenso, e suas palavras me magoavam. – A volta dela me deixou confuso, mas estou muito arrependido. Juro para você que ela é passado, é você quem eu amo. O que aconteceu hoje foi apenas um deslize. Ou uma confirmação, agora eu sei que é você quem eu quero – repetiu ele, como se palavras pudessem aplacar minha dor.

– Quantas vezes esses deslizes aconteceram? Quantas vezes você me fez de idiota? Que amor é esse, Mason?! Se for para me amar assim, muito obrigada, mas não preciso disso! – exclamei e algumas lágrimas escorreram dos meus olhos.

– Me perdoe! Errar é humano – falou ele, nervoso, me soltando.

– Não me venha com desculpas. Essa frase é muito clichê, não vai colar comigo. Acabou, só quero sair daqui.

– Não, não acabou!!! – gritou ele, descontrolado. – Você não pode me deixar, Caissy!

Ele se aproximou de mim e seu rosto ficou bem perto do meu, de forma que pude sentir sua respiração. Mas dessa vez foi diferente. Não senti desejo, nenhuma atração. Eu estava com raiva. Precisava sair dali. Seus lábios roçaram nos meus, procurando um beijo como resposta, mas não retribuí.

– Mason, me solte – falei, afastando-o.

– Não acredito que você vai me deixar assim – disse ele, inconformado.

– Já deixei! – afirmei, fechando os olhos, tentando controlar minhas lágrimas.

– Você está zangada, Caissy. Eu compreendo. – Vi uma lágrima escorrer pelo rosto dele. – Esfrie a cabeça, amanhã vai ser outro dia. Vamos embora de Atlanta, está tudo pronto – contemporizou e me deu as costas, enxugando as lágrimas.

– Meu orgulho é a única coisa que eu tenho – falei, baixando o olhar.

– Não, eu sou tudo o que você tem! – afirmou ele, tentando se conter. – Por favor, não faça isso comigo!

Pela primeira vez, eu o vi implorar por algo.

– Não fui eu que fiz, Mason. Foi você!

– Estou arrependido, já disse! Não quero perder você! EU TE AMO! – confessou, me encarando com os olhos brilhando por causa das lágrimas.

– Seu arrependimento não cura a minha dor. – Sufoquei um soluço, comprimindo os lábios. – gritei, explodindo. – Você não sabe como estou me sentindo. Dói muito. Não consigo perdoar você.

– Por quê? Por que é tão difícil para você?

– Porque você me traiu! – E repassei aquela cena nojenta na minha cabeça. – Você quebrou minha confiança, quebrou o encanto! Eu me entreguei completamente a você, e você jogou tudo no lixo com a maior facilidade.

– Não sou perfeito!

– Eu pensava que você fosse... – sussurrei.

– Caissy, pelo amor de Deus, me perdoe. Não faça isso com a gente.

– Sabe por que escolhi você? – Sequei as lágrimas, fixando meu olhar no dele. – Escolhi você porque desde a primeira vez mexeu comigo. Você me virou do avesso, me fez sentir coisas que eu nem sabia que existiam. Conhecer você foi como encontrar um porto seguro quando minha vida começava a desmoronar. Eu te amei todos os dias, tinha a certeza de que era você o cara certo. – Ele baixou a cabeça, mas eu continuei: – Você me fez acreditar nisso. Tenho 17 anos, acredito no que as pessoas falam. Eu me apaixonei por você, Mason. – Respirei fundo e solucei. – Talvez eu tenha começado a amar você no dia em que me salvou daquele estuprador. Talvez tenha sido quando transamos pela primeira vez. Não sei exatamente quando foi, só sei que a cada dia que eu passava ao seu lado, a paixão só aumentava, e mesmo com um turbilhão de sentimentos e sensações, mesmo com medo de me envolver, escolhi me entregar a você. Mesmo quando soube da sua vida criminosa, não dei para trás! Eu me apaixonei pelos seus erros, pelo seu jeito, pelo seu sorriso. Foi a melhor coisa que senti na vida... E você acabou com tudo isso hoje.

– Não quero que esse sentimento morra. Vamos tentar de novo! Vou conseguir fazer você sentir tudo isso mais uma vez – disse ele, parecendo realmente desesperado.

– Não posso lutar contra o que estou sentindo... Não me peça para ficar, Mason.

– Estou me sentindo um lixo. Não vou saber viver sem você. Prometeu que me faria feliz...

Ele ergueu a cabeça, mas sem olhar nos meus olhos.

– Vou ter que quebrar minha promessa.

– O que posso fazer para que acredite que só quero você? – perguntou ele, e mais uma vez o vi enxugando as lágrimas.

– Não torture mais seu coração. – Balancei a cabeça, mordendo os lábios e engolindo o choro. – Aqui dentro... – Eu me aproximei e coloquei a mão no peito dele. – Aqui dentro está tatuado o nome de uma mulher, e não é o meu. E aqui dentro... – Coloquei a mão na cabeça dele. – Aqui dentro você está lutando para tirá-la do seu coração. Mas não dá. – Não consegui mais conter as lágrimas. – Você não consegue. Ela vai ficar sempre em você feito uma tatuagem. Está gravada aí para sempre.

– Você não sabe do que está falando. – Ele me abraçou forte e um choro dolorido me dominou completamente. – Não faça isso comigo! – Mason respirava fundo e minhas lágrimas molhavam a camisa dele. – Não acabe comigo desse jeito! Não me abandone. – Ele chorava de uma forma compulsiva. Aquilo doía, doía demais. Queria abrir meu peito e arrancar aquele sentimento de mim. Ele pegou todos os meus sonhos e os esmagou, e não me deixou alternativa. – Amo você mais do que a mim mesmo – cochichou no meu ouvido.

– Não há nada que você diga que me faça mudar de ideia. – Eu me afastei dele. Estava na hora de ir embora. – Tenho que ir agora. Nada mais será igual daqui para a frente. Nunca vou me esquecer disso. Nossas vidas não serão mais as mesmas. Então é hora de seguir meu caminho e deixar você livre.

Comprimi meus lábios, fitando os olhos dele. Naquele momento, duas lágrimas escorreram ao mesmo tempo pelo seu rosto. Doeu muito dizer aquelas palavras.

Olhei para minha mala no chão e depois andei até ela. Dessa vez, ele não me impediu. Apenas se virou de costas enquanto eu saía. Deixei aquele quarto com a certeza de nunca mais voltar. Desci a escada um pouco tonta, minha cabeça parecia que ia explodir. Brian estava sentado no sofá e me olhou inexpressivo. Ele também não acreditava no que estava acontecendo.

– Pede um táxi para mim, por favor? – perguntei, e ele se levantou e foi me abraçar.

– Para onde você vai? – questionou ele, com a boca próxima ao meu ouvido.

– Para o lugar de onde eu nunca deveria ter saído – sussurrei e ele me abraçou um pouco mais forte.

– Pense bem.

– Já pensei – falei, respirando fundo e enxugando as lágrimas.

– Eu levo você, então!

Brian pegou minha mão e foi me conduzindo até o carro. Quando saímos, um táxi estava parado na porta da casa. Droga, Deborah tinha chegado. Bem naquele momento.

– Caissy?! – perguntou ela, me olhando confusa. – Aonde você vai com essa mala? O que aconteceu com você? – indagou ela, notando meus olhos inchados de tanto chorar.

Engoli em seco. Naquele instante, eu não tinha o que falar. Não podia contar tudo, assim, sem mais nem menos, mas se não explicasse o que estava acontecendo, ela não iria me deixar sair dali de jeito nenhum. Brian ficou me observando por algum tempo. Ele tinha esperança de que Deborah me convencesse a ficar. Depois pegou a mala da minha mão e foi para o carro. Respirei fundo, tentando encontrar um jeito de dizer a Deborah que eu estava indo embora.

– O que está acontecendo? – repetiu ela, com o tom de voz um pouco alterado.

Cruzei os braços, segurando meus ombros com força.

– Deborah, eu... vou voltar para o colégio.

Eu não estava em dúvida. Pelo contrário, tinha certeza de que isso era a coisa a certa a fazer. Mas eu respeitava Deborah, acima de tudo, então não podia simplesmente dar as costas e ir embora.

– Voltar para o colégio? Mas por quê?!

– Preciso voltar para a minha vida. Já fiquei muito tempo aqui – justifiquei, tentando conter as lágrimas, mas foi em vão.

– O que aconteceu?! – perguntou ela, um pouco nervosa. – Mason fez alguma coisa com você?

– Não. Ele não fez nada...

– Não aconteceu nada e você está desse jeito?! Cassidy, me conte o que houve!

– Deborah, não houve nada. Só preciso ir embora, por favor – pedi, derrotada.

Eu não queria mais falar. Tudo aquilo me magoava muito.

– Como não aconteceu nada? Olhe só o seu estado! – retrucou ela, parecendo bastante preocupada.

– Juro que vou ficar bem. Só preciso ir embora agora.

– Não posso deixar você sair assim.

– Deborah, Mason precisa mais de você do que eu. Vou ficar bem, juro.

– Foi mais grave do que eu imagino, então – disse ela, me olhando assustada.

– Não foi nada grave. Nada que o tempo não possa curar... – afirmei, enxugando as lágrimas e contendo o choro.

– Eu sabia que não poderia deixar vocês dois sozinhos. Meu Deus, onde eu estava com a cabeça? – culpou-se ela.

– Deborah, não... – Deixei as lágrimas rolarem mais uma vez. – Muito obrigada. Passei os melhores dias da minha vida aqui. E, por favor, não ache que foi um erro você ter me deixado aqui com ele, porque não foi.

– Não sei o que dizer... Eu esperava que quando você voltasse ao colégio, estivesse melhor do que quando saiu. Mas está retornando arrasada, aos prantos.

– Isso passa – tranquilizei-a, e ela me abraçou.

– Quem vai levar você? – perguntou, olhando para os lados.

Brian estava colocando minha mala no carro e então Deborah se deu conta de que ele me levaria.

– Ainda não entendi o que realmente aconteceu, mas estou percebendo que ficar aqui não vai fazer bem a você. Amanhã cedo vou ao colégio e poderemos conversar – disse ela, e eu concordei com a cabeça. Ela me abraçou forte outra vez. Andamos juntas até o carro de Brian. – Estou confiando em você – dirigiu-se a ele. – Quero que Cassidy chegue sã e salva ao colégio, tudo bem?

– Pode deixar, Deborah, vou cuidar dela.

Ele abriu a porta para que eu entrasse no carro e dei um beijo de despedida em Deborah. Dei mais uma olhada em toda a casa, observando bem o que eu estava deixando para trás. Mason estava parado, com as mãos no bolso, olhando pela janela lá de cima. Uma sensação de angústia tomou conta de mim e tive certeza de que estava tudo acabado entre nós. Antes eu só pensava na minha vida ao lado dele, mas naquele momento estava pensando em como viver sem ele.

– Entregue isso para Mason, por favor.

Tirei o anel que ele me dera e o coloquei nas mãos de Deborah. Ela me olhou com surpresa, sem entender, mas seu olhar logo mudou, como se estivesse começando a entender melhor o que se passava. Entrei no carro sem falar mais nada.

Acabei pegando no sono durante o caminho e nem vi quando chegamos ao colégio. Só acordei quando senti o carro parar. Esfreguei os olhos, vendo aquele lugar de novo, depois de cerca de um mês longe. As férias de primavera já tinham acabado e eu passara uma semana a mais na casa de Deborah, com a permissão da madre superiora. Ela havia me liberado por mais duas semanas após o fim das férias. Mas, mesmo ainda tendo alguns dias, eu já estava de volta.

– Chegamos. – Brian puxou o freio do carro. Comecei a chorar de novo. Eu não aguentava mais chorar, mas era involuntário. – Tem certeza de que você quer ficar aqui?

– Não tenho para onde ir – lamentei, baixando a cabeça.

– Caissy, você pode ficar comigo, na minha casa – propôs ele, se aproximando de mim.

– Não dá. Tudo o que eu mais quero é ficar longe da sua irmã, de qualquer menção sobre ela – respondi, com ódio.

– Então arrumamos outro lugar para você.

– Não! Chega de contrariar meu destino. O meu lugar é aqui, de onde eu nunca devia ter saído. É aqui que tenho que ficar.

– Caissy, você não pode continuar desse jeito – disse ele, roçando as costas da mão no meu rosto e secando minhas lágrimas.

– Vai passar. – Respirei fundo, soluçando. – Vou superar.

– Eu sabia que isso ia acontecer! – Ele bateu as mãos no volante, nervoso. – Eu sabia que ele ia machucar você. Eu sabia… – resmungou ele, e tentei engolir o choro.

– Brian, pare! – gritei, nervosa. – Você não está me ajudando!

– Desculpe – murmurou ele. – Só não aguento ver você assim – falou, e passei as mãos no rosto.

Ficar ali naquele estado não ia adiantar nada. Resolvi encurtar a despedida:

– Se alguém vir a gente aqui, não vai pegar bem. Não quero me complicar com a madre, logo no meu primeiro dia de volta – falei, respirando fundo em seguida.

– Então, vamos. – Ele acariciou a minha mão, depois abriu a porta e saiu do carro. – O que você está levando na mala? Chumbo?! – brincou, enquanto retirava minha bagagem do carro.

– Nem tem tanta coisa aí – disse, saltando, e bati com força a porta.

– Acho que você trouxe a casa da Deborah aqui dentro – comentou ele, passando o braço sobre os meus ombros.

Caminhamos abraçados até a secretaria do colégio. Quando Brian e eu entramos, todas as freiras nos olharam, curiosas. Elas quase não viam homens, ainda mais um tão bonito como ele.

– Irmã Teresa, a madre está? – Apoiei meus braços no balcão da recepção e Brian parou um pouco atrás. Ela me observava espantada por me ver, e mais espantada ainda porque eu estava acompanhada de um homem. – Irmã Teresa?!

– Sim, sim... – respondeu ela, balançando a cabeça. – Oi, Cassidy! O que você está fazendo aqui? Achei que fosse ficar mais alguns dias fora ainda.

– Estou de volta...

– Mas... Mas a amiga de sua mãe...

– Está tudo certo, irmã Teresa. – A voz da madre surgiu por trás da outra freira. – Já conversei com Deborah Becker por telefone.

– Sim, senhora – disse irmã Teresa, se retirando.

– Então, Cassidy, fico feliz em tê-la de volta. Seja bem-vinda.

– Posso imaginar... – falei, disfarçando o tom de deboche.

– Seu quarto não foi ocupado por ninguém.

Se ela queria me deixar feliz, estava fazendo de forma errada.

– Que bom!... – Dei um sorriso amarelo e me virei para Brian. – Você vai me visitar todo fim de semana, não é?

Eu não suportava a ideia de ficar outra vez naquele lugar abandonada. Ele deu um sorriso encantador para mim.

– Se eu pudesse, viria todos os dias – disse ele, colocando minha mala no chão.

Um novo abraço me fez chorar mais um pouco. Eu estava muito sensível.

– Brian, pare. Odeio despedidas, e você vai me visitar todo fim de semana – afirmei, me afastando dele.

– Vou, sim, pode deixar. – Ele sorriu. – Juro que vou.

– Senhorita, está quase na hora da oração da tarde. Já que está de volta, precisa retomar de imediato os hábitos daqui. Apresse-se! – interrompeu a madre.

– Quero ver você bem quando eu voltar – avisou Brian, no meu ouvido.

– Vou ficar bem, pode deixar – falei, sorrindo e dando um beijo molhado de lágrimas na bochecha dele.

Peguei minha mala e ele ficou me observando enquanto eu sumia no corredor, seguindo em direção ao meu quarto.

6

Uma semana depois

Eu continuava muito abalada com o que tinha acontecido, mas estava sobrevivendo. Brian e Deborah tinham ido me visitar cerca de duas vezes. Nenhum dos dois tocou naquele assunto, e eu preferia assim. Não queria saber notícias de Mason. Eu o havia deletado da minha vida.

Quando estava ocupada, entretida com alguma coisa, me esquecia de tudo o que se passara na mansão. Mas assim que ficava sozinha, as lembranças me perseguiam e eu chorava muito.

– Caissy, por favor, me deixe cortar seu cabelo – implorava Claire, mas eu não queria, não tinha ânimo para nada.

– Claire, não quero. Estou enjoada, me deixe sozinha, por favor – pedi, me deitando de bruços na cama, afundando a cabeça no travesseiro.

– Você só fica assim agora, deitada, toda triste, chata e enjoada. Ânimo, Caissy!

– Cale a boca, Claire! – falei, com a cabeça ainda no travesseiro.

– Então me deixe cortar seu cabelo.

– Pare com isso, Claire. O cabelo dela está lindo – disse Melissa.

Melissa era uma aluna do colégio de quem gostávamos, mas nunca fomos muito próximas dela. Entretanto, durante o tempo que passei na casa de Deborah, Claire e ela se tornaram muito próximas. Após a minha volta, nós três tínhamos nos tornado inseparáveis, então.

– Melissa, por favor, fique na sua – disse Claire, ríspida.

– Claire, deixe de ser grossa – briguei com ela, erguendo um pouco a cabeça.

– A gente precisa sair. Já faz mais de uma semana que não vou a nenhuma festa. Só ficamos aqui enfurnadas nesse colégio, tentando animar a Cassidy, o que, aliás, está sendo uma tarefa muito difícil, porque ela não coopera em nada. Gente, vocês não têm pena de mim?! Estou sem dançar há muito tempo! – insistiu ela, e revirei os olhos.

– Vocês podem sair. Não quero impedir ninguém de fazer nada – esclareci.

– Caissy, não vai ter graça se você não for – disse Melissa.

– Você acha mesmo que se sua presença não fosse importante, eu já não teria saído? – falou Claire, se deitando no chão.

– Meninas, vocês estão sendo ótimas tentando me animar, mas não quero atrapalhar. Não estou com vontade de sair.

– Você está atrapalhando enquanto fica aí deitada toda para baixo. Aquele loiro lindo que veio te visitar me pediu para não deixar você ficar triste. E eu disse a ele que tudo tem seu preço, claro.

– Claire!! – Melissa e eu falamos juntas e jogamos os travesseiros nela.

– O que foi?! – perguntou ela, com uma expressão sonsa, e caímos na gargalhada.

– Posso saber o que as três estão fazendo dentro do quarto? – indagou irmã Teresa, abrindo a porta. Nós nos entreolhamos.

– É... Viemos rezar juntas – mentiu Claire. Melissa e eu ficamos caladas.

– Tudo bem. Não contarei nada para a madre, mas tratem de arrumar o que fazer, porque ficar à toa, fofocando, é pecado. Andem logo! A madre tem um comunicado a fazer e todas as meninas já estão reunidas no auditório. Só faltam vocês três.

Nós nos levantamos imediatamente e saímos uma atrás da outra em direção ao auditório.

– Não acredito que a madre vai passar um sermão coletivo a esta hora – sussurrou Claire.

– Shiu – fez a irmã Teresa, de olho em nós.

Nós nos sentamos uma do lado da outra na última fileira do auditório. Todas as meninas já estavam em silêncio quando chegamos. Ficamos de pé para receber a madre, menos Claire, preguiçosa, que fingiu amarrar o sapato. A madre testou o microfone e indicou para que nos sentássemos. Em seguida, começou o discurso:

– Como todas vocês sabem, em pouco mais de um mês terminaremos nosso ano letivo, e várias meninas vão se formar. Este ano, temos uma novidade: faremos uma grande festa de formatura, pois aproveitaremos o evento para comemorar o centenário do nosso colégio. – Nós três nos entreolhamos, surpresas. – Por isso, fugindo um pouco dos nossos padrões, além de vocês poderem trazer seus familiares, como de costume, terão direito a alguns convites extras, para darem aos amigos.

– Essa velha acha mesmo que vai conseguir dar uma festa legal? – zombou Claire, um pouco alto, e as meninas da fileira à nossa frente olharam de cara feia para trás.

– Senhorita Gates, há algo que queira compartilhar com todas nós? – perguntou a madre, e Melissa e eu ficamos vermelhas de tanto segurar o riso.

– Não, madre. – Ela sorriu, fazendo uma expressão inocente. – É que estou muito animada com esse festão que vamos ter aqui no colégio...

– Tudo bem, senhorita Gates. Espero não ser mais interrompida.

Começamos a rir baixinho.

– Shiu – fez a irmã Teresa, se virando para nós de novo, impaciente.

Acho que ri demais, porque acabei ficando tonta.

– Hã... Estou com vontade de vomitar – falei para as meninas, que me olharam espantadas.

– Com vontade de quê?! – perguntou Melissa.

– De vomitar. Estou tonta e enjoada.

– Pode ir, a gente dá cobertura – disse Claire.

A irmã Teresa estava parada na beirada da fileira à nossa frente. Eu me ajoelhei no chão e saí engatinhando pelo outro lado, até alcançar a porta do auditório. Melissa e Claire começaram a rir mais alto para chamarem a atenção de todas, inclusive da madre e da irmã. Depois que saí, corri feito uma louca até chegar ao banheiro do meu quarto. Fiquei cerca de dez minutos agachada diante da privada, colocando tudo para fora. Quando eu achava que já tinha acabado de vomitar, as ânsias recomeçavam. No momento em que realmente terminei, me levantei e me arrastei até a pia para lavar a boca e o rosto. Minhas emoções ainda estavam tão à flor da pele, que meu corpo reagia dessa maneira. Saí do banheiro um pouco tonta e me deitei na cama para recuperar as energias. Então meu celular, escondido debaixo do colchão, começou a tocar.

– Droga... – Sentei na cama, levantei o colchão e peguei o aparelho. – Número desconhecido. Brian e seus vários celulares... – Eu tinha certeza de que era ele até atender: – Alô?

– Caissy! – Aquela voz me fez gelar. Eu ouvia a respiração dele do outro lado da linha, mas não conseguia falar nada. – Sei que você está aí, sei que está me ouvindo... – prosseguiu ele, mas continuei sem responder. As palavras estavam presas na minha garganta. – Sinto sua falta. Preciso de você aqui comigo. Eu, eu... Não sei como fui deixar você ir embora. Por favor, volte! Com você, eu resisto a tudo. Não dá mais para ficar assim, sem você. Só preciso de mais uma chance, de outra oportunidade para provar como eu te amo. Viver sem você é impossível – disse ele.

Senti meu desespero crescer. Meus olhos ardiam. Eu queria responder, queria correr para os braços dele, mas o medo, a insegurança, a mágoa e o orgulho falaram mais alto, por isso desliguei e pressionei o celular com força no meu peito. Eu estava parada no meio quarto com o coração acelerado e o rosto coberto de lágrimas quando Claire e Melissa entraram.

– Caissy?! Caissy, você está bem? – perguntou Claire, se aproximando de mim, enquanto Melissa só me olhava, assustada.

– Não... Eu não estou bem – falei, e caí na cama, sem forças para mais nada.

– Amiga, pare com isso... – disse Claire, se agachando ao meu lado e tentando me consolar.

– Claire, ele acabou de me ligar. Achei que fosse Brian e atendi. E ele me disse um monte de coisas... Sei que é tudo mentira, mas... mesmo assim, isso mexe muito comigo.

– Cassidy, preste atenção. – Claire ergueu meu rosto, me fazendo olhar para ela. – Chega! Já passou. Você não pode ficar desse jeito toda vez que Mason ligar ou quando tiver notícias dele.

– É que não é fácil, Claire. Continuo amando ele. É como se ele fizesse parte de mim. E ouvir o que Mason disse foi perturbador. – Após falar, coloquei as mãos na cabeça, tentando me acalmar.

– Caissy, isso não é amor! É doença – afirmou Claire, me recriminando.

– Todo o meu amor é dele. Mason domina meus pensamentos, Claire.

– Mas e tudo o que aconteceu? Você já esqueceu?

– Não, esse é o problema. Quando lembro, dói… Dói muito. É como se meu peito estivesse sangrando.

– Melissa, ligue para o Brian – falou Claire, jogando o celular para a amiga, que começou a procurar o número dele nos contatos.

– Não ligue para o Brian, não, por favor… – pedi, em meio a soluços, desesperada.

– Caissy, você não pode ficar assim. Sua vida tem que continuar. – Enquanto Claire me dava sermão, Melissa entrou no banheiro para falar com Brian.

– Claire, só preciso ficar sozinha – pedi, enxugando as lágrimas.

– Você precisa esquecer, seguir em frente. Melissa, Brian e eu vamos dar um jeito nisso – afirmou Claire, me abraçando.

– Brian falou que assim que ele tivesse algum tempo, passaria aqui – disse Melissa, saindo do banheiro.

– Você falou para ele que era urgente? – perguntou Claire, nervosa.

– Falei.

– Que horas são? – indagou Claire.

– Meio-dia e dez – respondeu Melissa.

– Daqui a cinco minutos, a madre vai fazer a inspeção nos dormitórios. Vocês têm que ir – avisei.

– E deixar você aqui sozinha? Nunca! – disse Claire, se acomodando ao meu lado.

– Claire, se ela nos pegar aqui, vamos para a detenção juntas e isso não vai ajudar em nada – falou Melissa.

– Também acho, Claire – opinei, soluçando.

– Mas… Mas… E a Caissy? – perguntou Claire, preocupada.

– Caissy, assim que acabar a inspeção nós voltamos para ficar com você – avisou Melissa, e concordei com a cabeça.

Melissa saiu arrastando Claire porta afora e fiquei sozinha naquele quarto com meus pensamentos a mil. Continuei deitada na cama, chorando, me lembrando do que ele dissera. Por que tinha que ser assim? Por que precisava doer tanto? Eu só queria ter a opção de tirar o amor dele de dentro de mim para não sofrer, não chorar, não sentir aquela dor insuportável.

Não tive tempo para pensar muito. Logo a madre surgiu na minha porta, pronta para inspecionar tudo, como de costume.

– Cassidy, parabéns! Seu quarto está impecável – disse ela, depois de ter avaliado o cômodo.

Falei que eu não estava me sentindo bem e pedi para ficar deitada para esconder o choro.

– Madre, madre. – Irmã Teresa entrou ofegante no quarto e sem conseguir falar direito. – Tem... uma moça... na recepção da secretaria... querendo falar com a Cassidy... – disse ela, aos poucos, tentando respirar. No mínimo tinha vindo correndo da recepção.

– Deborah está aqui?! Mas hoje não é dia de visita – perguntou a madre, confusa.

Eu não estava esperando por Deborah, mas, para ela aparecer no meio da semana sem avisar, devia ter acontecido algo.

– Acho... que não é Deborah – respondeu irmã Teresa, gaguejando.

– Mas é claro que é. Que outra mulher visitaria essa menina? – comentou a madre, um pouco arrogante. – Vá, Cassidy, se apresse. Vocês têm trinta minutos, mas na próxima vez que ela vier sem avisar, não vou deixar que fale com você. Dia de semana não é dia de visita neste colégio.

Fui andando bem lentamente até a sala da madre, pensando no que Deborah teria para me falar. Eu não tinha contado nada a ela, não queria preocupar ninguém com meus problemas. E também não chamei nem Melissa nem Claire para virem comigo.

Abri a porta sem nenhum ânimo. A sala estava vazia. Havia apenas um envelope em cima da mesinha de centro. Eu me aproximei e reconheci o logotipo impresso.

– Cassidy! – exclamou Emily, saindo do banheiro, e levei um susto.

– Emily! – falei, espantada, correndo para abraçá-la. – Que surpresa! O que você está fazendo aqui?!

– Fiquei sabendo de tudo o que aconteceu. E... demorei um pouco para saber o que fazer. Mas decidi vir porque o tempo agora é precioso para você.

– Precioso? – perguntei, confusa.

– Cassidy, tive a sorte de ter acesso aos seus exames antes que fossem mandados para a casa de Deborah. Achei que você devia ficar sabendo de tudo primeiro.

– Emily, você está me assustando... O que tem de errado comigo?

– Cassidy, quando você esteve no hospital da última vez, fizemos um exame de sangue, procedimento normal para avaliar o estado do paciente. O próprio Mason tinha me pedido, porque estava preocupado com a sua saúde, pois suas últimas semanas não haviam sido fáceis.

– E o que tem de errado com meu exame? Fale logo, por favor, Emily! Estou doente?

– Não, não. Cassidy... Você... está grávida.

O mundo parou de girar. Senti o chão desabar sob os meus pés. Ela não podia estar falando sério! Fiquei completamente atordoada, sem reação.

– Pensei em contar para o Mason, mas... isso não seria justo com você – continuou ela.

– N-não... pode... ser, Emily. V-você deve estar... e-enganada. Eu não estou... Não posso estar...

– Está, sim. O resultado do seu exame não deixa margem a dúvidas. Pelas minhas contas, você deve estar quase entrando na quinta semana da gestação.

– Meu Deus... – Tapei a boca com a mão, e as lágrimas começaram a escorrer. – Era só o que me faltava...

– Cassidy, se Mason souber que você está grávida, tenho certeza de que vai ficar muito feliz.

– Não! Não quero que ele saiba. Emy, não posso... Ele pode pensar que engravidei para ficar com ele, sei lá. Olhe tudo o que passei. Um filho... Tem um filho dele dentro de mim?! Ai, meu Deus!

– Não veja isso como um castigo. É um presente, na verdade. Mas... você tem opções se não quiser a criança.

– Não! – respondi, nervosa. – Se estou grávida, é claro que terei o bebê. É só que... Não sei o que vai ser da minha vida daqui para a frente.

– Fique calma! Você não precisa decidir nada agora. Relaxe um pouco. Assimile essa notícia e reflita muito sobre tudo. Sua vida vai mudar totalmente. Precisa estar bem segura do que quer. Mas você não está sozinha: vou ajudá-la em tudo o que precisar.

Irmã Teresa apareceu e nos interrompeu:

– Cassidy, tempo esgotado.

– Eu volto, pode deixar – disse Emily, dando um beijo no meu rosto antes de sair, e deixando o exame na mesa.

Não tive coragem de abri-lo. Eu estava assustada. A única certeza que tinha era de que Mason não ficaria sabendo disso. Não podia deixar que ele descobrisse. Eu não sabia o que fazer. Como assim eu estava grávida?! Tinha outro ser dentro de mim? Minha cabeça girava, meu olhar estava ficando embaçado. Primeiro, perdi minha mãe; depois, quase fui estuprada; me envolvi com um cara arrogante; então descobri que na verdade ele era um criminoso, mas mesmo assim me apaixonei por ele. Quando finalmente minha vida entrou numa fase maravilhosa e comecei a me sentir feliz como nunca, flagrei ele na cama com a ex. E, para completar, acabara de descobrir que estava esperando um filho dele. Do amor da minha vida, até o momento, mas que pelo visto outra mulher era a certa para ele. Eu já nem sabia pelo que estava chorando. Por tudo.

Grávida. Aos 17 anos, sem nem ter terminado o colégio ainda. Sozinha. Como eu iria cuidar de mim e de uma criança? Como nos sustentaria? O que seria do meu futuro?! DROGA! O que fiz com a minha vida?! Saí correndo para o meu quarto.

Mais uma semana se passou. Fiquei vários dias num tremendo conflito interno. Minha cabeça latejava de tanto que eu pensava. O único momento de paz que eu encontrava era quando fechava os olhos para dormir. Tinha algo bem pequenininho crescendo dentro de mim. Como é que eu lidaria com isso? Por quê?! Por que tinha que ser assim? Por que doía tanto? Eu simplesmente não podia esquecer o que tinha acontecido? Só queria seguir com a minha vida, mas precisava de forças para isso, só que era exatamente o que me faltava.

As lágrimas tinham secado. Só me restava a dor que vinha da alma. Era apenas o desejo que meu corpo sentia por alguém que não estava mais ali, ao meu lado. Alguém que deveria ficar comigo durante toda a vida. Eu ainda sentia falta dele. Ainda me sentia muito vulnerável, mas aos poucos estava me recuperando. Eu realmente precisava seguir em frente. Tinha uma pessoa inocente que dependia de mim, mais do que tudo. E, apesar do meu medo, da minha insegurança e do meu desespero com aquela situação, uma coisa eu já tinha em mente: eu precisava ser uma mãe maravilhosa para meu filho ou minha filha. Eu sabia como a figura materna era essencial na vida de uma criança... e como fazia falta. Nesses últimos dias, voltei a sentir uma tremenda saudade da minha mãe.

Outra semana. Já era minha terceira semana desde que saíra da casa de Deborah. Os dias pareciam mais compridos. Meus pensamentos, mais intensos. Eu me afastei para enfrentar a dor. Precisava esquecer aquilo que me perseguia à noite. Precisava restaurar minha alma, encontrar uma nova forma de ser feliz.

Mais sete dias. O tempo estava passando e as coisas continuavam presas em mim. Eu não queria mais desistir, buscava forças dentro de mim para prosseguir. Eu me concentrava nas aulas, deixando o que passou perdido em algum lugar da minha mente. Brian, Deborah, Claire e Melissa estavam contentes com a minha recuperação emocional. Eu fazia as tarefas do dia a dia. Saía mais do meu quarto e me arriscava a sorrir, mostrando que estava passando.

Nessa época, pouco mais de um mês de volta ao colégio, comecei a me sentir melhor. Aprendi a lidar com meus sentimentos e a controlar minhas emoções. Consegui me encontrar. Tive muito tempo para pensar na minha vida, para me recuperar e organizar meus pensamentos. Eu não podia ficar trancada num quarto chorando para sempre. Tinha algo mais importante para amar. Dentro de cerca de sete meses, receberia um presente precioso e que passaria a ser o meu foco: o meu bebê. Talvez eu nunca mais encontrasse Mason, mas sempre iria me lembrar dele quando olhasse para a criança e visse seus traços nela.

Eu me recuperei de vez. Não tinha mais lamentações, nem choro. Só conseguia me lembrar dos momentos bons que vivi com Mason. A parte ruim havia ficado para trás, como se eu tivesse conseguido bloquear tudo, como se nada daquilo tivesse existido.

Eu já tinha ido ao médico e começado a fazer o pré-natal. Emily estava me ajudando muito com isso: passara a me visitar todos os sábados, e assim tinha ganhado a confiança da madre. Como médica, inventou uma desculpa de que eu estava com suspeita de uma doença e arranjou uma autorização para me levar à primeira consulta com o obstetra. Ela estava sendo maravilhosa comigo.

Eu estava com nove semanas.

– Caissy, fale para Melissa que a madrinha do seu filho sou eu e pronto – disse Claire, bem alto no corredor e senti vontade de dar um soco nela.

– Isso, Claire. Anuncie no jornal de uma vez.

– Foi mal… – disse ela, tapando a boca.

– Tenho uma coisa para falar com vocês – confessei, e elas me encararam.

– Eu também – gritou Claire.

– Então fale você primeiro – sugeri, pois o que eu tinha para falar era um pouco difícil.

– Não, fale você.

– Fale logo, Claire.

– Ok. – Ela sorriu. – Duke nos chamou para sair amanhã. Vamos a uma boate muito legal. Caissy, a gente já foi lá uma vez – explicou. – Na noite em que você conheceu o Mason.

– Nós vamos?! – perguntou Melissa, empolgada.

– Claro – falei, sorrindo. – Estou dentro!

– Acho que não preciso dizer mais nada, não é? – disse Claire, animada.

– Não vejo a hora – sussurrei.

Ficamos em silêncio durante alguns minutos, até que Claire falou:

– Caissy, você não pretende contar nunca para o Mason sobre o filho de vocês?

– Não. Nunca mais quero encontrar esse cara. E ele nem terá contato com meu filho.

– Odeio Mason por tudo o que ele fez com você. É um babaca. Mas você não pode tomar essa decisão assim. Essa coisinha aí dentro de você não foi feita sozinha.

Claire sempre foi a favor de que eu contasse para Mason sobre a gravidez. Emily também torcia para que ele soubesse, mas eu sempre fugia do assunto, pedindo tempo para pensar, mas, na verdade, minha decisão já estava tomada.

– De novo esse assunto, Claire? – perguntei, irritada.

– Você gostou de crescer sem pai?

– Preste atenção numa coisa. O bebê que vai nascer é um presente do amor que sentíamos um pelo outro. Ou que eu achava que sentíamos – acrescentei mais baixo. – De qualquer forma, meu filho vai ter todo o amor que alguém pode imaginar e querer na vida. Mas ele não precisa de um pai.

– Você está sendo egoísta. Está se deixando levar pela sua mágoa. Não estou dizendo que você e Mason têm que ficar juntos, mas acho que seu filho não tem culpa pelo que aconteceu entre vocês.

– Já tomei minha decisão. Mason nunca vai saber dessa criança. Ele nunca mais vai ter notícias de mim.

– Garota durona – disse Melissa, rindo.

– Mas eu queria dizer uma coisa para vocês. – Elas me olharam esperando que eu começasse a falar. – Vou embora de Atlanta depois da formatura. Estive pesquisando... Decidi me mudar para Chicago.

– Chicago?! – indagaram as duas ao mesmo tempo.

– É.

– Ah, não, Caissy! Você só pode estar de brincadeira.

– Não, não estou. Só vou esperar a festa de formatura e depois vou embora. Vou concluir este ciclo da minha vida e recomeçar outro, num novo lugar. Além disso, não quero mais ficar aqui, tão perto e tão longe de Mason. Andei pesquisando alguns lugares e decidi que Chicago vai ser meu novo lar.

– Mas... Mas e nós? Você vai morar longe da gente? Como vai cuidar de tudo sozinha? – perguntou Claire, me olhando, perplexa com a minha novidade.

– Isso vai ser muito difícil mesmo. Vou sentir muita falta de vocês. Principalmente de você, Claire, minha amiga louca que me acompanha há tantos anos. Mas preciso dar um novo rumo para a minha vida. Agora não penso só em mim, mas na criança que estou esperando. E, além do mais, sempre vou manter contato com vocês. Mandarei várias fotos, telefonarei todos os dias. E vocês vão me visitar, claro! Afinal de contas, madrinhas não podem ficar sem ver o afilhado. Ou a afilhada! – falei, sorrindo, emocionada.

– Não acredito, não acredito que você vai embora – lamentou Claire, com a voz chorosa.

– Olhe, juro que se vocês não forem me visitar, eu... eu mando a polícia atrás de vocês!

Elas riram e me abraçaram.

– Não concordo com essa decisão, mas a gente está do seu lado, sempre.

– Compreendo sua situação, Caissy. No seu lugar, talvez eu fizesse o mesmo. Mas não posso deixar de lhe perguntar: como você vai fazer para se sustentar em Chicago, ainda mais sozinha?

Melissa já tinha demonstrado ser a mais pé no chão, e sua sensatez me fazia despertar de minhas fantasias às vezes.

– Ainda não decidi nada sobre isso, mas a princípio pretendo usar o resto do dinheiro do meu fundo, aquele que meu pai deixou para mim. Daqui a poucos meses, completo 18 anos, então serei responsável pelo dinheiro, e pegarei tudo o que tenho para alugar um pequeno apartamento. Acho que vai dar para segurar a barra no início, pelo menos. Arranjarei um emprego qualquer, que ajude a pagar as contas.

Continuamos conversando sobre tudo isso. Planejar minha vida começou a me dar ânimo. Eu sabia que nada seria fácil – nem um pouco! –, mas sentia que podia dar tudo certo.

Elas acreditavam que Mason merecia saber sobre o bebê, e que ele deveria participar da criação, ajudando em todas as despesas. Eu até concordava, mas estava abalada demais para tentar outro tipo de relacionamento com ele. Eu não pensava em nada, não queria manter nenhum contato com aquele cara. Mesmo que isso complicasse ainda mais minha situação. O único futuro que eu e aquela criança teríamos seria longe de Atlanta. Seríamos apenas eu e ela.

* * *

Na sexta-feira, eu e as meninas combinamos de ir a uma boate. Seria nossa última noitada juntas, pelo menos por um bom tempo. A semana seguinte seria a última de aulas, e, logo depois da formatura, eu pretendia partir para Chicago.

– Não sei por que fui inventar essa festa – disse Claire, emburrada porque não tinha conseguido me convencer a mudar de ideia sobre a minha mudança.

– Tudo bem, se você não quiser ir, Melissa e eu vamos – respondi.

– Não gostei da minha roupa. Estou ridícula! – comentou Claire, mal-humorada.

– Quem vai primeiro? – perguntou Melissa, ignorando-a.

– Claire, porque vai que nós duas pulamos e ela resolve dar para trás e ficar... – respondi.

Ela fez uma careta.

– Não vou fazer isso.

– Tudo bem. Mas é melhor não arriscar.

Demos passagem para que ela pulasse pela janela primeiro.

Aquele era o único jeito de sair do colégio à noite, sem sermos notadas e punidas. Era arriscado, mas, ao mesmo tempo, divertido. Passei uma perna pelo parapeito, depois a outra, e saltei no pátio de trás do convento, me juntando à Claire. Melissa foi logo em seguida, e cuidou para que a janela ficasse fechada, para não levantar suspeitas. O pátio dos fundos estava abandonado. Era uma parte do colégio onde não circulava muita gente. As luzes dos outros dormitórios estavam apagadas, mas nós andávamos em silêncio, com o máximo de cuidado possível.

– Vamos ter que ir a pé? – perguntei.

– Claro que não! Duke está nos esperando na próxima rua – informou Claire.

– Seu mau humor está me irritando – falei, olhando para ela.

– A mim, também – concordou Melissa.

– Ué! Tenho que estar o tempo inteiro feliz? – perguntou ela, dando de ombros.

– Tem, sim, porque esta é a última vez que estamos fugindo do colégio juntas para aproveitar a noite – falou Melissa, tomando a iniciativa, e eu sorri.

Pulamos o muro e andamos até encontrar Duke. O carro dele já estava lá, estacionado, nos esperando. Apesar de só tê-lo visto uma vez, na noite do pega de carros, eu já simpatizava com ele. Sem contar que Claire tinha dito que ele era amigo dos seguranças da boate para onde iríamos, então não precisaríamos ficar na fila para entrar, e seria ainda mais tranquilo passar com as nossas identidades falsas.

– Oi, gata! – recepcionou Duke, dando um beijo na boca de Claire, descontraído. Depois, se virou para mim e para Melissa. – Olá, meninas! Beleza? Prontas para uma supernoitada?

Sorrimos e respondemos que sim. Eu estava ansiosa para, enfim, curtir uma noite com as minhas amigas.

Quando chegamos à boate, não houve dificuldades para entrar. Lá dentro, o som estava bem alto, e o espaço já tinha sido completamente ocupado. Estava lotada. Rapidamente, o barulho começou a me incomodar um pouco, e a aglomeração de pessoas na pista, a me sufocar. Talvez eu tivesse desacostumado com essa confusão. Melissa logo percebeu meu desconforto, sempre observadora e cuidadosa, preocupando-se com o bem-estar de todos.

– Quer ficar perto do bar? Parece que lá é mais arejado – sugeriu ela.

– Estou bem, obrigada. – Sorri, mas ela não se convenceu. Pegou minha mão e me puxou para o canto da pista.

Ficamos num local menos tumultuado, dançando um pouco e observando Claire e Duke, que continuavam mais perto do centro da pista. Ríamos muito, era engraçado vê-los juntos. Dançavam muito empolgados. Claire não era do tipo tímida ou que se autocensurava em público. Ela nunca estava nem aí para nada, fazia tudo o que lhe dava na cabeça e na hora que bem entendesse. Era por isso que ela era a pessoa mais espontânea de todas, e por isso também que eu a admirava tanto.

Após o incômodo inicial, comecei a relaxar e a curtir. Eu havia tirado aquela noite para esquecer todos os problemas. Queria que fôssemos apenas Claire, Melissa e eu, uma diversão entre amigas.

As meninas foram ótimas, não me deixaram sozinha nem por um minuto. Depois de um tempinho dançando, minhas pernas começaram a formigar.

– Acho que vou buscar um pouco de água para você – disse Melissa para mim, percebendo meu cansaço.

– Também aceito! – gritou Claire, se intrometendo.

– Você não está grávida e não sou sua escrava.

– Ei! – Ela ficou boquiaberta. – Essa menina está ficando muito respondona! – repreendeu Claire.

– Acho que é fruto da convivência com você, amiga – brinquei.

– Nada disso! Acontece que vocês duas faziam o tipo enrustidas, e depois que me conheceram perceberam como é bom libertar os instintos. Soltar a franga!

Nós três rimos juntas.

– Vá logo buscar essa água, Melissa, por favor – pedi.

Claire e Duke começaram a se beijar e me deixaram um pouco de lado. Eu me debrucei numa pequena mesa redonda perto de nós e bufei, impaciente, querendo que Melissa chegasse logo. Não queria ficar de vela.

– Caissy! Caissy! – Ela voltou correndo, de repente, agitada e atropelando as palavras. – Temos um problema!

– O que foi, Melissa?!

– Amiga... Preciso contar para você, mas... Jure que não vai ficar mal, que não vai deixar isso atrapalhar sua noite!

– Melissa, fale logo... – incentivei, um pouco nervosa.

– Caissy, ouvi um cara comentando... Parece que eles estão aqui. Drew Becker, quer dizer, Mason, ele está...

Ela nem precisou terminar a frase. Olhei instintivamente para a entrada da boate e o vi de longe. Foi um choque! Já fazia mais de um mês que não o encontrava. Olhei um pouco mais para o lado e me deparei com Alexia, Dylan, Emily, Nate e Chris. A presença *dela* me deixou sem ar. Eles subiram para um dos camarotes privativos. Meu coração disparou de um jeito que parecia que iria sair pela boca, mas tentei agir naturalmente. Mason e os outros não precisavam saber que estávamos ali. Ele ainda não tinha me visto, e eu ficaria na minha. Além de não querer acabar com minha noite por causa dele, não queria acabar com a diversão das meninas.

– Caissy?! – Melissa estalou o dedo diante do meu rosto. – Está me escutando?

– Estou – respondi, balançando a cabeça e forçando um sorriso. Eu precisava me distrair para acalmar meu coração.

– Tudo bem?

– Tudo ótimo. Vamos dançar, porque amo esta música – afirmei, segurando a mão dela e a arrastando para a pista.

Eu estava ali só para me divertir. Foi para isso que pulamos o muro do colégio. Não tinha que me preocupar com quem estava naquela boate, só precisava aproveitar ao máximo, e era isso que eu iria fazer.

7

Tentei não chamar muita atenção. Não queria olhar na direção em que eles estavam. Passei a maior parte do tempo de costas. Claire e Melissa eram, sem dúvida, as melhores amigas do mundo. Elas agiam como se Mason não estivesse ali, como se a presença dele fosse insignificante. Tentaram até me jogar para cima de um cara que não parava de me olhar, mas ele não tinha me atraído nem um pouco.

– Quer ir embora? Podemos ir para outro lugar – perguntou Claire, se aproximando, preocupada.

– Não vou sair só porque Mason está aqui. Ele fica lá no canto dele, e eu fico no meu. Viemos aqui para nos divertir. Então é isso que vamos fazer – afirmei, e ela sorriu com orgulho.

– Esta é minha garota! – comentou Claire, empolgada.

Duke tentou se juntar a nós, mas Claire deu um fora nele. Aquele era um momento só nosso.

O cara que me olhava finalmente criou coragem e me chamou para dançar. Ele era moreno, alto, com mãos fortes. Eu mexia os quadris no ritmo da música. Segurei o cabelo com uma das mãos, deixando meu rosto livre, e ergui a outra mão, rebolando perto dele. O cara ficava bem perto das minhas costas e segurava minha cintura com firmeza. Eu continuava dançando, sem me afastar dele. Às vezes, ele tentava me beijar, mas eu virava o rosto e me esquivava. Era uma dança provocante, mas eu não pretendia ficar com ele.

O tempo foi passando e eu já estava ficando cansada de dançar. O cara tentou me beijar várias vezes, mas me esquivei em todas. As meninas estavam me cercando, com medo de Mason chegar perto de mim e criar algum problema. Confesso que eu estava ficando sufocada com tanta proteção. Algumas vezes era impossível não olhar para onde ele estava. Eu o vi sozinho, observando a pista. Depois, falando com Alexia. Teve uma hora que achei que ele estava olhando para mim.

– Vou beber alguma coisa – sussurrei no ouvido do cara que ainda dançava comigo.

– Vou com você – disse ele, segurando minha mão.

Aquilo era estranho. Eu não ia ficar com ele. Mesmo com todos os foras que eu tinha lhe dado, ele não desgrudava de mim.

– Não precisa – comentei, sorrindo.

Eu queria ficar um pouco sozinha. Estava ficando enjoada e com vontade de vomitar.

– Não, vou com você – insistiu ele, se aproximando do meu rosto e tentando me beijar mais uma vez, porém coloquei a mão no peito dele e o empurrei para longe.

– Você é muito chato, cara.

Ele riu, mas eu não tinha dito aquilo para ser engraçada. Estava falando sério.

– Não sou, não.

– É, sim – falei, afastando-o mais uma vez.

Depois saí andando e fiquei aliviada quando vi que ele não tinha me seguido.

Dylan estava muito bêbado. Emily e ele não tinham nada sério, mas com certeza transavam de vez em quando. Alexia e eu não também não tínhamos nada. Eu não estava com ela, não estava com ninguém. Mas tinha dado uma trégua em nossas desavenças. Ela acreditava que ter fingido uma aliança com o Marconny tinha sido a melhor forma de me ajudar a me vingar dele. Nos anos que passamos juntos, Alexia comprou minha dor.

Mesmo fazendo tudo errado, mesmo me traindo, eu não tinha coragem de condená-la. Ela só estava tentando me proteger e retribuir o que fiz pela família dela. Dívidas do passado. Mas eu realmente não queria mais me envolver com aquela mulher. Já tinha tirado a prova e confirmado isso.

– Este lugar está lotado – resmungou Alexia, mas ninguém deu ouvidos. – Achei que faríamos algo legal quando Dylan falou em diversão – continuou ela, se aproximando de mim, ficando perto demais.

Eu me afastei um pouco e desviava o rosto todas as vezes em que ela tentava me beijar. Não conseguia ficar com ela e fingir que nada tinha acontecido. Alexia arruinou minha vida duas vezes. A primeira, quando foi embora, e a segunda, quando me fez trair a Cassidy. Ok, sei que o erro foi meu, ela não me levou para a cama à força. Mas a sensação era de que a culpa tinha sido dela.

Eu observava a pista de dança lá embaixo. As pessoas dançavam e se divertiam. Mas eu não estava no mesmo clima... Só queria fugir um pouco dos problemas, mesmo com Alexia no meu pé, tentando voltar. De repente, alguém lá me chamou atenção. Meus olhos reconheceram imediatamente aquele corpo, aquele cabelo, aquele modo de sorrir. Meu coração começou a acelerar.

Era ela! Cassidy! Pisquei, porque achei que estivesse vendo coisas. Mas, não. Era mesmo ela. Minha Caissy. Ela usava um vestido curto, preto, colado ao corpo, destacando suas curvas perfeitas. Eu não esperava encontrá-la ali. Ela estava linda e sorrindo. Fiquei meio confuso. O que será que estava fazendo numa festa como aquela? Então, lembrei que tínhamos nos visto pela primeira vez ali, naquela mesma boate. Eu me debrucei na grade do camarote para poder ter a visão completa da pista. Ela estava dançando e se divertindo, mas minha vontade era ir até lá e trazê-la para perto de mim.

Quando nossos olhares se cruzaram, senti meu coração disparar. Achei que ela estava me olhando em certo momento, mas depois se virou de costas e continuou rebolando. Ela sabia como despertar todos os meus demônios. Chamava atenção, como todas as garotas ali. Seu cabelo estava no meio das costas, e o jeito que ela sorria ao se mexer com a batida da música me enlouquecia.

Como fui deixá-la escapar?

– Está desanimado?! – perguntou Dylan, encostando-se do meu lado. Ele também se debruçou na grade do camarote. E era possível ficar animado

vendo Cassidy ali, fingindo que não me conhecia? – Você quer aquela ali, não é? – indagou, apontando para ela.

– Mais que tudo na vida.

– Mas você está dividido entre as duas – opinou ele.

– Não – afirmei, convicto. – Alexia é malandra, consegue tudo o que quer. Mas Caissy... – Respirei fundo. – Caissy é tudo o que eu quero agora.

– Ela deixa você louco, dá para perceber. – Dylan estava bêbado, mas dizia coisas coerentes.

– E como!

– Nunca pensei! Achei que Alexia fosse a mulher da sua vida.

– E foi. Até eu conhecer a Caissy e descobrir outras sensações. Descobrir que existe um sentimento maior do que tudo o que já tinha experimentado.

– Você não gosta mais de Alexia?

– Gosto. Gosto? Não sei... Sempre fui louco por ela. Sempre foi uma coisa que nunca consegui explicar. Coisa de pele... Só que descobri que há um sentimento maior, e que está silenciando o antigo.

– Achei que você gostasse de sexo sem compromisso.

– E gosto! Mas pela Caissy troco isso por relacionamento sério – respondi, e ele me encarou.

– Você tem uma sorte e tanto – disse Dylan, meio que se lamentando.

– Sorte? Por quê?

– Tem dois mulherões desses a seus pés. Você chama isso de quê?

Ri, desanimado. Ele continuou:

– Ei, Drew, se você quer tanto a Caissy, então vá buscá-la.

– Ela não me quer por perto. Entendo o mal que fiz a ela. De verdade, não quero forçar nada.

– Você ouviu isso dela?! – insistiu Dylan, não se contentando com minha resposta. – Caissy realmente disse que não quer mais você por perto? Ou sua mãe não quer que você chegue perto dela?

– Não faço ideia do que ela quer. Não conversamos há mais de um mês. E ela parece estar bem. Olhe lá – falei, apontando para a pista, onde ela continuava dançando e sorrindo.

– Ah, cara. Pare com isso, pare de falar como se estivesse conformado. Sei que não está. Tome aqui. Aproveite que estou bêbado para caralho a ponto de lhe entregar a chave do meu carro e da minha casa.

– Para que isso? – indaguei, confuso.

– Ei, Chris – gritou ele, chamando o amigo para perto de nós. – Temos uma missão. Drew vai com a Caissy lá para casa e nós vamos dar um jeito naquele palhaço que está lá embaixo com ela.

– Vocês estão loucos? – perguntei, rindo.

– Vamos nessa! – falou Chris, deixando o copo em cima da mesa.

Eu já sabia o que eles iam fazer. Eles sempre faziam aquilo quando queriam zoar. Simulariam uma briga no meio da multidão, então eu tiraria a Caissy dali. Alexia tinha sumido, portanto dava para fazer isso perfeitamente, sem que ela me atrapalhasse.

Desci do camarote. Depois de um tempo, vi Chris e Dylan se aproximarem de Caissy. Eles conversaram um pouco com ela, mas o cara ainda estava por perto. Eles não estavam juntos. Eu a vi desviando dos beijos dele.

Dylan e Chris conversavam descontraidamente com ela. De repente, Chris olhou para mim e sorriu. Estava na hora. Ele empurrou Dylan, gritando e o xingando, como se estivesse mais bêbado do que realmente estava. Na mesma hora, Dylan retribuiu o empurrão, cambaleando de propósito para cima do cara que estava tentando ficar com Caissy, tirando-o de cena. Ela gritou, aparentemente sem entender o que estava acontecendo, e, num movimento muito rápido, me aproximei por trás e a puxei pelo braço.

– Venha comigo! – falei no ouvido dela, sentindo seu corpo enrijecer.

Dylan e Chris ficaram lá, brigando, enquanto nós dois saíamos dali.

– O que é isso?! – perguntou ela, nervosa, e apenas sorri e continuei levando-a para o carro. – Você não está achando que eu…?!

– Fique quieta.

Ela deu uma gargalhada.

– Como se eu tivesse que obedecer você! – rebateu ela, soltando o braço e começando a voltar para a pista.

Fiquei na frente dela, impedindo sua passagem.

– Se você não vier comigo por bem, vai vir por mal – falei, e ela revirou os olhos, me ignorando. Aquilo me irritou.

– Você não tem autoridade nenhuma sobre mim! Se enxerga!

Suas palavras fizeram meu sangue ferver.

– Venha comigo! Chega!

Agarrei a cintura dela. Como sempre, ela tentou se desvencilhar de mim, mas eu era bem mais forte. Arrastei-a até o carro de Dylan, enquanto ela protestava e me xingava.

– Algum problema por aqui? – perguntou um segurança da boate, se aproximando ao perceber que ela estava nervosa.

Fiquei tenso por um instante. Entretanto, por algum motivo que eu não sabia, mas que me deixou feliz e aliviado, ela olhou para mim e respondeu que estava tudo bem. Não quis me meter em encrenca.

Assim que ele saiu de perto, olhei para ela em silêncio e afrouxei o aperto em seu braço. Abri a porta do carona e a fiz se sentar. Ela voltou a reclamar e dizia que queria voltar para a boate, mas ignorei. Sem machucá-la, soltei seu braço e fechei a porta do carro, trancando-o. Sabia que era errado, mas precisava conversar com ela. Longe de todos.

O carro ganhava uma velocidade assustadora, e eu estava irada.

– Mason, você é um babaca! Pare o carro! Pare o carro que eu quero descer! – gritei, pela milésima vez até que ele deu uma freada brusca, me assustando.

– Então, desça – disse ele com frieza.

Estávamos no meio do nada. A escuridão era total.

– O quê?! – gritei, sem acreditar no que ele estava fazendo.

– Pode sair do carro. Você está livre – comentou ele, prepotente. Fiquei assustada. Não acreditava que ele ia me deixar ali. Mas não dei o braço a torcer. Desci do carro e bati a porta com força. – Você estava me xingando e ordenando que eu deixasse você descer, então… – disse ele, pela janela, dando de ombros.

Contei até cinco mentalmente, mas antes disso o carro arrancou. Comecei a perder o controle e a sentir muita raiva dele, principalmente quando o veículo desapareceu na estrada. Eu não sabia onde eu estava, nem para onde ir. Odiava aquele cara com todas as minhas forças.

Apoiei as mãos no rosto, pensando no que fazer para sair do meio do nada. Então escutei um barulho de motor vindo na minha direção. O carro deu um cavalo de pau e parou ao meu lado. Vi de soslaio Mason descer e andar na minha direção. Virei as costas e andei para o outro lado, apertando o passo.

– Você vem comigo ou vai pedir carona? – provocou ele, debochado, então me virei e comecei a socar o peito dele com ódio.

– Odeio você! – gritei, nervosa.

– Você que pediu para descer – disse ele, se fazendo de inocente. – Eu só queria lhe dar um susto.

– Você tem noção de como estou me sentindo?! Tem noção do que fez?! – berrei.

– Chega! – Ele segurou meus pulsos, fitando meus olhos. – Entre no carro antes que eu mude de ideia.

– Otário. – Eu me soltei das mãos dele com ódio e entrei no carro batendo a porta com força. – Me leve de volta para o colégio – falei, mas ele me ignorou.

Permanecemos calados até chegarmos aonde ele estava me levando. Achei estranho quando ele saiu da estrada, seguindo por uma estradinha deserta, mas quando chegamos ao local, reconheci onde estávamos: na casa de Dylan.

– Por que você me trouxe para cá?

– Entre, preciso falar com você – disse ele, seco, e desceu, me deixando para trás.

– Por que você me trouxe para cá? – perguntei de novo, encostando no batente da porta e cruzando os braços.

Ele jogou a chave na mesinha de centro, enfiando as mãos no bolso da calça e me encarando com um olhar vazio.

– Quero conversar com você e aquele lugar estava um pouco lotado.

– Não tenho nada para falar com você.

Senti meu celular vibrar. Eu o peguei e vi que era uma ligação de um número desconhecido. Resolvi atender, mas Mason foi mais rápido e jogou o aparelho no sofá.

– Devolva meu celular! Vou pedir para alguém me buscar.

– Garanto que ninguém vai saber que estamos aqui.

– O que você pretende com isso? Pare de ser ridículo, Mason! Sua namorada está esperando você lá na boate – comentei, sarcástica.

– Alexia não é minha namorada.

– Que seja. – Dei de ombros. – Preciso ir embora.

– Não me peça coisas difíceis, Caissy.

– Cassidy! – corrigi, irritada. – Sabia que o que está fazendo é crime?

– Tem certeza de que quer falar de crime comigo? – debochou ele.

– Odeio você – repeti.

Ele sorriu para mim e depois atendeu ao telefone, se virando de costas.

Olhei para a chave do carro na mesinha, e pensei no veículo estacionado do lado de fora. Peguei-a e saí em disparada para o carro, aproveitando que ele estava distraído. Escutei-o gritar meu nome, mas não me importei e continuei correndo. Eu seguia apressada, mas estava de salto alto e acabei torcendo o pé e caindo.

– Ai, droga! – esbravejei, tirando o sapato e esfregando o tornozelo, sentindo uma dor insuportável.

– Não acredito... – Mason estava se controlando, mas eu sabia que ele estava com vontade de rir. – Você tentou fugir de salto alto... – falou ele, caindo na gargalhada.

– Cale a boca, palhaço! Torci o tornozelo.

– O que quer que eu faça?

– Me tire daqui – falei, irritada.

– Ué, mas você não estava tentando fugir de mim?

– Estou falando sério, Mason – gritei, estressada.

Ele me olhou ainda com vontade de rir, mas depois me pegou no colo e me levou novamente para dentro de casa. Eu não queria voltar para lá, mas não tinha opção. Fiquei sentada no sofá e ele foi até a cozinha buscar algo para colocar no meu tornozelo, que latejava.

Voltou com uma bolsa de gelo, mas quando ousou me tocar, gritei.

– Tire as mãos de mim!

Eu estava irritada e queria brigar com ele, mas a dor estava me consumindo. Ele revirou os olhos e se sentou ao meu lado.

Aos poucos, a dor foi passando. Mason não disse uma palavra nesse meio-tempo. De cabeça baixa, ficou olhando fixo para as minhas pernas. Eu não tinha como me cobrir. Ele se deitou no sofá e, depois de algum tempo, fiz o mesmo. Pensei que ele estava dormindo. Fiquei olhando para o teto, e aquele silêncio estava me enlouquecendo.

Lembrei-me do tempo em que estar assim ao lado dele era o que eu mais queria. Percebi que Mason começou a se mexer e rapidamente fechei os olhos, fingindo dormir.

– Caissy? Caissy? – chamou ele. Depois respirou fundo e senti que ele mudou de posição. Eu não estava mais tão arredia, mas continuava com medo dos meus sentimentos, medo do que poderia acontecer. – Sou tão idiota que nem fazer a mulher que amo feliz eu consigo... – lamentou ele, num sussurro. – Queria tanto que você me perdoasse e voltasse para mim... Estou totalmente arrependido. Penso nisso todos os dias. Acho que não sou o cara certo para você, mas também nunca vou aceitar te ver ao lado de outro cara. – Mason estava falando sozinho, achando que eu estava dormindo. Fiquei nervosa com tudo o que ele estava dizendo. Senti meu coração acelerar. Eu não sabia o que fazer. – Eu amo você... Eu amo você... – murmurava ele.

Aquilo me tocou, de certa forma. Abri os olhos e fiquei encarando Mason até ele perceber.

– Acordei você? – perguntou ele, me olhando.

– Não. Não estava dormindo, na verdade... – sussurrei.

– Então você...

– Sim, ouvi tudo.

Eu sabia que era errado ficar com ele. Ele não era o cara certo, mas era quem meu coração pedia, quem meu corpo implorava. Meus pensamentos eram só dele. Não dava para resistir a como ele me olhava. Ele se aproximou e se sentou entre as minhas pernas.

– Eu só queria uma chance para provar como amo você.

Ele passou a mão em meu rosto e desviei o olhar, sentindo um arrepio com seu toque. Eu poderia parar, dizer que não, mas estaria enganando a mim mesma. Eu amava aquele homem. As mãos dele seguraram meu rosto e levaram meus lábios até os dele. Nossas bocas se tocaram bem de leve, com cuidado, ternura, e arfei, sentindo seu hálito quente.

Ele me pegou no colo, subiu a escada e me levou para o quarto. Depois me colocou na cama, tirou a camisa e se aproximou de mim. O jeito que ele me olhava me fazia sentir especial. Acariciou meu pescoço e minha nuca com cuidado e voltou a me beijar. Eu estava um pouco tonta, e ele fazia tudo como se fosse a primeira vez. Nossas línguas dançavam em perfeita sintonia. Ele levou o beijo até o meu pescoço e uma de suas mãos encontrou o fecho do meu vestido. Já não havia mais sim e não, certo e errado. Eu só queria estar mais uma vez ao lado do homem da minha vida, ao lado do pai do meu filho. Seu toque me arrepiava. Minhas mãos bagunçavam o cabelo dele e eu o puxava para mim, como se não quisesse deixá-lo escapar. Ele arriou meu vestido, me deixando só de calcinha e sutiã, tocando cada parte do meu corpo com delicadeza. Eu revirava os olhos de prazer. Minha respiração estava ofegante.

– Amo você. Eu quero só você – sussurrou ele no meu ouvido, com aquela voz grossa que me enlouquecia.

Nossos corpos estavam conectados um ao outro. Com as mãos, tirei a calça dele. Seus olhares intensos me deixavam perdida. Ele abriu o fecho do meu sutiã, e eu me sentei em seu colo, enquanto suas mãos passeavam pelas minhas costas.

Mason se livrou da cueca e tirou minha calcinha. Depois se posicionou, entrando lentamente em mim. Dei um gemido abafado, e comecei a arranhar suas costas feito um animal felino. O jeito que ele me apertava contra seu corpo me excitava mais. Troquei de posição, ficando por cima dele. Era como se nossos olhares estivessem conectados. Minhas mãos estavam no peito dele, enquanto eu rebolava, dando prazer àquele homem. Sentia espasmos pelo corpo todo.

Mason me deitou de costas e subiu em mim, depois de termos transado.

– Não vou deixar você ir embora. Amo você – disse ele, me beijando, e eu sentia seu coração batendo acelerado.

Estava deitada no peito dele. Seus braços me envolviam de forma protetora. Já tinha lutado com meus pensamentos, pois minha razão dizia que eu não deveria ter feito aquilo. Era errado amá-lo, mas meu coração não me deixava fazer o certo.

Eu tinha perdido a noção do tempo, mas vi pela janela que começava a amanhecer.

– Mason, tenho que ir embora – falei, me sentando num pulo, me cobrindo com os lençóis que ele tinha buscado.

Eu não podia ficar ali. Se a madre descobrisse que eu estava fora do colégio, ia sobrar para as meninas.

– Ir para onde? – perguntou ele, erguendo as sobrancelhas.

– Para o colégio. Tenho que voltar.

– Caissy...

– Mason, é sério. Tenho que ir. As meninas vão se ferrar por minha culpa, não é justo.

– E à tarde passo lá e busco você?

Olhei para ele sem saber o que dizer. Não sabia mais o que queria da vida. Tudo tinha se complicado ainda mais. O que eu tinha decidido não fazia mais sentido. Eu estava ali ao lado dele outra vez, e a mesma pergunta berrava dentro de mim: o que fazer?

– Não – respondi, e ele me olhou, frustrado. – As coisas não são assim.

– Como são, então?

– Mason, não posso voltar para você como se nada tivesse acontecido. Tento esquecer, mas é mais forte do que eu.

– Você não acha que a gente já sofreu demais? – perguntou ele, se sentando. – Não quero mais viver sem você. Não aguento mais, Caissy.

Eu podia contar que estava grávida e que não éramos mais só nós dois, mas tinha receio da reação dele.

– Tenho medo. Não quero me magoar outra vez. Não quero sofrer de novo.

– Você tem medo porque quer ficar comigo, mas é orgulhosa demais para isso.

– Não, Mason...

– Eu me odeio quando lembro o que fiz com você, mas não tenho como me redimir estando longe.

– A questão não é mais essa – sussurrei.

Já não controlava minhas palavras.

– Então o que é? O que está impedindo você de voltar para mim?

– Mason, eu estou...

O telefone dele começou a tocar freneticamente. Acho que aquilo foi um sinal de que eu não devia lhe contar. Mason esticou a mão, pegou o celular e, depois de ver quem era, atendeu. Catei minhas roupas e fui para o banheiro ajeitar o cabelo. Como é que eu pude pensar em contar para ele? Onde eu estava com a cabeça? Bati a mão com força na pia. Eu tinha que seguir minha vida do jeito que havia planejado, sem Mason, sem ninguém! Não passara de uma recaída, o que só provava que, quando o assunto era ele, eu não raciocinava direito. Respirei fundo e me olhei no espelho. Mason bateu à porta.

– Já estou indo...

Coloquei o vestido rapidamente, limpei o rosto, fiz um coque frouxo e depois saí do banheiro, procurando meu sapato.

– O que você ia me falar? – perguntou ele, me olhando, e senti meu corpo enrijecer e as palavras sumirem.

– Nada... Pode me levar embora? – pedi, e ele bufou. Mason já tinha se vestido também.

– Então é isso, você não quer ficar comigo?

– Mason, me dê um tempo. Daqui a alguns dias é a minha festa de formatura e estou atarefada com isso. Até lá, lhe dou uma resposta – propus.

Como eu era covarde! Não tive coragem de dizer que não ficaria com ele.

– Alguns dias? – perguntou ele, erguendo as sobrancelhas.

– Só para eu colocar a cabeça no lugar – falei, passando os braços em volta do meu corpo.

Foi a vez do meu celular tocar lá embaixo. Ouvi a chamada, e sabia que era Claire.

– Mason... – implorei, não queria deixá-las na mão.

– Só vou levar você de volta porque preciso resolver um problema. Mas não vou aguentar por muito tempo, Caissy. Vamos deixar tudo para trás! Vamos embora desta cidade, recomeçar tudo. Vou para qualquer lugar com você.

Eu realmente ia embora, mas... sem ele. Peguei meu celular no sofá, mas já tinha parado de tocar. Era Claire, realmente. Vi que tinham várias mensagens dela e descobri que ela e Melissa já estavam de volta ao colégio, me esperando do lado de fora. Respondi, então, que estava tudo bem comigo e que já estava a caminho.

Nós dois fomos para o carro e não conversamos mais. Como de costume, o celular dele não parava de tocar. Parecia que estava acontecendo alguma coisa. Permaneci calada durante o trajeto, não queria falar nada para não ter que mentir ainda mais. Eu não queria, mas estava enganando Mason. Era preciso. Minha vida já não fazia mais parte da dele e eu achava que aquela seria a última vez que ficaríamos juntos. Ele me encheu de amor, mas eu estava indo embora. Eu continha as lágrimas para não deixá-lo preocupado.

– Não posso esperar mais que uma semana – disse Mason, parando o carro na esquina do colégio.

Eu não sabia o que fazer. Abracei-o com força. Não o veria mais. Uma lágrima escorreu, contornando meu rosto, mas engoli o choro.

– Eu te amo – sussurrei no ouvido dele, que me abraçou com carinho, e aquilo doeu. Ele encostou os lábios nos meus e me deu um beijo.

– Também te amo – devolveu ele.

Eu me livrei dos seus braços e saí do carro. Ele deu ré, fez a volta e depois sumiu no final da rua. Cambaleei um pouco, meio tonta. Aquela tinha sido nossa despedida, e não havia possibilidade de voltar atrás.

As meninas estavam sentadas na calçada, me esperando. Pulamos o muro do colégio. Corremos um risco enorme de sermos pegas. Já tinha amanhecido totalmente e o jardineiro andava para lá e para cá cuidando das flores. Fui para o meu quarto e fiz o mesmo que todos os dias: vesti o uniforme e me preparei para o café da manhã. Mason não saía dos meus pensamentos. Eu queria estar com ele, mas meu orgulho dizia que não. Eu tinha que seguir em frente e esquecer aquilo tudo.

8

Assim que me aproximei do portão de casa, avistei a moto de Alexia e o carro de Brian no jardim. Provavelmente, os dois estavam à minha procura.

– Drew! – Escutei a voz de Dylan assim que saí do carro, e me assustei.

– O que você está fazendo aqui?

– Preciso falar com você.

Ele parecia muito agitado, e eu não fazia ideia do motivo que o faria me esperar no jardim da minha casa, sozinho, àquela hora da manhã. Será que ainda estava bêbado?

– O que foi?

– É sobre a Caissy. Emily me contou, pediu para eu não falar nada, mas não acho justo esconder isso de você…

– Desembuche! – insisti, um pouco aflito.

– Cara, Emily me fez prometer…

– Fale logo, Dylan!

– Ela está planejando ir embora. Vai sair da cidade.

– Isso eu já sei. Junto comigo.

– Não, cara. Sozinha, sem você. Quer dizer, não tão sozinha…

– Como assim?! Não, ela não faria isso. – Sorri. – Conversei com ela hoje. Ela me pediu mais alguns dias. Só isso.

– Daqui a uma semana ela vai sumir. Junto do filho que está esperando.

– O QUÊ?! – perguntei, estupefato. Dylan se calou. – Filho?! Que filho?? – Enquanto Dylan me lançava um olhar sugestivo, minha ficha foi caindo. – Caissy está grávida?!

Eu processava as palavras dele conforme ia dizendo as minhas.

– Sim! Cara, Emily vai me matar. Prometi guardar segredo.

– Foda-se, não quero saber o que você prometeu para Emily. Vamos, Dylan. Conte tudo! – gritei, nervoso. – Tenho que saber, não posso deixá-la ir. Fale logo se não quiser morrer!

Ele pensou um pouco, sem dizer nada.

– Bom, é isso... Caissy está grávida. Parece que de um pouco mais de dois meses. Ah, e claro, você é o pai! Parabéns, papai!!!

Ele abriu um sorriso largo e deu dois tapinhas no meu ombro, mas, a princípio, não consegui reagir. Ainda estava tentando entender o que tinha acabado de ouvir. Quase caí para trás.

– Grávida... – sussurrei, espantado.

– Sim, cara! Só que ela vai embora, quer criar o filho em outro lugar.

De repente, as imagens novamente ficaram claras em minha cabeça. Minha princesa estava esperando um filho meu. A mulher da minha vida! Eu iria ser pai!

Precisava contar isso para minha mãe. UM FILHO! Não estava acreditando. Eu tomaria um banho e iria atrás da Caissy, escutar dela aquela notícia.

– Drew, vá com calma – escutei Dylan falar, mas nem dei atenção. Liguei para minha mãe, que eu sabia que estava indo visitar a Caissy.

– Deborah? – falei, afobado, assim que ela atendeu.

– Oi, Mason.

– Você não vai acreditar...

– O quê?

– Onde você está?

– Estou indo ver a Caissy. Por quê? – disse ela, confirmando minha suspeita, e eu sorri, porque também iria para lá em breve.

– Estou muito feliz. Me espere lá no colégio.

Desliguei o telefone.

Eu não conseguia acreditar, não era possível. Minha cabeça rodava. Eu só tinha certeza de uma coisa: ela não iria embora de Atlanta sozinha, eu não deixaria.

Assim que entrei em casa, encontrei Alexia na sala.

– Você não pode fazer o que fez! – disse ela, partindo para cima de mim, agressiva.

– O que eu fiz?! – perguntei, segurando os braços dela.

– Mason, você me deixou lá na boate e sumiu com aquela garota. Não admito isso! – gritava ela, transtornada.

– Alexia! – Eu a sacudi, obrigando-a a parar com aquele chilique e me olhar. – Sempre deixei bem claro que tinha acabado entre nós. Não é por sua causa. Não posso alimentar algo que não existe mais – falei, e ela começou a rir incontrolavelmente.

– Você é mesmo o idiota que Marconny sempre disse que era. E sabe o que você merece? – perguntou ela, com raiva. – Você merece morrer como um... – Ela parou e sorriu. – Como o bosta do seu pai.

Ela tinha passado dos limites. Dei uma bofetada no rosto dela, fazendo-a cair no sofá.

– Está tudo claro agora. Você achou que me enganaria por quanto tempo mais?! Você é burra, Alexia. Deixa seus sentimentos atrapalharem os negócios. Era esse o plano? Me matar? Agora já sei de tudo.

– O que está claro? – perguntou ela, se fazendo de desentendida.

– Aquele seu papinho de que só fingiu ter se aliado a Marconny... Não acredito mais. Vocês estão juntos.

Eu realmente tive esse estalo, mas ainda não tinha certeza. Arrisquei para ver qual seria sua reação.

– Você está blefando. – Ela se levantou, tentando fugir, mas eu a segurei. – Mason, pare...

Ela olhou no fundo dos meus olhos e percebi sua mão livre se mexer. Só que fui mais rápido e peguei o revólver que ela estava sacando.

– Não vai ser agora que você vai conseguir me matar. – Os olhos dela estavam fixos nos meus, raivosos. – Ajoelhe-se aí, Alexia!

Dei uma rasteira nas pernas dela, fazendo com que caísse de joelhos na minha frente. Neste momento, Brian entrou na sala.

– Nós temos um acordo. Solte minha irmã, Drew!

– Soltar? Você acha que sou idiota, Brian? Sua irmã planejava me matar, caso eu não ficasse com ela. Você não acha que está na hora de ela começar a rezar?

Minha arma estava apontada para Alexia, que começou a falar:

– Você não quer um escândalo desses na sua casa, quer? Você está indo embora, mas Deborah vai ficar, e Cassidy...

– Não fale de Cassidy! Não ouse tocar no nome dela.

Alexia me deu uma cotovelada na perna e correu para o lado oposto de Brian. Eu podia atirar e acabar com a vida dela naquele exato momento, mas não conseguia ser tão frio assim. Não com ela.

– Cara – Brian passou a mão na cabeça, desesperado –, não é de um tiro na testa que ela está precisando. Vou levá-la embora da cidade, você não precisa matar minha irmã. Lembre-se de tudo o que viveram juntos, no passado, Drew.

– Tenho um assunto mais importante para resolver agora. Você tem uma hora para tirá-la de Atlanta. Caso contrário, irei atrás dela e não vou ter nenhuma compaixão, nem pensar nos bons momentos que essa mulher me proporcionou. Simplesmente vou acabar com ela – esbravejei, e ele me encarou, com ódio.

Guadalupe estava na cozinha. Ela escutou os gritos e ficou assustada, mais ainda quando entrei com a arma em punho.

– Peça para prepararem um carro para mim. Vou tomar um banho rápido e sair.

– O senhor quer que eu fale com Philip? – perguntou ela, olhando para a arma.

– Quero que você cumpra minhas ordens, não me importo com quem vai ter que falar.

Mesmo com a nova suspeita de que Alexia estivesse realmente mancomunada com Marconny, minha prioridade agora era Caissy. Ela e meu filho eram o que realmente me importavam. Ela era a mulher da minha vida. Lembrei que precisava pegar o anel e ir direto para o colégio, conversar com ela. Subi a escada pulando os degraus de dois em dois. Mas, quando abri a porta do meu quarto, me surpreendi.

– O que você está fazendo aqui? – questionei, um pouco ofegante por causa da correria.

Fui pego de surpresa. Dois tiros ecoaram pelo silêncio, fazendo um grande barulho. Eu não conseguia dizer nada. Com o impacto dos tiros, caí no chão. Minhas mãos ficaram geladas. Não sentia meus braços e nem nada do pescoço para baixo. Os tiros ainda ressoavam em meus ouvidos. A única coisa que consegui sussurrar foi o nome de Caissy. Via imagens dela na minha cabeça. Meu coração batia acelerado e eu me esforçava para manter os olhos abertos.

Senti um alívio quando a madre me chamou, dizendo que Deborah havia chegado. Quando a encontrei na sala de visita, a abracei, sem querer soltá-la nunca mais. Havia um sentimento estranho, meio ruim, que não me abandonava, e me fazia sentir vontade de chorar toda vez que eu me lembrava do rosto e do nome de Mason.

– Caissy! – Ela sorriu para mim. – Está tudo bem? – perguntou, e uma lágrima escorreu pelo meu rosto.

– Está, sim... Acho que estou meio desanimada hoje – falei, secando a lágrima e tentando sorrir também, mas não consegui.

– Então se anime... – disse ela, empolgada. – Hoje vamos comprar um lindo vestido para a sua festa de formatura.

Eu havia convidado ela.

– Não preciso de roupa, Deborah.

– Como não? Sei que você gosta de festas e esta será mais que especial. É a sua formatura, querida! Um momento muito especial. Você tem que estar linda como uma princesa. Quer dizer, uma princesa você já é, mas... – Seu celular começou a tocar e ela vasculhou a bolsa à procura do aparelho. – Acredita que Mason me ligou todo animado dizendo que estava vindo para cá?! Parecia muito feliz – comentou, atendendo ao celular sem nem olhar quem era.

– Alô!... Ora, Dylan, onde eu estou? Vim ver a Cassidy! Você sabe que hoje é dia de visita aqui no colégio.

Ela ficou calada, ouvindo.

– Pare de graça, rapaz! Não tem nem meia hora que falei com Mason. Ele disse que estava vindo para cá.

De novo, calada, ficou só ouvindo.

– Dylan, não brinque com uma coisa dessas – disse ela, me deixando em estado de alerta. – Quando foi isso?!... – Deborah começou a ficar alterada. – Por favor, Dylan, me diga que não é verdade...

Ela começou a chorar, e fiquei nervosa.

– O que foi, Deborah?! – perguntei, e ela me pediu calma com a mão.

– Não... Tudo bem, estou indo para aí agora mesmo! – concluiu, secando uma lágrima que escorreu, contornando seu rosto.

Ela desligou o telefone, me encarando de um jeito indecifrável.

– Deborah, o que foi?! – insisti, já com o choro preso na garganta.

– Mason... – falou, tapando o rosto com as mãos.

– O que tem o Mason?!

– Ele foi baleado...

Meus batimentos cardíacos aumentaram no mesmo instante em que ouvi suas palavras. Senti um calafrio percorrer minha coluna. Um gosto amargo invadiu minha boca e não me deixava engolir a saliva. Uma lágrima escorreu sem que eu sentisse. Sabia que tinha alguma coisa errada. Sabia que ele estava correndo perigo, eu senti.

– E-Eu estou i-indo... p-para o hospital – disse ela, controlando o choro e indo para a porta.

– Deborah, tenho que ir com você. Preciso vê-lo – afirmei, soluçando.

– É melhor você esperar notícias aqui.

– Por favor... – pedi, com os olhos cheios d'água. – Meu lugar é perto dele.

– Cassidy...

– Deborah, preciso estar do lado dele – insisti.

– Ok. Vá para o carro, então! Vou assinar sua saída – falou, enquanto pegava sua bolsa e se levantava.

Fui andando com muita dificuldade, quase sem ar, sem conseguir enxergar direito por causa das lágrimas. Durante todo o caminho até o hospital, quis acreditar que tudo ficaria bem. Mason sempre me garantiu que nada aconteceria com ele e não duvidei disso.

Eu nunca tinha ido àquele hospital. Entramos e vi um casal sentado na sala de espera. De início, não reconheci que era Dylan; só notei depois de um tempo, quando ele se levantou e veio nos cumprimentar. Sua camisa branca estava toda ensanguentada. Era muito sangue. Fiquei impressionada.

– Onde ele está? – perguntou Deborah, afobada.

– No centro cirúrgico – respondeu Dylan, e ouvi de cabeça baixa. – Já faz algum tempo que eles entraram.

– Mas o que aconteceu, afinal? – perguntou Deborah, desesperada.

Dylan estava arrasado.

– Não sei bem, Deborah. Falei com ele no jardim e depois ele entrou em casa. Após algum tempo, ouvi tiros.

– Meu Deus!... – exclamou ela, levando as mãos no rosto.

Os olhos de Dylan estavam marejados, tornando a cor azul deles mais brilhante. Mason e Dylan eram como irmãos. Ver o sangue dele na camisa de Dylan me deixou ainda mais desesperada. Fui até a porta onde estava escrito "Somente pessoas autorizadas". Eu queria entrar e ir atrás do meu amor, queria estar ao lado dele. Segurei meus braços.

– Ele vai ficar bem – disse Emily para mim.

– Eu sei que vai – respondi, respirando fundo.

Mason precisou receber sangue, pois a hemorragia havia sido muito intensa. Deborah foi a primeira a doar. Os dois tinham o mesmo tipo sanguíneo. Eu estava muito preocupada e, a todo momento, sentia minha pressão cair. Tinha que me escorar, mas precisava me manter firme. As tonturas e os enjoos estavam mais fortes que o normal.

Cinco horas haviam se passado e nada de notícias. Meu estoque de lágrimas já havia acabado. Sentia minhas mãos tremerem e um calafrio percorreu a coluna. Tiveram que dar um calmante para Deborah, pois ela estava muito agitada. Dylan não arredava o pé dali enquanto não tivesse notícia de Mason. Andava de um lado para outro, esperando qualquer informação. Então, ao me virar, vi Alexia entrar no hospital. Ela me encarou de longe, depois veio na nossa direção. Fiquei parada, olhando para ela, de braços cruzados.

– Ele morreu?! – disse ela bem alto, chamando atenção.

Cretina! Aquele rosto inchado não me enganava. Senti repulsa ao olhar para ela, toda cínica, nada convincente.

– Não, Alexia. Mason não morreu nem vai morrer – disse Dylan, entredentes, e ela se esquivou.

Estar no mesmo local que aquela mulher me irritava.

Esperamos mais algum tempo até que um médico saiu do centro cirúrgico. Meu coração não aguentava mais aquilo tudo e comecei a soluçar novamente, sentindo uma dor imensa no peito.

– Uma bala penetrou o lado direito do peito do paciente, mas ficou alojada no esterno. Conseguimos removê-la – disse ele, se aproximando.

– A outra pegou de raspão... Mas ele perdeu muito sangue. Chegou a entrar em choque. Por isso, agora temos que esperar para ver como ele vai reagir nas próximas 24 horas.

– Mas ele está correndo algum risco? – perguntou Alexia, enquanto eu ainda tentava assimilar tudo o que ele havia dito.

– Ele está em coma induzido. O estado é grave. Teremos um prognóstico melhor nas próximas horas. Agora vai para o CTI e não pode receber visitas.

– Quero que um segurança fique ao lado dele – acrescentei depressa, e o médico me encarou. Deborah não estava em condições de dar ordens.

– Ninguém pode ficar no CTI.

– Você garante que não vai acontecer nada com ele lá? – perguntei com firmeza.

– Senhorita, o hospital tem os próprios seguranças, mas dentro do CTI ninguém pode ficar. Não se preocupe, nada vai acontecer com ele – respondeu o médico.

– A vida dele está em risco, doutor. Não sabemos quem tentou matá-lo, mas essa pessoa pode voltar. A segurança dele depende disso. Por favor, permita que um segurança da família vigie o quarto – argumentei, suplicando.

– Garota, você não pode ficar dando ordens! Há regras no hospital, não é assim – afrontou Alexia.

– Não lhe perguntei nada. Garanto que tenho mais direito de dar ordens aqui do que você.

"Afinal, sou a mãe do filho dele", pensei comigo, mas deixei quieto.

– Doutor, eu sei que vai contra todas as normas e procedimentos, mas acho que é uma situação realmente excepcional – interveio Emily, endossando meu pedido.

O médico, que devia ser colega dela, a olhou de forma condescendente e depois respondeu:

– Tudo bem, o segurança pode entrar e ficar perto do leito do senhor Becker, mas deve usar roupas de proteção e evitar qualquer contato com o paciente.

– Muito obrigada, doutor! – disse, aliviada.

Pedi para Dylan convocar um dos seguranças com urgência. Depois, Emily consentiu que Deborah e eu pudéssemos entrar no CTI por um instante, para vermos Mason. Aparentemente, todos no hospital estavam achando que ele iria morrer, mas eu nem sequer podia cogitar a hipótese de ficar num mundo em que ele não fizesse parte. Mason se recuperaria, eu tinha certeza.

Andei pelo CTI e, a cada passo, minhas lágrimas se multiplicavam. O médico nos indicou o leito de Mason. Ele estava cheio de fios sobre o peito nu. Um monitor fazia um barulho alto e constante. Havia um tubo em sua boca, mas ele parecia muito sereno. Eu me aproximei devagar e o médico indicou cinco minutos com a mão. Levada pela emoção, comecei a falar, me sentindo culpada:

– Eu devia ter voltado para você. Foi culpa minha, eu sei. Juro que estou arrependida. – Enquanto eu falava, Deborah estava do outro lado da maca, calada, entorpecida. – Quando você pediu, eu devia ter ficado ao seu lado. É um castigo, eu sei, mas aprendi a lição, da pior forma. Quero você de volta, quero você comigo. Tenho um presente para você... – Sorri, deixando uma lágrima escorrer e me lembrando de que havia um novo motivo para ficarmos juntos. – Vamos, Mason, reaja, por favor, saia dessa. Por mim! Por nós! Não me abandone! Não me deixe aqui, sem você. Não vou aguentar. Não me deixe. Eu te amo tanto... – Eu me encostei na lateral da cama, me debruçando sobre ele, e algumas lágrimas minhas molharam o seu rosto. O barulho do aparelho que indicava os batimentos cardíacos e a pressão arterial dele estava me deixando atordoada. – Se você voltar para mim, juro que nunca mais deixo você, que nunca mais saio de perto, até o dia em que eu morrer.

Beijei a testa dele. O médico apareceu.

– Vamos?! – chamou ele, mas eu não queria deixar Mason ali sozinho.

Ele precisava de mim. Eu sabia que sim. Dei outro beijo nele e depois me preparei para sair dali. Tentava ser forte. Deborah demorou mais alguns segundos, até que deu vários beijos na testa do filho, aos prantos, e saiu atrás de mim. Fui andando pelo corredor, mas de repente tudo começou a rodar e minha visão escureceu. Perdi o controle do meu corpo e caí no chão.

– Alguém me ajude aqui! – ouvi o médico gritar antes de apagar de vez.

* * *

Estava tudo escuro, eu me sentia cansada, com o corpo pesado. Tentei abrir os olhos, mesmo sabendo que a claridade da sala onde eu estava iria incomodá-los. Eu precisava me levantar. Mexi um braço, mas alguma coisa o prendia. Mexi um pouco as pálpebras, forçando-as a abrir, e logo depois elas cederam.

– Caissy! Finalmente! – disse Brian, aproximando-se de mim e pegando minhas mãos nas suas.

Ele acariciou meu rosto e forcei um sorriso. Ainda estava um pouco tonta, e minha boca, amargava.

– Onde... – tentei perguntar.

Minha voz estava fraca e arrastada. Mas mesmo que eu conseguisse falar direito, não poderia, porque Brian tapou minha boca com a mão e me encarou.

– Você desmaiou e está tomando soro. Já está acabando, fique calma – tranquilizou ele e depois ficou me olhando. Reparei na agulha enfiada no meu braço e senti um enjoo, uma náusea inexplicável. Virei o rosto para não olhar mais para aquilo. – Mason acordou – disse ele, sério, e meu melhor sorriso surgiu de forma involuntária. Senti minhas bochechas se erguerem. Eu sabia que ele acordaria, mas nem nos meus melhores sonhos isso aconteceria tão rápido! Eu precisava vê-lo, precisava abraçá-lo, senti-lo bem perto de mim. Precisava dizer quanto eu o amava e quanto me arrependia de ter deixado ele ir. Precisava de seus lábios, de seu corpo, dele inteiro! Minha mão investiu, ágil, na direção daquela agulha, mas Brian me impediu de tirar o soro do braço. Fuzilei-o com os olhos. – Calma, já está acabando.

– Brian, preciso ver o Mason!!! – falei, impaciente, e ele sorriu.

– Ô, menina apressada!

– Quero vê-lo, ficar perto dele e... Ah, Brian, pelo amor de Deus, me deixe sair daqui, droga.

– Já disse que está acabando – explicou ele.

Bufei, irritada. Brian estava irredutível. Então, querendo ou não, eu teria que esperar aquela joça acabar.

– Quem está lá com ele? – perguntei, curiosa, brincando com o tubo de soro que estava ligado à agulha.

– Acho que ele está sozinho – disse Brian, e arregalei os olhos espantada. Como assim deixaram Mason sozinho? – Dylan foi levar Deborah em casa, pois ela não estava muito bem. E nem faz tanto tempo assim que Mason acordou.

– Ele não pode ficar sozinho – falei, com um tom de voz alterado.

– Quer que eu vá lá ficar com ele? – brincou Brian.

– Não! Eu tenho que ir.

– Olá, senhorita Cassidy! – interrompeu uma mulher loira, entrando no quarto.

Logo a identifiquei como médica, pelo jaleco branco e os óculos no meio do nariz, me olhando de cima. Trazia uma prancheta na mão. A primeira coisa que pensei foi: "DROGA! Não vou conseguir sair daqui tão cedo!" Mas, depois que ela sorriu, afastei esses pensamentos da cabeça.

– Está tudo bem comigo, não está? – perguntei, erguendo as sobrancelhas.

– Claro que está – comentou Brian, dando um tapinha, bem de leve, na minha cabeça.

– Parabéns ao casal! – disse a médica, sorrindo. – Vocês foram abençoados.

Eu e Brian nos entreolhamos. Fiquei apreensiva.

– Como assim? – perguntou Brian.

– Você está grávida, Cassidy, de pouco mais de dois meses – disse ela, sorrindo, e se dirigindo a mim.

– Grávida?! – perguntou Brian, me olhando, confuso.

– É, papai! – confirmou a médica para ele, sorrindo.

– Não, eu não sou o pai.

– Não?! – Ela ficou sem graça.

– É, não sou… – repetiu.

Mas isso não importava. Pelo sorriso de Brian, dava para pensar que ele era mesmo o pai. Ele estava com um sorriso de orelha a orelha, todo bobo, como se aquela notícia tivesse a ver com ele.

– Tudo bem. Pai é quem cria – falou a médica, e Brian e eu rimos.

– Doutora, quando vai dar para saber o sexo? – perguntou ele, um pouco afobado.

– A partir de dezesseis semanas é mais garantido. Fazemos um ultrassom e, dependendo da posição do bebê, já é possível saber o sexo – explicou ela, mas eu não me importava com nada daquilo. O que eu queria mesmo era ver Mason.

– E quando posso sair daqui? – indaguei, ansiosa, e ela olhou para o soro que ainda pingava um pouco, quase no final.

– Já acabou. Vou pedir para uma enfermeira retirar o acesso. Mas, antes de ir embora, quero que você passe na minha sala para que eu possa lhe receitar algumas vitaminas. Seu corpo está precisando – pediu ela, e concordei, sorrindo.

– Quero ver o Mason logo – disparei, assim que a enfermeira entrou e começou a tirar o tubinho do meu braço. Brian estava me encarando de um jeito estranho. – O que foi? – perguntei, me sentando na cama.

– Nada – disse ele, sorrindo.

– Bom, Cassidy – continuou a médica –, há uma série de riscos biológicos, psíquicos e sociais para uma gestante ainda adolescente como você. Nesse momento, a imunidade do corpo da mulher fica mais baixa, e você precisa tomar muito cuidado. Tem que se alimentar bem, aumentar a ingestão de líquidos e fazer exercícios para levar uma gravidez saudável e diminuir os riscos de eclâmpsia, anemia, diabetes gestacional e de contrair infecções. Siga com o pré-natal direitinho – orientou ela, e começou a escrever no receituário. Brian me olhava, preocupado. Também... Depois de tudo que aquela médica disse era para ficar preocupado mesmo. – Aqui está. – Ela me entregou a receita. – E, por favor – continuou ela, olhando para Brian –, nesse estado é preciso que ela evite aborrecimentos e estresse desnecessários.

– Pode deixar, doutora – concordou Brian, sério.

Eu queria sair correndo dali.

– Obrigada – falei, quando ela abriu a porta para que nós saíssemos. – Agora você vai me levar para ver o Mason, não vai? – perguntei para Brian. – Nem que eu tenha que arrastar você pelo hospital.

Ele riu. Segurei sua mão e andamos pelos corredores juntos. Mason ainda estava no CTI. Senti um pouco de receio quando fizemos uma pausa, antes de nos aproximarmos do leito dele. Respirei fundo e depois entrei devagar. Alexia estava lá, acarinhando seu rosto. Mason continuava sendo monitorado, e recebia medicação pelos acessos venosos. Mas estava acordado.

– Com licença – disse, um pouco sem graça, ao ver os dois com tanta intimidade. Percebi os olhos do Mason virarem para o lado para me ver.

– Oi, Cassidy – cumprimentou Alexia, se levantando e secando o rosto. Achei que ela estava chorando. Dei um sorriso falso e, com cuidado, me aproximei da cama de Mason. – Vou deixar vocês a sós, preciso falar com Brian – comentou ela e saiu.

– Oi – falei, sorrindo para ele, que me olhava, ainda atordoado.

– Resolveu me ver, é?

– E eu poderia deixar de vir?

– Foi preciso que algo ruim acontecesse para você se lembrar de mim? – disparou ele, um pouco ríspido.

– Não – falei, sem graça. – Penso em você o tempo todo.

– Ficou pensando em mim durante um mês? – perguntou, mas eu não estava entendendo o que ele estava dizendo.

– Sobre o que você está falando? – falei, e ele tossiu um pouco.

– O que você veio fazer aqui? – perguntou ele, sério.

– Ficar com você… – respondi, como se fosse óbvio.

– Veio sentir pena? – Ele tinha dificuldade para falar. – Então já pode ir embora.

– Por que está me tratando assim?

– Você já deixou bem claro que não me quer mais na sua vida. Ficou um mês longe de mim. Será que não se cansa de brincar com meus sentimentos, garota?

– Mason, eu…

– Então, senhor Mason, como está se sentindo? – perguntou o médico que acabara de entrar no quarto.

Eu estava confusa. Não sabia por que ele falava daquele jeito. Na madrugada anterior, estava me fazendo juras de amor…

O médico começou a examiná-lo e fui me afastando, até que decidi sair dali. Não queria chorar na frente dele. Mason estava diferente… Passei direto por Brian e Alexia, que estavam no corredor. Escutei meu amigo me chamar, mas não me virei.

Eu estava indo em direção à saída, mas Brian me alcançou. Tentei me desvencilhar, mas ele me segurou com força.

– Ei, ei… O que houve?

– Não sei… Ele está diferente, com raiva de mim. Falou coisas que não têm nada a ver, como se não me visse há um mês.

– Ele está com uma leve amnésia, Caissy. Não consegue se lembrar de nada do que aconteceu antes de levar o tiro – explicou Brian, e sequei as lágrimas, sem acreditar.

– O quê?!

– O médico explicou que isso aconteceu porque ele vivenciou emoções muito intensas antes do tiro. Ficou sabendo que você estava grávida, que Alexia...

– O que foi que essa mulher fez? Ei, espere aí, como ele soube da minha gravidez?!

– Não sei direito. E sobre Alexia, deixe para lá. Já passou. Esse episódio serviu para ela cair na real e ver como estava fazendo merda na vida.

– Ela?... Cair na real?... Fala sério – respondi, cruzando os braços. – E Mason vai ficar assim para sempre?

– Não, é temporário... Ele só precisa da nossa ajuda para recuperar a memória.

– Então ele não lembra que eu...

– Não, pelo jeito, não.

Não sei por quê, mas algo me dizia que não era para Mason saber sobre a existência daquela criança. Fiquei confusa. Brian me levou de volta para o colégio para que tomasse um banho e descansasse um pouco. Claire e Melissa quiseram saber tudo nos mínimos detalhes, e ainda me aconselharam sobre o que estava acontecendo. Depois, decidi dormir um pouco. Minha cabeça estava a mil.

9

Uma semana depois

Minha vida se resumia a sair do hospital para o colégio e do colégio para o hospital. Eu não conseguia fazer diferente, mesmo com Mason me tratando daquele jeito.

Não passei bem a noite toda. Ajudei um pouco na decoração da festa e depois fui dormir. Todos no colégio estavam muito empolgados, mas eu estava meio para baixo. Ficava sempre pensando em ir embora da cidade, mas algo me prendia aqui: o bebê. Antes eu queria criá-lo longe de tudo aquilo, mas por causa do estado de Mason, não sabia mais se isso era o melhor a fazer.

A madre me avisou que Philip já tinha chegado para me buscar. Por ser o principal segurança e motorista de Mason, era ele quem estava dando mais suporte no hospital. Coloquei óculos escuros e uma roupa básica. Além disso, usar blusas bem justas já não dava mais. Minha barriga começava a crescer, um pequeno volume, coisa boba, mas alguém poderia reparar, e Mason e Deborah ainda não sabiam da minha gravidez, no fim das contas. Eu ia passar perrengue ao ver Mason e ser maltratada como sempre, mas era a vida...

O trajeto foi rápido. Nem percebi o tempo passar, porque fiquei trocando mensagens com Brian, que estava na fronteira. Entrei pela recepção do hospital e algumas pessoas ali me olharam, curiosas. Certa vez, uma enfermeira me perguntou se Mason tinha outras namoradas além de mim e de Alexia.

– Caissy, como você está bonita! – disse Deborah, assim que virei no corredor.

– Oi, Deborah. – Sorri. Ela estava diante do quarto de Mason. – Tudo bem? – perguntei e a abracei.

– Tirando o fato de que aquela víbora está aí dentro... Sim – respondeu, e nós duas rimos. Ela dava cada apelido para Alexia... – Não gosto quando essa mulher fica sozinha com Mason. Ele sempre fica agressivo depois que ela vai embora. Alexia já teve sua chance e acabou com a vida do meu filho. Não a quero de volta.

Era pura verdade. Era mesmo incrível isso. Sempre que Alexia saía e eu entrava, ele só me tratava mal. Algumas vezes, eu preferia apenas ficar ao lado dele quando estava dormindo.

– E a memória de Mason? Está voltando?

– Não. Sempre tento fazer com que ele se lembre do que queria me contar naquele dia... Mas parece que ainda está difícil.

Deborah tinha me contado essa história. Acho que ele queria dizer a ela que eu estava grávida. Senti remorsos ao ouvir isso e não revelar nada, mas é que do jeito que Mason andava me tratando, eu tinha medo de mencionar sobre o bebê.

– Será que tem algum problema se eu entrar? – perguntei, apontando para a porta.

– Mas é claro que não... – respondeu ela, sorrindo. Depois me pegou pela mão e abriu a porta.

Sempre que eu entrava no quarto quando Alexia estava, meu coração se partia. Ela sempre estava num clima de intimidade com ele... Dessa vez, estava deitada na cama, ao seu lado, e ele a abraçava. Às vezes, eu achava que aquilo era só provocação, mas doía de verdade.

– A princesa veio visitar o príncipe – disse Deborah, e os dois se largaram.

Mason me olhou de cima a baixo e virou o rosto. Não tirei os óculos escuros. Era falta de educação, mas eu não queria mostrar a tristeza no meu olhar por ver os dois tão próximos assim.

– Oi – cumprimentei, sorrindo, mas ele estava com uma expressão de ódio de dar medo. Bem que Deborah disse que Alexia mudava seu humor, que já não era muito bom.

– Oi – disse ele, comprimindo os lábios.

– Então, Alexia, acho que estamos sobrando – disparou Deborah, me fazendo rir. Ela era superdireta, apesar de ter aquele jeito muito educado e gentil.

– Acabei de chegar...

– Caissy também. Depois você volta, querida.

Ela pegou a mão de Alexia e a puxou para fora do quarto. Entrelacei os dedos e apoiei as mãos na barriga. Eu estava com mania de fazer isso quando ficava apreensiva. Ele encarava a parede.

– Amanhã é minha formatura – puxei assunto.

– Brian vai acompanhar você, certo? – disse ele, com uma expressão cínica.

– Ele sempre me acompanha – respondi com naturalidade.

– Que bom. Assim você não fica sozinha.

– Sozinha eu nunca vou ficar.

Já não aguentava mais ser tratada daquele jeito por ele. Só trocávamos alfinetadas.

– Espero que ele seja um bom companheiro e que você aproveite bastante a festa.

– É, Brian é um bom companheiro. – Sorri, tirando os óculos. – Me conte se isso é de família... Alexia também é uma boa companheira? – perguntei, e ele me olhou incrédulo. Acho que não esperava por essa.

– Ela é ótima. – Ele sorriu. Falso! – Não poderia encontrar pessoa melhor.

– E quando vocês pensam em se casar?

Não sei por que disse aquilo, mas fiquei desesperada esperando pela resposta.

– Não sei. Quero muito ter uma mulher como ela, mas não sei se ela me quer ao seu lado – respondeu ele, e fiquei despedaçada, mas mantive a pose. – Brian não pensa em se casar? – perguntou.

Meu Deus! Por que ele estava fazendo aquilo? Brian e eu nunca tivemos nada. Não suportei mais manter aquela conversa ridícula.

– Por que você está fazendo isso? Por que está agindo feito uma criança? Por que tanto ódio assim do nada? O que foi que eu fiz? – explodi.

Chega, eu já tinha aguentado muito. Sempre dava uma desculpa para mim mesma, dizendo que era a amnésia, que ele estava doente... Porém, já tinha passado dos limites.

– Quer uma lista?

– Achei que as coisas seriam diferentes. Mas você está sendo babaca.

– Também achei que seria diferente até descobrir a mulherzinha que você é... Você me mostrou que não se importa comigo e que tem coisas melhores para fazer. Então, garota, preste atenção: não preciso de você para nada. Mulheres como você a gente encontra em qualquer lugar. Veja Alexia, por exemplo, aos meus pés – falou, e senti meus olhos arderem.

– É... – Dei um sorriso sem vida, e as lágrimas escorreram pelo meu rosto. – Você não é bom o suficiente para mim. Você e ela se merecem – falei, pegando minha bolsa em cima do sofá e saindo.

Não bati a porta nem nada. Eu me forcei a engolir aquele maldito choro. Não ia mais chorar por besteira: Mason não me merecia.

– Mas já? – perguntou Deborah, desanimada. – Achei que vocês ficariam horas juntos.

– Mason tem coisas mais importantes para fazer. Acho que ele precisa de você – disse para aquela cretina, que estava sentada, inexpressiva.

– Então eu vou – respondeu Alexia, se levantando, e esbarrou em mim antes de entrar no quarto.

– O que foi?! – perguntou Deborah, preocupada.

– Acho que ele não me ama mais... Ou melhor, acho que descobriu que nunca amou.

– Não diga uma bobagem dessas.

– Vamos comprar logo o vestido da festa. Não aguento mais este drama – sugeri, tentando sorrir.

Passamos a tarde toda no shopping. Comprei um vestido que Deborah amou. Eu não estava no clima para escolher nada para mim, queria apenas sumir do mapa.

No dia seguinte, acordei desanimada. Enfim, tinha chegado o dia da minha formatura. Meu futuro estava se aproximando. À noite, me arrumei sozinha e fiquei bem bonita. Enfiei as malas embaixo da cama. Já estava tudo pronto. Era fácil falar em ir embora, difícil era ir.

Na madrugada anterior, passei horas conversando com Brian. Ele até chorou, me pedindo para não fazer isso, mas já estava decidido: eu não tinha mais nenhum motivo para continuar em Atlanta. Peguei o texto do discurso para decorar, pois, como uma das alunas mais antigas, coube a mim o papel de homenagear o colégio e todos os envolvidos em seu aniversário de 100 anos. Então bateram à porta.

– Já vai! – gritei. Abri a porta e dei de cara com Brian. – Como você entrou aqui?! – perguntei, surpresa.

– Assalto bancos, Caissy. Então achei que não seria muito difícil entrar num colégio – respondeu, rindo, e dei passagem para que ele entrasse no quarto. Ele estava lindo, com um terno que o deixava sensual, e o lenço que colocou no bolso do paletó combinava com o tom bem clarinho de verde do meu vestido. – Olhe o que eu trouxe para o pequeno.

Ele me entregou a sacola de uma loja de roupinhas de bebê. Tinha aquele cheirinho doce inconfundível.

– Brian, não precisava...

Abri a sacola e encontrei uma caixa com um sapatinho vermelho. Fiquei emocionada.

– Fiz questão de dar o primeiro presente. Ouvi dizer que o bebê tem que calçar um sapatinho vermelho quando sair da maternidade.

– Você vai ser um padrinho muito coruja – falei, sorrindo.

– Vou ser o melhor padrinho do mundo. Vou ensinar muitas coisas para esse garotão.

– Ou garotinha! – Eu queria uma menina, mas um menino também seria legal. – Está pronto? – perguntei, tentando parecer empolgada.

– Não, e queria que você também não estivesse!

– Brian, já falamos sobre isso – falei, baixando o olhar.

– Mas não consigo aceitar. Se pudesse, acabava com Drew, para ele ver a tremenda merda que está fazendo. E quando ele se lembrar?

– Espero estar bem longe. É o melhor para mim e para o pequeno. – De tanto Brian se referir ao bebê como "pequeno", eu tinha pegado o costume.

– Não, não é. Caissy, eu queria que você mudasse de ideia.

– Por favor, vamos esquecer este assunto. – Engoli o choro. – E vamos logo para o salão de festa antes que a madre venha atrás de mim com a Deborah junto.

– Tudo bem – disse ele, abrindo a porta.

– Coloque as malas no carro, por favor – pedi, e ele me olhou sério, mas depois as pegou embaixo da cama e saiu do quarto, um pouco contrariado.

Respirei fundo e fui lentamente até o salão.

Eu sempre tinha escutado as pessoas dizerem a frase: "Se você ama alguém, deixe-o livre." E eu concordava com isso, e estava conseguindo agir dessa forma. Tinha a sensação de que eu finalmente estava amadurecendo e formando um caráter melhor. E não é que não doesse mais. O que havia acontecido ainda doía, as mágoas persistiam, mas eu sentia que estava evoluindo, dando um passo de cada vez para que tudo desse certo. Não adiantava colocar cercas, barreiras e sufocar quem amamos. O que tivesse que ser meu, seria.

– Por que você está vestido assim, Dylan? – perguntei, confuso, vendo aquele palhaço parecendo um pinguim.

– Acha que vou ficar de fora, é? Hoje é a festa de formatura do colégio da Caissy.

– Formatura? É hoje?

– Sim, é hoje, e todos vão. Pena que você não possa ir.

– Ela não me quer por perto, de qualquer forma – respondi, amargo.

– Ou você a afastou?

– As duas coisas...

– Você perdeu uma boa garota, Drew – disse ele, e baixei o olhar. – Queria ver vocês juntos.

– Ela está com o Brian.

– O quê?!

– É, eles estão juntos.

– Como assim?... Como você descobriu?

– Alexia me contou. Disse que eles saíram para jantar na noite retrasada, e que Brian demorou a voltar para casa. No mínimo, eles...

– Só se o cara for ninja – interrompeu. – Brian tinha ido para a fronteira e quem levou Caissy de volta para o colégio foi o Philip.

– O quê?!

– É, cara. Era ele quem estava com a garota, não o Brian. Alexia se confundiu...

As coisas começaram a ficar mais claras na minha cabeça.

– Não, ela não se confundiu. Como fui burro! Mais uma vez...

De repente, tudo voltou num flash:

"– Está tudo claro agora. Você achou que me enganaria por quanto tempo mais?! Você é burra, Alexia. Deixa seus sentimentos atrapalharem os negócios. Era esse o plano? Me matar? Agora já sei de tudo.

– O que está claro? – perguntou ela, se fazendo de desentendida.

– Aquele seu papinho de que só fingiu ter se aliado a Marconny... Não acredito mais. Vocês estão juntos.

Eu realmente tive esse estalo, mas ainda não tinha certeza. Arrisquei para ver qual seria sua reação.

– Você está blefando. – Ela se levantou, tentando fugir, mas eu a segurei. – Mason, pare...

Ela olhou no fundo dos meus olhos e percebi sua mão livre se mexer. Só que fui mais rápido e peguei o revólver que ela estava sacando."

– Mason, você está bem? – perguntou Dylan, e coloquei a mão na cabeça, como se pudesse ajeitar os pensamentos e as lembranças que começaram a surgir em minha mente.

"– Cara – Brian passou a mão na cabeça, desesperado –, não é de um tiro na testa que ela está precisando. Vou levá-la embora da cidade, você não precisa matar minha irmã. Lembre-se de tudo o que viveram juntos, no passado, Drew.

– Tenho um assunto mais importante para resolver agora. Você tem uma hora para tirá-la de Atlanta. Caso contrário, irei atrás dela e não vou ter nenhuma compaixão, nem pensar nos bons momentos que essa mulher me proporcionou. Simplesmente vou acabar com ela – esbravejei, e ele me encarou, com ódio."

– Mason, fale comigo! O que está acontecendo?? – implorava Dylan, mas a voz dele estava muito distante.

"– Caissy está grávida. Parece que de um pouco mais de dois meses. Ah, e claro, você é o pai! Parabéns, papai!!!

Ele abriu um sorriso largo e deu dois tapinhas no meu ombro, mas, a princípio, eu não consegui reagir. Ainda estava tentando entender o que tinha acabado de ouvir. Quase caí para trás.

– Grávida... – sussurrei, espantado.

– Sim, cara! Só que ela vai embora, quer criar o filho em outro lugar."

– Senhor Becker, algum problema? – A voz do médico me distraiu das minhas lembranças.

– Eles estavam lá em casa, Alexia estava louca. Ela, Brian, você e o... – falei, desesperado, recuperando a memória.

– Como assim?

– Foi ele quem atirou em mim. Quando subi para o meu quarto, ele estava lá, esperando por mim. E me deu dois tiros.

– Ele quem?! – perguntou Dylan, atordoado.

– Você precisa me ajudar a chegar àquele colégio!

– Senhor Becker, ainda não recebeu alta...

– Não lhe perguntei nada – esbravejei, e o médico se calou. – Dylan, ligue para Chris e mande ele trazer uma roupa adequada para eu ir à formatura da Caissy.

– Mason, mas você...

– Vá logo! – gritei, e ele saiu para telefonar, balançando a cabeça. Enquanto isso, comecei a arrancar todos aqueles aparelhos de mim.

– O senhor não pode fazer isso. – O médico tentou me segurar. – Enfermeira, preciso de ajuda aqui. Temos que dar um sedativo a esse homem.

– Tire as mãos de mim, senão mato você – falei, me levantando com dificuldade.

O médico fez sinal para os enfermeiros se afastarem. Eu me arrastei até o banheiro. Demorei um pouco no banho, pois tinha que tomar cuidado com os curativos. Depois de muita dificuldade, saí de lá. Dylan e Chris já estavam à minha espera. Fiquei com a toalha na cintura e os dois me olharam espantados.

– Cara, o que é isso? Você ainda não pode sair! – disse Chris, enquanto eu me trocava com dificuldade.

– Posso, sim... Vocês nem imaginam por que estou fazendo isso. Quer dizer, vocês sabem... Pelo menos você, não é, Dylan? Foi você quem me contou. Acabei de lembrar.

– Sobre o que você está falando, cara? – questionou Chris.

– Caissy está grávida!

Chris ficou boquiaberto.

– Você realmente lembrou? – perguntou Dylan, parecendo não acreditar.

– Está de brincadeira com a minha cara?! – disse Chris, também incrédulo.

– Estou falando sério, porra!

– PARABÉNS, PAPAI! – gritaram os dois juntos, e eu ri.

– Não acredito que você, logo você, vai ser pai – comentou Chris.

– Nem eu – falei, fechando a gravata e exibindo um sorriso que nada seria capaz de destruir.

Philip bateu à porta. Ele me levaria ao colégio. Terminei de me arrumar e até senti um frio na barriga quando saí do quarto.

– Esse cara é louco... – Escutei uma mulher dizer.

Eu estava andando devagar, pois os pontos ainda doíam.

– O que você chama de loucura, eu chamo de amor – adverti, e a mulher sorriu, gostando do que eu disse.

Dylan e Chris me ajudavam a andar.

Meu discurso era sobre amizade e gratidão. Durante todos aqueles anos no colégio, depois de tudo o que aprendi e vivi, sabia que a amizade era a parte mais importante na vida das meninas que estudavam lá. Quis enfatizar como eu era especial por ter conquistado naquele lugar as melhores amigas que alguém poderia querer. Também escrevi sobre como todos ali foram uma família para mim, e agradeci pelo cuidado de todas as irmãs e da madre com as alunas.

Eu estava nervosa. Minhas mãos tremiam e suavam. Passei horas tentando decorar o discurso e, quando estava chegando a hora, eu não fazia ideia do que tinha a dizer.

– Muito obrigada, Jennifer – disse a madre à aluna que fez um discurso sobre os santos que nos protegeram durante todos esses longos anos. – Peço agora para que recebam a aluna Cassidy Anderson, uma das mais antigas em nosso colégio, que fará um pequeno discurso em homenagem aos 100 anos de nossa instituição.

Tinha chegado o momento. Senti meus batimentos cardíacos acelerarem e meu coração quase sair pela boca. Andei até o microfone. Tive uma visão integral da plateia. O auditório estava lotado, e todos os olhares, voltados para mim. Eu não iria conseguir falar.

– Vai, Caissy! – incentivou Melissa, e outras meninas pediram para ela fazer silêncio.

Todos estavam esperando. Meus lábios tremiam e eu sentia um frio na barriga. Comecei:

– Este não é só um colégio para mim, é minha família. Assim como eu, muitas meninas que estudam e moram aqui se sentem sozinhas de alguma forma. Porém, aqui dentro, sabemos que, no fundo, não estamos sós. Há duas palavras que eu gostaria de enaltecer, e agradeço a vocês por terem me feito conhecer verdadeiramente o significado delas: "amizade" e "gratidão". – Claire e Melissa começaram a chorar. – Aqui, conheci minhas melhores amigas e vivi momentos muito especiais. Claire e Melissa, obrigada por todo o apoio, todas as risadas. Obrigada a todas as meninas! Este colégio com certeza vai ter sempre um pedaço de mim, ou melhor, de nós. Nós amamos, sorrimos, choramos, aprendemos e sonhamos juntas. À madre superiora, às irmãs e a todos do Colégio Católico para Meninas Imaculada Conceição, nossa gratidão. É uma honra fazer parte desta história. – Enquanto eu discursava, uma movimentação estranha começou a se formar no fundo do salão. Ninguém mais estava prestando atenção em mim, mas mesmo assim continuei: – Em nome de todas as alunas, parabenizo a instituição pelo seu centenário. – Os cochichos e burburinhos ficaram altos demais, e olhei para a madre em busca de ajuda, mas ela também não sabia o que estava acontecendo. Encurtei abruptamente meu texto: – Parabéns a todos, e que Deus abençoe nosso colégio e nossos caminhos daqui para a frente.

Brian estava no fundo do auditório, com os olhos fixos em mim. Balancei os braços para acenar, tentando lhe perguntar o que estava acontecendo, mas ele deu de ombros. De repente, como numa cena de filme, abriu-se um espaço entre as pessoas e pude ver Mason se aproximando, andando amparado por Chris e Dylan, com Nate vindo logo atrás.

Mas o que era aquilo? Fiquei sem reação. Mason não podia estar ali, ele ainda estava se recuperando... Seu estado de saúde era frágil. Seu rosto estava muito abatido. Os rapazes o largaram a meio caminho do palco onde eu estava, e ele percorreu o tapete vermelho em passos lentos, indo na minha direção. O que Mason tinha na cabeça? O que ele estava fazendo ali? Meu coração acelerava e meu estômago se revirava. Eu esperava nunca mais vê-lo.

– O que é isso?! O que você está fazendo aqui? – perguntei, confusa, quando ele chegou mais perto e sorriu.

Vi Deborah aflita, mas Dylan e Brian tentavam acalmá-la.

– Vim pedir desculpas e buscar o que é meu... – disse ele, um pouco alto demais, e de repente todos ficaram em silêncio.

– Sobre o que você está falando? Está louco? Vá, embora, Mason. Você deveria estar no hospital – sussurrei, com vergonha.

– Vim dizer que estou arrependido. Estou aqui na frente de todos para lhe pedir perdão, Cassidy. – Ele respirava com dificuldade. – Perdão por não ter dado o devido valor a você. Perdão por não ser um cara melhor. Perdão por ter sido rude e babaca. E, principalmente, por ter traído nosso amor e sua confiança. Mas mesmo com todos os meus erros, estou tentando fazer a coisa certa agora e ter você de volta. Nunca expressei meus sentimentos assim, na frente de um monte de gente, mas por você sou capaz de gritar isso para o mundo. Vim aqui para lutar por algo que amo, algo sem o qual não posso mais viver. Vim aqui por você! – Ele falava sem parar e eu estava cada vez mais surpresa com tudo aquilo. – Eu daria tudo de mim para ter você de novo. Eu faria tudo o que você quisesse – continuou ele. Senti um choque elétrico, desses que arrepiam nosso corpo todo, e meu coração parecia que sairia pela boca. – Sei que nem sequer mereço que você me ouça. Sei que aprontei, que magoei você, mas tenho certeza de que, se eu não viesse aqui pedir para você ficar comigo, iria me arrepender pelo resto da vida, porque no meu coração você é a pessoa certa. A única – insistiu ele, e não consegui mais me segurar. Lágrimas brotaram em meus olhos. – Volte para mim, Caissy! Estou aqui. Seja minha novamente, deixe eu ser o pai desse bebê. Eu amo você!

Ele não precisava dizer em público, na frente de todos, que eu estava grávida. Corei na hora.

– Perdoe ele, Cassidy! – gritou Melissa.

– Ande logo, garota! – Outras vozes começaram a se manifestar.

Eu tinha que perdoar. Afinal, estávamos num colégio católico, cheio de freiras! Senti meus lábios começarem a formar, aos poucos, um sorriso bobo. Eu não ia conseguir dizer não. O que eu sentia era mais forte do que eu gostaria que fosse. Corri para os braços dele, e a plateia começou a aplaudir, assoviar e gritar. Ele segurou meu rosto e colou os lábios nos meus. Nossas almas se uniram para sempre naquele instante. Não resisti mais. Ele me envolveu e me deu um beijo suave e calmo. O auditório inteiro estava agitado.

– Eu te amo – sussurrou ele, e me beijou mais uma vez, apertando meu corpo contra o dele.

– Também te amo.

Eu adorava aquele sorriso. Eu o queria, e eu o tinha.

– Não acredito que você me escondeu durante todo esse tempo que eu seria vovó – interrompeu Deborah. – Como pôde fazer isso comigo, Cassidy? – perguntou ela, e eu apenas sorri, enxugando as lágrimas. – Vou ser avó – repetiu ela, empolgada, nos fazendo rir.

– Parabéns! – disse Brian, beijando meu rosto e me abraçando, e depois apertou a mão de Mason com força.

– Uau, Mason! Achei que você não tinha coração. Nunca pensei que tivesse a capacidade de me fazer chorar – disse Claire, enxugando as lágrimas.

– Claire! – censurei-a, rindo.

– Cassidy, você deixou esse cara mais louco do que já era... – comentou Dylan, e todos começaram a rir, mas Mason mostrou o dedo do meio para ele.

– Já volto.

Dei um beijo rápido em Mason, e ele continuou conversando com a família. Segurei meu vestido para andar com mais facilidade e me aproximei de Brian. Ele estava meio afastado, com as mãos nos bolsos, e muito quieto.

– Obrigada por tudo o que fez por mim, Brian. Você foi muito importante, inclusive para que eu permanecesse aqui até a formatura – falei, parando ao lado dele.

– Eu só queria ver você feliz – disse ele, sério, sem olhar para mim.

– E conseguiu. – Eu o abracei. – Obrigada por estar na minha vida. Obrigada por ajudar a devolver minha felicidade.

– Você foi a melhor coisa que eu nunca tive... – sussurrou ele no meu ouvido, e eu gelei. – Quero que seja muito feliz. E espero que ele cuide de você por mim – concluiu, me dando um beijo e se afastando em seguida.

– Amo você.

– Também amo você – retribuiu ele, enquanto se misturava às pessoas, indo em direção à porta.

Sabia que ele estava feliz por eu estar feliz, mas fiquei com a impressão de que ele estava escondendo algo de mim. Brian não parecia normal. Retornei para perto de Mason. Todos estavam eufóricos e só falavam do bebê.

– Voltei – falei, chamando atenção dele.

Ele sorriu.

– Meu filho é o assunto do momento – disse ele, observando Deborah e os rapazes conversando.

– Seu filho?! – repreendi, erguendo as sobrancelhas.

– Nosso – corrigiu ele, rindo, e me puxou para me dar mais um beijo. – Ai... – gemeu ele.

– O que foi?

– Nada.

– Está sentindo dor? – perguntei, mas só pela expressão dele dava para ver que o efeito dos remédios estava passando.

– Não, está tudo bem – respondeu ele, e eu sorri, revirando os olhos.

Não estava nada bem. Ele devia estar com muita dor, mas Mason nunca iria admitir isso.

– Dylan – chamei e ele olhou para mim. – Acho que seu amigo aqui precisa voltar para o hospital.

– Verdade. Nunca mais ajudo você a fugir daquele jeito, cara. Foi uma tremenda loucura.

– Você fugiu? – perguntei, chocada, e Mason riu. – Você é louco!

– Por você – derreteu-se ele, me beijando.

– Ei, essa fala é minha! – retruquei, rindo.

– Mason Becker, acho que vou amarrar você na cama do hospital até que se recupere – censurou Deborah, se aproximando.

– Mas não vou mais tentar sair de lá tão cedo – disse ele, com dor.

– Vou chamar Philip, para ele buscar o carro. Já venho – avisou Dylan, e saiu logo em seguida.

Eu queria ficar do lado de Mason o tempo todo daqui para a frente, mas ele precisava de cuidados médicos. Alguns minutos depois, Dylan reapareceu, chamando Mason para ir.

– Vou com você – falei, e ele sorriu com esforço.

Seu rosto mostrava que ele estava sentindo muita dor. Ele colocou o braço por cima dos meus ombros e fomos juntos até a saída. Eu sorria feito boba, não tinha palavras para explicar o que estava sentindo.

10

Deram uma dose de remédio bem alta para Mason. Ele se esforçou muito para ficar acordado, mas os sedativos logo o dominaram. Eu queria ter passado a noite com ele, mas Deborah não deixou, me obrigando a ir para casa. Fazia um tempo que não entrava na mansão e me senti bem por estar de volta.

Deborah me contou que, depois do que aconteceu com Mason, ela pediu para Philip reforçar a segurança e substituiu alguns funcionários da casa. Ainda estava muito assustada, queria se mudar, mas Mason era audacioso e muito seguro de si. Ele não arredaria o pé dali, mesmo com o que tinha acontecido.

O quarto dele estava trancado. Eu também não queria entrar lá. No meu quarto tudo estava do jeito que eu tinha deixado ao sair. Estava tirando os grampos do cabelo quando Deborah entrou.

– Obrigada – disse ela, sorrindo emocionada. – Obrigada por me dar esse presente maravilhoso. Você quer menino ou menina?

– Não sei – respondi, e ela sorriu. – Quer dizer, eu queria uma menininha, mas o que desejo mesmo é só que tenha muita saúde. Isso é novo demais para mim. Nunca pensei que seria mãe tão cedo… Aconteceram tantas coisas, e, quando paro para pensar em tudo, fico até zonza. Mas hoje estou feliz só por estar aqui.

– Sei que Mason vai fazer você muito mais feliz. Meu filho ama você, Cassidy. De verdade.

– Também amo seu filho – falei, e sorri envergonhada.

– No começo da minha gestação, eu queria que fosse uma menina. Mas, depois, quando fiquei sabendo que seria um menino, mudei de opinião. Bom, acho melhor você ir dormir. Tenho uma novidade também. Mason vai receber alta amanhã cedo. Emily me mandou uma mensagem para avisar. Tenho certeza de que ele vai querer que você esteja lá.

– Vou estar lá, sim! – respondi, empolgada.

Troquei de roupa, escovei os dentes e entrei debaixo das cobertas. Apaguei em poucos minutos, caindo num sono profundo. Eu estava sempre com vontade de dormir, mas isso era normal quando se está grávida.

Como eu não tinha fechado as cortinas, acordei com a claridade invadindo o quarto e me tirando de um sonho bom. Abri os olhos, me esticando e com um pouco de preguiça, mas logo dei um pulo da cama ao lembrar que Mason ia receber alta. Fui para o banheiro e tomei um banho demorado. Eu estava com saudade de fazer isso. Tudo ali naquela casa parecia ter o cheiro dele, emanar a presença dele.

Coloquei um roupão para sair do banho. Depois vesti a calcinha e o sutiã e estava passando creme no corpo, quando notei que havia um espelho na minha frente. Minha barriga já estava visível e um pouco bicuda. Sorri com orgulho. Fiquei me admirando, alisando-a, algo que não tinha feito ainda. Sentia que era uma menina. Sabia que dentro de mim estava crescendo uma princesa.

– Acho que você vai ser o bebê mais lindo do mundo – falei, acariciando a barriga.

– Conversando com o bebê? Isso é ótimo – disse Deborah, me surpreendendo ao entrar no quarto e me fazendo sorrir.

– Já estou quase pronta.

– Cassidy, você ainda está de calcinha e sutiã – disse ela, enquanto eu ia pegar uma roupa no closet.

– É rapidinho – gritei para que ela ouvisse, vasculhando minhas roupas.

– Já deram alta para o Mason. Ele deve estar surtando naquele hospital – explicou ela, entrando no closet.

– Imagino…

Coloquei um vestido e um sapato baixo. Passei só um pouco de maquiagem, porque Deborah ficou me apressando, e deixei o cabelo solto.

Liguei para Brian, mas ele não atendeu. No caminho, mandei algumas mensagens, que ele também não respondeu. Achei estranho, pois ele nunca fazia isso.

Quando entrei no hospital, encontrei Emily.

– Olá – disse ela, sorrindo.

– Oi – falei, dando um beijo em seu rosto.

– Menina, Mason ficou famoso no hospital – disse Emily, e Deborah e eu rimos.

– Famoso? Por quê?

– Depois do espetáculo de ontem, ele virou um ícone de homem perfeito para as enfermeiras.

– Ele é louco, isso sim – falei, sorrindo.

– Nós sabemos disso. – Emily deu uma piscadela para Deborah. – Preciso ir agora. Se der, passo depois no quarto dele para dar um beijo em vocês.

Quando estava de jaleco, Emily parecia outra pessoa. Achei que poderia encontrar Alexia ali, mas isso não aconteceu. Quando abri a porta do quarto, só vi uma enfermeira ao lado de Mason.

Dois policiais estavam na porta. Achei aquilo estranho.

– Oi, amor – falei, assim que entrei.

Mason estava sentado na cama e todo vestido, sem as roupas do hospital. Estava pronto para ir embora. Dylan e Nate também estavam no quarto, mas o que mais me surpreendeu foi encontrar o delegado Devlin.

– Bom dia, senhorita – disse ele, estreitando os olhos e me observando.

– Bom dia – respondi, um pouco confusa.

– Então, senhor Mason… – falava o delegado, e Mason sorriu.

– Não é necessário usar tanta formalidade assim, delegado.

– Tanto faz – disse ele, e respirou fundo.

Antes de Mason recuperar a memória, Emily não deixava o delegado entrar no quarto. Ele passou muito tempo nos rondando feito um rato faminto. Mas o que estava investigando era algo que todos nós gostaríamos de saber. Mason não tinha contado a ninguém quem atirara nele.

– Como já disse, eu não me lembro. Entrei no meu quarto e logo me acertaram. O pouco de que me recordo desse dia é como lutei para ficar acordado.

– A doutora Emily disse que isso pode ser decorrente do trauma, mas acho que você está escondendo algo de mim – acusou ele, me encarando. – Disseram que você recuperou a memória. Mas, até agora, Mason, você não me deu nenhuma informação coerente.

– Recuperei a memória, sim, delegado. Mas em parte. Fique tranquilo, quando eu lembrar quem foi que me mandou para este hospital, o senhor será o primeiro a saber.

Dava para perceber o conflito que havia entre Mason e Devlin a quilômetros de distância. O delegado sempre tentava colocar a culpa nele por alguma coisa. Não que ele não fosse culpado, mas Devlin morria de vontade de ver Mason pagando pelo que ele achava que tinha cometido.

– Certo, se eu precisar de mais alguma coisa, chamo você na delegacia.

– *Vaya con Dios*, delegado – debochou Mason, sutilmente, e Devlin saiu do quarto, nada satisfeito.

Mason e os rapazes começaram rir.

– O que você está escondendo? – perguntei, me aproximando da cama.

– Que vestido longo, hein?! – ironizou ele, me olhando dos pés à cabeça.

– Ele não costumava ser tão curto. Acho que encolheu. Ou então é porque minha barriga está crescendo…

– Não faz diferença. Você está linda! – completou ele, sério.

– Ei, cara, você precisa pelo menos lembrar quem estava na casa naquele dia. Você não viu nenhum desconhecido? Temos que pôr as mãos em que fez isso com você – falou Nate.

Dylan e Mason se olharam, e eu já sabia que eles estavam me escondendo algo.

– O que foi? Eu sei que, quando vocês se olham assim, tem alguma coisa errada – disse eu.

– Cassidy… – começou Dylan, respirando fundo.

– Meu anjo, não quero acusar ninguém. Mas naquele dia tive uma discussão com Alexia e com Brian. Ele ficou muito nervoso. Dylan também estava lá, é verdade, mas contra ele não tenho nenhum pingo de suspeita, somos como irmãos.

Eu sabia bem que Brian nunca teria coragem de fazer nada contra Mason. Ele tinha um coração muito bom.

– Foi Alexia... Ela é a única pessoa que poderia perder a cabeça a ponto de querer matar você. Não confio nela. Acho que ela está escondendo algo. Brian seria incapaz de uma traição dessas. Não foi ele.

– Cassidy, eu estava com uma arma apontada para a cabeça da irmã dele. Brian estava furioso comigo.

– Você disse que não queria acusar ninguém, mas está acusando o Brian...

– Não temos nenhuma pista. Só aqueles atentados que aconteceram antes, mas que não nos ajudam em nada – disse Dylan. – Mas não estou querendo livrar minha barra, não. Qualquer pessoa que estava na mansão é suspeita. Eu estava no jardim e não vi Alexia sair, como você disse que aconteceu. Aliás, durante o tempo que passei ali, não vi ninguém sair.

– Mason, não esconda nada de nós – pediu Nate. – Isso é uma acusação bem séria. Estamos juntos há muito tempo. Se Brian foi capaz de fazer algo contra você, ele traiu a todos nós.

– Esse é o problema. Não estou escondendo nada. Estou no escuro. Não consigo me lembrar de onde vieram os disparos e nem quem os fez – disse ele, bufando, irritado.

– Talvez ajude se você tentar se lembrar de tudo o que fez antes de levar os tiros. Como foi que conseguiu se lembrar de que eu estava grávida?

– Não sei. Dylan começou a falar de você e tudo foi voltando. – Ele passou as mãos no cabelo. – Emily disse que talvez o trauma de quase ter morrido tenha me apagado.

A enfermeira entrou no quarto e todos se calaram. Ela trouxe uma cadeira de rodas para levar Mason do quarto até o carro. Tínhamos encerrado o assunto, mas para mim ainda não estava acabado. Eu tinha certeza de que Brian não era o culpado.

Deborah nos encontrou no meio do caminho com alguns papéis em mãos.

– Filho! – disse ela, contente. – Agora, sim, tudo liberado. Peguei seus documentos. Podemos ir, então?

– Claro. Não aguento mais ficar neste hospital – reclamou Mason.

– Você realmente não parece ter nascido de nove meses – comentou ela, saindo na frente, e nós fomos atrás.

Quando Philip abriu a porta, Mason torceu o nariz.

– Quero voltar a dirigir logo – disse ele, meio cabisbaixo.

– Quando você melhorar mais um pouquinho, vai poder dirigir – comentei, carinhosa.

– Amanhã, acho que já vou estar melhor – afirmou ele, passando a mão na minha perna.

– Ah, claro! – concordei e dei um beijo forte nele.

Deborah não foi no mesmo carro que nós. Ela precisava resolver alguns problemas na ONG. Mason e os rapazes, inclusive Brian, passaram o dia trancados no escritório. Eu estava agoniada, com medo de que algo de ruim acontecesse naquela sala. Dylan era o mais prudente de todos e não deixaria que Brian e Mason acertassem as diferenças ali. Mas, se fosse preciso, eu sabia do que meu namorado era capaz. Acabei pegando no sono durante a tarde e, quando acordei, Mason estava descansando ao meu lado.

Preferi dormir em vez de ficar pensando no que eles estavam fazendo naquele escritório, mas o fato de Mason achar que Brian era suspeito me incomodava. Eu não conseguia imaginá-lo como suspeito. Tentei ligar para Brian, mas seu telefone estava desligado, e continuou assim por bastante tempo.

Quando decidi procurá-lo, já era noite. Eu precisava olhar nos seus olhos e perguntar se ele tinha alguma coisa a ver com aquilo. Encontrei Philip no jardim e pedi para que ele me levasse à casa de Brian. Talvez ele me atendesse, se eu fosse até lá.

Demoramos vinte minutos para chegar ao prédio. Subi de elevador, batendo o pé no chão, impaciente, e tamborilando os dedos até chegar ao décimo primeiro andar. Quando as portas se abriram, me deparei com Brian segurando uma caixa, esperando o elevador.

– Ei! – Sorri. – Não atende mais às minhas ligações, é? Aonde vai com essa caixa? – perguntei, notando que havia alguns pertences dele ali dentro.

– O que você veio fazer aqui, Caissy? – perguntou ele, ríspido.

– Vim ver você. Passei o dia todo tentando contato. Esteve na mansão e não foi nem me dar um oi.

– Agora não é uma boa hora.

– Por que não? – perguntei, confusa.

– Olhe, Cassidy. Tomei uma decisão em relação à minha vida e à da minha irmã. Então, por favor, não me procure mais! – exigiu ele, me deixando espantada. Brian nunca tinha falado comigo naquele tom. – Vá levar sua vida, cuidar do seu amor e do seu filho. Pode se esquecer de mim e da Alexia, por favor.

– Por que está dizendo essas coisas?

– Porque espero nunca mais ver você. Quero distância desse casal. Preciso cuidar da minha irmã. Alexia está ficando doente por culpa de vocês dois. Tenho que me preocupar com a minha família, Cassidy. Acho que já fiz demais por você. Esqueçam que eu e Alexia existimos, porque nós já esquecemos vocês – disse ele, com tanto ódio, que foi impossível conter as lágrimas.

– Brian...

– Minha vida está um caos. Meus amigos estão desconfiando de mim. A mulher de quem eu gosto insiste em ficar com outro.

Senti meu rosto ruborizar. Eu não tinha certeza se ele estava se referindo a mim, mas preferi não comentar aquilo.

– Sei que você não seria capaz de fazer nada contra Mason, contra nenhum de nós.

– Será? Por que eu não seria capaz?! Todos sabem que não gosto do Drew.

– Ok, mas há uma grande diferença entre não gostar e tentar matar. E você não faria nada que me fizesse sofrer. Brian, você não pode ir embora! Isso só vai dar a impressão de que você é mesmo culpado.

– E o que você vai fazer? Vai ligar para o seu amorzinho e contar que estou metendo o pé?! Faça isso, então. Não estou fugindo, mas vou ficar longe de vocês. Até que tenham provas suficientes de que Alexia e eu somos inocentes.

– Brian... – sussurrei, ainda sem entender por que ele estava agindo daquele jeito.

Ele me deu as costas e desceu pela escada de emergência. Fiquei algum tempo parada no corredor. O que eu fiz para ele me tratar assim? Comecei a apertar freneticamente o botão do elevador e, quando chegou, entrei desesperada. Eu estava um pouco nervosa e chateada por ter escutado tudo aquilo dele. Quando entrei no carro, Philip me olhou sério e eu disse que podíamos ir, que eu não tinha mais nada para fazer ali.

Entrei em casa pela porta dos fundos e fui direto para a cozinha, mas Mason estava lá.

– O que Brian fez com você? – perguntou ele, me olhando. Fui uma idiota ao achar que ele não saberia para onde eu tinha ido. Eu estava com seu homem de confiança, e era óbvio que Philip o avisaria. – O que houve?! – insistiu ele, e sequei meu rosto com pressa, tentando esconder o choro.

– Nada.

– Nada? Por que está chorando, então? – perguntou ele, se aproximando.

– Nada – repeti, colando meus lábios nos dele para não chorar mais.

– Caissy...

– Fui atrás do Brian e ele me tratou mal. Disse que queria distância de mim – falei, e ele me olhou, chocado.

– Por quê?

– Não sei. Não sei o que fiz de errado.

– Não fique assim por causa dele. Vai ver ele só arrumou um pretexto para fugir antes que eu me lembre de tudo.

– Não, Mason. Brian não teria coragem. Sei que ele não machucaria você. Por mim e pela Alexia.

– Cassidy, Brian e eu temos um acordo, e Dylan, Nate e Chris também vão respeitá-lo até que eu tenha provas concretas. Mas vá se preparando: se ele tiver algum envolvimento nisso – apontou para o ferimento em seu peito –, vai ficar mesmo bem longe de você.

– Mason, Brian já teve muitas oportunidades de acabar com você e nunca fez isso. – Eu não conseguia mais controlar o choro. – Por que agora, justo agora, ele mudaria de ideia?

– Vou descobrir quem foi que fez isso, e você não precisa se preocupar – concluiu ele, passando a mão em meu rosto com carinho.

Achei que ele ia ter um ataque de ciúmes, mas não foi o que aconteceu. Ele estava sendo muito compreensivo. Mason beijou uma lágrima que escorreu pela minha bochecha e depois beijou minha boca também. Não vou negar que estava muito chateada com o que Brian tinha feito. Eu queria entender quais eram os seus motivos e confirmar se ele realmente era inocente.

Mason tentou me distrair e distribuiu beijos pelo meu colo.

– Mason, estamos na cozinha... – sussurrei enquanto ele mordia meus lábios devagarzinho.

– Quer subir? – perguntou ele, me olhando.

– Para tomar banho, sim – respondi, e ele sorriu.

Mason estava se esforçando para levar um vida normal, mas o ferimento e sua fraqueza o deixavam muito lento ainda. Quando chegamos ao seu banheiro, ele preparou um banho para mim. Demorou uma eternidade, mas fez tudo sozinho.

– Você teria mesmo coragem de ir embora sem me contar sobre a gravidez? – perguntou ele, sério.

– Achei que estivesse tudo acabado entre nós – expliquei, tirando as roupas e entrando na banheira.

Ele fez a mesma coisa e se sentou atrás de mim, com cuidado para não molhar o ferimento.

– Acho que, se você fosse embora, eu não me perdoaria nunca.

– Fiquei com medo da sua reação quando descobri que estava grávida.

– O que eu poderia fazer?! – perguntou ele, e dei de ombros. – Sou ruim, mas nem tanto – falou, e dei um risinho nasalado.

Começamos a conversar e de repente fiz uma pergunta sobre a qual eu tinha muita curiosidade:

– Por que Alexia nunca engravidou? – perguntei, e ele ficou calado. – É que vocês ficaram juntos por um bom tempo, então... Sei lá.

Nós precisávamos falar sobre aquilo, e eu queria esquecer tudo o que ouvi de Brian.

– Ela não pode ter filhos por minha causa – desabafou ele, alterando sua expressão. – Certa noite, eu estava muito louco e ela estava comigo, mas não tinha usado nada, porque estava grávida. Tive uma crise de ciúme e acabei pegando pesado. Empurrei-a, e por azar Alexia se desequilibrou e caiu da escada. Sofreu um aborto – revelou ele, e fiquei assustada com o que tinha acabado de ouvir. – Eu era um monstro. Alexia sonhava todos os dias com aquela criança e eu acabei com os planos dela. Por isso agora ela não pode mais ser mãe – falou ele, e tapei a boca, chocada. Então era por isso que ele tinha aceitado minha gravidez tão bem. – Nossas brigas nunca foram uma coisa normal. Ela já colocou fogo no carro comigo trancado lá dentro. Se Dylan não estivesse por perto, eu teria morrido – continuou ele. Passei a entender quando as pessoas diziam que os dois eram doentes um pelo outro. – Mas agora só quero esquecer os erros do passado e conduzir as coisas de outra maneira. Preciso fazer tudo diferente – falou, me abraçando bem forte.

Fiquei pasma com o que ele havia me contado. Eu me coloquei no lugar de Alexia e imaginei a dor imensa de perder um filho. Não queria imaginar nem por um segundo ficar sem aquela coisinha que estava crescendo dentro de mim.

Mason saiu do banho primeiro. Fui lavar o cabelo e, quando saí do chuveiro, ele estava esparramado na cama com a cabeça no meio de um monte de travesseiros brancos. Sorri, vendo aquela cena. Sequei o cabelo e depois me deitei ao seu lado. Ele sentiu minha presença e me envolveu em seus braços. Cansada, acabei pegando rápido no sono.

Quando acordei, Mason não estava no quarto. Fiquei nervosa, pois no mínimo ele já tinha saído. Liguei para seu celular, mas ele me disse apenas que estava resolvendo alguns problemas e depois voltaria para casa.

Resolvi descer para comer alguma coisa, pois meu estômago já estava roncando de tanta fome. Ao chegar na cozinha, ouvi os empregados comentando sobre a ausência de Guadalupe. Foi quando descobri que Nanelly tinha morrido. Fiquei extremamente chocada e quis saber o que havia ocorrido, mas Deborah não me contou nada. Aparentemente, ela não queria me deixar preocupada, mas aquilo não fazia sentido para mim. Por que me esconder sobre a morte da neta de Guadalupe?

O clima de tensão era evidente. Sentia que todos estavam omitindo algo, tentando dar a impressão de que estava tudo bem. Eu achava que estava sendo enganada por todo mundo. Senti uma tristeza grande por

Guadalupe, pensando no seu sofrimento pela morte da neta. Queria poder lhe dar um abraço, mas não a encontrei nos dias seguintes. Nada mais foi dito sobre o assunto, e eu estava com uma intuição ruim, de que havia algo estranho por trás daquela história. Prometi a mim mesma que ainda descobriria o que era.

Numa tarde, eu estava lanchando com Deborah quando ela me interpelou:

– Quero sua opinião para planejar as coisas do casamento.

– Casamento?!! – Quase cuspi o suco que estava bebendo, tamanho o susto. – Como assim? Nem sei se Mason quer se casar comigo. Deborah, por favor, não acho que isso seja necessário.

Ela ficou me olhando de forma desajeitada. Talvez estivesse pensando que Mason tivesse me pedido em casamento, mas não era o caso. Obviamente constrangida, ela me deixou sozinha. Mason tinha saído e não avisara para onde. Tentei falar com ele várias vezes, mas só caía na caixa postal. Ele ainda não havia se recuperado totalmente e já tinha sumido, me deixando preocupada. Estávamos de volta à velha rotina, com todas as suas saídas e poucas informações.

Quando ele chegou, eu estava na sala, lendo.

– O que foi, gatinha? – perguntou ele, quando tentou me beijar e eu me esquivei.

Eu me levantei e fui para o quarto, mas ele veio atrás de mim.

– Caissy! Não está me ouvindo? – insistiu. Mason chegou por trás de mim. – Vai ficar brava assim comigo, é? – falou no meu ouvido, e senti seu hálito quente na minha pele de uma forma diferente.

– Mason, me solte! – exigi, entredentes.

– Ah, pare com isso, amor. Voltei para ficar com você. Não foi para isso que você me ligou?

– Você não parou… – Meus olhos se encheram d'água. – Você continua fazendo as mesmas coisas erradas. Ninguém me conta o que está acontecendo, mas eu sinto. A neta de Guadalupe morreu, estou sentindo o clima tenso desta casa, e você nunca mais tocou no assunto de quem atirou em você. Não quero viver assim, não quero viver sabendo que você continua fazendo um monte de sujeira.

– Cassidy, isso...

– Nós tínhamos um acordo. Você iria parar com essa vida criminosa e nós sairíamos de Atlanta. Mason, não quero passar outra vez por algo parecido com o que aconteceu na noite do assalto ao banco.

– Você só precisa confiar em mim. Nós vamos sair de Atlanta, mas antes tenho algumas coisas para resolver, e não me peça mais do que isso. Não vou lhe contar.

– Enquanto isso, fico no escuro e angustiada toda vez que você sai?

– Desculpe – disse ele, sem pestanejar, e eu quis ir embora naquele momento.

Ele nunca iria parar. Eu precisava ficar longe, precisava me acalmar. Caminhei pelo jardim, conversando com o bebê. Aquilo me fazia bem. Estava muito nervosa, e isso não era bom. Fiquei bastante tempo sentada na beira da piscina, até que percebi Mason se aproximando.

– Será que posso me sentar? – perguntou ele, mas não respondi. Então ele se sentou e tentou me abraçar.

– Saia, Mason! – gritei, e ele me soltou.

– Será que pelo menos com meu filho eu posso falar? – indagou ele, rindo, colocando a mão na minha barriga. Não respondi nada, apenas deixei. – E aí, meu garoto? – disse ele, beijando minha barriga.

– Garota! – corrigi com firmeza, e ele me olhou frustrado.

– Sua mãe está brava comigo, mas não fiz por querer. Tem hora que ela é muito chata – continuou, e dei um tapa nele. – Ela não quer falar comigo. Estou fazendo de tudo para isso dar certo, só que é difícil conciliar meu mundo com o de vocês. Mas vou sempre dar o meu melhor. Você me faz um favor? – Olhei para ele sem entender se estava falando comigo ou com o bebê. – Pergunte para ela se aceita se casar comigo? – concluiu, sorrindo.

Neste momento, Mason tirou do bolso uma caixinha forrada de veludo com uma aliança dentro. E ali estava meu pedido de casamento. Sorri para ele, sem mostrar os dentes, emocionada, apesar de chateada com suas posturas anteriores.

– Diga para o seu pai que, apesar de tudo, eu aceito! – falei, dando um selinho nele. – Eu aceito.

– Até porque, se não aceitasse, ia ter que casar obrigada. Você já viu o que Deborah anda planejando? – comentou ele, rindo.

– Ela realmente está levando isso a sério – concordei, e rimos.

Era incrível a intensidade com que brigávamos e fazíamos as pazes. Desde que tínhamos voltado, já havia se passado mais de dois meses. Podia ser que nosso amor durasse para sempre. Podia ser que ele fosse realmente o meu "príncipe encantado". Podia ser que nossos destinos estivessem unidos num só. Podia ser também que Mason fosse o amor da minha vida. Como também podia ser que eu estivesse errada e tudo não passasse de mentiras e ilusões. Eram muitas possibilidades; no entanto, aprendi que a vida era feita de escolhas, e para cada uma, havia alguma consequência. Mas era preciso se arriscar a viver.

11

Quinto mês

Já tínhamos descoberto que seria uma menina. Minha intuição estava certa. Eu me apegava às pequenas coisas. Admirava minha barriga na frente do espelho e me emocionava ao pensar que dentro de mim crescia o fruto do meu amor. Mason estava diferente. Às vezes, ele sumia, mas sempre tentava estar presente. Deborah queria fazer o casamento perfeito, e eu não me importava mais com isso. Tinha medo, porque Mason continuava com seus mistérios, sumia por horas e reaparecia do nada. Tivemos diversas brigas, mas ele sempre me prometia que, depois que o bebê nascesse, tudo iria acabar.

Sexto mês

Minha barriga estava bem grande e pesava um pouco. Eu tinha engordado seis quilos. Às vezes, me sentia horrível, mas eu estava apaixonada por cada sensação. Imaginava como seria o rostinho da minha menina, com quem ela se pareceria, qual seria a primeira palavra que diria.

Sempre discutíamos sobre o nome da nossa filha. Deborah e Mason queriam nomes diferentes demais, que não combinavam comigo. Pelo menos o nome dela eu queria escolher, afinal não me deixavam fazer mais nada. Eu ainda estava brava por terem comprado todo o enxoval sem o meu consentimento, mas não podia negar que era tudo lindo.

Certo dia, deitada no quarto com Mason, estávamos brincando e implicando um com o outro, e sem querer descobrimos qual seria o nome dela.

– Quando ela crescer, se for linda que nem eu, vai dar trabalho – falei, rindo, e ele me olhou feio.

– Minha filha vai ser freira.

– Freira que nem a mãe?! – perguntei, e dei uma gargalhada.

– Você está muito assanhadinha, Cassidy Anderson.

– Estou cansada. Isso é só para descontrair.

Estiquei as pernas, levantando a regata branca e deixando a barriga de fora. Todas as minhas roupas já me incomodavam um pouco.

– Já escolheu o nome? – perguntou ele, me puxando para deitar no peito dele.

– Não, Mason. Tem que ser mesmo com J? – perguntei, porque aquela era uma exigência dele, em lembrança ao pai, Jared.

– Tem.

– Mason, não tem nenhum nome de que eu goste com J.

– Ah, gordinha, pense com carinho, vai.

Eu sentia uma raiva enorme quando ele me chamava de "gordinha".

– Não tem, não, e pare de me chamar assim.

– Posso sugerir um nome? – indagou ele, fazendo carinho na minha cabeça.

– Não. Está bem, pode... – aceitei, me rendendo ao silêncio dramático dele.

– Vi um nome lindo.

– Diga.

– Não sei por quê, mas esse nome não sai da minha cabeça.

– Diga logo – incentivei, me sentando e olhando para ele.

– Julie... – disse ele, de uma só vez.

Eu me apaixonei por esse nome assim que o ouvi. Senti meus olhos se encherem d'água e minhas bochechas coraram. Estava emocionada por ter encontrado o nome da nossa menina.

– O que foi, Caissy? É só uma sugestão. Se você não gostou, tudo bem. É sempre assim. Você nunca gosta de nada. Sei que combinamos que, se fosse menino, eu escolheria o nome e, se fosse menina, você escolheria, mas só dei...

– Não, Mason... – interrompi, rindo e chorando ao mesmo tempo. – É... É lindo... Amei esse nome. É muito lindo – disse, dando vários beijos em seu rosto, e Julie chutou forte, em resposta à minha empolgação.

– Nossa, esse foi tão forte que senti daqui – brincou Mason. Eu respirava fundo, esperando ela se acalmar. Ele beijou minha barriga, depois deu um tapinha de leve na minha perna. – Coisa linda... – falou, e quase caí da cama tentando fugir de suas cócegas, fazendo-o rir.

Oitavo mês

Eu sentia muita saudade de Brian. Ele estava sumido desde o dia em que o vi de mudança, em seu prédio. Não dava notícias, não ligava, e isso estava me causando uma tristeza inexplicável. Às vezes, eu chorava sozinha pensando nele. Confesso que não entendia bem por que sua ausência me afetava tanto. Só sabia que sentia sua falta, que ele era especial para mim.

Tentei fazer Mason me contar onde Brian estava, mas ele também parecia não saber nada. Ou, se sabia, mentiu muito bem.

Os convites do casamento haviam chegado, mas nem para isso dei muita bola. Casar com Mason era tudo o que eu mais queria, mas, na verdade, nada foi escolhido por mim, e aquele ritual era apenas isso: um ritual. O que bastava para mim era que estivéssemos juntos.

Eu andava muito estressada, sensível e com as emoções à flor da pele. Para completar, com aquela barriga enorme, nada que eu vestisse ficava bem. Tudo me fazia chorar, eu estava prestes a explodir. Mason não parava mais em casa. Ele nunca me dizia o que estava fazendo, mas eu não era boba. Não via a hora de tudo aquilo acabar, de deixarmos Atlanta para trás. E enquanto ele sumia, eu sentia mais a falta de Brian...

– Caissy, você viu os convites? Gostou? – perguntou Deborah, cada vez mais animada com tudo aquilo.

Meus pensamentos estavam distantes e não escutei o que ela disse, por isso repetiu as perguntas.

– Vi, sim... Estão muito bonitos – respondi, com o olhar vago.

– Você está bem? – perguntou ela, preocupada.

– Na verdade, não, Deborah. Tenho pensado muito em Brian – confessei, tentando conter as lágrimas. – Achei que ele voltaria, que estaria aqui comigo nessa hora, mas Julie está quase nascendo e ele não está... Vou me casar e ele não está aqui – lamentei.

– Caissy, sei que vocês eram amigos, mas Brian preferiu se afastar. Ninguém sabe onde ele está. Compreendo que sinta falta dele, mas... você devia estar feliz às vésperas do casamento com Mason – insistiu ela, e eu senti seu olhar um pouco questionador se fixar em mim, e compreendi aonde queria chegar.

– Sei que pode parecer um pouco estranho, Deborah... Por favor, não me entenda mal. Estou muito feliz com o casamento. Sou apaixonada pelo seu filho. Mas não vou mentir para você... Brian é muito especial para mim. Foi ele quem me apoiou sempre que Mason me tratou mal. Ele é meu amigo do coração. E gostaria muito que ele estivesse aqui.

Deborah ficou me olhando, até que disse:

– Tudo bem... Eu entendo. Também fui sempre muito afeiçoada a ele. Olhe, não tenho notícias dele há meses, mas posso pedir para um dos rapazes tentar localizá-lo. Só não sei se vai adiantar...

Uma esperança brotou em meu coração. Eu precisava pelo menos tentar.

– Faça isso, Deborah, por favor! Só não deixe Mason saber – sussurrei, abraçando-a bem apertado.

– Ok, mas prometa que você não vai esconder isso dele por muito tempo? – disse ela, me afastando para me encarar.

Olhei receosa, mas concordei.

* * *

Na semana do meu casamento, Claire e Melissa se hospedaram na casa de Deborah para nos ajudar, mas eu continuava angustiada com a ausência de Brian. Tê-lo ao meu lado era só o que faltava para me sentir completa de-verdade. Claro, dentro do que eu entendia por "completa" desde a morte da minha mãe, pois nunca mais me sentiria inteira. Ela era a pessoa que sempre faltaria na minha vida. Acho que saber que ela não me veria vestida de noiva me dava um desânimo toda vez que eu pensava no casamento.

Eu estava na sala e o vestido tinha acabado de chegar, assim como a costureira e sua equipe. Eles entraram pela porta de trás para que ninguém os visse.

– Caissy, já está tudo pronto, só falta você – disse Claire, correndo, toda empolgada.

– Quero ver você bem linda – sussurrou Mason no meu ouvido.

Fiquei toda arrepiada e me virei, sorrindo.

– Achei que você já tinha saído, amor – disse, beijando os lábios dele, que estava segurando onde antes era minha cintura.

– Queria ver você antes de sair.

– Ah, mas como você é fofo... – zombei, e ele deu uma mordidinha no meu lábio inferior.

– Boba! – retrucou, rindo.

A verdade é que Mason estava diferente. Não chegava a ser romântico, mas estava mais grudado em mim, e eu estava custando a me acostumar com isso.

– Bom, deixe eu ir, tenho que experimentar o vestido.

– Sério?! Que droga! Não sei por que minha mãe acha que não posso ir junto – reclamou.

– Sinceramente? Nem eu sei para que tanta frescura...

– Ela disse que é porque dá azar.

– Azar? Não vejo como pode dar azar. Independentemente de qualquer coisa, vou ter que te aturar. Ou já esqueceu que eu pertenço a você e você me pertence?! – brinquei, usando as palavras que um dia ele me dissera.

– É, isso é verdade. Mesmo que a gente não se casasse, você sempre seria minha. Ah, mas não quero arrumar briga com a coroa.

– Tenho massagem hoje – falei, um pouco desanimada.

– Não acredito que você vai sair de casa... Não quero que saia sem mim, Caissy.

– Já combinei com Philip. Ele vai me acompanhar.

– Não – retrucou ele, mudando o tom de voz. – Não, deixe que eu levo você – afirmou, muito sério, e olhei para ele sem entender o porquê daquela exigência.

– Mas e seus compromissos? – perguntei, erguendo as sobrancelhas.

– Dou um jeito. Não demore e prometo que não vou demorar também – sussurrou no meu ouvido, e imediatamente senti um arrepio no pescoço.

– Não faça isso...

– Por quê? – perguntou ele.

Ok, ele estava me provocando...

– Porque você me atiça e depois não pode me satisfazer – falei, séria.

– Posso, sim. Sei que ando tomando muito cuidado com você. Tenho medo de machucar nossa Julie, e você também. Mas pode deixar que vou caprichar mais tarde. Vou levar você à loucura! – respondeu, beijando meu pescoço.

– Cassidy, venha logo... – chamou Claire, impaciente. – Hora de experimentar o vestido e esfriar essa cabeça – disse ela, e Mason me deu um selinho e uma piscadela antes de sair.

Eu já tinha experimentado aquele vestido várias vezes, não aguentava mais. Pelo menos, aquela seria a última. Coloquei-o e subi num tablado redondo. Estava lindo mesmo, e toda vez que eu o experimentava, a costureira ficava me admirando, dizendo que nunca tinha visto uma noiva tão bonita. Ela dizia que, por eu estar grávida, dava um charme a mais ao vestido, deixando-o encantador.

– Cassidy, quando vejo você com esse vestido, fico toda orgulhosa do meu trabalho – disse a costureira, e sorri, um pouco desanimada.

Melissa estava na cama, mexendo no meu celular.

– Ficou lindo! – disse ela, me olhando. – Você gostou?

– Gostei – respondi, puxando a barra do vestido para descer com cuidado do tablado. – Onde está Deborah? – perguntei, olhando pela janela e reparando que havia muitas pessoas trabalhando na decoração do jardim.

– Amanhã é o grande dia, né, Caissy! Ela está cuidando das coisas – disse Melissa, empolgada. Ela também já tinha provado sua roupa.

– Até parece que o casamento é de vocês... Estão mais animadas que eu.

– Não acredito que você não está nem um pouquinho ansiosa, nem com um friozinho na barriga. Como você pode ser tão insensível? – perguntou ela, fazendo drama.

– Melissa, isso é só um capricho... Não preciso de casamento para saber que Mason e eu somos um do outro e que vou amá-lo para sempre, com todas as minhas forças. Não preciso de casamento para saber que Julie será a menina mais amada do mundo. Não preciso de nada disso. Estou cansada e estressada.

– Entendo. Com esse barrigão, tudo deve ser bem mais cansativo mesmo.

– Pois é. Com quem Claire está falando? – perguntei para Melissa.

Nossa amiga estava do outro lado do quarto, ao telefone.

– Com Nate – respondeu ela, e deu uma gargalhada. – Está ficando sério.

– Ah, meu Deus... – comentei, rindo. – E você e Chris também, não? – provoquei, deixando-a sem graça.

– Não, só estamos nos conhecendo – respondeu Melissa, com vergonha.

– Sei... Há quanto tempo mesmo vocês estão se conhecendo? – debochei. Já fazia meses que os dois estavam ficando.

– Cassidy, deixe de ser boba! – rebateu ela, irritada.

Claire desligou o telefone e veio na nossa direção, suspirando.

– Estou vendo que não é só o meu casamento que vai acontecer – brinquei, e Melissa começou a rir.

– Casamento? Está louca, garota?! – exclamou Claire.

– O casamento dos outros você quer fazer, não é? Agora quando é com você se torna uma loucura?

– Não posso me casar – disse ela, sorrindo. – Sou do mundo... – concluiu, e comecei a rir sem parar. Claire era mesmo maluquinha.

Alguém bateu à porta. Claire e Melissa ficaram preocupadas, achando que pudesse ser Mason. Eu estava torcendo para que fosse, só para vê-las enlouquecerem, tentando esconder meu vestido.

– Quem é? – perguntou Melissa.

– Deborah.

Melissa foi até a porta e a abriu com cuidado para se certificar.

– Já terminou? – perguntou minha sogra, entrando no quarto e me vendo vestida de noiva. – Meu Deus, como você está linda! – exclamou ela, tapando a boca, emocionada. – Nem tenho palavras para expressar o quanto...

– Ela está chorando... – disse Melissa, de forma fofa e engraçada.

– Deborah, não chore – disse, envergonhada, e ela veio até mim para me abraçar.

– Você está realmente linda, minha querida. Desculpe, é que me lembrei de sua mãe, de como ela ficaria feliz e emocionada com este momento. Sinto que estou representando ela.

– Obrigada, Deborah – agradeci, me emocionando também.

– Bom, acho que é isso, agora é só esperar o dia de amanhã. Você vai ficar ainda mais linda do que já é! – disse a costureira, assim que tirou o último alfinete da barra.

– Graças a Deus! – exclamou Claire. – Está tudo pronto para a despedida de solteira, hein, Caissy. Esta noite é nossa! – disse ela, pulando da cadeira.

Todos riram.

– Sério, não estou a fim de despedida – reclamei.

– Ah, fique na sua, garota. Você está muito chata! – reclamou Claire.

– Ela está grávida, Claire! – repreendeu Melissa.

– É, mas será que não entende que a despedida de solteira não é só para ela? Ah, qual é? Preciso beber, preciso transar!

Todas no quarto caíram na gargalhada, até a costureira.

– Claro, claro... Como se você não se encontrasse às escondidas com Nate! – zombei.

– Ô, grávida chata. Cale a boca! – respondeu Claire, jogando uma almofada em mim.

– Ai! – falei, levando as mãos à barriga. Em segundos, todos estavam à minha volta.

– O que foi?!

– O que você está sentindo?

– Ela chutou?

– Foi uma contração?

Eram muitas perguntas. Julie me chutava com frequência e pressionava meu estômago. Estava sem ar, mas, graças a Deus, a pequena mudou logo de posição. Respirei fundo e respondi:

– Estou bem! Ei, pequena, vá com calma, ok? Ou então vai matar a mamãe – falei, acariciando minha barriga. – Posso tirar o vestido? – perguntei para costureira que anotava algumas coisas no caderno.

– Pode, sim – respondeu ela, sorrindo.

– O meu ficou perfeito. Acho que é o mais bonito – comentou Melissa, convencida.

– Só porque você quer que seja, né! – rebateu Claire.

– Estou com um frio na barriga... – disse Deborah, se sentando a cama.

Comecei a rir, porque quem deveria estar assim era eu.

– Que horas são? – perguntei, preocupada porque ainda tinha massagem marcada para aquele dia.

– Você tem massagem hoje, não é? – indagou ela, se virando para mim, e concordei com a cabeça. Toda semana eu fazia massagem para aliviar o estresse e me acalmar. – Mason vai levar você.

– É, eu sei. Ele insistiu muito. Disse que eu não devia sair de casa sem ele. Está sabendo de algo que não sei?

– Não, ele não me disse nada. Acho que quer acompanhar você na massagem, só isso – falou ela.

Aquilo era muito estranho. Desde que comecei a fazer essas massagens, Mason nunca tinha me acompanhado. Para falar a verdade, ele só me acompanhou em um ultrassom.

– Onde ele está?

– Por aí, com Dylan – respondeu ela.

Coloquei algumas coisas na bolsa e deixei o assunto esfriar. Deborah sempre era cúmplice de Mason, ela também me escondia as coisas. A ausência do meu futuro marido me deixava com mais saudade de Brian. Então, resolvi perguntar para Deborah se ela tinha alguma novidade:

– Você conseguiu falar com Brian? – indaguei, e ela negou com a cabeça. Expirei de forma barulhenta e impaciente.

– Ainda estou tentando, mas foi como eu lhe disse: não posso garantir nada. – Julie se mexeu de um jeito diferente, me provocando cócegas, e comecei a rir. – O que foi? – perguntou Deborah, confusa.

– Julie está cada vez mais levada... – disse, apoiando a mão nas costas.

– Ai, meu Deus, não vejo a hora de pegar essa coisinha maravilhosa no colo – comentou Deborah, coruja.

– Eu também! Acho que já deu o tempo dela aqui, não é?

Coloquei a mão na barriga de repente.

– Menina Cassidy! – Guadalupe entrou no quarto. – O patrão pediu para avisar que está esperando você lá embaixo.

– Obrigada, Lupe. Diga que já estou descendo.

Calcei os sapatos e desci. Mason estava ao telefone, mas terminou a conversa assim que me viu descendo. Dylan não estava mais com ele e sinceramente eu tinha medo da tal despedida de solteiro que eles também iam fazer. Tudo bem que era uma tradição, mas mesmo assim eu achava que não precisava de tudo aquilo.

– Quer ajuda aí, gordinha? – zombou ele, enquanto eu descia.

– Não, sei descer sozinha – respondi. Fui devagar, mas desci. – Ainda não entendi por que milagre você vai me acompanhar.

– Quero ficar mais tempo com você, e aqui é impossível.

– Tempo para ficar comigo? – Ergui as sobrancelhas. – Onde o meu Mason foi parar?

Ele riu e me beijou com doçura.

– Nunca vi essa casa tão cheia como hoje – comentou, passando a mão pelas minhas costas enquanto andávamos pelo jardim até a garagem para pegar o carro. Nem dirigir me deixavam mais.

– Espero que tudo isso acabe logo – falei, e ele me deu um beijo na testa.

– Eu também. Não vejo a hora de ter você para mim por inteira – disse ele, apertando o alarme da Ferrari F430.

– Por que não vamos na Ranger?

– Esse carro está parado há muito tempo – respondeu ele.

Abri a porta e ocupei meu lugar, enquanto ele checava algumas coisas na garagem. Depois entrou no carro também. Um veículo com dois seguranças nos seguia.

– Por que isso?! – perguntei, apontando para o carro atrás de nós.

– Um homem prevenido vale por dois – respondeu ele, dando de ombros.

– E aquele papo de que você não precisa disso?! – perguntei.

– Eu, não, mas você e Julie, sim – afirmou, apoiando a mão na minha coxa.

– Aconteceu alguma coisa que eu devesse saber? – insisti, e ele pensou um pouco.

– Não – falou, muito sério.

– Tem certeza?

– Tenho – respondeu, beijando minha mão.

Relaxei no banco, mas Mason estava diferente, eu podia sentir. Havia alguma coisa acontecendo. Por mais que estivéssemos num momento tenso por causa do casamento, ele estava estranho.

A massagem foi ótima. Também fiz alguns exercícios para aliviar minhas dores. A sessão durou por volta de uma hora, mas Mason já estava impaciente assim que saí do consultório.

– Que demora! – disse ele, sentado no sofá da sala de espera, de pernas abertas, com os cotovelos apoiados nos joelhos.

– Você só sabe reclamar.

A doutora riu.

– Cassidy, cuidado com o estresse. Sei que é difícil, pois amanhã é um grande dia para você, mas, por favor, tome cuidado. Julie ainda está se preparando para vir conhecer vocês. Não quero que resolva chegar antes da hora – orientou ela.

Mason assumiu a responsabilidade ao meu lado.

– Pode deixar comigo – disse ele, sorrindo.

Na hora de irmos embora, novamente o carro com os seguranças nos seguiu.

– Isso já está me assustando. Diga: o que está acontecendo? – perguntei, entrando no carro.

– É só você fingir que não está vendo.

– Mas para que tudo isso?

– Quer ir ao shopping? – perguntou ele, mudando de assunto descaradamente e pisando forte no acelerador. O carro voava pelas ruas.

– Você não respondeu à minha pergunta – resmunguei, apoiando a mão na barriga.

– Nem você à minha – retrucou, sem me encarar e, mais do que nunca, eu sabia que tinha algo errado.

– Qual é o problema, Mason? O que de tão grave está acontecendo que você não pode me contar?

– Não está acontecendo nada – respondeu ele, ríspido, então fiquei com raiva e me virei, lhe dando as costas e o ignorando.

Já estava anoitecendo e estávamos passeando pelo shopping. Mason tentava me descontrair, e entrei no clima. Fomos parar num parque de diversões, e ficamos brincando por um bom tempo.

– Você comeu cinco algodões doce, gordinha.

– Eu estava com vontade – falei, na defensiva, e ele riu.

– Vontade?! Acho que você é gulosa mesmo – debochou ele, pegando um pedaço grande de algodão doce e comendo. Depois ficou mastigando de boca aberta, me mostrando a maçaroca.

– Eca! – gritei, virando o rosto.

– O que foi?!

– Seu porco! – reclamei, dando um tapa nele e me afastando.

– Venha aqui – chamou ele, puxando meu rosto e enfiando a língua na minha boca. Fiquei meio sem jeito, mas, depois que paramos de rir, me entreguei e nos beijamos com vontade.

– Mason – disse, e ele me encarou, curioso.

– O que foi? – perguntou, rindo e acariciando meu rosto com o polegar. – Faz muito tempo que você não me dá um beijo assim...

Então ele me deu um beijo rápido e estalado na boca. Há muito tempo que não fazíamos várias coisas juntos. Naquele momento, ficamos nos olhando fixamente, e não pude deixar de pensar em como seus olhos eram lindos.

– Eu te amo – sussurrei, colando os lábios nos dele. Ele sorriu e me abraçou. Julie deu sinal de vida e começou a se mexer. – Huumm... Ciumenta... – falei, rindo. Mason colocou a mão na minha barriga. Ela parecia reconhecer o toque dele. Julie começou a se mexer e a chutar com força. – Mason, tire a mão ou ela vai furar minha barriga com o pé.

– Coloque sua mão – pediu ele, tirando a sua. Fiz isso e ela se acalmou, parou de chutar e de se mexer. Mas foi só Mason pôr a dele novamente que ela recomeçou a se mexer, toda serelepe. – As mulheres me adoram mesmo... – disse ele, se gabando, e comecei a rir sem parar, alto, um riso contagiante. – Adoro quando você ri assim...

– Sou meio escandalosa, não é?

– Não é isso... – Ele roçou o nariz no meu. – Obrigado por ser tudo na minha vida! – falou, e eu sorri, dando um beijo nele.

Era disso que estávamos precisando: um tempo só nosso. Tínhamos desligado os celulares para que ninguém nos incomodasse.

– Vamos embora? Julie está muito pesada e nunca mais vou comer algodão doce na vida...

– Amanhã é o grande dia, não é? Você está ansiosa? – perguntou ele, curioso. – Você sabe, nós pertencemos um ao outro desde sempre. Esse casamento é só para realizar o sonho da minha mãe.

– Eu me sinto feliz em estar prestes a me casar com Mason Becker – falei, e ele sorriu.

– E estou feliz porque a partir de amanhã você será a senhora Becker.

Não sei que horas exatamente chegamos em casa, eu estava exausta. Tomei um banho rápido e apaguei. Nem me lembrei da minha despedida de solteira. Mason também deixou a dele de lado, pelo visto. Claire me mataria, mas aquela farra de algodão doce tinha sido muito melhor do que qualquer noitada.

12

– Caissy! Caissy, acorde! – chamou uma voz suave, me sacudindo.

– Oi?! – perguntei, ainda meio sonolenta.

– Dorminhoca, já são nove horas. Você tem que acordar. É hoje! – disse Melissa, empolgada.

– Já? Ah, não... – falei, coçando os olhos. Tinha uma bandeja em cima da cama com comida para mim. – Ah, fala sério! – reclamei, e ela me olhou, brava. – Estou morrendo de cansaço, me deixe dormir!

Meus protestos não duraram nem cinco minutos. Eu sabia que estava na hora. Com calma, me levantei e fui até o banheiro fazer minha higiene matinal.

Melissa tinha um caderninho com um monte de coisas anotadas. Coisas que eu devia fazer, ou que ela queria que eu fizesse. Eu ia enlouquecer com aquilo. Fiquei na frente do espelho refletindo sobre tudo. O grande dia tinha chegado. Em algumas horas, eu não seria mais a Cassidy que todos conheciam; me tornaria a senhora Becker, esposa de Mason Becker e mãe de Julie Kathleen Anderson Becker. Quem imaginaria que eu ia me casar com aquele cara da boate, em quem eu tinha jogado minha bebida? Quem diria que a garota do colégio de freiras, a que fugia para ir a festas, ia se casar? Quem diria que eu viveria tudo isso, assim tão cedo? Era uma reviravolta e tanto. Eu queria tanto que minha mãe estivesse ali... Sentia muita falta dela.

Entrei embaixo do chuveiro com as lágrimas escorrendo. Elas se misturavam com a água quente e desciam pelo ralo. Eu não sabia mais identificar se eram lágrimas de emoção, alegria, solidão, tristeza ou ansiedade e nervosismo, mas eram uma forma de liberar o que eu sentia. Terminei o banho e me enrolei no roupão.

– Deborah já deve estar chegando – disse Melissa, olhando para o relógio assim que saí do banheiro.

– E Mason? – perguntei, me sentando na cama e começando a tomar café, pois Melissa não me deixou descer.

– Está na casa do Dylan – respondeu ela, me entregando um roupão de cetim, com "noiva" escrito nas costas. Coloquei uma calcinha e um sutiã e vesti o roupão. – Mas ele não vai se arrumar lá. Vai voltar para cá. Deborah decidiu que é melhor ficar aqui.

– Entendi...

O quarto de hóspede estava todo equipado para nos prepararmos. Havia massagista, cabeleireiro, maquiador, manicure e meu vestido num manequim. Quando entramos, Claire estava fazendo as unhas.

– Amiga! – gritou ela, assim que me viu.

– E aí, garota. Está ansiosa?! – perguntou um dos cabeleireiros.

Eu já conhecia todos, pois havia feito testes antes de contratar aquela equipe. Apenas balancei a cabeça, sem falar nada. Fiquei em silêncio o tempo todo. O papo rolava animado, mas eu não estava com vontade de conversar. Julie estava quieta. Tinha uma equipe filmando e fotografando tudo, desde que entrei pela porta.

Já estava com o cabelo pronto. Não aguentava mais aquele monte de pessoas mexendo em mim, me puxando de um lado para outro. Começaram a fazer minha maquiagem. Parecia que o tempo se arrastava. Mason já tinha chegado, mas não me deixaram vê-lo. Faltava pouco para tudo acabar.

– Vocês não têm noção de como Mason está bonito – comentou Melissa, entrando no quarto. Ela encostou na porta e suspirou. Pedi licença ao maquiador e joguei uma escova nela com força. – Ai, Caissy! Doeu...

– É para doer mesmo. É muito sem noção você ficar suspirando pelo Mason – falei, e todo mundo riu.

– Ué, e tenho culpa se ele é gato?

Todas já estavam prontas, menos eu. Para falar a verdade fui a última a terminar de me arrumar. Normal, acontece com toda noiva. Deborah se aprontou e estava ajudando Mason, mas toda hora vinha me ver. Ele tentou invadir o quarto várias vezes para dar uma olhada em mim. Mas, graças aos rapazes, isso não foi possível.

– Caissy. – Melissa se aproximou. – É impressão minha ou você não está muito contente? – perguntou ela, e baixei a cabeça.

Eu estava contente, sim. Afinal, era o meu casamento. Mas, por outro lado, me sentia incompleta, faltavam pessoas importantes.

– É muita emoção... – desconversei, e ela me abraçou.

– Então se contenha, porque vou bater em você se borrar a maquiagem – gritou Claire, dando uma piscadela. Ela sabia o que eu estava sentindo. – Querida, você está se casando com um homem lindo. Vai ter uma cerimônia magnífica. Foque apenas nisso.

– Estou feliz com tudo o que tenho. Não sou mal-agradecida, não. Agradeço muito por ter Mason na minha vida. Nem sei explicar a alegria que estou sentindo. Mas gostaria que minha mãe e Brian também estivessem aqui comigo.

– Amiga, você está assim por causa dos hormônios da gravidez – comentou Claire.

– Vamos colocar o vestido?! – disse Melissa, de repente, mudando de assunto.

Em poucas horas, eu atravessaria o tapete vermelho e me casaria com o amor da minha vida. Em poucas horas, o passado ficaria definitivamente para trás e Mason e eu construiríamos uma nova história juntos.

– Ah, meu Deus! – exclamou Melissa. Eu estava pronta. – Você ficou tão linda...

– Caissy... – foi a vez de Claire. Por mais que ela se fizesse de durona, dava para ver a emoção em seu olhar. – Você está maravilhosa!

– Obrigada, meninas! Mas parem de chorar. Já não estou me aguentando, e, vendo vocês assim, vamos alagar este quarto.

Deborah entrou apressada no quarto, mas parou assim que me viu.

– Eu, não... Eu não sei o que dizer, Cassidy! – Os olhos dela brilhavam. – Você está tão linda que não tenho palavras.

– Só posso lhe agradecer por tudo – falei, e ela sorriu. – E, por favor, não chorem! A grávida chorona aqui sou eu!

Elas riram.

– Já está tudo pronto. Mason está lá embaixo, impaciente, esperando. Meninas, vocês já podem descer. Preciso conversar rapidinho com Caissy.

– Então vai rolar aquele típico atraso de noiva – brincou Claire.

– Não quero que Mason tenha que arrastar você até o altar, então não demore – avisou Melissa.

– Toda sorte do mundo, amiga. Vejo você lá embaixo – disse Claire, me dando um beijo na bochecha, e Melissa piscou para mim.

As equipes as acompanharam, deixando Deborah e eu totalmente a sós no quarto.

– Caissy, sei que você e Mason se amam. Vocês provaram isso com tudo o que aconteceu. Ver meu filho bem é o melhor presente que eu poderia ganhar. Ver você bem me faz sentir leve. Cumpri a promessa que fiz à sua mãe – disse ela, sorrindo emocionada.

– Deborah, você é a pessoa a quem eu mais devo agradecer. Você me acolheu, me recebeu em sua casa e me deu o melhor presente do mundo.

Não consegui mais segurar e uma lágrima escorreu.

– Você é um anjo. O anjo que veio para salvar meu filho – concluiu ela, dando um beijo na minha testa.

O céu lá fora estava magnífico. Era fim de tarde e o sol começava a se pôr. Eu estava um pouco atrasada, mas isso era normal. Deborah me ajudou a colocar as joias e retocar de leve a maquiagem.

– Pronta? – perguntou ela, sorrindo.

– Acho que sim. Cadê meu buquê? – perguntei, procurando-o pelo quarto.

– Acho que as meninas devem ter levado. Vou buscá-lo, me espere aqui.

Assenti e ela me deixou sozinha. Eu sentia minhas mãos suarem e um frio percorrer minha espinha. Julie estava tão ansiosa quanto eu. Ficava se mexendo e às vezes me chutava forte. Passei a mão na barriga e conversei baixinho com ela, tentando acalmá-la.

Alguém bateu duas vezes à porta.

– Entre, Deborah. Nossa, por que demorou tanto?

Enquanto perguntava, fui me virando em direção à porta. Foi então que dei de cara com Brian.

Foi uma tremenda surpresa. Nem consegui falar nada. Ergui a barra do vestido e corri até ele, abraçando-o apertado. Eu precisava saber se ele era de verdade. Comecei a chorar, sem me preocupar com a maquiagem.

– Como cresceu... – disse ele, olhando para minha barriga, chocado.

– Não acredito que você veio. Não acredito que está aqui – disse, abraçando-o com mais força.

– Eu não podia perder esta festa – falou ele, e beijou o topo da minha cabeça.

– Você é um bobo, um bobo... E me abandonou!

– Desculpe... – Ele me abraçou outra vez, e senti como estava cheiroso. – Cara, isso cresceu demais – repetiu, colocando a mão na minha barriga. Julie estava mais agitada.

– Nem me fale! E pesa bastante...

– Você está incrivelmente linda! – exclamou ele, me fazendo dar uma voltinha para me observar melhor.

– Estou incrivelmente gorda – respondi, rindo.

– Também – concordou ele, dando de ombros.

– Não é para concordar, poxa!

– Gostou da surpresa? – perguntou Deborah, entrando no quarto e segurando meu buquê.

– Então você já...

– Sabia, sim – respondeu ela, sorrindo.

– Não acredito que você escondeu isso de mim.

– E eu não acredito que você vai se casar com a ponta do nariz vermelha de tanto chorar – comentou ela.

– Essa daí é uma manteiga derretida. Chora por tudo – zombou Brian.

– Parem com isso! – pedi, enxugando as lágrimas.

– Gente, vamos logo. Daqui a pouco Mason desiste do casamento – falou Deborah, me entregando o buquê.

Olhei para ela, apreensiva. Mason não ia gostar nada de saber que Brian estava ali.

– O que foi? – perguntou Deborah. – Ah... Não se preocupe. Convenci Mason de que Brian era uma presença importante hoje.

– E ele aceitou tão fácil assim?

– Por você, sim. – Ela sorriu. – Agora vamos que a paciência dele é curta e não organizei todo este casamento em vão.

– Ele não é louco... – disse, rindo. – Você vai entrar comigo, não vai? – perguntei, olhando para Brian.

Ele não esperava por aquilo, mas aceitou de imediato. Respirei fundo. Estava na hora. Brian me ajudou a descer a escada e, quando estava tudo pronto para a minha entrada, Deborah foi para o altar, onde ficou ao lado de Mason.

– É agora que você foge comigo? – perguntou Brian, me olhando, sério, e eu sorri, balançando a cabeça.

Ele era maluco. E eu gostava dele desse jeito. O jardim estava lotado. Todos se levantaram para me ver. Mason estava no altar, ao lado de Deborah e Claire. Senti meu coração disparar. As damas de honra entraram na minha frente. Minhas pernas tremiam. Estava na hora.

Aquilo era um sonho perfeito. Eu estava toda de branco. Mason usava um smoking elegante e olhava fixamente para mim, e dava para perceber que ele também estava nervoso. Todos os olhares estavam em mim. A música tocava e me deixava ainda mais emocionada. O céu estava lindo, e ainda havia alguns raios de sol.

Dizem que há limites para o amor, mas naquele momento eu sentia que nós estávamos além de todos. Meu coração estava radiante. Fui tomada pela felicidade. Brian me entregou a Mason, que não tirava os olhos de mim. Nunca pensei que essa seria uma sensação tão mágica.

– Cuide bem dela – disse Brian, apertando a mão dele. Os dois tinham dado uma trégua.

– Pode ter absoluta certeza de que vou fazer isso – afirmou Mason, e ficou ao meu lado.

Sentia meu coração bater forte e minhas mãos tremerem. O sorriso de Mason me deixava ainda mais feliz. E eu me sentia realizada.

– Cassidy Anderson, você aceita Mason Becker como seu legítimo esposo, para amá-la e respeitá-la, na saúde e na doença, na alegria e na tristeza, até que a morte os separe? – perguntou o padre, e sorri, encarando Mason nos olhos.

– Aceito! – confirmei, beijando a aliança e colocando-a no dedo dele.

– Mason Becker, aceita Cassidy Anderson como sua legítima esposa, para amá-la e respeitá-la, na saúde e na doença, na alegria e na tristeza, até que a morte os separe? – perguntou o padre e Mason olhou para mim, depois para todo mundo, e ficou calado por alguns segundos.

– Aceito. É claro que aceito! – disse ele, fazendo todos rirem e o padre olhar feio para nós dois.

As lágrimas escorriam pelo meu rosto. Ele sorriu, beijou a aliança também e a colocou no meu dedo.

– Então, eu vos declaro marido e mulher!

Mason não deu nem tempo para que o padre dissesse "Pode beijar a noiva". Ele me agarrou e pétalas de rosas começaram a cair em cima de nós.

Aquilo estava escrito em nossas almas. Já estávamos predestinados um para o outro. Era algo grandioso, muito além dos nossos sentimentos. Eu tinha nascido para ele, e ele, para mim.

Os convidados nos parabenizavam. O som estava alto e todos se divertiam. Mesmo cansada, eu tentava curtir aquilo ao máximo.

– Nem acredito que você se casou – disse Brian, se juntando a nós.

– Não acredito que vivi para ver Drew Becker preso na coleira – comentou Nate, e Mason deu um soco de leve no braço dele.

– Ei, Brian, acho que só você vai ficar para titio – disse Chris, e todos riram com a expressão de desdém de Brian.

– Eu? Ficar para titio?! – Ele riu. – Que nada! Vou ter um garotão para se casar com a menininha do Drew.

– Pode tirar o cavalinho da chuva, meu camarada – disse Mason, sério.

– Minha princesa vai ser um anjo. Seu garotão vai ter que ralar muito para conquistar a minha boneca. Caso contrário, corto o pau dele fora! – falei, e Mason me abraçou por trás, acariciando minha barriga.

– Acho que não preciso dizer mais nada, né? – disse Mason, e eles riram.

– Caissy, você não era assim! – comentou Chris, ainda rindo.

– Caissy, dança comigo? – pediu Claire, se aproximando, toda afobada.

– Falando em más influências... Olhem quem chegou – provocou Mason.

Os dois estavam sempre se provocando e ela o fuzilou com os olhos.

– Claire, olhe o meu tamanho – comentei, rindo.

– Amiga, você engordou um pouquinho, mas sei que não perdeu o rebolado...

Parecia que todos haviam tirado o dia para me chamar de gorda.

– Cassidy... – chamou Deborah. – Vá trocar o vestido para jogar o buquê – disse ela, e olhei para Claire, fazendo uma expressão triste.

– Ih, Claire, não vai rolar dancinha – implicou Mason de novo.

– Vá se danar, Mason! – rosnou Claire.

– Tenho mesmo que trocar o vestido? – perguntei, fazendo manha.

– Lógico! – disse Deborah, sem pestanejar.

– Tudo bem – concordei, bufando com impaciência. – Já volto.

Dei um beijo em Mason e segui Deborah. Ela me ajudou a tirar o vestido longo e os grampos, soltando parte do meu penteado. Meu segundo vestido era cor de champanhe, um modelo com saia rodada. Deborah me entregou as sapatilhas e agradeci. Meus pés estavam doloridos com aquela sandália de salto alto.

– Deborah, pode pedir para Claire vir aqui?

– Ok, vou procurá-la lá embaixo. Tudo bem se ela descer com você depois?

– Sim. Não tem problema.

Deborah estava com um sorriso de orelha a orelha. Fazia tempo que não a via contente desse jeito. Era dessa paz que eu precisava. Tudo e todos estavam bem. Corri para o banheiro, enquanto Claire não chegava. Eu tinha que fazer xixi e o vestido curto facilitava. Terminei e me arrumei mais um pouco na frente do espelho.

Ouvi o barulho da porta e continuei me ajeitando, mas Claire não apareceu no banheiro como eu esperava.

– Até que a palhaçada foi bonita.

Quando saí do banheiro, Alexia estava sentada na minha cama. Não sei como ela entrou na casa, mas estava ali, bem na minha frente.

– O que você está fazendo aqui?! – perguntei, nervosa.

– Vim lhe dar os parabéns. Ou melhor, comemorar com você.

– Vá embora! – gritei, alterada. – Vá embora agora!

– Garanto que não faz bem ficar nervosa nesse estado. Vai fazer mal para o seu bebê – disse ela, balançando a cabeça e fazendo "tsc, tsc, tsc" com a boca.

– O que não está me fazendo bem é olhar para você. Fora daqui!

– Eu não queria... – começou ela. – Pedi com carinho para você se afastar do meu Mason, mas você não se importou comigo e teve a audácia de se casar com ele.

– Você é louca! – falei entredentes.

– Não, Cassidy. Cansei de ser paciente. Você arruinou todos os meus planos.

– Acha mesmo que minha meta era arruinar seus planos? Meu Deus, Alexia. Você realmente tem sérios problemas. Hoje é o dia mais importante da minha vida, e nenhuma ameaça pode estragar isso. Você não vai arruinar nada do que Mason e eu construímos.

– Que bom que você está feliz! Aproveite bem... – disse ela, sorrindo. – Porque não vou sair perdendo... Não vai ser tão fácil assim. Já ouviu falar em desgraça?! Isso é pouco perto do que vai acontecer com você.

– Suas ameaças não me assustam.

– Não quero assustá-la. Vim trazer um presente para o casal. Boa sorte, a gente se vê por aí.

Ela saiu, e então notei que havia uma caixa preta na cama.

– Essa mulher é louca, meu amor – falei, acariciando a barriga para acalmar Julie.

Tirei o laço da caixa e a abri, me deparando com uma boneca toda ensanguentada e sem cabeça, com o nome de Julie escrito no peito. Fiquei desesperada. Senti uma dor forte e lancinante. Respirei fundo, jogando a caixa longe.

– Louca, essa mulher é louca!!! Alexia, você nunca vai chegar perto da minha filha, ouviu bem? – gritei, abrindo a porta do quarto com dificuldade.

Eu estava sentindo uma dor na parte inferior da barriga, que se estendia até as costas. Respirava fundo, tentando manter a calma, mas a dor era muito forte. Comecei a me arrastar pelo corredor e, nesse instante, um líquido escorreu pelas minhas pernas. Parecia que eu tinha feito xixi na calça. Passei a mão no vestido molhado e me lembrei de tudo o que havia aprendido sobre gravidez. Não, não podia ser. Minha bolsa tinha estourado!

– Caissy? – chamou Brian, vindo pelo corredor, e me viu cambaleando. – Caissy, o que houve? Você está pálida.

– Brian, não está na hora. Ainda não chegou a hora – choraminguei.

– A hora de quê? – perguntou, assustado.

– A bolsa estourou, me ajude! Não está na hora. Ainda faltavam algumas semanas. Minha filha vai nascer prematura... Estou com medo.

– A bolsa?! – repetiu ele, espantado. – Meu Deus!

– O que foi? – Escutei a voz de Claire, mas eu estava transtornada de tanta dor.

– A bolsa estourou!

– Como assim a bolsa estourou? Ainda não está na hora.

– Fique aqui com ela. Vou chamar o Drew e pegar o carro.

Brian saiu correndo e pude escutar seus passos apressados na escada.

– Claire, Julie não pode nascer agora, ela ainda tem que ficar aqui dentro mais um pouco – falei, chorando.

– Caissy, calma, não se desespere. Calma, por favor. Não se preocupe, vai ficar tudo bem – tentou me acalmar, passando a mão em meu cabelo.

Senti uma dor muito mais forte.

– AAAI! – gritei. – Está doendo muito!

Minhas lágrimas escorriam. Eu estava com os olhos fechados, tentando me controlar. Senti Mason se aproximar, muito nervoso.

– O que está acontecendo? – perguntou ele.

– O bebê vai nascer – respondeu Claire.

– Nascer?! – exclamou, confuso.

– Mason, dói demais...

– Calma, meu amor. Vou levar você para o hospital – falou ele, me erguendo em seus braços. Tive outra pontada de dor forte e gritei bem alto, segurando a barriga. Sentia meu suor escorrendo e me contorcia de dor. – Vai ficar tudo bem, não vai acontecer nada, mantenha a calma.

Mason ficou repetindo aquilo como se fosse um mantra, tentando me acalmar. Emily entrou no carro ao meu lado. Tentava me controlar, mas a dor era muito forte. Minha barriga estava muito dura e eu suava frio. Emily segurava minha mão, enquanto falava ao telefone, preparando uma equipe no hospital para realizar meu parto. Eu tentava rezar para que desse tudo certo.

– Caissy, de zero a dez, qual a intensidade da dor? – perguntou Emily, preocupada.

– Seis e meio. Mas Julie não está mais se mexendo, Emily. Não sinto mais minha bebê – falei, em prantos.

– Calma, você só não está conseguindo diferenciar o que é dor e o que é a Julie mexendo. Respire fundo, bem fundo, e segure mais um pouco que estamos chegando. Já avisei toda a equipe. Eles estão à sua espera, tudo vai ficar bem.

– Mason – chamei, no intervalo das contrações. Ele estava tão assustado quanto eu. – Pelo amor de Deus, acelere...

– Calma, Caissy – pediu ele, desesperado.

As contrações ficavam cada vez mais intensas. Meu corpo parecia arrebentar por dentro.

Assim que chegamos ao hospital, me colocaram numa maca e fomos para a sala de parto. Eu me agarrava na cama com tanta força que meus dedos também doíam. Quando a contração passava, eu tinha tempo para respirar devagar. Não conseguia sentir Julie se mexendo e aquilo me desesperava.

– Cassidy – a doutora se aproximou –, vamos lá, você precisa ser forte agora.

– Ainda não está na hora – repeti, choramingando.

Não estava na hora de Julie nascer e eu tinha medo do que podia acontecer. Um temor enorme me dominava. A imagem da boneca de Alexia não saía de minha cabeça.

– Cassidy, ela quer nascer agora. Sua bolsa estourou e suas contrações já estão bem fortes e continuam aumentando. Ela vai nascer. Preciso saber como está a dilatação do colo do útero. Vou examinar você – disse ela.

Fiquei confiante. Ela havia nos acompanhado durante o pré-natal. Eu tinha esperança de que salvaria Julie.

A médica fez um exame de toque e confirmou que eu já estava com sete centímetros.

– Preciso que você fique tranquila, que relaxe. Está quase na hora. Só mais um pouquinho. A sala de parto já está preparada. Vai dar tudo certo, mas você precisa manter a calma – dizia a médica.

Haviam tirado meu vestido e coloquei aquela camisola azul de hospital. A equipe já estava pronta. Pouco depois, a médica voltou e disse:

– Vou chamar seu marido para acompanhá-la.

Era a primeira vez que escutava aquelas palavras, "seu marido". Um sorriso inesperado brotou no meu rosto em meio às dores.

A anestesia me ajudou e a dor não estava mais tão insuportável. A médica me avisou que eu já estava com oito centímetros de dilatação. Eu estava com os lábios secos. Minha cabeça estava virada para o lado, quando senti a mão quente de Mason me tocar.

– Estou aqui, meu amor – disse ele, e se abaixou, aproximando o rosto do meu, quando continuou: – Em respeito a você e a este momento tão especial, decidi não colocar meus seguranças aqui. Conversei com a Emily e ela me tranquilizou quanto a isso. Acho que podemos confiar na segurança do hospital.

Dei um sorriso emocionado para ele, reconhecendo seu gesto de cuidado e delicadeza.

Ficamos ali juntos por mais uma hora, enquanto eu me esforçava para respirar e ele dizia que tudo ia acabar bem. Então a médica apareceu, confirmou que minha dilatação estava completa e me mandou começar a fazer força.

Já fazia uns trinta minutos que eu estava empurrando, e me sentia esgotada. Aquilo era muito cansativo. O suor escorria pela minha testa, meu cabelo estava todo molhado. Eu tinha que fazer força, muita força. Mason segurava minha mão, firme, mas visivelmente nervoso. Ao meu lado havia um monitor que indicava meus batimentos cardíacos e minha pressão arterial.

– Vamos, Cassidy! – gritou a médica, e eu tentava dar o meu melhor. – Já estou vendo a cabecinha dela. Mais forte, garota, vamos! – encorajava ela. – Força! – gritou mais uma vez, e inspirei e empurrei. – Ela já está vindo, Cassidy, vamos!

Soltei um grito agudo quando senti algo escorregando de dentro de mim. Ergui a cabeça da cama, exausta, ouvindo o choro da minha filha.

– Nasceu, Caissy, nasceu! – falou Mason, me beijando, e eu sentia a emoção transbordando.

– É uma menininha linda e saudável – disse a enfermeira, enrolando Julie num lençolzinho azul e a colocando no meu colo.

Ela era tão pequena... Tinha cabelo preto como o meu, mas o narizinho era igual ao de Mason. Suas mãozinhas estavam fechadas e o rosto dela era todo enrugadinho. Seus olhos também estavam fechados, e abria e fechava a boca como se estivesse sugando ar. Ainda estava se acostumando com a vida. Assim que a colocaram no meu colo, ela parou de chorar. Mason sorria feito bobo. Não dava para explicar a emoção que eu sentia naquele momento. Era mais forte do que eu. Senti o cheiro da minha bebê, que era de vida, de liberdade. Beijei as mãozinhas dela e a enfermeira a levou.

Acabava de nascer uma luz na minha vida, uma luz que me inspirava novos plano, novos momentos. Ela era tão cheia de encantos, de magia... Era o fruto de dois corações. Um novo ser que completaria meu mundo. Ela era tão linda, tão pequena, tão nossa... Eu a amei desde o primeiro instante em que soube da sua existência. E finalmente chegara, cheia de bênçãos. A minha filha. Nossa Julie.

Dei uma olhada no quarto assim que acordei, e aquele cheiro típico me fez lembrar onde eu estava. O cômodo estava iluminado, o relógio no centro da parede à minha frente marcava dez da manhã. Brian estava sentado, dormindo no sofá no canto. Eu sentia muita sede, mas minhas pernas estavam doloridas.

– Brian... – chamei com a boca um pouco seca. – Brian.

– O que foi?! – disse ele, acordando assustado – Aconteceu alguma coisa?

Ri com o susto que ele levou.

– Não. Só quero água – falei, cansada.

– Está se sentindo bem? – perguntou ele, pegando um pouco de água para mim.

– Estou dolorida. Mas está tudo bem – falei, e vi que minha barriga já tinha murchado um pouco. – Onde está a Julie? – perguntei, me lembrando do rostinho lindo do meu anjinho minúsculo.

– Está no berçário – disse ele, e se sentou de novo no sofá.

– E Mason?

– Foi para casa tomar banho e comer, mas já deve estar voltando – respondeu.

Eu me virei para o outro lado, e fiquei olhando para a parede. Um silêncio constrangedor se instaurou no quarto. Eu estava deixando meu ódio por Alexia atrapalhar nossa relação. Não devia, mas estava descontando nele.

– Será que posso ver a Julie? – indaguei, depois de muito tempo em silêncio.

– Não sei, tenho que perguntar para a médica, mas não posso deixar você sozinha.

– Não tenho problema em ficar um pouco sozinha – falei entredentes.

– E comigo? Tem algum problema? – perguntou ele, e baixei o olhar.

Eu não queria contar o que tinha acontecido, o que a irmã dele havia feito.

– Não, nenhum – menti.

– Você está diferente.

– Estou cansada, só isso. Preciso da minha filha aqui, perto de mim. Ainda não me acostumei a ficar longe dela. Há apenas algumas horas ela estava dentro da minha barriga e agora está longe, em outro lugar – expliquei, e ele me encarou, desconfiado.

Assim como Mason, Brian também conseguia perceber quando havia algo errado comigo.

– Vou ver o que posso fazer. Vou procurar a médica – disse ele, e se levantou depressa, mas assim que tocou na maçaneta da porta, alguém do outro lado a girou.

– Finalmente! – falei e aplaudi, sorrindo, vendo Mason entrar com um buquê de flores, seguido por uma enfermeira que empurrava Julie num berço de rodinhas.

– Hora de mamar – disse a enfermeira. – Esta princesinha chora bem alto, viu?

– Ela chorou muito? – perguntei, curiosa.

– Um pouquinho. Deve estar com fome – respondeu ela.

– Coloque minha bebê nos meus braços – pedi, empolgada em vivenciar aquele momento.

Julie vestia um macacão vermelho e usava na cabeça uma faixa bege, da cor dos detalhes do macacão. Estava enrolada num cobertor vermelho. Uma pulseirinha de ouro, que ganhou de Deborah, enfeitava um dos seus pulsos e, no outro, havia uma pulseira de identificação com nossos nomes.

Estendi os braços para recebê-la no colo. Seu cheiro era muito bom. Meus olhos não desgrudavam dela. Julie era o milagre mais lindo da minha vida. Ela estava com as mãozinhas e os olhinhos fechados.

– Daqui a dez minutos eu volto e mostro a você como amamentá-la. Mas, qualquer coisa, é só chamar – disse ela, saindo do quarto.

– Bom dia, senhora Becker – cumprimentou Mason, se aproximando e beijando meus lábios de forma carinhosa, sem deixar de sorrir nem por um minuto.

– Bom dia – respondi, sorrindo. – Nossa filha é muito linda, Mason – falei, babando, encantada.

Ele concordou comigo.

– Pegue-a no colo, amor.

Mason me olhou com um pouco de receio, mas logo em seguida se aproximou de mim. Cheguei para o lado e ele se sentou na cama. Com cuidado, coloquei Julie em seu colo. Ele sorriu de um jeito maravilhoso, fascinado.

Brian, que estava perto da porta, observou em silêncio, e pouco depois escutei a porta se fechar. Ele tinha saído do quarto, não sei por quê.

– Relaxe – disse para Mason, rindo. – Segure firme e tome cuidado com a cabecinha dela. Mas não precisa ficar tenso assim.

– E se eu relaxar e ela cair?

– Ficou louco?! Você não vai deixá-la cair.

– Cassidy, é melhor você segurá-la. Não sei fazer isso, sou meio bruto.

– Mason, pare com isso, você está segurando direitinho!

Julie se mexeu, se acomodando no colo dele. Ela já gostava do pai. Sabíamos disso desde que ela estava na minha barriga.

Por mim, eu ficaria ali pelo resto da vida. Nunca tinha me sentido tão completa como naquele momento. Julie dormia tranquilamente nos braços de Mason, enquanto eu apoiava a cabeça no ombro dele. Nossa família estava unida.

– Acho que estou apaixonado outra vez – sussurrou Mason.

– Ah é, por quem? – murmurei.

– Não fique brava, mas o nome dela é Julie Kathleen Anderson Becker. Estou apaixonado por ela. E amo a mãe dela também – disse ele, e sorri, beijando seus lábios. – Me diga uma coisa – falou ele, muito sério. – O que era aquela caixa preta e aquela boneca em nosso quarto? Fui me trocar e Guadalupe ainda não tinha arrumado o andar de cima e encontrei aquilo.

Fiquei em silêncio e ele me lançou um olhar questionador. Eu não sabia o que dizer, nem por onde começar. Talvez fosse melhor esquecer tudo e levar nossa nova vida, sem deixar que o passado nos perturbasse. Minha salvação foi que a enfermeira voltou.

– Podemos? – perguntou ela, e dei graças a Deus pela interrupção daquela conversa. Assenti e Mason me devolveu Julie, ainda muito confuso. – Isso é um procedimento natural – disse ela, ajeitando meu travesseiro. – Primeiro você sempre tem que fazer a higiene dos seus seios. E procure relaxar, se concentrar, transformar essa hora num momento de prazer para você e para ela – explicou, e concordei, respirando fundo. – Segure-a bem perto do peito. Encontre uma posição confortável, porque você vai ficar desse jeito por bastante tempo. Segure o peito e esfregue o mamilo bem de leve nos lábios dela, para que ela abra a boquinha. A neném precisa sentir seu cheiro, o cheiro do seu leite. Está vendo só? Agora que ela está com a boquinha aberta, puxe-a mais para perto. A cabecinha tem que ficar alinhada com o resto do corpo. Com um dedo, puxe o queixo dela um pouco para baixo. E depois aperte seu peito para colocar toda a auréola dentro da boquinha dela. Nunca coloque só o bico, porque assim seu bico pode rachar e doer muito quando for amamentar.

Julie aprendeu rápido e parecia faminta. A enfermeira ficou ao meu lado por mais algum tempo e depois nos deixou a sós novamente.

– Não gostei muito disso – disse Mason, sentado no sofá e me olhando.

– Disso o quê?

– Isso aí era meu – brincou ele, se referindo ao meu seio, e caí na gargalhada.

– Seu bobo! – falei, rindo.

– Não vejo a hora de poder colocá-lo na boca de novo.

– Vai demorar um tempinho ainda – falei, olhando para Julie, e fazendo carinho nela.

– E aí? Não vai me dizer o que eram aquelas coisas que encontrei em nosso quarto? – perguntou ele, voltando ao assunto, e mais uma vez fiquei em silêncio.

Eu não via motivos para contar o que tinha acontecido, não sabia como dizer a ele. Além disso, não queria prolongar aquela história. Só queria ter paz. Para minha sorte, mais uma vez fomos interrompidos. Deborah, Claire, Melissa e os rapazes invadiram o quarto, fazendo a maior festa. Estava todo mundo ali, trazendo balões e flores. Julie ainda nem conseguia abrir os olhos direito, mas isso não impediu que a vovó e os titios a enchessem de mimos e presentes. Julie já tinha parado de mamar e todos quiseram segurá-la. Ela chorou um pouquinho, mas depois parou assim que começou a passar de um colo para outro.

– Espero que todos estejam com as mãos lavadas para segurar minha filha, hein.

– Claro, Cassidy. Quer conferir? Até tomei banho – disse Dylan, rindo e ameaçando tirar a roupa.

– Claire, pare de tirar fotos – pedi, um pouco brava, porque ela estava registrando tudo e todos.

– Não quero perder nenhum momento.

– Tudo bem, mas sem flash, então, porque desse jeito você vai machucar os olhinhos dela – adverti, e todos riram.

Julie estava no colo de Deborah, ao lado de Mason. Ele realmente estava fissurado nela. Mas me olhava com preocupação.

Emily era a nova coordenadora do hospital. Ela veio nos avisar que as visitas com aquele número de pessoas no quarto estavam liberadas para mim. Eu ia passar o dia inteiro com eles, mas já estava cansada, precisava de um banho, e Julie tinha que mamar outra vez para ficar mais calma. Então, aos poucos todos foram embora. Deborah foi a última a se despedir. Ela me ajudou com o banho e ainda trocou a fralda de Julie. Mason permaneceu quieto num canto, grudado no celular. Eu sabia o porquê de tanto silêncio, mas preferi ficar na minha. Quando Deborah nos deixou a sós, começamos a discutir. Julie dormia no berço ao meu lado, e ele insistia em saber.

– Você vai continuar escondendo as coisas de mim? – perguntou ele, bravo e impaciente.

– Mason, não quero falar. Dá para esquecermos isso?

– Não, não dá.

Ele estava irredutível, então tive que contar.:

– Foi Alexia… – revelei, e ele me olhou, surpreso. – Quando eu estava trocando de vestido, ela deu um jeito de entrar lá e falar um monte de ameaças. E deixou aquela caixa.

– A cretina estava na mansão?! – questionou ele, muito agitado.

– Estava! Viu só por que eu não queria contar nada? Vamos deixar isso para lá.

– Você não queria contar nada?! – gritou ele, furioso. – Tem noção de que ela poderia ter feito algo com você?

– Mason, por favor, vamos esquecer isso. Na boa, se continuarmos discutindo assim, Julie vai acordar assustada. Não quero me preocupar agora com a louca da Alexia. Estamos numa nova fase, levando uma nova vida. O passado não vai mais me perturbar. Tenho preocupações mais sérias. Nós vamos sair de Atlanta o mais rápido possível. Estou deixando tudo para trás de vez. E, se você quer ter uma família, vai ter que fazer o mesmo.

– Eu vou acabar com a Alexia. Já devia ter feito isso há muito tempo.

– Não, você não vai fazer isso – retruquei, um pouco alto. – Alexia pode não valer nada, mas Brian não merece esse sofrimento. Já pensou em como ele ficaria mal? É a irmã dele, e ele a ama demais.

– Não me importo. Ela passou dos limites! Você não consegue perceber isso?!

– Não seja egoísta. Brian vai dar um jeito nela, sei que vai... – falei, nervosa só de pensar no sofrimento dele. Além disso, eu tinha pavor de imaginar Mason cometendo um crime hediondo!

– Então vamos ficar esperando a próxima vez que ela aprontar... – desdenhou ele, irritado.

– Mason, por favor...

– Desculpe, meu amor, mas não consigo fazer as coisas do jeito que você quer – disse ele, e saiu, batendo a porta.

Ignorante! Julie suspirou. Eu estava com medo do que Mason seria capaz de fazer.

Já estava anoitecendo quando Emily nos fez uma breve visita. Ela estava atarefada e ainda iria sair com Dylan. Eu a admirava muito por sua garra. Tínhamos nos tornado grandes amigas e eu valorizava muito nossa amizade.

Havia se passado bastante tempo desde que Mason tinha saído. Eu não cansava de admirar Julie dormindo. Ela era perfeita. Tudo com o que sempre sonhei desde que soube que ela fazia parte do meu destino. Como estava cansada, acabei pegando no sono, pois Julie era quietinha e quase não chorava.

* * *

"Cassidy, sua filha é linda!"

Eu escutava uma voz, mas não sabia de onde vinha.

"Cassidy, ela parece você quando era bebê."

– Mãe? – chamei, procurando de onde vinha a voz.

Estava tudo escuro.

"Sempre vou protegê-la, mesmo que ela esteja longe dos seus olhos."

– Mãe, é você?! Mãe, por favor, apareça para mim.

"Você vai ter que ser forte, muito forte. Vai doer muito, mas vai passar. Lembre-se sempre disso."

– Lembrar o quê?

"Ela se foi, Caissy, se foi..."

A voz ecoava, e eu, desesperada, tapava os ouvidos. Aquilo estava me deixando louca, com medo.

Acordei atordoada, com a respiração ofegante. O quarto estava totalmente escuro e a janela havia sido aberta, deixando entrar uma forte corrente de ar. Eu não conseguia enxergar nada. Então me levantei da cama com muito cuidado e fechei a janela, para que aquela ventania não entrasse mais no quarto. Segui até onde lembrava que era o interruptor. Julie devia estar com frio. Quem tinha sido o inconsequente que abrira a janela?

Acendi as luzes, fechando os olhos, depois os abri devagar, me acostumando à claridade. Achei estranho, pois o cobertor estava esticado em todo o berço de Julie, e eu não havia deixado daquele jeito. Eu tinha agasalhado muito bem a minha princesinha, mas não daquela forma tão sufocante.

Andei devagar até o berço e puxei o cobertor. Para meu desespero, me deparei novamente com uma boneca sem cabeça, cheia de sangue. Pisquei várias vezes, para ter certeza de que aquilo era real. Mas era, sim. Estava acontecendo. Julie não estava ali. Onde minha filha tinha ido parar?!!

– NÃO, NÃO PODE SER! – gritei e saí do quarto para pedir ajuda. O corredor estava vazio, sem sinal de vida. – JULIE... JULIE! ALGUÉM ME AJUDE!!! – gritava sem parar e minha garganta arranhava. Vi algo no chão e me abaixei para pegar. Era a pulseirinha dela com os nomes dos pais. Apertei a pulseirinha no peito. – Não pode ser, não pode ser.

Encontrei uma equipe de enfermeiras reunida numa sala.

– O que fizeram com minha filha? Onde vocês a colocaram? Quero minha filha agora! – dizia, em prantos.

– Senhora? Está tudo bem? – perguntou uma das enfermeiras, me olhando assustada.

– Minha filha... Levaram minha filha... Vocês têm que me ajudar.

De repente, me lembrei das palavras de Alexia no casamento:

"Já ouviu falar em desgraça? Isso é pouco perto do que vai acontecer com você."

– Alguma enfermeira deve ter pegado a bebê, senhora. Volte para seu quarto que daqui a pouco sua filha estará lá.

– NÃO! – berrei, histérica. – Foi Alexia. Ela levou a Julie. Ligue para o Mason! Ele tem que pegar a Julie de volta... – gritava, mas não entendiam nada.

Eu estava perdendo tempo ali, tentando explicar. Saí correndo pelo corredor, gritando por ajuda. Um segurança do hospital me segurou e me imobilizou. Eu estava descontrolada. Duas enfermeiras me sedaram, ainda sem compreender o que estava acontecendo.

– Não posso dormir... Vocês têm que encontrar minha filha, por favor... – supliquei.

Logo em seguida, não conseguia mais falar coisa com coisa e perdi os sentidos.

13

Cassidy não tirava da cabeça a ideia de sair de Atlanta. Era tudo o que eu mais queria também, mas eu não podia. Não havia como deixar tudo para trás. Desde que levei aqueles tiros, minha vida tinha mudado da água para o vinho. Eu não queria preocupá-la. Cassidy não fazia ideia de com o que eu estava envolvido, mas a verdade era que não sairíamos tão cedo de Atlanta.

Deborah estava preparando uma festa surpresa para a chegada de Julie e Cassidy, mas eu não estava com cabeça para isso. Talvez o estresse fosse consequência do meu cansaço, mas eu também não podia deixar de lado as coisas que Alexia estava aprontando. Conversei um pouco com Deborah e depois subi para ir descansar.

Parecia quase nada, mas eu havia dormido durante muito tempo. Acordei com o toque do celular. Quando o peguei, vi que havia várias chamadas perdidas de Emily. Tinha alguém me ligando e atendi sem conferir o número, achando que poderia ser do hospital.

– Alô? – Minha voz ainda estava rouca e sonolenta.

– Boa noite, papai do ano. – Uma voz que eu conhecia muito bem soou do outro lado da linha.

– Alexia... – rosnei, me sentando na cama, prestando atenção no que ela falava.

– Eu estava com saudade de ouvir sua voz.

– Não precisa me ligar. Minha voz vai ser a última que vai ouvir quando eu matar você.

– E sua filha... – continuou ela, me ignorando, e senti um arrepio. – Ela é tão linda, Mason... Isso me faz lembrar quantas vezes sonhei como seria nosso filho... Lembra quando passávamos horas sonhando com ele? – insistiu. Será que ela nunca se esqueceria daquilo? – Depois de ter você ao meu lado, um filho seu era com o que eu mais sonhava.

– Acha que tenho tempo para ficar ouvindo seus sonhos?

– Sei que não, mas deveria... Julie é o nome dela, não é? – perguntou, mas não respondi, queria ver até onde ela ia chegar. – Nunca achei que ela fosse ser tão linda. É a sua cara.

– Fique longe da minha filha e da minha mulher – ordenei, entredentes.

– Ui, que medo! – disse ela, gargalhando. – Cassidy sofreu muito na hora do parto? Porque quando lhe fiz uma visitinha, ela parecia tão serena, tão bem... Pena que é uma péssima mãe... Como pode dormir e deixar a filha ali, sozinha?...

– Alexia, vou matar você! Quando eu colocar as mãos em você...

– Acho que sua mulher vai ficar meio... destruída. Mas juro que não a machuquei... Foi tudo muito rápido, não sou como você que gosta de torturar as pessoas. Afinal, ela é muito pequena para isso.

– Sobre o que você está falando?

Calcei os tênis depressa e peguei as chaves do carro.

– Ela estava tão linda dormindo naquele bercinho... – Alexia parecia estar delirando. – Tão pequena que até me emocionei ao pegá-la... Muito boazinha, nem chorou. Aquela roupinha, tudo muito fofo. Senti medo quando fui segurá-la, mas ela era boazinha. Ficou numa boa... e saímos daquele hospital nojento. Ninguém percebeu nada. Mason, como você não escalou um esquema de segurança especial para cuidar da sua filha?

– Sobre o que você está falando, sua louca?! Onde está Julie? – gritei, já a caminho do hospital.

– É impressão minha ou você está dirigindo e falando ao telefone?

– Alexia, espero que não tenha feito nada com minha filha...

– Mason, nem doeu. Mas quando você não estiver dirigindo, ligo para contar como foi que me livrei dela...

Alexia desligou. Eu já estava na porta do hospital. Saí depressa do carro, apavorado. Alexia podia estar blefando, mas também podia estar falando a verdade. Eu precisava saber como Caissy e Julie estavam.

Peguei o elevador e cheguei ao quinto andar, onde era o quarto delas. Havia uma movimentação diferente nos corredores, que me chamou atenção. Assim que me debrucei no balcão da recepção, Emily veio até mim.

– Preciso ver a Caissy… – falei, e percebi que Emily estava pálida.

– Mason… – começou ela, soluçando, sem conseguir falar.

– Fale logo!!! – ordenei, irritado.

– Julie… Sua filha…

Não deixei que ela terminasse a frase. Eu não queria escutar. Tinha que ver com meus próprios olhos.

Corri para o quarto delas. Havia policiais por toda a parte, nem sinal de Caissy e Julie.

– O que está acontecendo aqui? – perguntei, e os policiais me olharam.

– Quem é você? – questionou um dos policiais.

– Ele é o pai da criança – disse a médica que fez o parto de Caissy.

– O que está acontecendo aqui?… Cadê a Caissy?… – Notei que ela não estava no quarto. – E Julie? Cadê minha filha?! O que está acontecendo?

– Pode me acompanhar, por favor?

– Acompanhar nada! Quero saber onde estão minha mulher e minha filha! – gritei, e ela respirou fundo e pensou um pouco.

– Julie sumiu…

Ela disse aquilo tão rápido que demorei um pouco a assimilar.

– Julie o quê?!

Era preciso que ela repetisse para que eu entendesse. Então era verdade o que Alexia tinha dito…

– Ela sumiu, desapareceu, sem nenhuma explicação. Cassidy acordou e ela não estava no berço. O sistema de segurança não registrou nada. Bem, na verdade, algumas imagens sumiram. Suspeitamos de que tudo tenha acontecido na hora da troca de turnos, que o movimento de funcionários e seguranças fica mais escasso por alguns minutos.

– Não, não pode ser… Onde está a Caissy? Que brincadeira idiota é essa?!

– Tivemos que sedá-la.

– Vocês só podem estar loucos. Quero minha filha de volta... Vocês tinham que ser responsáveis pelas duas enquanto estivessem aqui. Para não atrapalhar esse momento delicado e especial, aceitei não deixar nenhum segurança no quarto. Vocês me convenceram e eu confiei! Mas vocês deviam ser responsáveis por elas! Emily... – falei, me virando para ela, que se aproximou. Eu não conseguia aceitar o que aquela mulher estava me dizendo. – Emily, me diga que o que essa mulher está me falando não faz sentido.

Emily continuava pálida, com os olhos vermelhos. Meu celular começou a tocar no bolso. Não pensei duas vezes em atender, pois já sabia quem era.

– Alexia, o que você fez com Julie? – disparei.

– Uau! – Ela gargalhou de novo. – Então já confirmou?! Como está se sentindo ao perder algo que você ama?

– Alexia, ela é só um bebê...

– E isso importa? Você a ama, não é?

– Isso é muita covardia...

– Por quê? Só porque mexi com seus sentimentos? Por que quem está sentindo a dor agora é você? Por isso é covardia?!

– Não faça isso. Não a machuque, por favor.

– Dói, não é?... – disse ela, rindo. – Dói saber que a gente perdeu algo que ama, não é mesmo? Dói saber que tiraram isso de você sem lhe dar nenhuma chance, não é? Algo com que você sonhou muito. Mas tenho certeza de que o que você está sentindo não é nem metade do que eu sinto todos os dias... Sabe essa dor que está dilacerando seu coração? Não é nem metade da que me consome há um bom tempo...

– O que você quer? O que quer para devolvê-la? Deixe-a em paz... Seu problema é comigo... Resolva comigo.

– Ah, me poupe, Mason! – gritou ela. – Lembre-se de tudo o que você já me fez. Lembre-se de tudo o que já fiz por você. Não há ninguém no mundo que ame você mais do que eu. Mas tudo isso não significa nada para você. Você colocou facilmente outra no meu lugar. Jogou tudo o que fiz por você no lixo. Traição? Não, Mason, o que fiz foi por amor. Eu me fodi e vocês estavam felizes. Desde quando só vocês têm direito à felicidade? Você jurou. Jurou que eu seria a única, que você sempre me amaria, mas me trocou assim que conheceu a Cassidy. E ela deu uma filha a você. Entende como isso dói?... Entende que a vida dela deveria ser a minha? Que ela

está vivendo meu sonho, pois eu é que devia ter um filho seu? Nós dois é que devíamos estar casados... Mas não! Você não entende porque esses sentimentos são meus e isso não tem a menor importância nem para você nem para ninguém.

– Você quer que eu fique com você?! Eu fico. Mas devolva Julie.

– Não quero que você fique comigo por piedade. Não sou idiota, cara. A garota conquistou você. Está encantado por ela, eu sei. Não quero que fique comigo por pena. Não mereço isso. Você não é mais capaz de me amar.

– Você está descontrolada.

– Não! Estou lhe dando o troco. Estou acabando com sua vida do mesmo jeito que você fez com a minha.

– Alexia, não desconte em Julie o ódio que sente por mim.

– Agora é tarde... – sussurrou ela. – Não adianta mais – falou, chorando. – Acabei com tudo, sou um monstro.

– Alexia, o que você fez? – gritei, nervoso.

– Eu só... só fiz Julie dormir para sempre.

– Alexia, cadê minha filha?!!

– Ela se foi...

– Você não pode fazer isso!!! Não pode brincar assim com a vida das pessoas. Você não pode ter feito isso com um bebê!

– Adeus, Mason... – disse ela, e encerrou a ligação, me deixando sozinho na linha.

Comecei a quebrar tudo o que tinha na minha frente. Ela não podia ter feito isso, não podia ter me atingido daquela forma.

– Mason, calma... – pediu Emily, em prantos.

– Ela matou minha filha! – gritei, desesperado.

– Vamos encontrar a criança, senhor – intrometeu-se um policial.

– Não, cara. Ela matou minha filha. Acabou com a minha vida.

Uma dor insuportável me consumiu. Tudo tinha acabado naquela noite.

Fazia meses que Cassidy estava em depressão. Eu tinha que segurar a barra, apesar de não suportar mais ver tudo ruir e não conseguir fazer nada. Cada dia que eu aguentava viver esse pesadelo, me sentia um vencedor.

Procurar Alexia era como procurar uma agulha no palheiro. Não sabíamos por onde começar nem quando tudo isso iria terminar. Eu procurava por todos os lugares. Estava louco para encontrá-la, mas ela havia sumido do mapa.

– Mason? – chamou Deborah, entrando no escritório. – Caissy foi tomar banho, mas já faz algum tempo e, você sabe, ela não pode ficar muito tempo sozinha. Tenho vergonha de ir ver o que está fazendo e ela achar que a estou vigiando.

– Pode deixar que eu vou.

Era sempre assim. Tínhamos que tomar conta dela o tempo todo. Deixei minha mãe lá embaixo e subi para descobrir o motivo de tanta demora. Ela não estava no quarto, mas escutei um barulho de água caindo, vindo do banheiro.

– Caissy? – chamei, para me certificar, mas ela não respondeu. Normal, ela não falava muito ultimamente. – Caissy? – chamei de novo.

Esperei algum tempo no quarto, mas não ouvi nenhum barulho ou sinal que indicasse que ela estava apenas tomando banho. Eu devia esperar a reação dela para não me intrometer tanto, mas comecei a estranhar, porque, pelo barulho, parecia cair muita água do chuveiro.

Fiquei impaciente e chutei a porta, entrando no banheiro.

Caissy estava submersa dentro da banheira. Não pensei duas vezes e pulei na água, tirando-a de lá. Ela estava desacordada.

– CAISSY!!! Meu amor, fale comigo!!!

Deitei-a no chão do banheiro e comecei a fazer massagem cardíaca, mas ela não reagiu. Recorri à respiração boca a boca. Nada. Tentei mais uma vez a massagem, até que de repente ela começou a tossir, cuspindo a água que tinha engolido.

– Mason – murmurou ela, abrindo os olhos vermelhos.

– Caissy, o que você fez?! – perguntei, abraçando-a com força.

– Eu quero morrer, Mason.

– Não faça mais isso... Se eu perder você, perco tudo – respondi, chorando, e afastei o cabelo do seu rosto. – Não faça mais isso, meu amor, por favor!

– Não aguento mais...

– Caissy, eu te amo! – Beijei os lábios dela. – Por mim, por mim... – implorei, e ela me olhou, séria.

Eu não podia perdê-la. Minha vida estaria acabada. Fiquei ali por bastante tempo, sentado com ela em meus braços. Queria saber no que ela estava pensando. Tinha virado uma incógnita para mim, mas eu estava ali, firme. Meia hora depois, ela adormeceu em meus braços, fraca e cansada. Peguei-a no colo e a coloquei na cama.

Ela dormiu até o dia seguinte. De manhã, levei um café caprichado para ela, na esperança de que comesse. Quando a acordei, notei algo diferente em seu olhar. Ela me desejou bom-dia e comeu um pouco. Em seguida, se levantou da cama, em silêncio, e foi até o closet. Fiquei no quarto, esperando ela se trocar.

Quando ela voltou, olhei sem acreditar no que via. Pela primeira vez em meses, Caissy não vestiu uma roupa folgada, nem se jogou de volta na cama. Não. Ela colocou uma calça preta que antes ficava justa em seu corpo, e uma jaqueta escura, que deixava sua pele mais branca do que o normal. Também se preocupou em arrumar o cabelo e se maquiar. Parecia ter realmente despertado de um sono profundo, determinada.

– Vai sair? – perguntei, vendo-a arrumar a bolsa.

– Não preciso mais disso – falou, e estava linda.

Seu cabelo comprido e solto estava quase na altura da cintura.

– Mas você não pode...

– Até parece que consigo ir a algum lugar sem que você saiba onde é. Não vou mais continuar aqui, presa neste quarto. Não é disso que preciso – falou ela, colocando dois anéis no dedo.

Eu não estava entendendo nada.

Caissy saiu do quarto e desceu a escada, pisando firme, o salto alto do sapato fazendo barulho nos degraus. Deborah estava na sala e também não acreditou quando a viu.

Eu não podia mudar o que tinha acontecido. Não podia apagar tudo de ruim que sofri. Contudo, de uma coisa eu sabia: eu não era mais a garota indefesa que chorava por se sentir sozinha. Eu havia me tornado uma mulher, uma mulher com sede de vingança.

Não importava quando, mas eu iria acabar com Alexia! Eu iria arrancar o que ela chamava de coração com as próprias mãos. Iria consertar todos os erros da minha vida. Tudo seria diferente. Eu iria saborear essa vingança, se era isso que o mundo tinha a me oferecer. Ei, AC/DC, onde fica mesmo a estrada para o inferno daquela música? Porque, se fosse preciso, eu iria até lá para encontrar Alexia.

1ª edição	Agosto de 2016
papel de miolo	Chambril Avena 70g/m²
papel de capa	Cartão Supremo 250g/m²
tipografia	Electra LH
gráfica	Lis Gráfica